边角料书系

丁
帆

审美与思辨的舞蹈

Collection of
Ding Fan's
Prefaces and Postscripts

序跋集

（上册）

丁　帆　著

团结出版社
UNITY PRESS

© 团结出版社，2024 年

图书在版编目（C I P）数据

审美与思辨的舞蹈：丁帆序跋集 / 丁帆著 .
北京：团结出版社，2024. 10. -- ISBN 978-7-5234
-1191-9

Ⅰ . I267

中国国家版本馆 CIP 数据核字第 20247CR058 号

策　　划：张振胜
责任编辑：时晓莉
封面设计：阳洪燕

出　　版：团结出版社
　　　　　（北京市东城区东皇城根南街 84 号　邮编：100006）
电　　话：（010）65228880　65244790（出版社）
　　　　　（010）65238766　85113874　65133603（发行部）
　　　　　（010）65133603（邮购）
网　　址：http://www.tjpress.com
E-mail：zb65244790@vip.163.com
经　　销：全国新华书店
印　　装：三河市东方印刷有限公司

开　　本：130mm×210mm　32 开
印　　张：16　　　　　　　　字　　数：312 千字
版　　次：2024 年 10 月 第 1 版　　印　　次：2024 年 10 月 第 1 次印刷

书　　号：978-7-5234-1191-9
定　　价：78.00 元（上下册）
　　　　　（版权所属，盗版必究）

目　录

辑一　文以载道

辑二   知人论世

辑一 文以载道

中国乡土小说七十年

　　我一直信奉文学史家罗伯特·魏曼的那句至理名言："尽管文学史家写出了一本文学史（总结性的著作），但从某种意义上来说，他本人也是文学史（即读过的书的总和）的产物。因此，撰写历史既是创造历史，也是被历史所创造。"我虽才疏学浅，读书有限，却是遵照此信条努力为之的。

　　在构想这部拙著的行文"视角"时，我曾几次在研究的"新方法"上打过主意，但始终觉得有生搬硬套之嫌。于是，还是老老实实地回到"原点"，用自己习惯了的老式方法来构架此书，我始终觉得，"方法"是没有优劣之分的，问题在于各人掌握这门"方法"时的熟练程度如何，能否将自己的学识和阅历融入其中，重新创造出一种崭新的历史观念——当然，这是必须建立在史实基础之上的。除此而外，文学史的批评意义又何在呢？这才是罗伯特·魏曼的那句文学史箴言滥觞。诚然，我也想在写此书时去"创造"些什么，试图开拓出一些新的观念和疆域；但又确确实实被那纷繁斑斓的文学历史所"创造"着。这种互为因果的作用与反作用，似乎成为写作中的一种"怪圈"现象，但也只有在这个"怪圈"中，我才获得了某种理论重构的愉悦和自由。

在梳理七十年乡土小说的历史发展过程中，首先碰到的难题是，对于乡土小说概念和边界的界定很费周折。文学史家之间，理论家之间，作家之间，文学史家与理论家之间，理论家与作家之间，文学史家与作家之间……甚至各国的理论家之间的理论概念的碰撞，构成了一个斑斓多元的理论世界。为了行文的方便（因为它是我论证的一个"载体"），我对乡土小说概念在中国的阈定作了"自我"阐释，也许这有些自说自话，有对约定俗成规范的"越轨"之嫌。但我却以为，作为文学史家的界定，如缺乏一个有弹性限度的标准，那将会陷入一种"伪科学"的历史陷阱。所以我以较长的篇幅喋喋不休地为概念而辩证，目的就在于纠正某种业已形成"隐形规范"的观念模态。

从鲁迅开始的乡土小说创作，历经了七十年的蜕变，其中的许多文学现象很值得探讨。从个体作家来看，鲁迅、茅盾、沈从文等人的乡土小说之所以成为现代文学史上的"绝唱"，它并不是我们过去所简单归纳的世界观改变的问题，而是个体经验（作家主体）进入乡土视阈（客观世界）后，主客体的反差形成了内心世界冲突所造成的"幻象"与"现实"叠印出的迷惘尔后的心理宣泄。但各个个体作家，因着种种心理因素、世界观以及经历的各异，所表现出的对农业社区活动以及农民的描写视觉就有明显差异，所选择的艺术视角也就不同。鲁迅的文化批判意识，茅盾的世界观显现与异域情调的悖反，沈从文的生命意识的张扬……并非原先文学史著作所描述的那样简单，在每每的创作活动中，作家个体意识往往是在矛盾中运行的。因此，揭示这种矛盾现象，或许也是本书文学史钩沉的重要基点。

作为乡土小说的"流派史"分析，我以为所谓流派就是在某个特定"时空"中"群体作家"对于"个体作家"的模仿，而标志着这一"时空"中的最佳创作思想和艺术风格一旦被"群体"所接受和扩张，相对来说，它便预示着"个体风格"的消亡，这就是布封为什么一再强调"风格即人"的道理。如果说流派的确立是好事，那么，它对弘扬一种思想和艺术风格起着莫大的宣扬普及作用；如果说它是一件并不妙的创作态势，那么，它在某种程度上是起着消弭创作作为一种个体思维活动的本质特征。因此，在分析流派时，我们不能离开群体和个体之间的那种悖反的关系，从文学发展史的视角来考察其利与弊，指出中国乡土小说在七十年的流派发展过程中所历经的坎坷。

历史不可能重复，但历史总有惊人的相似之处。在考察各个作家的乡土小说创作时，我力图注意到其相互的历史渊源关系，这样也许不至于平面地孤立地去解读一个个个体作家。同时，对于单个作家来说，重要的是考察他们在所处时代的创作位置，从思想和艺术两方面来确定这一作家在文学史上的坐标，将过去偏移的"测绘"加以纠正。这也是我多年来写单篇论文的一个经验。否则，就目前的研究状况来看，那种失却历史感的作家作品论则是很难立足于论坛的。

马克思主义的文艺学方法论是建立在"历史的和美学的"基础之上，作为乡土小说最重要的艺术思想特征，悲剧和悲剧意识始终是中国现当代文学历史和理论探讨的焦点，从鲁迅的创作和理论，一直到近期的各种乡土小说创作和"寻根文学"理论，这七十年的悲剧观念也起了很大的变化，当然，其中也有美学思潮的历史性循环现象存在，但就这一美学问题的探讨远远没有深入下去，本书试图打开这一缺口，更深入一点去探讨其中之奥秘，其观点或许有过激之处，但我以为这种探讨是有益的，从大量的文学现象以及作家作品的分析中，把握一种美学思潮，进而总结出时代发展中的美学导向，无疑是一件有益的工作。相对来说，作为喜剧和喜剧感，在历史的进程中往往会被我们这个并不缺乏幽默感的民族所抛弃，这也是值得深思的一个美学理论问题。

从人本意义上来说，我试图以大文化的视角来提炼分析出传统文化与现代文明之间的冲突给我们这个民族带来的心理嬗变，总结出"五四"以来中国人文化情感的两重性。就乡土小说这一"载体"来看，它最能够反映出一个从汪洋大海的农业国度向工业社会渐进的民族文化心理状态。从这个意义上讲，文学史上的每一个乡土小说现象都不是孤立存在的，它所依傍的文化背景制约着乡土小说的思想、艺术导向，制约着美学思潮的导向。

无疑，中国乡土小说是以鲁迅开创的批判现实主义为主潮，而另一支以沈从文、废名为代表的"田园牧歌"式的乡土小说，也不可小觑，这种对农耕文明的深刻眷恋，也同时影响着新时期的乡土小说创作，我试图以"风景画""风俗画"和"风情画"加以概括，就是想论证中国乡土小说史的巨大丰富性。

从文本意义上来说，乡土小说的叙述状态从"五四"时代就是一个多元的辐射状态，但为什么到了四、五、六、七十年代越来越趋向单一化呢？除了时代背景外，作家主体意识的僵化则是一个重要因素。我试图通过着重分析两个时代（"五四"和"新时期"）的具体文本来阐释叙述视角对于整个作品内容的重要制衡作用。从这个意义上来说，这种文体意识的分析在我们的文学史中还很欠缺。因此，我在本书中的某些阐释只是想抛砖引玉罢了。

1991 年 12 月 1 日子夜一稿

1992 年 2 月 19 日上午重写

（以上为丁帆著《中国乡土小说史论》序言，江苏文艺出版社 1992 年版。标题为编辑所加）

文学的玄览：1979—1997

这是我自 1979 年以来除去已结集的论文外余下的部分论文，现编辑成书，分上下两编，上编为作家作品论（1979—1997）；下编为文学思潮与文学现象论（1985—1997）。

近二十年来，我从一个青年步入了中年，不敢说在理论上有何建树，但窃以为是尽心尽力地为文坛的圣洁而作出努力的，很想在 20 世纪末的文学研究领域内留下自己思想的"底片"。因而，时时处处都想使自己尽量深刻一些、成熟一些。然而，由于自身学识浅薄，回首再看昔日的论述，不免有些汗颜，不过好歹亦都是自己的思想产儿，也就暗暗地"敝帚自珍"了。

书名之所以用"玄览"，并非我自大，而是自以为用较深刻的思想来观察文坛，应成为批评者言说的最高准则。"玄览"，出自《老子》："涤除玄览，能无疵乎？"河上公注："心居玄冥之处，览知万物，故谓之玄览。"陆机《文赋》："伫中区以玄览，颐情志于典坟。"谓深刻地观察万物，钻研古籍。我想，玄览生活，玄览作家作品，玄览人类一切知识财富，应是批评者过去、现在和将来都应遵循的一条真理。只有以此来要求鞭策自己，才能使自己的文章写得更有些深度。

回顾这二十年来的批评足迹，感慨万端，这其中渗透了良师益友以及各报纸杂志编辑们的许多心血，没有他们多年来的培育和教诲，也就没有这本集子问世的可能。在此，我谨向他们致以衷心的感谢。

同时，我还要特别感谢这二十多年来与我相濡以沫的挚友黄亚清先生，以及新近相识的北京出版社的领导和编辑们，没有他们的热情支持和关怀，这本小书的面世亦同样是不可能的。

感谢朋友，同时也要感谢社会，感谢生活，感谢时代，它们为这本书的"底片"留下了清晰的背景。

只要思想不自刎，我还得继续写下去，以报答关心和厚爱我的师长朋友和时代社会。

二十年来，在老师叶子铭和许志英先生的教诲下，陆续写出了二百多万字的论文。本来这本选集是请叶先生作序的，但他主张让我"单飞"，许先生又不为人作序，因此，我也就只好自行涂鸦几句。

是为序。

作者 1997 年 10 月 15 日

谨记于金陵紫金山下

（以上为丁帆《文学的玄览：1979—1997》自序，

北京出版社 1998 年版。标题为编辑所加）

二十世纪中国地域文化小说之审美与流变

　　整个二十世纪，因着小说地位在文学史上的不断提高，文学批评家和文学史家们将小说和小说家的分类已经精确到了职业、行当和年龄档次。但是，在幅员辽阔、地大物博的国土上，在五千年文明史根深蒂固的文化熏染下，在二十世纪社会动荡的民族心理文化嬗蜕中，本世纪的中国地域文化小说所呈现出来的异彩，尚未引起人们，尤其是新时期以来的文学批评家和文学史家们的足够重视。

　　这里须得强调的是：所谓地域文化小说，并不是简单地以地理性的区划来归纳小说和小说家，也不是单纯以小说的文化类别和特征来区别不同的作家和作品，而是通过这个"杂交学科"派生出一种新的小说内涵特征。简言之，"中国地域文化小说"既要具备地域、群种、小说三个要素，同时，更不能忽略由这三个要素而组合成的小说背后的斑斓而深厚的各种各样的政治的、社会的、民族的、历史的、心理的等等文化内涵。

首先，"地域"（Region）在这里不完全是一个地理学意义上的人类文化空间意义的组合，它带有鲜明的历史的时间意义。也就是说，它不仅仅是一个地理疆域里特定文化时期的文学表现，同时，它在表现每个时间段的文学时，都包容和涵盖着这一人文空间中更有历时性特征的文化积淀内容。所以说，地域文化小说不仅是小说中"现实文化地理"的表现者，同时亦是"历史文化地理"的内在描摹者。据说美国"新文化地理学派"认为文学家都是天然的文化地理学家，其热门的"解读景观"（the reading of landscape）就是从历史和地理两个维度来解析文学的模式。

其次，注重小说的地域色彩，这在每一个小说家、每一个批评家、每一个文学史家来说，都是在有意识和无意识之间形成的一种稳态的审美价值判断标准。从西班牙塞万提斯的《堂·吉诃德》到法兰西巴尔扎克的《人间喜剧》，从英国的哈代到美国的福克纳和海明威，再到拉美的博尔赫斯、马尔克斯，几乎每一位成功的大作家都是地域小说的创作者；更无须说二十世纪的中国小说了，从鲁迅、沈从文、茅盾、巴金、老舍……的各领风骚到新时期"湘军""陕军""晋军""鲁军"……的异峰突起，几乎是地域特征取决了小说的美学特征。就此而言，越是地域的就越能走向世界，似乎已是小说家和批评家们公认的小说美学准则。美国小说家兼理论家赫姆林·加兰曾精辟地指出："显然，艺术的地方色彩是文学的生命力的源泉，是文学一向独具的特点。地方色彩可以比作一个人无穷地、不断地涌现出来的魅力。我们首先对差别发生兴趣；雷同从来不能吸引我们，不能像差别那样有刺激性，那样令人鼓舞。如果文学只是或主要是雷同，文学就要毁灭了。""今天在每种重大的、正在发展着的文学中，地方色彩都是很浓郁的。""应当为地方色彩而地方色彩，地方色彩一定要出现在作品中，而且必然出现，因为作家通常是不自觉地把它捎带出来的；他只知道一点：这种色彩对他是非常重要和有趣的。"（赫姆林·加兰：《破碎的偶像》）勃兰兑斯曾经给浪漫主义文学下过一个非常精彩的定义："最初，浪漫主义本质上只不过是文学中地方色彩的勇猛的辩护士。""他们所谓的'地方色彩'就是他乡异国、远古时代、生疏风土的一切特征。"（勃兰兑斯：《十九世纪文学主潮》第五分册）在中国，"五四"时期由周作人所提出的一系列文学的"风土"和"土之力""忠于地"的主张，也正是强调小说的地域特征，他认为："风土与住民有密切的关系，大家都是知道的：所以各国文学各有特色，就是一国之中也可以因了地域显出一种不同的风格，譬如法国的南方有洛凡斯的文人作品，与北法兰西便有不同。在中国这样广大的国土当然更是如此。"（周作人：《地方与文艺》）茅盾可谓是中国地域文化小说的理论建设者和实践者，在他主政《小说月报》时，就在《民国日报》副刊"文学小辞典"栏目中加上了"地方色"词条："地方色就是地方的特色。一处的习惯风俗不相同，就一处有一处底特色，一处有一处底性格，即个性。"（《民国日报》1921 年 5 月 31 日副刊《觉悟》）

1928 年茅盾为此作了详尽的诠释："我们决不可误会'地方色彩'即是某地的风景之谓。风景只可算是造成地方色彩的表面而不重要的一部分。地方色彩是一地方的自然背景与社会背景之'错综相'，不但有特殊的色，并且有特殊的味。"（茅盾：《小说研究 ABC》）由此可见，早期的中国作家们很是在乎小说地域审美特征的。至于后来茅盾在 1936 年给中国乡土小说定性时，不仅仅是强调了小说"异域情调"的审美餍足，而且更强调了小说作家主体的"世界观与人生观"对小说审美的介入。

综上所述，我们不难看出，地域特征对于小说审美特征的奠定是如此至关重要。但是，就小说的创作实践来说，由于各个作家对地域特征的重视程度不一，也就是说，有的作家在创作小说时进入的是"有意后注意"的心理层次，有的作家进入的却是"无意后注意"的心理层面，这就造成了小说地域特征的显在和隐在、鲜明与黯淡的审美区分和落差。我以为，地域文化小说之所以强调其地域性，起码是有以下几点构成了它的审美因素。

首先，地域人种（Local Race）是决定地域文化小说构成的重要因素。"从地域学角度研究文艺的情况和变化，既可分析其静态，也可考察其动态。这样，文艺活动的社会现象就仿佛是名副其实的一个场，……作品后面的人不是一个而是一群，地域概括了这个群的活动场。那么兼论时空的地域学研究才更有意义。"（金克木：《文艺的地域学研究设想》）而"地域人种"

就是"群种"的"活动场"。

所谓"地域人种"，就是一个居群集团。相对而言，他们因为地理障碍或是社会禁令而与其他居群集团所形成的民族心理、民族文化人种的内在特征的反差，以及构成这一居群集团特有的遗传基因和相貌体征（人种的外在特征），制约着这一居群集团人种的生物学和社会文化学意义上的存在。作为小说，不仅是要完成其外在特征的描摹，就如早期现实主义作家注重地域性的人种相貌、服饰、风俗习惯描写那样，直观的外在描写与地域文化小说的审美特征有着一种初始性的血缘关系；而且，地域文化小说还须更注重内在特征的底蕴发掘，尤其是在风俗人情的描摹中透露出这一居群人种别于他族他地的文化特征。关于这一点，下文将作详尽论述。

其次，地域自然（Local Nature）也是制约地域文化小说的重要审美因素。

所谓"地域自然"，就是自然环境为地域人种的性格特征、文化心理、风俗习惯……的形成所起着的重要作用。这种"后天性"的影响，亦成为地域文化小说所关注的最重要的内容之一。《汉书·地理志》中对自然环境影响人种作出了精辟分析："凡民函五常之性，而其刚柔缓急，音声不同，系水土之风气，……好恶取舍，动静之常，随君上之情欲。"而按地域的自然环境条件来区别人种性格还是有一定道理的。由此可见，自然环境在很大程度上制约着地域人种的文化心理和行为准则，所谓"一方水土养一方人"就是这个道理。而地域文化小说对自然景观、气候、风物、建筑、环境的描写情有独钟，它在很大程度上丰富了地域文化小说的美学表现力。

再者，地域文化（Local Culture）则是地域文化小说的根本。如果前两者只是地域文化小说形成的外部条件，而"地域文化"则是地域文化小说不可或缺的内在因素。我们这里所说的"文化"不是指那种狭义的文化，而是泛指包括政治、经济、社会、历史、民族、心理、风俗等各个层面的一切制约人的行为活动的、内在的人文现象和景观。无须列举西方自中世纪以来的现实主义与浪漫主义的地域文化小说创作所自然而然流淌出来的人性和人道主义的人文哲学汁液，就本世纪以来的中国地域文化小说所折射出的人文光芒，已然是一道绚丽多彩的文化风景线。鲁迅的地域文化小说以其璀璨的人性内涵与愤懑的人文情绪，铸造了"五四"小说的民族文化之魂，那种对民族根性振聋发聩的灵魂叩问，可说是唤醒了几代中国知识分子的良知；同时，亦以其强大的哲学文化批判的思想穿透力，奠定了二十世纪小说以文化为本、以文化为主体构架的文本模式，尤其是地域文化的文本模式。当然，在整个二十世纪的中国地域文化小说创作的历史长河中，作为地域小说中的文化消长，是随时代的创作风尚而变化的。但是，无论怎么变化，作为地域小说的母题，其文化内涵是抹煞不掉的，它已经成为一种小说创作的固态心理。

从地域人种（由大到小的地理意义上的居群集团分类）、地域自然（由区域划分的自然环境景观）到地域文化（由表层的政治、经济、历史、风俗等社会结构而形成的特有的民族、地域的文化心理），由此而形成的中国地域文化小说的美学特征，在整个二十世纪波澜壮阔的文学长河中，呈现出了最为壮观的小说创作景象，它无疑成为本世纪异彩纷呈的艺术景观中最为灿烂夺目的一束奇葩。

二十世纪从鲁迅开始的地域小说跋涉，一开始就显现出了它强烈的地域色彩。鲁迅笔下浙东人种、环境、文化的风俗画描写几乎为"五四"文化小说奠定了它不可磨灭的地域文化胎记。阿Q、孔乙己、闰土、祥林嫂们的面影既是充满了浙东人个性的"这一个"艺术典型；同时也力透纸背地刻画出整个中国人的民族文化心理的共性特征。鲁迅从外部和内在的两个端点展开了地域文化小说创作的作家悲剧心路历程。

沿着这条地域文化小说的轨迹，一大批"五四"以后的小说家们着眼于对悲剧性的文化内涵揭示，以期来完成"五四"人性和人道主义的文学母题。鲁迅说"已被故乡所放逐"的蹇先艾和许钦文都是用"异域情调来开拓读者的心胸"的乡土小说作家，一个是从老远的贵州走进文化圈的作家，他的《水葬》《在贵州道上》可谓地域文化小说的佼佼者，可惜他的作品甚少；一个是浙东乡土地域的描摹者，他的《疯妇》《鼻涕阿二》与鲁迅的《祝福》《阿Q正传》有着异曲同工之妙。他们的风格之所以受到鲁迅的称道，正是在他们的地域风景、风情、风俗的描写背后，透露出了"五四"文学悲剧文化的人性色彩。另外一位备受鲁迅青睐的作家是台静农，他的小说之所以被鲁迅称为"优秀之作"，首先是它的地域性的描写，然后是那"孤独"的人性文化内涵的力度："能将乡间的死生，泥土的气息，移在纸上的，也没有更多，更勤于这位作者了。"（鲁迅：《中国新文学大系·小说二集序》）台静农的《天二哥》《吴老爹》《蚯蚓们》《负伤者》《烛焰》虽多为短制，但其在风俗人情的背后所释放出的深刻哲学文化内涵是一般"五四"作家们难以比拟的。彭家煌可谓较早的"湘军"翘楚作家，他的短篇小说波谲云诡，漫溢着浓烈的地域色彩，在轻松谐趣的风俗描写中，透露出具有沉郁讽刺文化内涵的主题来。他的《怂恿》《活鬼》《喜期》《喜讯》等地域小说已经在技巧上相当圆熟："浓厚的'地方色彩'，活泼的带着土音的对话，紧张的'动作'，多样的'人物'，错综的故事的发展，——都使得这一篇成为那时期最好的农民小说之一。"（茅盾：《中国新文学大系·小说一集序》）乃至有人认为："彭君那有特殊手腕的创制，较之欧洲各小国有名的风土作家并无逊色。"（黎锦明：《纪念彭家煌君》）

当然，像王鲁彦、王统照这样的地域文化小说家，他们的作品之所以在文学史上葆有一定的地位，关键就在于他们在描写中国农村溃败景象时，平添了风俗画的地域人种、自然的描摹。像王统照的长篇小说《山雨》最受人宠爱的却是"地方色彩"的描写，茅盾说它"到处可见北方农村的凸体的图画"。

这里，我们须得涉及文学史上的一个最为敏感的问题，即如茅盾这样的作家，他的创作实践，《子夜》及"《蚀》三部曲"，

《野蔷薇》、"农村三部曲"以及《林家铺子》《当铺前》《小巫》《泥泞》《水藻行》等小说，究竟哪些是优秀作品？孰高孰低，孰优孰劣？我想，用茅盾早期的美学观（也是晚期不断流露出的隐形审美心理）来衡量，是不难看出的。"《蚀》三部曲"和《野蔷薇》在心理描写上是最惊世骇俗的，它们在文化思想内涵和悲剧风格上是卓有建树的，但其地域文化色彩并不浓郁。而《子夜》和"农村三部曲"等虽有主题先行之嫌，但是它们所呈现出的地域文化色彩（包括《子夜》所描写的五光十色的都市文化风景线）足以抵消小说文化主题显在直露的审美缺陷。尤其像"农村三部曲"、《小巫》和《水藻行》描写浙江农村的风俗画面，更是令人叹为观止。我们从中可以看出，题材不是决定小说审美内涵的重要因素，而地域文化风俗色彩却是左右小说审美力度的重要因素。

如果说"文学研究会"的大部分小说作家在致力于"为人生"的写作过程中，更注意地域文化小说的社会结构和悲剧审美的描摹和阐扬，那么，像废名、沈从文这样以"田园牧歌"的"曲笔"来抒写中国宗法农业社会中人的"生命流注"（沈从文语）的作家，则更注重地域文化色彩的描写。这成为"京派"小说的一种艺术风格徽标。他们的作品在一片温馨祥和、冲淡恬美的氤氲氛围中充分体现出"田园诗风"的绵长韵味：竹林茅舍、菜畦山林、鸟语花香、小桥流水、白云苍狗、月华塔影、边城古镇……，不但构成了地方风俗画的长长风景线，而且深深地影响着几代中国小说家。淡化情节、淡化人物，把小说当作散文和诗来抒写的作家，恐怕要数废名（冯文炳）和沈从文了。然而，在浓郁的地域风俗色彩的描摹背后，这些作家作品是否失落了文化的根本呢？回答应该是否定的。同样，沈从文们的作品也是以"五四"人性和人道主义的眼光来扫描人的生命受到政治和文化压迫而变形的痛苦过程的，只不过他们所用的是"曲笔"而已。这一点绿漪女士（苏雪林）则看得很清楚，她认为沈从文的小说是很有"野兽气息"的："他很想将这份蛮野气质当作火炬，引燃整个民族青春之焰。""沈氏虽号为'文体作家'，他的作品不是毫无理想的。不过他这理想好像还没有成为系统，又没有明目张胆替自己鼓吹，所以有许多读者不大觉得，我现在不妨冒昧地替他拈了出来。这理想是什么？我看就是想借文字的力量，把野蛮人的血液注射到老态龙钟、颓废腐败的中华民族身体里去，使他兴奋起来，年轻起来，好在二十世纪舞台上与别个民族争生存权利。"（苏雪林：《沈从文论》）可见，沈从文的小说在"反文化""反文明"的写作过程中，不是消解地域文化小说的文化内涵和意义，而是从人和自然的和谐统一中，找到了反抗封建专制和反抗在城市文明的物质压迫下人性泯灭的通道。作为"京派小说"的中坚人物，沈从文们在地域风俗画的描写上走入了"田园诗风"的极境；而在地域文化内涵的发掘中，他们更具有人性的深度。他们"只想造希腊小庙，选山地作基础，用坚硬石头堆砌它。精致、结实、匀称……这种庙供奉的是'人性'"，"为人类'爱'字作一度恰如其分的说明。"（沈从文：《〈从文小说习

作选〉代序》）

　　就"社会剖析派"的小说创作来说，其地域文化色彩较为浓郁的，可能要算吴组缃、沙汀、艾芜这样的短篇小说高手了。吴组缃的《篆竹山房》以其"秋坟鬼唱鲍家诗"的"鬼气殊多"的特有情境，显示了地域文化小说的神秘主义魅力，而《一千八百担》和《樊家铺》这样为人熟知的作品则更能体现出它们的地域文化色彩。沙汀的《在其香居茶馆里》之所以成为教科书式的小说范本，其中最重要的因素就在于它的地方色彩与乡村政治文化内涵的完满融合。艾芜小说之所以成为一种美的范式，除了"想借自然的花朵来装饰灰色和阴暗的人生"（周立波：《读〈南行记〉》）的文化内涵阐释外，更重要的还是想借"描画山光水色的调色板"（周立波语）来表现旖旎多姿的边陲自然景观，以及那带着浓郁异国情调的风俗画卷。

　　在"东北作家群"中，无论是萧红、萧军还是端木蕻良，那北国的地域文化色彩都十分浓烈醇厚。读《呼兰河传》使你坠入那带有童话般的地域风情中，而《科尔沁旗草原》的一曲牧歌将你引领进边塞草原的诗韵之中。

　　在二十世纪中国文学的历史长河中，三十年代对"巴蜀文学"中李劼人的长篇小说《死水微澜》的忽视，是我们不能容忍的。这部可作为中国地域文化小说典范的作品，无论从地方色彩，还是文化底蕴来说，都堪称一流。他后来创作的长篇巨制《大波》仍然保持着地域文化小说的特有风格。可惜的是，五六十年代由于某种文学倾向的偏颇，使其"明珠暗投"了。

即使是在四、五、六、七十年代，小说逐渐走上了单一的为政治服务的轨道，其地域色彩的描写也还存在，在一定程度上，它成为烘托政治文化内涵的审美饰品。从赵树理的小说来说，如果没有浓郁的地方色彩和人物性格支撑，或许他的小说仅能成为政治"传声筒"，他的"山药蛋派"也就灰飞烟灭了。而孙犁所苦苦追寻的亦正是那地方色彩给作品平添的诗情画意，否则，"荷花淀派"所赖以生存的美学基础就被抽空了，刘绍棠们的风俗画卷也就会悄然褪色。即使像柳青、浩然他们创作的长篇巨制，如果没有地方色彩构成小说的某些内在审美机制，那末，《创业史》和《金光大道》还能有多少人物特征和文化内涵可以供后人借鉴和发掘呢？又如像《红旗谱》那样的作品之所以能在"十七年文学"中成为值得一书的优秀之作，其审美的引力仍然是它的地域色彩在起主要审美作用，当然，它在人物塑造和文化内涵的揭示中，也多多少少与同时代的作品有所区别，"距离"使它产生了美感和魅力，同时也使它的生命力更有恒久性。

新时期以来，因着地域色彩被小说家和批评家们所高度重视，中国地域文化小说便有了长足的发展。可以毫不夸张地说，中国地域文化小说作为新时期小说创作的一种主流倾向，它标志着中国小说的成熟与飞跃。人们用充满着地域文化色彩的小说来割裂小说一元化的行为模式，以形成小说的多元格局。从汪曾祺重温四十年前那一个温馨的梦境，续上"京派小说"的香火；从刘绍棠标举"乡土小说"的大旗，在京东大运河畔寻觅一方土地的神韵；从贾平凹、路遥、陈忠实等为代表的"陕军"的恋土情结中；从古华、莫应丰、孙健忠、彭见明等为代表的"湘军"异域风情描写中；从赵本夫、苏童、叶兆言、范小青、储福金、张国擎、李杭育、金学种等充满着"吴越文化特征"的创作中；从扎西达娃、残雪等充满着迷狂色彩的地域描写，到"后现代"们的都市风景线的文化探索中；从"寻根文学"中韩少功、阿城等充满着"异乡异国"的风土人情描写，到"最后的浪漫理想主义"者张承志、张炜的充满着宗教色彩的地域风俗描写中；从"新写实"方方、池莉、刘恒、刘震云的对原生状态的地域文化风俗描写，到"现实主义冲击波"里的刘醒龙、王祥夫、何申等的充满着具象写实的新风俗画的描写中；从军旅作家莫言、周大新、阎连科等到沿海边地作家尤凤伟、阿成、迟子建、张欣、邵振国等作品中的丰厚地域色彩描写成分中……，我们看到的是一个中国地域文化小说空前繁荣的景观。从某种意义上来说，由于小说地域文化色彩的审美特征所形成的"异域情调"的审美餍足，使得影视文学在走向西方、走向世界的道路上取得了长足的进步。张艺谋们所追求的电影视觉效果基本上是源于中国地域文化色彩的美学效应，从"黄土地"走出的中国文化之所以受到西方人的青睐，其重要的因素就在于地域反差中所形成的人种、社会、文化、风俗、宗教的审美落差。倘使没有这个审美的落差，一切"异域情调"都被淡化消解了，也就谈不上什么美的惊异了。如果没有莫言的《红高粱》的小说母本，也就没有电影《红高粱》

那种视觉冲击效果；如果没有刘恒小说《伏羲伏羲》那充满着地域文化特征的内涵作底蕴，也就不可能有《菊豆》式的风俗风情画面的强烈效果；如果没有苏童《妻妾成群》的地域风土人情描写，张艺谋何能在《大红灯笼高高挂》里找到一个新的电影美学的支点？虽然他将小说中江南场景移向了山西的乔家大院，但仍抹不去小说中那浓郁的地域特征、历史风貌和风俗色彩。可以说，电影美学家们的成功往往是在攫取了小说家们在小说中最富表现力的一尾锦羽——也是作家美学表现中的最精华部分——地域色彩、文化底蕴、风俗画面、宗教人情——为中国电影走向世界铺上了锦云如织的"红地毯"。

纵观中国二十世纪地域文化小说，我们似乎可以得出这样的结论：就小说而言，任何失却了地域文化色彩的小说，在一定程度上都相应地减弱了其自身的审美力量。地域文化色彩，不仅仅是一种形式技巧和主题内涵意义上的运用，它作为一种文体，一种文本内容，几乎就是小说内在特征的外显形式，是每一个民族文化和文学表现力与张力的有效度量。就此而言，地域、文化、小说所构成的链式内在逻辑联系是甚为重要的。

地域，从广义上来说，它是中华民族（种族）与幅员辽阔的中国（地理）——人与自然所构成的疆域居群关系。而从狭义上来说，它是在这辽阔的疆域居群内更小的种族群落单位与地理疆域单位的人与自然的亲和关系，也就是中国各民族及其栖居地之间的风土人情、风俗习惯等审美反差所形成的地域性特点。作为文学，尤其是小说描写的聚焦，它是否能够成为作家主体的一种自觉，可能是衡量地域文化小说的首要条件。倘使它不能进作家的自觉意识层面，而只是在作家主体的无意识层面展开，也还是能够进地域文化小说的风景线之中的。我以为，最好的地域文化小说可能是那种从无意识走向有意识，再进入信马由缰的无意识层面的小说家的超越境界。正如从"见山是山，见水是水"到"见山不是山，见水不是水"，再到"见山还是山，见水还是水"的审美超越过程一样，进入最高境界的地域文化小说的审美表现应成为一种高度和谐的自然流露。

文化，它应是地域文化小说丰富内涵的矿藏，它应充分显示出人与文化的亲和关系。从某种意义上来说，一部地域文化小说，如果在地方色彩的表现过程中不能揭示丰富的文化内涵，它便失去了作品的文学意义，至多不过是一种"风物志""地方志"似的介绍。因此，作为地域文化小说，它所不可或缺的正是对斑斓色彩的多种文化内涵的揭示，无论你是主观还是客观，这种包括政治、经济、社会、民族、心理等各个层面的广义文化内涵的描写，一定要成为地域文化小说形中之"神"，诗中之"韵"，物中之"魂"，否则，地域文化即失去了文学之根本。

地域文化小说，它应是包容多种艺术形式的地域文化特征的小说。就二十世纪地域文化小说来说，首先，它是以现实主义创作方法和技巧为主体内容的，这不仅是现实主义的创作方法和技巧从形式上来说更适合于跨时空、地域、民族、居群的阅读和审美接受；同时，它亦更适合于接纳现实主义那种博大精深的文化批判内涵。其次，作为现代主义创作方法和技巧的实验基地，有些地域文化小说对现代主义创作方法和技巧的借鉴，大大丰富了地域文化小说的表现力。诸如残雪的《黄泥街》以及马原、洪峰、扎西达娃的一些作品，对推进地域文化小说的艺术发展有着历史性的进步意义；正是因为前两种艺术形式的冲撞，在八九十年代，才可能产生出第三种小说艺术形式和方法技巧。那么，现实主义和现代主义创作方法和技巧的融合，促使地域文化小说胎生了另一种"杂交"作品：八十年代受拉美小说巨匠马尔克斯"魔幻现实主义"的影响，韩少功以《爸爸爸》完成了地域文化小说从"现实"和"现代"两个躯壳中蜕变的过程，以另一种新的形式技巧来完成一个文化批判的母题。而《马桥词典》亦以独特的地域文化特色，也可以说是将地域特征进行艺术的显微和放大，完成了艺术形式上的另一次蜕变，即使它的蜕变过程有着明显的模仿痕迹，但也有着形式拓展的历史进步意义。

仍然是那位著名的美国小说家和批评家赫姆林·加兰，在上个世纪末就预言了美国文学的二十世纪未来："日益尖锐起来的城市生活和乡村生活的对比，不久就要在乡土（地域）小说反映出来了——这部小说将在地方色彩的基础上，反映出那些悲剧和喜剧，我们的整个国家是它的背景，在国内这些不健全的、但是引起文学极大兴趣的城市，如雨后春笋般地成长起来。"加兰所描述的一百年前美国社会景象，在某种程度上与中国现今的社会文化景观十分相似。那种凝固的文化形态被骚动的反文化因子所破坏，由此在地域文化中所形成的亘古不变的稳态文化结构——人种、居群、风俗、宗教等人文因素——面临着崩溃、裂变的过程；都市的风景线所构成的新的地域文化风景线，成为地域文化小说所面临的新课题。怎样去描摹和抒写新世纪的地域文化小说的新景观，这是中国作家和批评家应为下一个世纪承担的历史重负之一。

我们不敢懈怠，我们也不能懈怠。

这套 20 世纪地域文化小说丛书原计划分三个时间段来编选出版。第一段是二、三、四十年代的一批作家的作品，如沈从文、老舍、彭家煌、艾芜、沙汀、王鲁彦、赵树理、孙犁、钟理和、师陀等人；第二段是五、六、七十年代的一批作家，如刘绍棠、汪曾祺、邓友梅、陆文夫、周立波、林斤澜、浩然、欧阳山等人；第三段是八九十年代的一批作家。须得说明的是，新时期以降，中国地域文化小说的创作达到高峰期，富于地域文化特征的作品可谓汗牛充栋，众多出版社群起蜂拥地反复出版了一些热门作家的专集、文集乃至全集，针对这一情况，如果再选他们的作品结集，似有凑热闹之嫌。所以经多方商讨，决定在一些正当创作势头上的作家中遴选，好在在这一广阔的领域内，我们尚有很大的提炼、选择空间。目下已出的8本书只能算是一种探索和研究，作为一套带有学术价值的丛书，只出此 8 种便有深深的遗珠之憾，这种遗憾只有待这批作品面世后视读者的反应得以弥补。

这套丛书之所以能够顺利出版，主要有赖于北京出版社的鼎力支持，倘使没有他们的具体策划安排，<u>丛书</u>是不可能得以付梓的。在此我代表众位作者及参与编选工作的全体同仁表示诚挚的感谢和深深的敬意。

1997 年 4 月 15 日至 5 月 20 日

于金陵紫金山下

（以上为丁帆主编《天津闲人》《金龟》《古柳一景》

《赌徒》《黄昏放牛》《紫雾》《欢乐家园》《野渡》，

"新时期地域文化小说丛书"第一辑总序，

北京出版社 1998 年版。标题为编辑所加）

十七年文学：“人”与“自我”的失落

　　在这全球性的物质时代到来之际，若想出一本有点意思的学术著作，真是难于上青天，当然除了那些学术大师外，像我们这样一般的多如牛毛的教授们，没有一定的背景，恐怕要脱掉一层皮的。这本小书本来是许志英、邹恬先生主编的《中国现代文学主潮》中的一种，由于种种原因未能印行，现交河南大学出版社出版。它的问世恰在当代文学50年之际，又在本世纪逝去的最后晚钟之中，可想我们的心情是难以名状的。

　　这本小书探讨的问题，实际上是一些不可绕过的学术问题，几经磨洗，锋齿已钝。但作为大专院校当代文学课程的本科生、研究生的辅助教材，以及文学研究者的研究参照，想必是有些用处的。倘使如此，我们将叩谢一切为此书尽过力的朋友和老师！

1998 年 11 月 23 日

于金陵

（以上为丁帆、王世城著
《十七年文学：“人”与“自我”的失落》跋，
河南大学出版社 1999 年版。标题为编辑所加）

地域文化的表达是窥视
世界的最好窗口

  去年编完《新时期地域文化小说丛书》(第一辑)后，总算松了口气。孰料此系列丛书一上市，尚颇受好评，一是读者反映不错，二是一些作家亦情有独钟。因此，在北京出版社文史部诸编辑的建议和促动下，这第二辑的九部作品亦很快面世了。

  我曾在《新时期地域文化小说丛书》(第一辑)的"总序"中说："新时期以降，中国地域文化小说的创作达到高峰期，富于地域文化特征的作品可谓汗牛充栋，……只出此 8 种便有深深的遗珠之憾，这种遗憾只有待这批作品面世后视读者的反应得以弥补。"未曾想到弥补"遗珠之憾"的契机来得如此之快，然而，在"弥补"的过程中，经过反复筛选，遴选了这九部作品集，却觉得还有"遗珠之憾"。明眼的读者一看便可理解其中的甘苦了，第一辑为 8 种，第二辑为 9 种，这个数字的变化就足可见最后定夺时不忍割爱的两难心境。即使如此，仍不能弥补在遴选时惆怅若失的那份无奈心境。

我们面临着一个文化转型的时代，经济体制逐渐走上了全球一体化的运作过程，而旧有的文化语境和现实生活形成的"文化滞差"给这个社会带来了一片文化的混沌状态，传统（乡土）与现代（都市）的分离而形成的观念的断裂，成为当下许多作家思考的聚焦，我们不能不直面物质主义时代的种种文化的选择，而文学的表达，尤其是地域文化的表达，乃成为我们窥视这个世界风景线的最好窗口。

在幅员辽阔的中国，沿海和内地，南方和北方，东部和西部，平原与山区，乡村与都市，每一地域因着经济与文化的制约，都显现出不同的文化景观。发掘这块地域文化的特征，已经成为某些作家自觉的追求，更有一些未经理论熏陶的作家，以天然去雕饰的品格来书写具有地域风情的文本，这种在不自觉后面的本能冲动似乎更接近于创作美学的本源。我们发现，在大部分书写当下的地域文化小说中，作家们敏悟到的两种思想、两种观念、两种文化所形成的人与人之间的精神断裂和思想落差，几乎成为他们所要表现的共同母题，无论是在偏远的山地，还是闪烁着现代虹霓的商业大都市，物质和欲望的压迫成为现代人的"影响和焦虑"。因此，这种内在的冲动成为地域文化表现现代人心理嬗变的一种定势，作家们在文化的裂变中也就找到了自己书写的位置和最佳视角。

在物质和欲望的商业化写作时代，有些作家沉沦了，有些作家在作最后的抗争，还有一些作家干脆遁入历史题材，用浪漫和抒情来疗救心灵的创伤。他们所编织的一幅幅风俗画、风景画、风情画，俨然是地域文化小说的一束束古典的阳光，照耀着现代人心灵中的暗陬。我以为作为艺术的消极抵抗，它的全部意义就在于其中的人文内涵是激励人类永远向上、向善、向真、向美的原动力。就此而言，我对那种富有诗性的地域文化小说篇章，则更有一种膜拜的审美心境。

在这个物欲横流的时代，坚守人性和人道已经很不容易了，作品倘使还有更大更多的人文涵量，则就更使人刮目相看了。我默默祈祷这套丛书中作家笔下所折射出的灿烂的人文阳光，能给读者诸君心灵带来一片明媚和晴朗。

因此，我代表读者向九位作家表示最深挚的敬意！

因此，我亦代表九位作家和编者对支持出版这套具有学术和美学价值丛书的北京出版社的领导和同仁们表示虔诚的谢忱！

1998 年 10 月

于金陵紫金山下

（以上为丁帆主编《鱼渡》《空穴》《良家妇女》《寻找鸟声》《日落复日出》《胡天胡地胡骚》《你没有理由不疯》《永不回归的姑母》《风也萧萧　雨也潇潇》，"新时期地域文化小说丛书"第二辑总序，北京出版社 1999 年版。标题为编辑所加）

中国大陆与台湾乡土小说之比较

历时六年的撰写与修改，此书总算付梓了，此中之甘苦，是难以言表的。

本书是国家社科基金项目的一种，是继我的"七五"国家社科项目《中国乡土小说史论》以后的"八五"国家社科项目。自1994年我自己开始带博士生时，就决心在三年内带领一批博士生完成此项目。但是，当初稿完成后，又遇着一段曲折———一家省级出版社已将此稿付梓，却又因为社长易人，办社方针改变——以经济效益为宗旨，婉拒了此书的出版，在这个以物质为中心的时代，我们又能说什么呢？！

感谢"南京大学学术文库"为此书的出版带来了福音，让它起死回生，本身就意味着南大的学术之胸襟与风范，此举使我们不能自已。

同时要感谢的是南大出版社社长任天石、副总编辑左健、总编助理胡豪、责任编辑金鑫荣先生，没有他们的辛劳，此书不能如期顺利出版。

另外，还须感谢我的另一位在籍博士生肖成同志，她为此书的校订也付出了很多的辛劳。

写作提纲与目录编排由丁帆拟定，写作分工如下：绪论：丁帆；第一编：范钦林；第二编：王文胜；第三编：王世城；第四编、第五编第五章：贺仲明；第五编第一至四章、第六七章：何言宏。

最后统稿由丁帆完成。

此书写作虽经六年，但不免仍有谬误之处，还望方家与读者诸君批评指正。

是为跋。

丁帆

2001 年 4 月 8 日

于紫金山下

（以上为丁帆等著

《中国大陆与台湾乡土小说比较史论》后记，

南京大学出版社 2001 年版。标题为编辑所加）

重回"五四"起跑线

重回"五四"的起跑线，已经成为我近年来为文的潜在宗旨。

1979 年，我踏上了文学研究与批评的学术道路，在文学这方精神领地上耕耘了二十多个春秋。其间，随着自身方法论的更新、批评观的递嬗，一条治学轨迹也突显出来：从作家作品论到文学现象的整体认知，从探悉文学的内部构成拓展到认识文学生成的外部环境，从文学的微观世界的阐发到宏观世界的把握，从文学境遇的体察到文化命脉的忧思乃至更为深远的人类生存境况的人文追问，……都紧扣着五四人文精神的母题。

在学术研究的前期，我从作家作品的文本内部入手、深入到对象中去把握和理解对象的内在逻辑，尊重研究对象"独立存在"的具体历史理由，进而建立对它们的历史的、美学的价值判断。因为这些作家某种程度上导引并推动了当代中国文学话语实践的历程，我对他们的关注和考察也就在某种意义上反映了"新时期"以来艺术衍进的变奏情况。我努力跟踪把握同时期文学现象、为变动中的当代文学进行价值定位，尝试理清文学观念的演化状况。后来，通过寻找更广泛的研究视角，我试图更新当代文学史图景的描述方法。在这些研究中，我开始注意与文学相关的广泛的文化现象，尽力描述某一现象思潮的具体的"历史情景"，重视文学现象、文学作品生成的文化环境，关注宏观文学潮流与审察具体文本相结合。由于结合了对历史的认识和对时代生活的认识，使得文学现象在个人的切身体会中获得尽可能合理的理解，获得了文化范畴中创造性阐释的可能性。从侧重于微观批评的作家作品论起步，到追求一种建立在微观细察之上的对中国当代文学乃至文学本体的更高远更全面的整体观照，我逐步做到了微观批评与宏观批评的合一，并在此基础上力求立足高远、深入浅出地解析社会人生、文学文化。我追求美学历史批评与本体批评的统一：试图在艺术细节上深入把握作品、对作品进行精辟的分析，也将批评对象置于其特定时代文化背景下，以"知人论世"的原则进行考察，使作家作品不但体现出其美学上的意义，亦显示出其历史的、社会的价值。作为一个有良知的现代知识分子，在学术研究中，一直不曾泯灭的是我强烈的现实参与精神与社会责任感。文学绝对不是自足的，它的意义应与现实社会、道德理想乃至人类终极关怀密切相关。所以，我的文学批评有强烈的社会批判色彩，直至渗入文化批评领域。

近期，我研究的着眼点集中在以下几个方面：

一、当下文化语境及其生成

我认为中国在文化体制没有突变的情况下，能够如此迅速地与世界文化对接，如此深刻地融会于西方文化，与当前社会机制受"全球一体化"的影响有密切关系。经济的市场化带来了更深刻的文化意识形态的入侵，中国人的生活观念、思想观念、审美观念都在急剧的蜕变之中。就空间而言，随着中国西部开发，中国漫长的农业文明必然走向终结。在这样的轨道上，"全球化"逐渐消解着中国近、现代以来沉重的启蒙话语。

我对当下中国文化的整体特征作出了"现代性与后现代性互渗"的判断，这构成我审视诸多文化问题的支点。我认为，马克思的历史断代学说不但适用于中国文化发展阶段的历史描述，也适用于中国文化形态的描述。文化界社会性质的大讨论包含了对中国"现代性"的巨大质疑，也是对中国一再错过"现代性"契机的诘问。由于一次次的历史反动，20世纪后半叶，中国依然沉浸在无边的农业文明的社会形态和文化语境之中，尽管沿海地区资本主义原始积累时期的文化矛盾已经突显出来。农业文明和工业文明叠加，强大的封建思想毒素不时与某种看似现代的思潮媾和，一次次使向资本主义转型的社会文化命题胎死腹中。从这个意义上讲，中国文化现代性的残缺昭显出中国历史断代的封建性悖谬，需要作出深刻的文化反思。

现代性与后现代性互渗使得启蒙者的立场复杂化了，后现代性的植入是一个重要原因。在现代化的"补课"中，随着工业文明的铺展，中国社会结构的某些部分已经提前与西方社会一同进入了人类新的文化困境命题的讨论之中，在同一时间纬度上，在中国的沿海城市，贝尔所描述的"资本主义的文化矛盾"，以詹明信、吉登斯们所描写的"后现代主义文化的矛盾"，已经混杂在一起。一个更有诱惑力和挑战性的、具有世界意义与人类意义的"后现代"文化命题出现了。80年代中期关于"后现代派"的讨论是在一元启蒙的文化语境中讨论问题，其所得出的"中国尚未形成适宜现代派成长的土壤和温床"的结论早已过时。中国部分地区已经和西方经济、文化站在了同一起跑线上，因而也在中国经济体制改革先行的社会机制中形成了二元文化困境命题的表征。人类处在高科技文化语境之中的困惑，即资本主义和后资本主义的文化矛盾已经先期抵达中国文化的彼岸，与20世纪的"现代性"问题一起，闯入我们的文化视野。可怕的是，当这个文化语境在我们周围生成的时候，很多人都浑然不察，抑或手足无措，失去了判断的能力。

二、知识分子问题

在上述二元文化困境中，我进而思考当代中国知识分子的处境问题。各个国家的社会发展是不平衡的，从空间上来看，它形成了世界范围内的"文化滞差";而就时间上来看,一个国家内因为社会变革所引起的物质与精神的断裂,则形成了历史环链上的"文化滞差"。欧美国家在 20 世纪初所面临的人文困境,赫然呈现于 21 世纪初的中国。这给知识分子带来了五色的文化眩晕症。我以为,要想在理论上有所创新,首先必须解决的是价值理念的改变。"五四"以后知识分子心目中建立起来的以人为本的价值体系,一直是我们判断事物的标准,如今,这一标准在强大的物质主义冲击下摇摇欲坠。当代知识分子要克服"文化滞差"所带来的人文理论困惑,仅仅期望于人文主义与物质主义的协和共存是不够的。这就需要拓宽许多已经显得十分狭隘、软弱的理论预设。在中国近二十年的资本发展和积累过程中,人文本体的丧失随着经济发展的不断提升而愈加深刻。

此时,作为一个"阐释中国的焦虑"者,许多人都以为开发性的多元理论框架是解决一切问题的最好方法,幻想从多元的理论框架中获得对表象世界的平衡与瓜分。但我以为,在人类文化发展的任何一个历史环链中都有一个恒定的、超越一切时空的价值标准,这就是以人性与人道主义为底线的人文价值标准。它是任何创新理论的一个支点,任何价值的位移都无法避开这一撬动人类文化历史的支点。在"雅驯文化"与"商品文化"之间,我们必须更多注入人性文化的内涵,绝不能忘记人类文化价值的底线。"人性最底线"的提法实际上丰富了单纯现代性语境中启蒙方案的参照系。知识分子有严重的人性危机。上帝死了，然后呢？人死了！知识分子没有被集权所打倒，可能很快被资本所打倒。迪特里奇从第三世界角度提出了一个问题，即向资本投降是第三世界知识分子的普遍问题，中国知识分子面临的问题是双刃剑，一方面要和体制作战，一方面要和资本作战，和商品文化作战，所以形成了我们观念的大倾斜。丧失了人性的和人道主义的标准，知识分子就会臣服于话语霸权，臣服于商品文化。

在将后现代的文化现象纳入人性、人道主义的审视框架时，人性概念的人类学蕴涵不能忽视。在人类进步意义的层面上，人性是一个宽泛的概念，甚至弥漫在形式主义层面的审美因素中。在当下文学批评中存在两种误区：对艺术形式进行孤立的审美走向了极端，样板戏孤立抽出来也有其审美性的一面；夹杂着忆旧情绪，孤立地看样板戏，就会偏离历史主义的态度，挖掘出荒唐的"文革现代性"。

上一个世纪是中国知识分子盲目启蒙而一再失败的苍凉世纪。作为资产阶级上升时期的人文精神没有在中国 20 世纪强大的封建人文语境中得到根植与发展，从 70 年代末的启蒙补课，到 90 年代的商品大潮的冲击，后现代文化带来的种种戕害和亵渎人性的弊端又凸显在人们面前，成为又一个新的文化悖论，一柄难以对付的精神双刃剑。目前，中国知识分子应承担的最大责任是"二次启蒙"：不仅承担启蒙民众的责任，还要不间断地自我启蒙，从而避免启蒙的再次溃败。自我启蒙是一件痛苦的事情，但是只有完成了自我启蒙，他们才有资格担任民众启蒙的社会角色。缺少了民众启蒙和自我启蒙双重承担的任何一种，要解决当前文化问题，都只能是徒劳和枉然的。

三、文学的历史归属与当前处境

20世纪的帷幔落下之后，中国当代文学的入史问题成为文学研究界注目的焦点。饶有意味的是，所有的当代文学史写作者都无法摆脱一种临场写作状态。研究20世纪后半叶中国文学需要研究者确立自己的价值立场。作为治史对象的五十年共和国文学本身充满了"价值判断"，中国知识分子亦时刻处于文化、政治的"差序格局"中，因而，"客观中性"的治史愿望极易化解、消泯知识分子的人文立场。在现代、后现代两个文化板块的碰撞中，知识分子必须重新走进"拳击场"，找回更加符合人性的价值尺度，并以此找寻、接续五十年文学的人性通道。惟有实现了主体介入以后的历史的和美学的最高标准，并站在文学的高度扫描整个文化境况，才能在文学背后暗含对整个人类的文化关怀，才能体现出现代知识分子和古代文人治学方法的根本区别。现代性的稳态结构已经被90年代文化状况的多重悖论打破，这给20世纪后半叶中国文学研究者提供了一次全面检索自身价值立场的契机。只有在知识分子的精神裂变中重建人文价值立场，全面克服研究观念、研究方法中的各种制衡因素，才能把握这种契机，实现对这段文学进行一种"临场"治史的史性品格的飞跃。90年代文学是不可忽视的转型期。文学经历了十年"现代性"的反复回归与"后现代性"的超前演练，以及政治风浪的磨洗和西方现代文化理论的倾泻，变得愈来愈趋向单一化。在表面多元化的掩盖下，文学的本质却愈来愈向后现代文化所设置的单一物质化的理论陷阱坠落。但是，我们可以清楚地定义：20 世纪文学的终结，也就是真正与中国"古典主义"意义上的文学史告别，应该是90 年代末由经济而文学的根本意义上的人的文化观念的质变。以此来作为文学史断代的理论依据，可能更有其学理性，恐怕也更能经得起历史的检验。

文化的"后现代性"对当下的文学生态产生了许多影响，其中，将文学反叛置于对人类进步优秀的审美经验的亵渎框架之中，恐怕是"后现代性"的一次严重审美误置。文学表现上的"后现代性"症候不仅在创作观念之中，而且已经渗透到了具体的描写技巧技法之中。我们将文学重心一味地"向内转"时，全然舍弃了对于外部世界的关注，堵塞了人与自然的和谐沟通的逶迤天路。从中我们可以看出文学在物化的历史变迁中的症候性表现。这种具有"现代性"的乌托邦描写的消亡，是人类返归与自然沟通的路途中须得悲哀与警惕的文学命题。

收在这个集子里的文章都是我近年来发表在一些刊物上的论文和随笔，我之所以将它们分割成五块，明眼的读者一看便知，它暗含着这样的几个基本元素：现代／传统，乡土／都市，男权／女性，历史／现实，理论／文本，经院／印象，……

当然，这样的元素的对立统一是建立在多元共生的逻辑前提下的，相信读者诸君是能够从中看出拙著编排中的一些良苦用心的。

（以上为丁帆著《重回"五四"起跑线》自序，人民文学出版社 2004 年版。标题为编辑所加）

西部现代文学史的建构与研究

　　毫无疑问，迄今为止，我们的现代文学史著作已经足有几百种之多，呈现出了"百花齐放"的可喜局面。然而，我们又不得不遗憾地说：由于种种原因，现行的现代文学史无论是在有意识层面，还是无意识层面，都将西部文学边缘化了。换言之，中国现代文学史的著史视角始终停滞在以农耕文明为主体的中原文学板块和以现代文明为主体的东南沿海文学板块上，虽然对西部文学的研究和关注也多有局部的涉及，但是总觉得不够系统，有一种难隐的拼贴感和隔膜感。其根本原因就在于我们对大量西部文学的文本阅读得太少；我们对西部文化生态——以游牧文明为主体的多民族文化形态的不熟悉；我们对西部风土人情、风俗风景的陌生；我们对西部作家表达情感的方式，乃至审美观念与文本的书写方式都有着天然的距离感。因此，摆在我们面前的撰写宗旨就凸显出来了：全面地、系统地勾画西部现代文学史的面貌，将它置于一个独立的、自成体系的学科研究序列，既要成为我们的研究视角，又要成为我们观照一切西部文学的价值理念。于是，用新视角去打捞和钩沉被中国现代文学史忽略、遗忘，乃至掩埋的许多优秀作家作品；以新的理念去重新解读和诠释大量文本生成的意义，包括那些没有被发掘的有意味的形式，便成为我们这部《中国西部现代文学史》主导思想和价值观的关键所在。

鉴于此，我们清楚地认识到：西部现代文学史的建构并非简单地编撰一部区域的文学门类史，它是西部独特的文明形态的象征和显现，受制于西部的自然环境、生产方式、社会历史进程以及民族、宗教、文化的多样性、混杂性、独特性的影响，并一直呼应着中国现代文学主潮的脉动。所以，这就要求我们必须站在历史的、多元文明形态的高度，用一种西部文化精神的整体观来统摄西部文学中的每一个文学现象、社团流派和作家作品。只有这样，我们才有可能把西部文学的研究上升到一个新的理性高度。

在编撰过程中，我们首先遇到的难题就是史料和资料的搜集。可出乎意料的是，当我们发出大量信函向个人征集资料时，一捆捆书籍和雪片般的信札如期而至。新疆青年作家陈漠的来信道出了许多西部作家的心声："我虽是一个文学新手，但却有着极其虔诚而积极的期待。关于中国西部文学，我从来没有消极过。我觉得，对于每一位西部作家来说，无论在任何时候，我们都应当保持一种健康而平和的心态。我们应当站在人类应有的精神高度从事我们的生活和写作，我们应当把生命一般宝贵的写作生活建造得更加朴素和动人……我心中的西部文学一直在远处金光闪烁着、在远处等我,在远处发出醉人的咆哮。我是怎样期待这一切呀!我等待着那条通往来日的秘密通道!"甘肃作家柏原在信中说:"《中国西部现代文学史》的建构和写作,是主流话语对放逐已久的西部文化的深切关注,这一写作本身的价值远远超越了在当下的意义……"我们没有想到的是,许多作家对我们的研究课题如此尽心尽责并表达了深切的期盼,他们对西部文学发展的那份诚意和热望使我们深深地感动了,我们没有理由对这一研究工作有半点马虎。

如何确立撰写的总体思路和方法当然也是成书的关键。首先,西部现代文学史的空间区域的划分和时段上下限是个难点。在空间区域的厘定上,"文化西部"成为我们划分西部边界的内在标准。这里的"西部"是一个由自然环境、生产方式以及民族、宗教、文化等因素构成的独特的文明形态的指称,是以游牧文明为背景、为主体的文明范畴(另两个中国文化发展的文明范畴是中部农耕文明、沿海都市文明);在时段划分上,我们本着西部文学的内在逻辑线索,参照政治社会文化的变迁,但不惟政治标准划分切割的理念,对西部现代文学进行分期,尽量做到接近历史的真实与客观。其次,作为文学史观照的主体对象的作家作品,我们既要用宏观的文化视野和人文理性的价值观去概括其总体特征;同时也要以微观细致的文学研究的方法去进行工具性的梳理。从形而上到形而下再到形而上，成为我们内在的撰写视角。在研究中，我们着重强调的是这部文学史的内在的审美逻辑线索和文化精神线索的贯穿。因此，确立了西部文学"三画"（风俗画、风景画、风情画）和"四彩"（自然色彩、神性色彩、流寓色彩、悲情色彩）的研究格局，以此来剖析文本。惟此，我们才将获得对西部文学的最准确的文学本质的美学把握。

本书的写作经历了一个长达五年的孕育过程。余光中有一首《民歌》诗这样写道："传说北方有一首民歌／只有黄河的肺活量能歌唱／从青海到黄海／风 也听见／沙 也听见。"西部口传史诗的神奇、边塞诗的雄浑与瑰丽、西部的浩瀚及风土人情的醇厚、殊异，常常令人向往、迷恋，而能借以慰藉的是长期以来我在乡土文学与地域文学的研究、体悟中，那些充满地域风情的文本和文化景观给予我的审美餍足。但这显然和深入西部文化的内核还是有差距的。90年代后期开始，全球化境遇下的地域文化差异日益凸现，我的研究视野也拓展至全球化境遇下的文明冲突和地域文化的深层，而自成格局的西部文学的美学价值的发现，使我产生了构建中国西部文学史的最初冲动。在多次学术交流中，我的博士生马永强和老朋友管卫中对这一设想的赞同与呼应，使孕育之中的《中国西部现代文学史》的架构呼之欲出。于是，经过反复的考量，我决定申报"中国西部现代文学史"的国家社科基金项目，没有想到竟顺利地通过了立项。此后，由于博士后贺昌盛和新一届博士生李兴阳、贾艳艳等人的加入，更壮大了此项目的科研力量。2000 年，我和马永强、管卫中拟订了写作的初步宗旨和大纲，在此基础上，经过反复酝酿和修改，形成了详细的提纲。嗣后，在具体的写作过程中，又几经局部修改、变动和调整。

写作的具体分工是：

绪论：丁帆、贺昌盛、马永强撰写；

第一章，第二章第一、二节，第五章第二节，第六章第一、二、三节，第七章第四节，第八章：马永强撰写；

第三章，第四章第一节，第五章第三、四节，第六章第四、五节，第九章：管卫中撰写；

第四章第二节，第五章第一节：贾艳艳撰写；

第四章第三节，第七章第二、三节：李兴阳撰写；

第七章第一节：刘昕华撰写；

第二章第三节，第四章第四节，第七章第五节：胡颖、王登勃撰写。

最后统稿由丁帆、马永强、贺昌盛完成。李兴阳和贾艳艳也在统稿过程中做了大量的文字修改工作。

我们最要感谢的是那些为本书撰写工作提供了大量资料的西部作家和文学工作者们，没有他们的奉献，此书的写作肯定会受到阻遏。再者，就是要感谢南京大学当初负责文科工作的校长洪银兴先生给予的支持。没有上述热心者们的无私的帮助，此书的问世都是很困难的，在此我们再次表示最诚挚的感激之情。最后还需说明的是，《中国西部现代文学史》所关注的是西部文学的进行时，因此，遗漏和局限也会随着时光流逝毕现，但我们追踪的目光不会停止。

丁帆

2004 年 4 月 2 日于紫金山下

（以上为丁帆主编《中国西部现代文学史》序言，人民文学出版社 2004 年版。标题为编辑所加）

文学史的创造与被创造

这部著作的最初构想始于 1986 年前后，当时，一家学术出版社的编辑朋友竭力促成我写出此书，并将其纳入了出版计划。当我刚刚将详细提纲交出时，正碰上了出版业的空前"大滑坡"，写作也就搁置起来了。1988 年我调入南京大学工作后，申请到了 1988 年"'七五'国家社科青年基金项目"，并于 1991 年开设了"中国乡土小说史"的研究生课程，才又重新操笔来完成旧著，赶在 1992 年 9 月由江苏文艺出版社出版了《中国乡土小说史论》一书。

2002 年至 2004 年间，我对原著进行了部分修改，其原因是为了适应新形势下的研究生教学。在这次修改中，傅元峰做了许多注释工作。

此次修订的缘由是北京大学出版社看中此书的学术价值和教学价值，并由此申报了国家"十一五"规划教材。因此，我决定对这门循环教学已经十五年的旧作进行大面积的修改。我在 2005 年确定了新的提纲后，便开始了修订。

除了结构的调整外，此书在增加、补充、删减和修改上作了百分之五十以上的改动。增加了原著中遗漏的一些重要作家作品的节和目；补充了原著中史实与论述不够完善和不够清楚的地方；删减了部分重复和臃肿的文字；修改了一些因为种种时代局限而没有能够正确表达的观点。

在近一年的繁重修订工作中，所花费的精力是可想而知的。在这里，我特别要感谢的是我的博士生李兴阳，他不但为此书增写了几节，而且在整个修订过程中，他付出了大量的劳动，尤其是在对繁冗注释的校对工作中，他埋头苦干的精神使我感动。此外，袁楠和黄勇也承担了各一节的写作任务，施龙进行了部分注释工作，在此也表示感谢。

北京大学出版社为此书的出版付出了很多的辛劳，尤其是张凤珠和徐丹丽女士的帮助更甚，在此一并表示感谢。

我很欣赏罗伯特·魏曼的那句可以成为文学史家箴言的话："尽管文学史家写出了一本文学史（总结性的著作），但从某种意义上来说，他本人也是文学史（即读过的书的总和）的产物。因此，撰写历史既是创造历史，也是被历史所创造。"诚然，我想在此书撰写的过程中去"创造"些什么，试图开拓出一些新的观念的疆域，但又确确实实被那纷繁斑斓的历史所"创造"着。

希望读者诸君在阅读此书时不吝赐教，这样就能够使我在不断地"创造"和"被创造"过程中获得新知和新生。

丁帆

2006 年 9 月 21 日于南京紫金山南麓

（以上为丁帆等著《中国乡土小说史》后记，
北京大学出版社 2007 年版。标题为编辑所加）

以文化批判者的独立精神
面对历史和未来

丁帆　黄轶

黄轶（以下简称黄）：丁老师好！首先祝贺您《文化批判的审美价值坐标》一书将要出版。请问，您是什么时候开始走上现当代文学研究的学术道路的？

丁帆教授（以下简称丁）：谢谢！1979年，我到南京大学中文系进修，在《文学评论》第5期上发表了《论峻青短篇小说的艺术风格》一文，应该算是我学术道路的正式开端。

黄：听老教师讲您当时整天待在中文系资料室，差不多成了一个兼职图书管理员，获得了非常宝贵的读书机会。能否谈一下您的学业生涯？

丁：我们这一代人的读书生活相伴着一段民族历史的沉浮。我在苏州长到2岁时随父母调入南京，在"大院"里长大，读完了小学和中学，正赶上"文化大革命"知识青年"上山下乡"运动，1968 年我到苏北宝应农村插队。1974 年，我进入扬州师范学院中文系学习，毕业后任教于扬州教育学院，1988 年调入南大。

黄：作为"文化大革命"的亲历者和一个"老知青"，这段经历对您的人生和学术有着怎样的影响？

丁：那段岁月无疑是苦难的，但我在乡间人物的身上汲取过苦难生命的精髓，同时也看到过一个个阿 Q 式的面影。我们不能脱离那个特定时代所给定的精神资源，但是，亦如沈从文曾说过"回忆是有毒的"那样，从社会的进化和人性的发展来看，此话道破了历史中人性的奥秘。当"忆旧"成为一种精神的癖症时，我们须得慎重地对待历史。在这个国度和年代，仍然还存在着强大的封建意识的温床。作为一种怀旧情绪，它说明政治强权理念已经渗透在人的无意识之中，包括存在于知识分子的集体无意识中。

黄：那么，您怎么看待"文革文学"和"十七年文学"呢？

丁："文革文学"和"十七年文学"落入了以"阶级斗争为纲"和"为政治服务"的怪圈，它们是以反人性"遵命文学"（此种"遵命文学"不能与鲁迅所倡同日而语）为荣，舍弃一切文学的艺术准则，更舍弃作家主体的思想观照的结果。但一段文学的研究价值并不取决于研究对象文本质量的优劣，而是取决于研究对象历史内涵的多少。"文革文学"包括"十七年文学"的"活化石"意义并不亚于那些文学史中内在现象和精品文本研究的意义，我们可以从中寻觅到进一步推动文学史向更深层次突进的宝贵历史经验。我还想强调的是，当前的研究删除了这段文学史与当时整个世界文化格局的关联性，将它与世界文学强势的反差和落差屏蔽起来，这样就很难从一个更新的高度来看清楚这段文学史的真实面貌和本质特征。只有冷峻地从文化与文学结构层面入手，从思想史和文学史的关联性入手，在世界文化的进步趋向进程的格局中细心地考察和体验各种文本与文学现象，才能看出它们之间的优劣。

黄：说到"细心地考察和体验各种文本与文学现象"，我想到您对"20世纪两次资本主义语境中的文学状况"的分析，特别是对现当代文学中官僚资本家形象描写的研究是有意义的。在整个中国的经济资本主义运行机制中，体制的弊端与经济发展的矛盾构成了世纪之交这道中国特有的阶级分化风景线。但这些常常被作家和研究者忽略了。

丁：从这个意义上来说，我们的文学家在整个文化语境中"失明"了，"失声"了，看不到这个阶级对社会肌体的侵蚀，看不到它对中国社会乃至整个时代观念的制约力，恐怕也是作家有意无意地回避尖锐的社会矛盾，躲避一个作家应有的人性和人道主义的批判立场和观察视线的结果。例如，我们的"现实主义冲击波"就在价值观念上脱离了现实主义的原意，即尖锐的文化批判功能，因而，它对社会异化的本质特征不可能有更深刻的认识。随着时下对现代知识分子建构的"现代启蒙话语"的解构，人们已对"书记员"的写作角色嗤之以鼻了，所谓"多元写作"一定程度上则是消解现实本质，消解人性和人道主义立场，用"多元"来掩饰创作进入另外的"一元化"写作——物质主义时代的"欲望化写作"。

黄：这一倾向和 20 世纪 90 年代以来的知识分子境遇有没有关联？

丁：20 世纪 90 年代以来，随着主流话语控制的逐渐解压，很多知识分子产生了身在边缘的幻觉。就表象而言，商品经济、后现代文化的挤压实现了 50 年代至 70 年代的政治禁锢所没有达到的结果，知识分子基本上被淘汰出局。这种表象促成了一种知识分子梦寐以求的对话立足点，促成了"知识分子本身应在边缘"的意识暗流。"在边缘"与价值判断消弭的等式使现代化中的文学创作和学术研究误入迷途。另外，经济发展中的文化殖民意识使民族性受到了压抑，而民族情绪的升腾又与民族文化劣根性在现代化过程中形成的负面效应相冲突，由此形成 90 年代文化状况的多重悖论，80 年代资本积累时期的文化现象已经为这一问题预设了充足的注释。辨析这些悖论逼迫我们形成自己的价值判断——一切违反人性的东西都是我们文化和文学视野中需要进行批判的东西。

黄：就社会文化结构而言，中国已经走出了农业文明的羁绊，在现代化的"补课"中，逐渐完成了工业文明的覆盖，而且随着后工业文明的提前进入，在沿海的大都市里，社会文化结构的某些部分在某种程度上已经提前与西方社会一同进入了人类新的文化困境命题讨论之中。请评价一下这一社会转型给文学带来的机遇和挑战。

丁：今天我们所面临的"后现代"文化讨论，是西方文化意识形态与我们的文化意识形态对撞和融合的结果。人类处在高科技文化语境之中的困境的共同命题——资本主义和资本主义的文化矛盾已经先期抵达中国文化意识形态的彼岸。在当下文坛，"后现代"理论和创作方法已经汹涌而至，那种西方后工业时代所产生的现代城市人的精神焦虑确实被一些"新潮"艺术家们进行了毫无节制的夸张性模仿。例如，"私人化"写作，我们并不反对"私人化"写作，五四启蒙的主旨就是个性解放、回归人性，问题是在这个大转型的时代，我们的"内心独白"是向着一己的私怨、杯水的风波、感官的欲望而滔滔不绝地"叙述"，背对普泛的大众和民间，背对整个文化的背景，拾着不合国情的"后现代"牙慧。这就毫无价值可言了。我们必须认识到，五千年封建文化思想的阴影尚未完全被现代文化乃至后现代文化所遮蔽和驱逐，旧的枷锁还没有去除，现代物质文明又给现代人的心灵上套上了新的枷锁。这些是当前文学必须面对的刻不容缓的文化和文学的命题。

黄：在论及中国当前现代性、后现代性互渗的文化语境时，您引入了威廉·奥格本 1922 年在《社会变革》一书中提出的术语"文化滞差"。针对中国当前的社会发展状况，这一概念究竟该作何理解？

丁："文化滞差"这一概念的基本含义是指文化落后于科技和工业的发展。"现代性"，尤其"后现代性"在中国越来越体现为明显的残缺性，与民族意识的残疾相得益彰。从五四以后，民族性与现代性的对抗状态一直存在，体制话语利用了民间意识来排拒现代性。事实上，经济体制改革不可能脱离整个文化体系，技术引入必然导致更深层次的文化植入，从而引起现代性思想波澜。宏观去看，在国家、社会层面，有时是文化递嬗先于经济发展，比如"伤痕文学"。"伤痕文学"在历史时间上回到了五四，在文化时间上指向了"现代性"，走回到了资产阶级和现实主义的人性本位。这个"回到常识"的过程凸显了文化重建的艰难。当下，旧"体制"下的文化意识形态显然不再适用和不再能够负载，"新国学""新儒学"也是徒有一腔热血和道义情感的陈词滥调，"后现代"文化已经携带着有毒的"鸦片"，大兵压境，"现代性"作为一种未完成的仪式，在进行资本主义文化补课的时候更是举步维艰。

黄：您非常注重文学创作和研究的文化批判意义，但在谈到茅盾的《蚀》和《子夜》时，您从艺术上肯定了《蚀》是"最好的作品"；在谈到乡土小说的概念和审美范畴时，您特别强调"地域性"和"风俗画"对于乡土小说存亡的重要意义；您也曾著文批判所谓的"现实主义冲击波"在整个美学定位上偏离了"悲剧效应"。请问，您怎么看待文学的历史功利与审美功能两者的关系？

丁：一个重要的标杆就是历史的和美学的坐标。美学效应和价值观念上的文化批判功能是息息相关的，文学是要缔造充满着人性和人道内涵的精神世界，站在文学的高度并把对整个文化的扫描囊括其中后，审美方式才不仅是文学的，才能在文字叙述表面的背后隐含整个人类文化的定位，才能体现出现代知识分子和古代知识分子在学术、学识和学理层面以及治学方法的根本区别。

黄：在浩渺的历史时空中，有没有相对永恒的价值标准？在专门性的阅读之外，有没有永恒的公认经典？

丁：尽管超时空的永恒价值观念十分可疑，探讨问题的时候，问题的真伪仍然要在具有价值尺度的相对永恒之间游走。在价值的时空位移中，王国维用西方的悲剧观去解读中国文学作品，就陷入了价值错位和思想落差的境地，但是他引进这种思维方式的意义却至关重要。包括许多研究家在内的中国人不能意识到王国维的死是植入了西方的悲剧观念的结果。这就还要看到其作为中国知识分子的价值立场、价值观念以及文本所表现的价值立场、观念和西方的价值观念之间的错位，它隐含地提示我们在分析文本的时候，不仅要指出其文本研究的错位，还要看到其作为中国文化、中国文学的悲剧性。指出这种落差本身就是研究。也许至今我们还不能避免王国维式的精神分裂：一方面试图重蹈胡适的"钻故纸堆"，另一方面要求不断地精神介入，甚至是精神抗争。

黄：这里可能牵涉到现当代文学治史方法的问题。

丁：是的。思维方式决定了研究的人文含量，关于研究方法的"现代性"主要体现在史学观念的转变与研究方法的选择上。坦率地说，我对现当代文学的研究格局感到悲观。目前研究文学史有三种路径：一是在"政治祛魅"的过程中对文学史上的作家作品重新排座次；二是以"空白论"回避历史；三是从纯粹的美学标准出发把一些曾被遮蔽的小作家从历史的暗陬重新翻出。当然，这其中也有一些现在很走红的研究者只是把西方后现代理论一知半解地移植过来进行伪"知识考古"。纯技术的自然科学研究方法正是这个技术官僚时代对人文知识分子的治学品格的挑战，"经世致用"的"用"彻底地被庸俗化以后，人文知识分子势必被逼上背叛之途。在文学研究中，一个合格的拓荒者必须警惕线性的、理科式的思维方式，警惕技术官僚风气所造成的人文精神匮乏。主观上中性的描述欲求如果导致了客观价值立场的迷失，就没有根本上从思想史和文化史背景上解决问题；而在某种先人为主的"客观"构架里进行作家作品的重新组合排列，所达到的治史高度已经在此层次之下。因此，必须强调历史的和美学的标准。

黄：从 1992 年的《中国乡土小说史论》到 2001 年的《中国大陆与台湾乡土小说比较史论》，从 2004 年的《中国西部现代文学史》到 2007 年的《中国乡土小说史》，以及即将出版的《新世纪乡土小说转型研究》，乡土文学一直是您研究的重要领域。学界对于乡土文学的概念意见分歧。您是怎么阈定乡土小说的概念的？

丁：在外来资源与本土实践的相互砥砺中，人们对于乡土小说的认识经历了一个从内涵到外延不断修正阈定和明晰深化的演变过程。我强调乡土小说概念一从认同世界性母题阈定，二从政治化过程中探究它的蜕变与断裂，三从社会转型期中发现它的复归与新变。这是一个动态的不断衍化和发展的过程。

黄：随着中国城市化的加速扩展，乡村的版图越来越萎缩，乡村的意义也越来越边缘，20世纪80年代开始就有人预测"乡土文学"将逐渐淡出文坛，甚至消亡，这种声音至今不绝于耳。

丁：这些言论无疑是过激之词。其实，越是在高度现代化的国度，站在一个人类发展阶段的高点审视由"乡"入"城"的移民历史，"乡土"越是能够呈现出它的参照意义和审美力量。中国现在正处在前现代、现代、后现代并置的文化时空中，深厚的历史积淀包孕着中国民族性的两极，而这种积淀的"历史性"只有在乡土文学这只躯壳中才能得以深刻地体现；而这种历史的积淀愈深愈冥顽，则在现代文明的冲击下，愈显示出强烈的反差和巨大的落差。在三种文明相互冲突、缠绕和交融的特殊而复杂的背景下，中国乡土小说既面临着种种思想和审美选择的挑战，同时又邂逅了重新整合"乡土经验"、走向新的蜕变的契机。例如，20世纪90年代以来，特别是新世纪的乡土小说就发生了新变，单从题材上来说，书写漂泊在"城"与"乡"之间的"农民工"的小说就越来越受人瞩目，它正在改变着乡土小说的内涵和外延。我曾用"城市异乡者"这个概念来命名这个流动的群体。乡土中人带着农耕文明的忧郁进入都市，但这并不能说乡土文学就城市化、符号化了，而是与城市文学的碰撞中呈现出的乡土文学的新变体；另外，随着工业文明的迅速推进以及其造成的生态问题的日益加剧，反映生态题材的乡土小说也势头迅猛，虽然这一创作在很大程度上混淆了中国当前的文化阶段与欧美的差异，但在相当长的时期内，这也将是中国作家关注的焦点。所以，我们不必担心乡土小说这一题材的消亡，倒是须得注意在这一题材领域内有人会消解掉其五四以来的人文精神的新传统，消解掉乡土小说的悲剧创作传统。乡土文学只有在当代意识的统摄下，在审美观念的不断更新中才能获得存在的价值，获得值得世界文学铭记的历史地位。

黄：对"城市异乡者"和生态问题的叙写在现实意义上正显示着小说家与历史同构的努力，这暗含着作家对现实热点的清醒、敏感和责任意识以及化除的愿望。对弱势群体的关注和悲悯历来就是文学高贵本质的体现，现实中的"底层"如何追求公平与正义、如何声张受挫的心灵和体现生命价值是这个时代的艰难命题。乡土文学在世纪之交发生了这些嬗变，那么，当前的乡土小说创作是否多元有效地展示出了中国现代化过程中的"乡土经验"？

丁：及时地捕捉到社会生活的危机并能适时地予以表现，这体现了创作主体具有文化批判精神的底层意识。就当下的创作而言，虽然有不同主体叙事显示着不同的社会良知、道德判断以及伦理精神，但是大多数乡土作家还并没有找准自己的伦理基点，有一批作家因缺乏对于传统民族文化心理的自省意识而一味地眷恋田园牧歌式的稳态结构，看不到民族文化心理所面临的危机和挑战，更看不到民族文化心理的进步是在不断的危机和挑战中得以前进的真谛，这是可悲的。在以现代视角观照自身的乡土生活背景时，作家主体理性审视不够坚决彻底，对现实的批判精神有些含混，更多的是主体的低调、对价值的戏弄或否定，或对形式的关注大于思想的浸润，忽略了多义阐发的艺术空间和多个参照系数。

黄：从 1979 年您开始文学批评到现在，这 30 年正好伴随着新时期文学。对于"批评家"这个称谓，您曾经有过这样一个比喻："他不是捧花的使者，不是作家作品的臣仆，更不能为现存的文化和体制做出伪证和阐释。"那么，您秉持怎样的价值立场？

丁：我想借用理查德·佩尔斯在《激进的理想与美国之梦》中的一段话来回答你这个问题。他说："知识分子应该永远做一个个人主义者，一个坚持原则的孤独者，但作为这样的人，他能够提出人类文明面临的基本问题并就这些问题进行比任何政治活动家更有说服力的辩论。他这样就能够保持自己的独立性、长于批判的智力和合乎道德的理想，同时又能履行其社会责任。"这句话或许可以用"独立之精神，自由之意识"来概括。不仅批评家，作家、文学史家、理论家也是这样。

黄：说到文学批评和知识分子精神建构的关系，您认为在中国社会整个向消费文化、大众文化转型的时代，文学批评如何提升其主体价值？

丁：新时期文学批评曾经和文学创作一起构建了"二次启

蒙"的人文内涵，这一点非常可贵，但是很快遭遇了挫折。当前我们的文学批评界处于"失语"和"缺席"的状态，其中的原因我在另一篇访谈中把它归为三点：一是文化转型中批评家随行就市，被商业化"收买"；二是批评家的队伍在各种压力和诱惑下大量流失；三是批评家的主流队伍多为高校专业教师与研究生，以"做学问"的批评方法使批评失去了鲜活激情，文学批评的主体价值被阉割了，只留下了"学问"。文学批评的价值就在于批评者通过批评的言说来达到对社会和人生的文化批判，对艺术和审美的再造。批评是批评者思考的武器，批评者用它去获得与社会人生对话的权利，用这个权利去完成对社会人生精神病灶的窥视与割除，不能把批评过分学理化和学术化，也不能把它世俗化、功利化，这样才能凸显批评的主体价值。

黄：刚才听到您说"二次启蒙"这个词汇，记起您一本书的名字叫《重回"五四"起跑线》。从20世纪80年代中后期以来，针对中国文化出现的断裂，学界提出了"反思五四"的命题，我想这并非一个凭空的"伪命题"。

丁：反思五四，确实并非一个"伪命题"。百年来的思想革命到头来变成了一场人类文明史上的浩劫，这是人们始料不及的。但这并不是五四文化批判精神所导致的恶果，而恰恰是文化批判精神的不彻底所造成的封建主义思想毒瘤恶性膨胀的结果。五四新文化运动是近现代中国知识分子精英思潮的一个突出的高峰，从"寻根文学"弥合五四文化断裂带，到今日之新保守主义全盘否定五四文化批判精神的新锐理论，是一种非常危险的游戏，等于抽掉了中国文化的现代性内涵，我们只能感到实用主义文化哲学的悲哀，它的直接后果是导致几代知识分子所创建的文化精神毁于一旦。目前文化的现代性与后现代性以及前现代性并置，精英文化与世俗文化之间微妙互动和互示，知识分子内部逐渐分化与对抗是显而易见的。所以，知识分子自身必须首先完成"自我启蒙"，才能担当起启蒙之大业。

黄：相对于消费文化思潮巨大的消融性，知识分子"自我启蒙"的出路何在？

丁：思想启蒙的溃灭，可能首先要归咎于我们的理论家和批评者没有"自我启蒙"的意识，归咎于我们心中缺乏一个"内在的人类"的视阈。知识分子能否保持其精神操守，保持一种与现实的距离和文化的批判眼光，以清醒的头脑引导人们不断攀援人类文明进步的阶梯，是一个至关重要的问题。21世纪的中国与19世纪的俄国思想界一样需要批评的大家出现，去引领我们走向思想和艺术的辉煌。俄国"知识阶层"的那种执著地关心社会与人类的献身精神，是尤其值得当今中国知识分子借鉴的。只有形成这种特殊的"知识阶层"，才能产生出真正的巨人与大师，从而使中国的文化与文学批评走近人性化的批评和研究轨道，走向真正的繁荣。

黄：对于21世纪文学创作和文学研究的前景，您是否愿做一个前瞻？

丁：20 世纪 90 年代中国大陆在"苏东突变"与一场政治风波后，毅然坚持在经济领域里向"全球化"迈进，取得了辉煌的成就。然而，仅仅在经济领域内实行接轨，而在文化和文学上对"现代性"和"后现代性"进行排拒却又是不可能的，经济上的全球化必然带来文化与文学的全球化，甚至文化与文学上的渗透速度可能比经济上的进入更快、更深、更习焉不察。从这里，我们可以看出在世界文化与文学的整体框架中，东西方世界又有了重新回到共同文化起点的可能性。21 世纪的中国知识分子如果有了"自我启蒙"的意识，21 世纪的中国文学才具有"内在的人类"这个视阈，我们才能走出精神的无主状态，中国的人文生态环境也才能得到根本改善。

黄：好的，让我们共同祝福并期待 21 世纪中国文化与文学的美好前景！

后记

承蒙北师大出版社厚爱，将我 30 年来发表的中国现当代文学论文汇编成此书。回眸 30 载的治学道路，我深知自己在学术上的浅薄，然而，一览自身的学术心迹，也有些微欣慰之处，这就是在我走过的道路中留下了许多师友教诲和帮助的痕迹。

此书在编辑过程中得到了北师大出版社赵月华女士的帮助，更得到了黄轶老师的细心核查与校勘，在此一并表示谢忱！

丁帆

2009 年元月 29 日匆匆于金陵

（以上为丁帆著《文化批判的审美价值坐标：
中国现当代文学思潮、流派与文本分析》代序和后记，
北京师范大学出版社 2009 年版）

遗憾的弥补，历史的交代

《中国大陆与台湾乡土小说比较史论》一书是我在九十年代申请的"八五"国家社科项目，因为当时种种研究条件的限制，加上赶进度，留下了许多遗憾。当历史走完二十一世纪第一个十年，我觉得许多遗憾是到了可以弥补和修正的时候了，因此，这两年我们一直沉浸在大幅修订此书的过程中，不管是苦还是甜，总算是对历史有了一个交代。

此书的改写幅度超出了原书的二分之一，各人都承担了十分艰巨的任务，其中也增添了专治港台文学的专家。其具体分工是：总纲设计：丁帆；第一编：陈家洋、范钦林；第二编：王文胜；第三编：王世诚；第四编：贺仲明；第五编：何言宏、陈家洋；末编：丁帆、陈家洋；统稿：丁帆、陈家洋。

此书进行了大规模的修改，其中陈家洋付出了艰辛的劳动，为此书增色许多，但难免仍会出现谬误之处，还望各位方家指正。

此书为南京大学中国新文学研究中心研究资助项目，它的出版同样又得到了南京大学出版社的大力支持，在此表示感谢。

丁帆

2011 年 9 月 15 日于南大文科楼

［以上为丁帆等著

《中国大陆与台湾乡土小说比较史论》（再版）后记，

南京大学出版社 2013 年版。标题为编辑所加］

中国乡土小说的变异

  自 20 世纪 90 年代末开始，我就把研究目光转向世纪交替时期中国乡土小说的变异问题。随着中国社会城市化进程的加剧，传统农业文明走向衰落，失去土地的农民，或涌进城市或流向异乡，乡土大移民大迁徙使宗法乡村的社会结构开始崩溃，几千年亘古不变的农村社会形态几近颠覆。面对这种具有划时代意义的历史巨变，许多作家将感时而动的喜怒哀乐入于胸次，开始自觉和不自觉地描摹与抒写乡土中国大变革时代历史的与现实的种种矛盾，揭示和批判混乱无序的社会价值观念失范，中国乡土小说由此产生很多不容忽视的新变化与新问题。如何认识和评价这些新的变化与问题，是中国乡土文学研究刻不容缓的新课题。有鉴于此，在大量阅读作家作品的同时，我先期撰写并发表了部分论文，又以此为基础，申报了 2006 年度国家社科基金项目。新课题很快获批立项，得到了国家社科基金的资助，这充分证明本课题的学术意义是被学界所认同的。

本书的形成过程好似一个漫长的马拉松赛程。在获得国家社科基金立项资助之后，我在自己前期研究成果的基础上，对课题研究和本书理论框架做了较为详细的设计，制定了大纲和主旨。而后由我与课题组成员李兴阳、黄轶分工合作，开始了艰苦而欣悦的研究历程。我们三人历经多次讨论、出样和修改磨合，终于完成了本书的撰写工作。本书的导论、第一章、第二章、第三章和第四章由我和李兴阳合作撰写，第五章、第六章和第七章由黄轶撰写，最后由我统稿。

书稿得到国家社科基金项目鉴定专家的肯定，被评为优秀结项项目。于是，我们还是选择了先行出版，以期本书尽快面世，发挥应有的学术作用。因此，便与人民文学出版社潘凯雄社长联系，没有想到立刻获得了首肯，很快就和责编李明生先生拍板纳入出版计划。我是该社的老作者，他们对书稿的质量是放心的，审读以后就很快付梓了。对二位先生的慨然允诺，对他们扶持学术的诚意，我们表示衷心的感谢！

历经十年写成并出版的著作，我们当然是更加珍爱的，希望这部书会给中国乡土文学的研究带来一些新的起色。

是为跋。

丁帆

2012 年 5 月 19 日于南京紫金山南麓

（以上为丁帆等著《中国乡土小说的世纪转型研究》后记，人民文学出版社 2013 年版。标题为编辑所加）

中国现当代文学大师课

南京大学的中国现当代文学史课程，是国家级精品课程。汇集在这里的，是八位教授讲授这门课程的讲稿。

八位老师，各人有各人的研究方向，各人有各人的教学风格。汇集在这里的讲稿，也就有了不同的风貌。

虽说是讲稿，在交出版社前，各位老师还是经过了认真的增删，这样做的结果，是使得"讲"的气息不强而"论"的色彩较浓。我们本来想让印出来的讲稿，有更多的教学现场感，有更强烈的鲜活性，但这就难免有些芜杂、拖沓。权衡之后，还是舍弃了芜杂和拖沓，当然也就同时淡化了"讲"的气息，牺牲了那种教学现场的鲜活性。

中国现当代文学虽然只有百来年历史，但中国现当代文学史方面的论著、教材却多得有些难以计数。已经有了这么多的这类教材，本来没有必要再增加一种，但反过来想，既然已经有了这么多，再多一种也无妨吧。这样一想，就把这讲稿汇集成书了。

（以上为丁帆主编《中国现当代文学讲稿》编后记，
南京大学出版社 2013 年版。标题为编辑所加）

一部表达内心世界的新文学史

要想撰写一部真正能够表达自己内心世界感受的新文学史真不容易！三十多年来，我参加和主编过的中国现当代文学史已经不下七八种，除了内容和体例大同小异外，其写作风格也是千差万别，难以统一，这都是因为多年来我们的文学史写作采用的多为大兵团作战的方法，很难在以史带论中彰显治史者的个性。于是，我就构想带两三个自己的学生一同来撰写一部新文学史，其目标就是在内容和体例框架上有较大的突破，在书写风格上力求统一。这样的想法现在初步得以实现，有赖于老朋友陈洪兄任主任的教育部中文教指委组织编写的这一套中文专业教材，经过几十次的研讨和反复修改打磨，此书终于面世了。尽管其中许多章节因为种种原因没有实现我们预设的最终目标，这样一部教材也与现有的文学史教材有所不同。

最需要感谢的是傅元峰和施龙，他们俩付出的劳动最多，也最能理解我最近几年来对新文学史的一些想法和意图。王宇在教材编写的初期阶段参与了大纲的研讨，后来因为需要时时讨论的问题太多，她又远在厦门大学工作，手头有其他国家项目需要完成，也就只能请她承担少部分的写作任务。

尤其需要感谢的是高教出版社的迟宝东和于晓宁先生，虽然我与高教出版社不是首次打交道了，但是，这次责编于晓宁先生认真负责的精神还是感动了我们，数次反复地提出修改和校勘意见，这可能是出版业进入市场经济时代后鲜见的好编辑了，一句感谢的话是难以道尽我们内心的感激的。

我们寄望这部文学史能够给我们的教学和科研带来一缕清新的空气，即便是一种小小的推动，我们也就满足了。不过，它是否适应普通高校和师范院校的中国现当代文学史教学？是否能够得到广大师生的欢迎？还得由实践来检验。尚祈广大同仁和师生批评指正，我们将在不断地修订中使它臻于完善。

丁帆

2013 年 3 月 18 日

于南京仙林大学城瘦蠹斋

（以上为丁帆主编《中国新文学史》后记，高等教育出版社 2013 年版。标题为编辑所加）

西部风骨

　　在书写《中国西部新文学史》（即《中国西部现代文学史》修订版）序言时，我们的思绪常常不自觉地游离到文学之外。遥望西部，内心涌动的不仅仅是对奇诡的自然造化的神往，还有对层层累积的历史文化、多民族色彩不断探寻的冲动。地处欧亚内陆的西部，从人类的童年开始，就是一块生长英雄和英雄史诗的高地，一块放牧着野心和激情的高地。这里曾是人类文明的交汇地之一，世界几大文明在此留下了碰撞、融汇的历史印记。古"丝绸之路"既是连接东西方的玉石、丝绸、瓷器、香料、茶叶等的贸易之路，也是古代中国连接欧亚大陆的重要枢纽和通向世界的主要通道。无论是"喜马拉雅运动"与青藏高原的隆起，还是昆仑神话对中华民族起源的哺育与想象，从远古的地质变迁到人文化地"根"的溯源，一切都充满了神秘的昭示意义。这里还是珍稀动植物的海洋，1925 年至 1927 年，美国植物学家、人类学家约瑟夫·洛克在青藏高原东北边缘的迭部一带流连忘返，他由衷地慨叹："我平生未见过如此绚丽的景色。如果《创世记》的作者曾看见迭部的美景，将会把亚当和夏娃的诞生地放在这里。"不仅如此，这里还有古象雄文明、神秘的楼兰古国、大地湾早期农业种植与建筑艺术、闻名世界的彩陶艺术、遍布各地的青铜艺术、横贯数千里的石窟长廊等历史遗存。还有与水有关的文明进化烙印：亚洲最大的古象——黄河古象，就发现于陇东马莲河畔；河西走廊昌马盆地发现的生活在大约 1.1 亿年前的"甘肃鸟"化石，是世界上最古老的今鸟型类化石，填补了鸟类进化史的空白。这种鸟，长有翅膀，能像鸭子一样潜水，以鱼、昆虫为食，偶尔也吃植物……一切都说明了西部高地很久以前水草丰茂的事实。面对洪荒时代留下的久远的刻痕，我们不止一次地想象，洪水过后的西部高地，不止一群人沿着洪水退去的足迹远行，向太阳升起的地方迁徙，那也许就是人类最初的足迹。总有一些隆起的高地牵挂着我们的梦想，因为文明进化的阶梯在此完成。人类进化源头产生裂变时的巨大能量——文明的光芒始终照耀着人类的旅程。考量人类文明的进程，缺失了什么？丢掉了什么？这是人类经常面临的课题。就像一个人，虽然到了暮年，但总忘不了童年，因为童年孕育着巨大的光芒和能量，滋养了一个人成长的历程。人类也无法忘掉或者抛弃自己的童年，不管走得多远，也需要在此寻找力量。文明的进程就是在这样的不断回望中完成。

对于中国西部文学的持续关注也正是源于以上思考。20世纪 90 年代后期开始，全球化语境下的地域文化差异日益凸现，我们的研究视野也拓展至全球化语境下的文明冲突和地域文化的深层，而自成格局的西部文学美学价值的发现，使我们产生了建构中国西部文学史的最初冲动。经过多次学术碰撞和交流，孕育之中的《中国西部现代文学史》架构呼之欲出。2000年，我们拟订了写作的初步宗旨和大纲，在此基础上经过反复酝酿，于2002年申报的"中国西部现代文学史"国家社科基金项目顺利地通过了立项。然而，研究之路从一开始就是不平坦的。迄今为止，我们的现代文学史著作已经足有千种之多，呈现出了"百花齐放"的可喜局面。然而，我们又不得不遗憾地说：由于种种原因，现行的现代文学史无论是在有意识层面还是无意识层面，都将西部文学边缘化了。换言之，中国现代文学史的著史视角始终停滞在以农耕文明为主体的中原文学板块和以现代文明为主体的东南沿海文学板块上，虽然对西部文学的研究和关注也多有局部的涉及，但是总觉得不够系统，有一种难言的拼贴感和隔膜感。其根本原因就在于我们对大量西部文学的文本阅读得太少；我们对西部文化生态——以游牧文明为主体的多民族文化形态的不熟悉；我们对西部风土人情、风俗风景的陌生；我们对西部作家表达情感的方式，乃至审美观念与文本的书写方式都有着天然的距离感。因此，摆在我们面前的撰写宗旨就凸显了出来：全面地、系统地勾画西部现代文学史的面貌，将它置于一个独立的、自成体系的学科研究序列，既要成为我们的研究视角，又要成为我们观照一切西部文学的价值理念。于是，用新视角去打捞和钩沉被中国现代文学史忽略、遗忘乃至湮没的许多优秀作家作品；以新的理念去重新解读和诠释大量文本生成的意义，包括那些没有被发掘的有意味的形式，便成为我们撰写《中国西部现代文学史》的主体架构和价值观的关键所在，也成为这部文学史修订版的一个基本遵循。

鉴于此，我们清楚地认识到：西部现代文学史的建构并非简单地编撰一部区域的文学门类史，它是西部独特的文明形态的象征和显现，受制于西部的自然环境、生产方式、社会历史进程以及民族、宗教、文化的多样性、混杂性、独特性的影响，并一直呼应着中国现代文学主潮的脉动。所以，这就要求我们必须站在历史的、多元文明形态的高度，用一种西部文化精神的整体观来统摄西部文学中的每一个文学现象、社团流派和作家作品。只有这样，我们才有可能把西部文学的研究提升到一个新的理性高度。

在编撰文学史的过程中，我们首先遇到的难题就是史料和资料的搜集。可出乎意料的是，当我们发出大量信函向西部作家征集资料时，一捆捆书籍和雪片般的信札如期而至。新疆作家陈漠的来信道出了许多西部作家的心声："我虽是一个文学新手，但却有着极其虔诚而积极的期待。关于中国西部文学，我从来没有消极过。我觉得，对于每一位西部作家来说，无论在任何时候，我们都应当保持一种健康而平和的心态。我们应当站在人类应有的精神高度从事我们的生活和写作，我们应当把生命一般宝贵的写作生活建造得更加朴素和动人……我心中的西部文学一直在远处金光闪烁着，在远处等我、在远处发出醉人的咆哮。我是怎样期待这一切呀！我等待着那条通往来日的秘密通道！"甘肃作家柏原在信中说："中国西部现代文学史的建构和写作，是主流话语对放逐已久的西部文化的深切关注，这一写作本身的价值远远超越了在当下的意义……"我们没有想到的是，许多作家对我们的研究课题如此尽心尽责并表达了深切的期盼，他们对西部文学发展的那份诚意和热望使我们深深地感动了，我们没有理由对这一研究工作有半点马虎。

如何确立撰写的总体思路和方法当然也是成书的关键。首先，西部现代文学史的空间区域的划分和时段上下限是个难点。在空间区域的厘定上，"文化西部"成为我们划分西部边界的内在标准。这里的"西部"是一个由自然环境、生产方式以及民族、宗教、文化等要素构成的独特的文明形态的指称，是以游牧文明为背景的融汇了游牧、农耕和前工业的文明范畴（另外两个中国的文明范畴是：中部以农耕文明与工业文明为主体的文明范畴，沿海都市以后工业与后现代文明景观呈现的文明范畴）。在时段划分上，我们本着西部文学的内在逻辑线索，参照政治社会文化的变迁，但不唯政治标准划分切割的理念，对西部现代文学进行分期，尽量做到接近历史的真实与客观。其次，作为文学史观照的主体对象的作家作品，我们既要用宏观的文化视野和人文理性的价值观去概括其总体特征；同时也要以微观细致的文学研究的方法去进行工具性的梳理。从形而上到形而下再到形而上，成为我们内在的撰写视角。在研究中，我们着重强调的是这部文学史的内在的审美逻辑线索和文化精神线索的贯穿。因此，确立了西部文学"三画"（风俗画、风景画、风情画）和"四彩"（自然色彩、神性色彩、流寓色彩、悲情色彩）的研究格局，以此来剖析文本。唯此，我们才将获得对西部文学最准确的文学本质的美学把握。

在新世纪的这十几年中，有媒体和研究者指出，2004 年出版的《中国西部现代文学史》是中国第一部西部文学史，它填补了中国文学史书写的空白——全面系统地勾画了 20 世纪西部文学发展的脉络和演进过程。由于文学史收入的作家比较全面，阐述独到，而且叙述方式采用了不同于以往的文学史书写方式，所以，文学史不仅走进了高校，也走到了研究者案头，可以说它的价值和意义就在时间的刻度里……而我们始终认为，这部文学史之所以会得到太多的肯定，主要源于对西部文学价值的重新发现，其实我们的研究只是打捞了人类文明长河中一些闪烁的贝壳而已。正如初版序言结尾写的那样，2004 年出版的"《中国西部现代文学史》所关注的是西部文学的进行时，因此，遗漏和局限也会随着时光流逝毕现，但我们追踪的目光不会停止"，所以说，时过十多年的再一次大规模修订和补充，就是我们不断追踪、思考的结果，也是对这一承诺的兑现。本次修订的一个重点是将西部文学史的书写时段由初版西部文学史的截止时间 2003 年拓展至 2017 年。修订版增加了两章十五节十六余万字的内容，对四个章节给予了大幅度修改、删减，还对通篇内容进行修改、补充。来自全国著名高校和研究机构的二十多位文学研究者进行了为时三年的修订，除一批年轻的文学研究新锐参与外，这一次还邀请到了贺仲明、李玲、陈霖、黄轶等文学研究专家加盟。修订版更名为《中国西部新文学史》。正如研究者说的，十多年前，这一部文学史的写作价值远远超越了时代的意义，而今，源自文化自觉的"重新写作"依然如此。

十余年来，西部文学涌现了大量新生代作家，部分西部作家的创作也发生了很多改变和突破。所以，此次重新修订的内容之一就是补充了自 2003 年至今出现的新晋作家作品、老作家的创新与变化，以及推动西部文学发展的现代文学制度如文学期刊、社群、文学活动对西部文学的影响等。《飞天·大学生诗苑》是文学期刊中增补的内容之一，这个栏目曾刊载约一千一百人的两千三百多首诗歌，涉及三十多个省市的五百多所高校，包括港澳和旅美大学生。一批已有影响的青年诗人如叶延滨、徐敬亚、叶舟、于坚、王家新、海子等人都可从《大学生诗苑》寻觅到当年脱颖而出的踪迹。可以说，《飞天》是80 年代中国现代主义诗歌的一个重要阵地。这一次修订，在原文学史 1949—1979 年期间增加了"西部想象与别具一格的文学书写"一节。井上靖、梁羽生、金庸三人进入西部文学史书写视阈，是因为他们具有很重要的文学史意义。几位作家都未到过西部，而西部却又成为他们的书写对象；他们在这一时期的写作风格，为 1949 年以后三十年间的中国文学书写和文学史书写所独见。日本作家井上靖的《敦煌》系列和《楼兰》系列西部小说曾在日本掀起了"中国西部热""敦煌热"，实际上他本人是 1977 年才来到中国的，应该看到那些历史小说是来自他对中国西部的想象。梁羽生的武侠小说有三十五部，其中"天山系列"有二十部，而纯粹以天山为背景的有十二部。金庸的《白马啸西风》这部小说的故事就完全发生在新疆。当然，金庸其他作品中涉及西部的篇幅没有《白马啸西风》这么重，但这些足以显示西部是他写作的重要文化符号和想象空间。重新修订的另一个深刻原因在于：西部文学本身蕴含的深刻文化象征意味。作为美学精神的内化——西部风骨，已经成为西部文学、西部文化对于中国文学和文化最大的馈赠和贡献。尤其是自 20 世纪 80 年代掀起的"西部文学热"到新世纪的今天，中国文学一直存在一个显性与潜藏着的"精神上的西进"，向西部寻找精神资源和动力，寻找生命的力和美，寻找诗性浪漫主义和梦想。因为西部是一个独特的存在，是一个精神的高地，是英雄史诗成长和流传的高地，是这个文化消费时代的"存"与"真"。西部蕴藏着最丰富的文学内容，是文学的富矿。从文明史的视角看，西部文学具有"活化石"的意义。长期以来，这是一个被忽略的领域，理论界对此关注不够。而西部作家深陷其中，由于没有外在文明的参照，创作视野也受到极大的限制。这一现状是"文明差序格局"和中国文学的地域空间造就的。尽管如此，我们仍然呼唤并期待：西部的作家能够用自己的文学智慧和恒定的价值理念创作出无愧于一个大时代的鸿篇巨制，不要忽略脚下具有世界意义的文学描写的重要元素——那个能够创造浪漫主义和现实主义的富矿——原始的、野性的自然形态和尚未被完全破坏的文化形态所给予的审美观照。在这一点上，我们比较认同"茅盾文学新人奖"获得者弋舟对此作出的呼应，他说："'西部特色'将是一个日新月异的所指……那些亘古与恒常的准则，永远会作用在我们的审美中"，"在主题表达中，坚持一个中国作家应有的人性价值立场是毋庸置疑的；而重要的是在题材领域里我们在多种选择中，可能自然生态的描写，风景、风情和风俗的描写应该成为我们的长项；而浪漫主义的描写方法也应该成为恢复中国现代文学此类缺失的重要元素。所有这些特质的挥发，一定会使西部文学的特征予以凸显，使其成为中国文学发展新的迷人的风景线"。这也正是我们追寻和期待的。

最后，我们首先要感谢的是那些为本书撰写工作提供了大量资料的西部作家和文学工作者，没有他们的奉献，此书的写作肯定会受到阻遏。再者，要感谢人民文学出版社给予的支持，在文学史出版十年后提出修订的建议并竭力促成了修订工作的完成。没有上述热心者的无私帮助，此书的问世都是很困难的，我们再次表示最诚挚的感激之情。最后还需要说明的是，我们深知西部文学研究尚有许多盲区，亟待更多的文学研究者去关注、去开垦，尤其是那些用少数民族文字书写的文学作品，囿于种种条件限制，我们无法对其展开大规模的翻译和研究，只是关注了翻译成汉语的部分作家作品。在此，我们深表遗憾。这部《中国西部新文学史》存在的缺憾，希望得到大家的关注和修正。当然，我们追踪西部文学的目光也是不会停止的。

丁帆　马永强

2018 年 4 月 2 日

［以上为丁帆主编《中国西部新文学史》（第 2 版）序言，

人民文学出版社 2019 年版。

《中国西部现代文学史》修订版，

标题为编辑所加］

我国百年文学制度史嬗变

毋庸置疑，任何一个时代和任何一个国家都会有自己的文学制度，它是有效保障本国的文学运动按照自身规定的轨迹运行的基础，因此，文学与制度的关系应该是一种互动的循环关系。当然，它可以是良性的，也可以是恶性的，这就要看这个制度对文学的制约是否有利于其发展，所以，在很大程度上取决于制定文学制度者是如何操纵和驾驭这一庞大机器的。

美国批评家杰弗里·J. 威廉斯在《文学制度》一书的"引言"中说："从各种意义上说，制度产生了我们所称的文学，或更恰当地说，文学问题与我们的制度实践和制度定位是密不可分的。'制度'（institution）一词内涵丰富，而且往往带有贬义。它与'官僚主义'（bureaucracy）、'规训'（disciplines）和'职业化'（professionalization）同属一类词语。它指代的是当代大众社会与文化的规章与管理结构，和'自由''个性'或'独立'等词语正好处于相反的方向。从一个极端来说，它意味着文学的禁锢……更普遍的说法是，它设定了一些看似难以调和的国家或公务员官僚机构……我们置身其中，我们的所作所为受其管制。"①毫无疑问，这种管制是国家政权的需要，也是一种对文学意识形态的管控，我们将其称为"有形的文学制度"，它是由国家的许多法规条例构成的，经由某一官方机构制定和修改成各种各样的规章与条例，用以规范文学的范畴，以及处理发生的各种文学事件，使文学按照预设的运行轨道前进。在一定程度上，它有着某种强制性的效应。

还有一种是"无形的文学制度"，正如杰弗里·J.威廉斯所言："'制度'还有一层更为模糊、抽象的含义，指的是一种惯例或传统。根据《牛津现代英语用法词典》所载，下午茶在英国文化中属于一种制度。婚姻、板球、伊顿公学亦然。而在美国文化中，我们可以说棒球是一种制度，哈佛也是一种制度，它比位于马萨诸塞州剑桥市的校园具有更深刻的象征意义。"②也就是说，一种文化形态就是一只无形之手，它所规范的"文学制度"虽然是隐形的，但是其影响是巨大的，因为构成文化形态的约定俗成的潜在元素也是一种更强大的"文学制度"构成要件，我们之所以将各种各样的文化形态称为"无形的文学制度"，就是因为各个时代都有其自身不同的文化形态特点，大到文化思潮，小至各种时尚，都是影响"无形的文学

---

① ［美］杰弗里·J.威廉斯：《文学制度》，李佳畅、穆雷译，南京大学出版社2014年版，第1—2页。

② ［美］杰弗里·J.威廉斯：《文学制度》，李佳畅、穆雷译，南京大学出版社2014年版，第2页。

制度"的重要因素。

我们的百年文学制度史，尤其是二十世纪后半叶以来的两岸文学制度史往往是以文学运动、文学思潮、社团流派乃至会议交流等形态呈现出来的，它们既与那些"无形的文学制度"有着血缘上的关联性，又与国家制定的出版、言论和组织等规章制度有着不可分离的联系。它们之间有时是同步合拍的互动关系，有时却是呈逆向运动的关系，梳理二者之间的作用与反作用的历史关系，便是我们撰写这个制度史的初衷。因此，我们更加重视的是整理出百年来有关文学制度的史料。

基于这样一种看法，我们以为，在中国近百年的文学制度的建构和变迁史中，"有形的文学制度"和"无形的文学制度"在不同的时空当中所呈现出的形态是各不相同的，对其进行必要的厘清，是百年文学史研究不可或缺的一项重要任务。从时间的维度来看，百年文学制度史随着党派与政权的更迭而变迁，1949 年前后的文学制度史既有十分相同的"有形"和"无形"的形态特征，也有不同之处。从空间的角度来看，地域特征（不仅仅是两岸）主要是受那些"无形的文学制度"钳制，那些可以用发生学方法来考察的文学现象，却往往会改变"有形的文学制度"的走向。要厘清这些纷繁复杂、犬牙交错的文学制度变迁的过程，除了阅读大量的史料外，更重要的就是必须建构一个纵向的史的体系和横向的空间比较体系，但是，将这样的体系结构统摄起来的难度是较大的。

在决定做这样一项工作的时候，我们就抱定了一种客观中性的历史主义的治学态度，也无须用"春秋笔法"进行阐释，只描述历史现象，不做过多评判。后来发现，这也是国外一些文学制度史治学者共同使用的一种方法："我们必须采取更加直接的方式以一致立场来审视文学研究的制度影响力，不要将其视为短暂性的外来干扰，而要承认它对我们的工作具有本质性影响。与此相关，我们需要不偏不倚地看待人们对制度的控诉；制度并不是由任性的妖魔所创造出来的邪恶牢笼，而是人们的现代组织方式。毋庸置疑，我们当前的制度所传播开来的实践与该词的贬义用法相吻合，本书的许多章节都指出了制度的弊端，目的在于以更好的方式来重塑制度。布鲁斯·罗宾斯（Bruce Robbins）精明地建议，我们必须'在断言制度化（institutionalization）一词时抛开惯有的刻薄讽刺，要区别对待具体的制度选择，而不是一股脑地对其谴责（或颂扬）'。"[①] 其实，我们也深知这种治史的方法很容易陷入一种观念的二律背反之中，当你在选择陈述一段史实时，选择 A 而忽略了 B，你就将自己的观念渗透到了你的描述中了。所以，我们必须采取的策略是，尽力呈现双方不同的观念史料，让读者自行判断是非，让历史做出回答。

按照《文学制度》第一章撰写者文森特·B.里奇《构建理论框架：史学的解体》的说法："建构当代理论史有五种方式。

---

① ［美］杰弗里·J.威廉斯：《文学制度》，李佳畅、穆雷译，南京大学出版社2014年版，第3—4页。

关注的焦点既可以是领军人物，或重要文本，或重大问题，也可以是重要的流派和运动，或其他杂类问题。"①

毫无疑问，构成文学制度的前提要件肯定是重要文本，没有文本当然也就不会产生与之相对应的许许多多围绕着文学制度而互动的其他要件。就此而言，我们依顺历史发展的脉络来梳理每一个时段的文学制度史的时候，都会凭借每个历史时期文学制度的不同侧重点来勾勒它形成的重要元素。虽然它们在时段的划分上与文学史的脉络有很多的交合重叠，但是，我们论述的重心却落脚在"有形文学制度"和"无形文学制度"是怎样建构起来并支撑和支配着文学史的发展走向的。

中国自封建体制渐入现代性进程以来，无疑是走了一条十分坎坷的路径。我们认为，不管哪个历史时段发生的制度变化，都是有其内在因素的，于是，我们试图从其变化的内在肌理来切分时段，从而描述出它们发展的脉络。

十九世纪末与二十世纪初的世界格局带来了中国的大变局，与之相应的中国文学制度便开始有了现代性的元素。清末拉开了中国社会转型的序幕，文学在其中扮演了至关重要的角色，当然，就现代文学制度而言，这一时期还只是新的文学制度的萌芽期。现代文学制度之所以于此时浮出水面，一方面得益于文学观念的转型，另一方面，更在于相关结构性要素渐趋

---

① ［美］杰弗里·J.威廉斯：《文学制度》，李佳畅、穆雷译，南京大学出版社2014年版，第19页。

成熟并建构起一个相对完善的文学、文化运作系统。

无疑，北洋政府对建立文学制度是起着十分重要的作用的，而真正将其现代性的元素进行放大，甚至夸张的，还是新文化运动的兴起。"文学革命"最终完成了文学观念的转型，与此相应，文学制度的相关结构性要素也在民国成立之后得到了飞速发展，并形成了一个较前更趋复杂严密的体系。当然，民国的文学制度及至后来所带来的负面效应也是不可否认的。

抗战时期，中国版图上存在着多股政治势力，国土分裂成了多个碎片化的地理政治空间。以广义的国统区、解放区、沦陷区而论，每一政治空间的政治势力都在追求各自的文化领导权，都在推行各自的文化与文学政策。在这种众声喧哗的情势下，文学制度的有效性是发生在不同的时空之中的，当然，最有影响的还是延安的文艺政策，它深刻地影响着以后几十年文学制度的建构。

在共和国的文学制度史中，之所以将"十七年"作为一个时段，就是因为这个时段的文学制度的建立对以后几十年的文学运动和文学创作有着至关重要的作用。最有特点的是，从此开始，文艺政策的制定与调整，文学机构的创建与改革，文学领导层的人事安排，几乎都是通过会议来实施的。在历次文代会和作代会之中，第一次文代会具有特殊的历史意义。在某种意义上，这次会议奠定了中国当代文学制度的基本框架。解放区文艺被确立为文学的正统，全国文联和全国文协宣告成立，来自解放区、国统区的作家们在不同的工作岗位上各安其位，创办了全国文联、全国文协的机关刊物《文艺报》《人民文学》。在此基础上，各大区、各省市纷纷召开区域性的文代会，成立区域性的文学机构，创办地方性的文学刊物。第一次文代会是当代文学制度建设的奠基石。

文学制度发展演变至二十世纪六十年代中期，出现了一种极其奇特的现象，即：一方面，相对于中华人民共和国成立前的旧文学制度而言，"十七年"的文学制度在各个层面上业已发生了巨大的变革，制度之变与体制之新已经令很多作家深感"力不从心"；另一方面，相对于意识形态的要求而言，"十七年"文学制度则已经远远落后于时代，成为不得不革除的陈旧落后的体系。这种"新"与"旧"的巨大错位和反差，充分反映了文学制度史的时代复杂性及其独特规律。在这种强烈的"制度焦虑"的驱使下，"十七年"文学制度成为"旧制度"从衰落到崩溃，"新制度"建设则紧锣密鼓、大刀阔斧地开展起来。

经历了十年"文革"之后，中国"十七年"间确立和完善的文学制度也被摧毁。几乎所有的文学建制都失去了应有的功能，文学的机构（包括出版传播、文学生产、文学评奖等）都因为高度的集权而趋于凝滞。因此，随着"文革"的结束，文学制度面临着恢复和重建的迫切任务。在此重建过程中，文学的新的方向——为人民服务、为社会主义服务的"二为方向"得以最终确立。恢复和重建之后的文学制度，成为使党和国家文艺政策得以贯彻执行的重要保障机制。随着文艺政策的摇摆与起伏，文学制度也发生着微妙的变化。

无疑，二十世纪八十年代是文学制度恢复、波动、起伏最活跃的年代，而1984—1985年之交召开的中国作协第四次代表大会是文学组织和体制的又一次调整，这一组织化、体系化的调整对此后一段时间里的文学创作、批评，乃至文学制度都产生了一系列的重大影响。

重建文学制度，首先亟须恢复和重建的是文学机构——文联与作协。文联和作协最高层面的机构组织是中国文联和中国作协，各省市地区都恢复和建立了相应的组织建制，全国一体化的、具有隶属关系的各级文联与作协成为文学制度有力的执行机构。这两个层级化的组织机构是整个文学制度的核心。有了这个机构，所有的体制内的作家就会以不同的级别而成为每一层级的文学干部，从而处于文学制度这一庞大机器中齿轮与螺丝钉的地位，使文学创作的动员与组织成为一种常态性的运作。

当然，二十世纪八十年代随着对"文革"及"十七年"期间的回顾、总结、反思的不断深入，文学创作中开始突破原来既定的政治方向和范围，偶尔出现挑战禁忌或者溢出体制边界的某些倾向。一方面，文学媒体为这些作品提供了发表的平台；另一方面，媒体也成为党进行文学性质的宣传、方向的引导、批评的展开的重要阵地。

二十世纪九十年代是个意味深长的年代。它尚未远去，但已经成为当代思想文化讨论中一个难以绕开的源点，许多问题可以溯源于此。无疑，消费文化的大潮席卷而来，这对中国的文学制度而言是前所未有的新挑战，中国日益深入世界市场的竞争之中，知识生产和学术活动已经成为全球化过程的一个部分。"人文精神大讨论"骤然兴起表明了人文知识分子共同感觉到了问题的压迫性，而它无法导向某种具体价值重建的结局，也拉开了一个认同困惑的时代帷幕。二十世纪九十年代的人文知识分子面对的问题的复杂性超出了他们所熟悉的历史和知识范畴，许多意想不到的社会与文化的思潮，凸显出了让人措手不及的尖锐矛盾。文学在这次文化变异的激烈冲突与重组中被抛到了边缘，文学制度也在悄然发生着深刻的变化，大众文化、消费文化的兴起催发了文学制度的重构，自由写作者的出现和网络文学的出现，也给文学制度的重构带来了新的难题和挑战。

进入新世纪以来，文学制度是呈悄然渐变状态的。在新世纪第一个十年中，中国大陆基本的格局是继续对"中国特色的社会主义"文化制度的加强、完善和延伸，尽管出现了新的现象和特征，但并未出现一条明显的文化分界线。在二十世纪末，公众文化领域和国家政策层面都涌动着一种"世纪末"的总结趋势，但就具体文化发展来看，一种文化裂变的嘉年华并未出现，各项政策法规和文化制度跟随经济变革平稳推进，文学生态环境未发生明显变更。但文学制度有了新的发展，在二十世纪九十年代文学制度的基础上，呈现出深化和复杂化特征。新世纪的文学机制正在悄然发生变化：随着文学网站和文学社区的构建，网络文学日益成为一种重要的文学形式，网络文学产业化的运行、监管制度的建立，对网络文学的稳健发展都具有必要性。随着影视业的发展，影视制作与作家之间形成了新的关系，影视改编将文学接受置入一种新的格局之中，对当代文学生态产生着重要影响。民间刊物已经成为当代诗歌得以流传的重要形式，民刊官刊化、民刊弥补体制内文学制度的不足，都成为值得关注的话题。在当前的文学评奖中，官方奖项的评选和颁发过程亟待调整，民间奖项需要通过文学观念的调整获得更大的公信力。从文学激励角度来看，调整后的两者都将大大有助于文学创作质量和积极性的提高。

毋庸置疑，台港百年来的文学制度史与大陆文学制度史既有重叠之处，更有相异之处。二十世纪台湾文学制度受着殖民化和"民国化"延展的影响，到 1987 年解严之后，又发生了质的变化。而香港的文学制度却是在历经殖民化的过程中，在 1997 年才悄悄发生了变化。

在文学制度的研究当中，对于文学社会化过程的考察是必要的。由此，在不同的时空场域下来考察不同地域文学活动背后的无形之手——文学制度的运作，也必须贴近、还原适时的文学活动具体情况。日据时期台湾的文学制度具有自己的独特性，尽管在大的新文学传统范围里面，台湾文学传统与大陆文学传统相互呼应，但不可否认的是，由于地理位置的"孤悬"、文化受容的"多元"，日据时期的台湾文学在发展样貌上有着自己的地域特性。"文学制度"的概念引入，以及对文学制度在形成、发展全过程中诸方面特色的描述，乃至对文学制度诸多组成要素，如文学教育、文学社团、出版传媒等方面的勾勒，可以给予读者一个相较以往文学史之单线描述而言更加复杂、参差的立体文学生态景观，使其得以窥见在文学史复杂表象背后更具棱角，并影响着文学制度建构之另一面。

综上所述，我们在撰写这部制度史的过程中，尽力试图将文学史的发生与制度史的建构之间的关系勾连起来分析：外部结构是法律、规章、出版、会议、文件等大量的制度"软件系统"；内部结构则是文学思潮、现象、社团、流派、作家、作品等"硬件系统"。只有在两者互动分析模式下，才能看清楚整个制度史发展走向的内在驱力。虽然付出了努力，但囿于种种原因，比如尚不能看到更多解密的文件资料，这会影响我们对某一个时段的文学制度做出更加准确的判断，我们只能做到这一步。尽管有遗珠之憾，但我们努力了。

（以上为丁帆主编《中国现当代文学制度史》绪言，作家出版社2020年版。标题为编辑所加）

我们需要什么样的文学和文学批评

　　在百年中国现当代文学史上，文学试图摆脱思想的束缚，也为此经历过多次文学思潮和文学流派的冲击和洗礼。让文学回到纯而又纯的技术操作层面，似乎成为某些"纯文学"作家炫耀文学技巧的大纛；用"纯美主义"来遮蔽惨淡的人生，这让一般的写作者陡然生出了许多敬畏之心，甚至在面对巨大的人类苦难时都难以下笔，生怕被现实的生活感动，而在作品中流露出价值的理念来，被主张"纯美主义"的批评家和高蹈的技术派作家诟病和耻笑。

　　文学可不可以远离社会和思想，这不是"哈姆雷特之问"，而显然是一个伪问题。文学的确可以作为一件把玩的艺术品而存活于世，但这绝不是文学的唯一，更不是文学的导向和主流。倘若一个国家和民族的文学仅仅限于这样一种所谓的"纯美"模式，那么它肯定是陷入了技术制约思想的艺术怪圈之中，那是文学的悲哀。

　　我十分欣赏马克思和恩格斯对于社会"异化"和文学作品

思想"倾向性"的阐释：（一）文学的意识形态性就是作家面对客观的现实世界时必须做出明确的价值判断，它必须是审美性的，但是它又必须将其意识形态的"倾向性"植入文学作品之中。（二）马克思在《致斐迪南·拉萨尔》中提倡"莎士比亚化"，就是要求作家揭示生活的本质，而生活的本质最重要的方面则是反映客观世界里的生活与思想。虽然马克思也提到了审美意识形态中的个性化、情节的生动性和丰富性等问题，但更重要的问题则是客观地反映作家所看到的真实世界的景象，这是一个作家创作的前提。（三）为什么要提倡现实主义的艺术方法，尤其是批判现实主义的方法？对一个能够即时反映客观世界的作家来说，现实主义的艺术方法才是真正推动历史前进的"火车头"，也就是一个作家面对客观世界的欢乐与痛苦时，是否能够从感性世界上升到理性世界，并将其融入具体的描写之中，是一个作家在"意识形态审美"过程中必须考虑的关键问题；当然，同时它也是衡量一个现实主义创作者思想和艺术高下的试金石。（四）百年来的文学史始终在思想和艺术的悖论中盘桓而不能自拔，其纠结点就在于大量的作家作品陷入了这样一种悖论之中：思想性强的作品，其艺术性就弱化，而艺术性强的作品却思想销蚀或模糊。其实这个问题马克思和恩格斯给出过明确的答案，答案同样在《致斐迪南·拉萨尔》中。马克思之所以推崇"莎士比亚化"，而批评文学作品的"席勒化"，就是因为要遏制把文学作品"变成时代精神简单的传声筒"的现象，这是现实主义或批判现实主义创作的原则性问题，它必须遵循的艺术审美原则：越将观点隐蔽对作品越好！亦如恩格斯在《致敏娜·考茨基》中所说："我认为倾向应该从场面和情节中自然而然地流露出来，而不应当把它指点出来。"这才是马克思主义的辩证法。作家对于世界的情感流露和批判，并不是一种简单的呈现，而是通过多种艺术手段加以表现，比如采用比喻、反讽、变形、夸张、隐喻等艺术方法来折射作家思想，这就是鲁迅所提倡的"曲笔"。

作家与批评家、评论家所采用的文学表达方式是不同的，前者是采用形象思维方法，后者却是采用抽象思维方法。所以，我以为一个批评家和评论家，无须隐瞒或遮蔽自己的观点，对于文学批评而言，就是"观点越清晰明朗对于批评的对象来说就越好"！然而，我们的批评家和评论家能有几人秉持这样的批评风骨呢？

针对近些年来文学批评和文学评论愈来愈媚俗化、媚上化的倾向，我一直在思考：（一）马克思主义批判哲学的评论观念究竟过时了没有？（二）批评者是否需要保持其批评的独立性，他（她）可否与作家反其道而行之，"变成时代精神简单的传声筒"？（三）一个持有知识分子"护照"的批评者应该用什么样的姿态来从事文学批评事业？

其一，毫无疑问，近 40 年来，世界性的马克思主义理论研究不仅仅是一个政治和社会发展的话题，更是一个严肃的学术话题，马克思主义理论是在不断继承和发展中得以获得生命的，作为文化和文学的批评者，更要继承的是其直言不讳的批判价值立场。2015 年，我在《文艺研究》上发表了《中国当代文艺批评生态及批评观念与方法考释》一文，开宗明义地表述过这样的意念："马克思主义文艺批评的精髓是怀疑与批判的精神。如果没有这种批判意识，马克思主义就不可能发扬光大，但就是这样的人文社会科学常识，在我们今天的批评界却成为一个难以解决的问题。这是时代批评的悲哀，也是几代批评家的悲哀。谁来打捞具有批判精神的文艺批评呢？这或许是批评界面临的最大危机。也正是由于这种危机的存在，我们这一代研究者才负有重新建构文化与文艺批评话语体系的责任。"毋庸置疑，从当前中国的文学形势来看，我们面临着的仍然是两个向度的批判哲学悖论。首先，就是马克思所提出的对资本社会的批判，具体到文学界，即商品文化侵染浸润现象的泛滥已成潮流。从 20 世纪 90 年代开始的资本对文学每一个毛孔的渗透所造成的堕落现象，在近 30 年的积累过程中已然成为一种常态的惯性，这种渗透有时是有形的，有时是无形的，但其存在却是不争的事实。但是，商品文化的侵袭往往是不以人们的意志为转移的，它是与多种主流意识形态交织在一起，从无意识层面对人的大脑进行悄无声息的清洗的。其次，就是马克思所指出的文学应该反映"历史必然性"的批判向度在这个时代已然逐渐消逝。在现实生活题材作品中看不到"历史必然性"的走向，而在历史题材作品中也看不到"历史必然性"的脉络，历史被无情地遮蔽也已经成为一种作家消解生活的常态，而文学批评者在历史的语境中失语，也就顺其自然地成为闭目塞听现象，于是如今我们看到的满是一种"传声筒"的声音。

鉴于上述两个向度批判的缺失，窃以为，即使是在今天，使用马克思主义的批判哲学对其进行学术性和学理性的厘定，甚至是较大的"外科手术"，仍然是十分必要的，同时也应该是十分有效的措施。

其二，既然马克思主义的文学批评和文学评论需要保持批判的张力，那么，就需要批评者持有独立批评者的权力。这个权力由谁来赋予呢？广大的批评者都认为这个权力来自外力——那只无形之手，而我却以为它更应来自批评家和评论家本人的内心——那藏匿在灵魂深处的良知。毫无疑问，我们不是没有思想，而是不敢思想，或是闻风而动的思想处在一个失魂落魄的境遇中，所以，我们不敢正视马克思主义的批判哲学原理，放弃了怀疑的批判精神。

一个批评家和评论家，面对纷繁复杂的大千世界，反映世界的方法与作家相比，可否反其道而行之，直接成为"时代精神的传声筒"呢？我个人认为答案是不具有唯一性的，换言之，我并不质疑持有这种批评方法的批评家和评论家，他们有作为"传声筒"的权利和义务，但是，这不能阻碍其他批评家和评论家持有独立个性的批评和评论，否则就会形成文化和文学批评严重的失衡状态，一个没有独立评论与个性批评的时代是一个悲哀的时代，"传声筒"越多，对文学批评就越发不利，如果我们连古人"百花齐放、百家争鸣"的文化批评态度都没有，文学批评就毫无希望。

我们重返马克思主义的批判哲学，就是要去除那些随处可见的"传声筒"式的评论和隔靴搔痒式的温情主义文学批评，用独立而犀利的马克思主义批判哲学精神取代"传声筒"效应，主张绝不留一丝温情的批评。

文化和文学批评，尤其是文学批评一定是需要独立性的，关键就在于我们能否破除自己心中的那道魔咒。

其三，倘若我们需要坚持马克思主义批判哲学的文艺学方法，那么，我们就必须完成一个批评者面对世界和面对文学的人性洗礼。一个持有知识分子"护照"的批评者应该用什么样的姿态来从事文学批评事业，这种诘问才是我们这个时代文化和文学真正的"哈姆雷特之问"。

谈这个问题之前，我认为需要说明的是，在当下中国的知识界存在着一个严重的背离现象：知识分子的贵族化与媚俗化并存于同一时空之中。这就造成了持有两种不同"护照"的知识分子，前者就是约翰·凯里所批判的脱离"大众"的精神贵族，如果将他们比喻为拿"蓝色派司"（假设蓝色象征着浪漫）的引导者的话，那么后者就是持有"红色派司"的知识分子。这个现象并不奇怪，但是，如果不从这个表面现象看到事物的本质，那么，我们对于这个世界的认识是盲目的。

我一直把人、人性和人道主义这三块人类发展的人文基石作为我认知解读中国文化和文学的坐标，失却了这样的坐标，无论哪一种类型的知识分子都是偏离了其职责和义务的伪知识分子——没有良知的批评者应该是没有资格进入批评行业的。

诚然，在中国百年文学史的长河中，我们也不缺乏有理想、有担当、有思想的独立批评家和评论家，但是，在种种制约下，那些批评家应有的品格就与他们的社会良心和自由心灵渐行渐远了。这样的作家和批评家是永远成不了伟大的作家和批评家的，其关键就在于他们没有是非标准，缺少人文情怀，他们更没有对社会与世事的批判能力和勇气。而俄罗斯"白银时代文学"为我们提供的不仅仅是那些异彩纷呈、数量巨大的文学文本，更重要的是，它为我们展示了一个国家与民族文学批判精神的强大感召力和自觉的生命力，这些都是因为他们有别林斯基这样一流的伟大批评家掌握着文学发展的航向。亦如以赛亚·伯林总结的别林斯基批评个性的几点要素：追求崇高的真理；为人民的利益而介入文学的社会批评；坚守道德本质的文学和批评；将美学融入人性的文学批评之中。所有这些，都体现出了别林斯基在本质上仍然是一个理想主义的批评家。如果没有这样人性化的理想主义作为一个批评家的思想支撑，我们的文学批评和文学评论是没有希望的。

我们的作家需要直面惨淡的人生吗？

我们需要秉持马克思主义的批判哲学精神去对当下的文学进行批评与评论吗？

我们需要高举别林斯基的批评火炬去照耀我们前行的文学之路吗？

无疑，我想在这有限的文字里为诸君提供一些答案，但是其中尚有许多语焉不详之处，尚祈各位能够在思想的空白处填写自己的答案。

丁帆

2018 年 5 月 31 日匆匆草于南京仙林依云溪谷

（以上为丁帆著《在文学的边缘处思想》序言，广东人民出版社 2021 年版。标题为编辑所加）

在文学的边缘处思想

　　收在这个集子里的文章都是近些年来我对中国现代知识分子时代责任的一些支离破碎的思考，说实话，回看这些思想碎片，总觉得尚有许多意犹未尽的话要说。

　　这四十年来的改革开放，让我们的思想插上了翅膀，能够自由地翱翔在星空灿烂的天地宇宙之间，应该说这是我们这一代知识分子的幸运，更重要的是，它让我们在读到了许许多多过去看不到的书籍后有了独立思考的能力，让我们对浩瀚无垠的知识世界有了新的认知，使我们对事物认知的方法也有了根本的转变：在知识的海洋中，只有攫取更多不同的思想方法和观念，在反反复复的各种各样思想参照和对比中，你才能找到那个更加接近真理的思想坐标，也许这个坐标未必就是亘古不变的真理所在，因为随着时代的变迁和人类思想的进步，那个思想的坐标会发生位移，世界上是没有绝对真理可以定位定性的，它总是随着人类面临的困境变化。然而，正是由于这种思想的不确定性，才让我们这些人在寻觅真理的崎岖道路上有了攀登的欲望和勇气，虽然像我这样孜孜以求的一介书生根本就无法达到光辉的顶点，但是这艰难跋涉和攀登的过程却是一件十分惬意的事情，知识分子的幸福不就是在思想的炼狱中痛并快乐着吗？

我们这一代人从小就受着马克思主义思想的熏陶，学习和读过林林总总的阐释马克思主义思想的文章和著作，但我们缺乏的是对马克思主义原典著作的阅读和思考。马克思主义思想为什么能够经久不衰，成为近代以来许许多多学者思想的参照系统，无论左派右派，无论西马中马，无论前马后马，思想者对这个世界的参照离不开马克思在大英图书馆地毯上留下的历史足迹，尽管随着时代的发展和社会结构的变化，对马克思主义思想提出了许多可以修正之处，但是我认为，马克思主义思想始终不变的，是那种批判哲学的方法，这一方法在引导我们不断对社会和文化事变进行深度的思考，也许这才是马克思主义的精髓所在，也是我四十年来思考文学和文化取得最大收获的源泉所在：马克思主义的哲学批判精神是一面永远不倒的旗帜，它引导我们前行。所以，我特别感激中国艺术研究院的一位分管刊物的王副院长对我观点的认同，作为一个文化官员，他也坚持马克思主义思想在文艺批评中的指导作用，这的确是太难能可贵了。

把这些零零碎碎的思想集中起来，我才发现，这些平时即兴写就的被叫作思想随笔，或曰思想散文的东西，于我是那么重要，这倒并非敝帚自珍，正是这些不经意的随笔，给我的文学史和文学批评书写增添了无数的思想火花，虽然微弱，但也总算是一种光亮罢。

最使我难忘的是 2011 年的秋冬之交，我清楚记得那是 11 月 23 日，当我写完了四万多字的长篇系列随笔"寻觅知识分子的良知"的最后一篇，完成了《读书》杂志连载四期的约稿后，我下楼拿书信，一阵罡风拂面吹来，嘴里叼着的香烟吸不动了，总觉得嘴巴不得劲，回家一照镜子，嘴竟然歪得离奇，我已非我！到医院一检查，诊断为神经性面瘫。亲友们认为，我为赶文章连续一周每天只睡俩小时太不值得，我却认为这付出的代价是值得的，因为我痛并快乐着！

感谢贺仲明先生向我约稿，我慨然允诺就是因为他的诚信和热情，感谢广东人民出版社为此书付出的种种辛劳，当然也得感谢那些最初发表拙文的各个杂志的主编和责编，《读书》《文艺研究》《文艺争鸣》《当代作家评论》《南方文坛》等杂志为拙文付出的辛劳也是我永远铭记在心的。

是为记。

丁帆

2019 年 8 月 10 日凌晨于南大和园

（以上为丁帆著《在文学的边缘处思想》后记，广东人民出版社 2021 年版。标题为编辑所加）

中国乡土小说研究面面观

丁帆　李兴阳

　　"五四新文化运动"已经百年，在它光环笼罩下的"五四文学"也算是经过了许许多多的风雨洗礼，进入了百岁的庆典。我们究竟用什么样的态度去看待"五四新文化运动"旗下的"五四文学"思想潮流呢？这个问题争论了很多年，对其"启蒙"与"革命"的主旨有着各种各样的说法，就我本人而言，就历经了许多次的观念转变，直至后来自己的观念也逐渐模糊犹豫彷徨起来。当然不是鲁迅先生"两间余一卒，荷戟独彷徨"的那种深刻的焦虑，而是那种寻觅不到林中之路的沮丧。

　　花费了七八年时间编撰成的这套 300 余万字的皇皇五卷的"中国乡土小说研究丛书"，恰恰在"五四新文化运动"百年来临前一年杀青，也算是对"五四新文化运动"百年的一个隆重的纪念和交代吧。

一、中国乡土小说的精神源头："五四新文化运动"

按照既正统又保险的说法，中国现代文学的起源是与"五四新文化运动"不可分割的，那么，中国现代文学已经走过了百年，以此类推的话，中国乡土小说也就是百年的历史。当然，我们并不完全这么机械地看待这个问题，因为就中国乡土小说的发生来看，它显然是早于"五四新文化运动"，而且白话通俗文学在"五四"前就早已流行，将它们打入"另册"也是"五四"先驱者们过激的行为，其留下的遗患也是当初的先驱者们始料不及的。不过，为了适应某种学术研究生态的需要，我们对中国乡土小说发生期的断代保留着进一步考察和研究的设想，一切留待日后学术空间的拓展。

什么是"五四"？这是一个问题！毋庸置疑，百年来涉及这个命题的著述可谓汗牛充栋，众说纷纭，观点芜杂，让人在大量活着的和死去的史料堆里爬不出来，总觉得公说公有理婆说婆有理，甚至会把"五四事件"与"五四新文化运动"混为一谈。以致让一些政治家把这个时间的标志当作纪念日：1938年7月9日国民党的"三青团"成立时，曾经提议把"五四"定为"青年节"，1944年4月16日重庆国民政府又将它从政治层面下降到文艺层面，定为"文艺节"；1939年3月中国共产党的中国青年联合会在延安成立时也提议把它作为"青年节"；1949年12月新成立的中华人民共和国又重新正式把"五四"定为"青年节"。可见它在社会层面的政治意义是远远大于文化和文学意义的。

（一）"五四"先驱者们论"五四精神"

什么是"五四精神"？我们如果用那种简单的逻辑推理就会得出：没有《新青年》何来的"五四"？"五四"只不过是一个时间的标记，用梁漱溟先生的话来说就是："现在年年还纪念的'五四运动'，不过是新文化运动中间的一回事。'五四'那一天的事，意义并不大，我们是用它来纪念新文化运动的。"[①] 他的意思很明确，"五四事件"本身的政治意义并不大，大的就是"五四新文化运动"对中国社会和文化后来的一系列政治运动的发展导向起着的决定性作用，当然对文学的发展走向也起到了巨大的作用。

梁漱溟的话对吗？说对也对，说不对也没错。因为当时亲历这场运动的"五四"先驱者们在"五四事件"过后也是各有各的说法，有的甚至大相径庭，这就让一帮研究中国现代史的学者无所适从了，何况历经百年之后，面对着各种各样让人眼花缭乱、目迷五色的对"五四新文化运动"的不同阐释，"五四"的面目就越加模糊起来，我本人也在这半个世纪（从小学政治教科书中第一次读到对这场"爱国主义运动"的阐述，及至20世纪60年代在我父亲的案头看到胡华的《中国革命史讲义》）以来，因读到各种各样有关"五四新文化运动"的论文与书籍后，就像老Q做了一场未庄梦那样，愈加对"五四"敬而远之了。实在想说几句话，也都是梦话而已。

---

① 梁漱溟：《蔡先生与中国》，《梁漱溟全集》（第六卷），山东人民出版社2005年版，第75页。

陈独秀对"五四精神"的定义似乎应该是权威的说法吧，他在《五四运动的精神是什么——在中国公学第二次演讲会上的讲演》中说得很清楚：

如若有人问五四运动的精神是什么？大概的答词必然是爱国救国。我以为五四运动的发生，是受了日本和本国政府的两种压迫而成的，自然不能说不是爱国运动。但是我们的爱国运动，远史不必说，即以近代而论，前清末年，也曾发生过爱国运动，而且上海有爱国学社和爱国女学校。十年前就有标榜爱国主义的运动。何以社会上对于五四运动无论是赞美、反对或不满足，都有一种新的和前者爱国运动不同的感想呢？他们所以感想不同的缘故，是五四运动的精神，的确比前者爱国运动有不同的地方。这不同的地方，就是五四运动特有的精神。这种精神就是：（一）直接行动；（二）牺牲的精神。

直接行动，就是人民对于社会、国家的黑暗，由人民直接行动，加以制裁，不诉诸法律，不利用特殊势力，不依赖代表。因为法律是强权的护符，特殊势力是民权的仇敌，代议员是欺骗者，决不能代表公众的意见。清末革命的时候，人人都以为从此安宁了，不料袁世凯秉政，结果反而不好。袁世凯死的时候，人人又以为从此可以安宁了，不料现在的段祺瑞、徐世昌执政，国事更加不好。这个时候，中国人因为对于各方面的失望，大有坐以待毙的现象。自从德国大败、俄国革命以后，世界上的人思想多一变。于是，中国人也受了两个教训：一是无论南北，凡军阀都不应当存在；一是人民有直接行动的希望。五四运动遂应运而生。一般工商界所以信仰学生，所以对于五四运动有新的和前次爱国运动不同的感想，就是因为学生运动是直接行动，不是依赖特殊势力和代议员的卑劣运动呵！

中国人最大的病根，是人人都想用很小的努力牺牲，得很大的效果。这病不改，中国永远没有希望。社会上对于五四运动，与以前的爱国运动的感想不同，也是因为有无牺牲的精神的缘故。然而我以为五四运动的结果，还不甚好。为什么呢？因为牺牲小而结果大，不是一种好现象。在青年的精神上说起来，必定要牺牲大而结果小，才是好现象。此时学生牺牲的精神，若是不如去年，而希望的结果，却还要比去年的大，那更不是好的现象了。

以上这两种精神，就是五四运动重要的精神。我希望诸君努力发挥这两种精神，不但特殊势力和代议员不是好东西，就是工商界也不可依赖。不但工商界不可依赖，就是学界之中，都不可依赖。最后只有自己可靠，只好依赖自己。①

倘若我说陈独秀当年作这番演讲的时候还是一个"愤青"的话，我们可以原谅他在政治上的幼稚，他以为诸如法国大革命与俄国革命以流血的代价换来的才是真正的革命运动，唯有"牺牲精神"才能换来革命的胜利，其实，当年持这种想法的

---

① 陈独秀：《五四运动的精神是什么》，原载《时报》1920年4月22日。

知识分子是很多的，他代表着许多"五四"革命先驱者的普遍观念，这就造成了"爱国主义和牺牲精神"才是这场运动本质的假象，殊不知，这才是遮蔽和阻遏"五四启蒙精神"向纵深发展的源头和本质，他让中国大多数的知识分子的思想观念导向了卢梭式的法国大革命的教义和苏俄"十月革命"的实践范例，虽然陈独秀在其晚年将此观念来了一个180度的大颠覆，痛彻反思苏俄革命的弊病，对"五四"运动进行了一次彻底的反省，但为时已晚，"明日黄花"早已凋谢，历史认知的潮流已然成为不可阻挡之势了。历史告诉我们：革命运动无论"牺牲大"还是"牺牲小"与其结果并不是呈反比状态，而是看它的理念有无深入人心。

陈独秀的身份是非常特殊的：他1915年创办《青年杂志》（《新青年》），反对旧道德，张扬自由主义和民主思想，既是新文化启蒙运动的发动者与重要角色，又是"五四文学革命"的重要倡导者，他与胡适等人一起，倡导白话文学；在1919年以学生游行为导火线的"五四"政治运动中，他也竟亲自上街散发传单，并因此被捕。1919年"五四"运动以后，原先包括思想启蒙与文学革命在内的"五四"新文化阵营，发生了分离：陈独秀、李大钊投身政治，胡适退回书斋搞学问，鲁迅则陷入"荷戟独彷徨"的苦闷之中。他们其中任何一位来阐释"五四精神"，都会是有差别的。作为"五四"的全面参与者与领导者，陈独秀似乎是诠释"五四精神"的权威角色。然而，在这篇演讲中，陈独秀显然并没有试图对"五四运动"进行"全面"的阐述，他只是以一位政治家的身份，着眼于"五四革命文化运动"，阐释政治视野中的"五四精神"。因此，他强调的"五四精神"为：直接行动和牺牲精神。而他演讲的地点——中国公学——恰好是具有革命传统的学校。因此，演讲者的身份和听众对象，决定了这篇演讲是以"五四"青年学生走上街头、干预政治为楷模的宣传、鼓动的文章。这也是让"五四"从"文化革命"走向"革命文化"的滥觞因素之一，难怪林毓生们会将"五四新文化运动"与后来的"文化大革命"相联系，原因就是在于他们只看到了这场运动"左"倾的一面，而忽略了它潜藏在地下奔突的烈火——启蒙给一代又一代现代知识分子留下的新文化遗产，当然还有遍体鳞伤的躯体和灵魂。

"五四"是一个说不尽的话题，原因是"五四"是一个含义非常丰富的文化运动。学界普遍认为"五四"的含义应当包括以下三个方面：第一，反对传统道德、提倡民主与科学的新文化思想启蒙运动；第二，反对文言、提倡白话的文学革命；第三，反对帝国主义和专制腐败政治的爱国民主运动。这决定了对"五四精神"注定不可能进行单一视角的归纳，而百年来恰恰忘却的总是最根本的首要任务，启蒙往往却成为纪念"五四运动"餐桌上的佐料。

新文化思想启蒙运动崇尚西方文艺复兴以来的人文主义价值，以进化论眼光肯定现代化，否定传统道德与价值观；而在"五四政治运动"中，爱国主义和反对帝国主义，又与"五四"启蒙理想在对待西方和中国文化的态度上相互冲突。可以说，不同时期、不同身份的人，往往根据自己的政治立场和阐释目的，就"五四"的某一方面含义进行了偏执性的强调。总之，百年来围绕着"启蒙的五四"与"革命的五四"之命题，谁也无法做出合乎逻辑的周延性判断。另一方面，似乎"启蒙与救亡"遮蔽了"五四新文化运动"的许多实质性问题，让我们做了问题的"套中人"。

而胡适之先生作为"五四新文化运动"的发起人，他原本的"革命"目的何在呢？在"五四事件"发生的第二年他发表了演说，其内容与陈独秀的观点就有了一些不同。1920年5月4日，胡适参加了北京女子学界联合会召开的"五四纪念会"，并发表演说。当天的《晨报副刊》上，胡适与蒋梦麟联名，发表了《我们对于学生的希望》。此文肯定了青年学生运动的贡献，但他还是认为："这种运动是非常的事，是变态的社会里不得已的事……故这种运动是暂时不得已的救急办法，却不可长期存在的。"① 显然，胡适是反对用"牺牲"换来革命结果的，换言之，就是反对以革命的名义进行青年学生运动。

而到了1928年5月4日，胡适在光华大学发表了《五四运动纪念》演讲，其观点来了一个180度的大转弯，他又肯定了学生的"牺牲精神"，不再提倡钻进"故纸堆"里去了，其重要的一点就是胡适证明"五四运动"印证了一个历史公式，即"凡在变态的社会与国家内，政治太腐败了，而无代表民意

---

① 蒋梦麟、胡适：《我们对于学生的希望》，《中华教育界》1920年第9卷第5期。

机关存在着；那末，干涉政治的责任，必定落在青年学生身上了。这是一个最正确的公式，古今中外，莫能例外。"这也许就是后来坊间一直流传着的那句伟人名言"凡是镇压学生运动的都没有好下场"的滥觞吧。当然，在胡适对自己的观念做出重大修改的时候，他没有忘记自己过去说过的话，于是就用辩证的方法予以圆场："如果在常态的社会与国家内，国家政治，非常清明，且有各种代表民意的机关存在着；那末，青年学生，就无需干预政治了，政治的责任，就要落到一班中年人的身上去了。""自从五四运动以来，中国的青年，对于社会和政治，总算不曾放弃责任，总是热热烈烈的与恶化的挣扎……青年人的牺牲，实在太大了！他们非独牺牲学业，牺牲精神，牺牲少年的幸福，连到牺牲他们自己的生命，一并牺牲在内了……"显然，胡适认为牺牲青年是一件迫不得已的事情，与毫不足惜"牺牲"的非人道观念是有区分的。

从胡适的观念转变，我们可以看出一个重要的问题症结来——在"启蒙与革命"的悖论当中，"五四"就成了一个在"启蒙"与"革命"之间来回奔跑跳跃的政治文化和精神文化的冠词，似乎这顶桂冠扣在任何言者的头上都很合适。但是，人们忽略的恰恰就是政治和社会的时间与空间的变化给人的思想观念带来的变化。随着时间和空间的变化，也随着各人的生活经历的变化，"五四"先驱者们的观念也在变化，我们如果将他们的思想看成一成不变的固态，就会犯经验主义的毛病。这一点在胡适1935年的《纪念五四》一文中得到了印证："我们在这纪念'五四'的日子，不可不细细想想今日是否还是'必有赖于思想的变化'。因为当年若没有思想的变化，决不会有'五四运动'。"①

直到 1958 年 5 月他读到了女作家苏雪林一篇追念"五四"的"理性女神"的文章，在写信回复时说："我很同情你的看法，但我（觉得）五四本身含有不少的反理智成分，所以'不少五四时代过来人'终不免走上了反理智的路上去，终不免被人牵着鼻子走。"②恐怕一个 67 岁的成熟老人的思考才是最深刻的。

1960 年，胡适应台北广播电台之邀，发表了一个长篇谈话《五四运动是青年爱国的运动》。这篇演讲标题似乎又回到了老路上去了，其实其主旨却是针对犹如西方的文艺复兴运动的"五四启蒙运动"感慨而发："五四运动也可以说害了我们的文艺复兴。什么原故呢？……因为我们从前作的思想运动，文学革命的运动，思想革新的运动，完全不注重政治，到了五四之后，大家看看，学生是一个力量，是个政治的力量，思想是政治的武器……所以从此之后，我们纯粹文学的、文化的、思想的一个文艺复兴运动就变质了，就走上政治一条路上……""在我个人看起来谁功谁罪，很难定，很难定，这是我

---

① 胡适：《纪念五四》，《独立评论》1935 年 5 月 5 日第 149 号。

② 胡适：《复苏雪林》，《胡适全集》（第 26 卷），安徽教育出版社 2003 年版，第 160 页。

的结论。"我以为，这是胡适晚年对"五四"最为深邃的一次思考，那种试图把"五四新文化运动"安放在"启蒙运动"轨道上的梦想为什么会成为泡影？归根到底就是一句话：在中国，试图创造一个"纯粹文学的、文化的、思想的一个文艺复兴运动"可能性几乎为零，因为凡是运动最后总是要归于政治的。这就造成了不仅仅是"启蒙"的悲剧，同时也造成了"革命"的悲剧。历史无情地证明了这一历史的规律，并且还将不断地证明。

（二）世界启蒙运动与中国的"五四运动"

人类的前进道路能够通过每一个人对理性的公开使用的自由而指向进步。

——康德

回顾百年、七十年和四十年来中国社会文化和文学的变迁，我们的学术和思想观念同样经历了几次大起大落的变化。毋庸置疑，在百年之中，我们可以排出一个长长的、聚集着七八代启蒙文化学者的名单，在他们共同奋斗的学术史和思想史的历程中（我始终认为学术史和思想观念史是两个永远不可分割的皮与毛的关系），我们似乎可以看到一条清晰的隐在线索：自由与民主；科学与传统；制度与观念；人权、主权和法权……这些关键词不仅在不同的时空里发生了裂变，同时也在不同的群体里发生了分裂。

康德在 1874 年发表的那篇《答复这个问题：什么是启蒙运动》中说："启蒙运动就是人类脱离自己所加之于自己的不成熟状态。不成熟状态就是不经别人的引导，就对运用自己的理智无能为力。当原因不在于缺乏理智，而至于不经别人的引导就缺乏勇气与决心去加以运用时，那么这种不成熟就是自己所加之于自己的了。Sapere aude！要有勇气运用你自己的理智！这就是启蒙运动的口号！"① 康德 200 多年前的定义至今还在世界的上空中盘桓，这是人类的喜剧还是悲剧呢？

那么托克维尔在《旧制度与大革命》中揭示的法国大革命的悖论逻辑适用于中国百年来启蒙与革命的逻辑关系吗？其实，许许多多的实践告诉我们，尤其是中国近四十年来的"改革"恰恰反证了托氏"最危险的时刻通常就是它开始改革的时刻"逻辑的荒谬，我们却对这个结论深信不疑。在中国的启蒙与革命的双重悖论之中，最重要的则是我们难以分清楚什么是启蒙的左右和革命的左右这个根本的悖论性问题。

我常常在思考一个问题：倘若我们把鲁迅作为"五四"以来中国左翼文化的旗手，而把胡适作为"五四"以降自由知识分子的领军人物，那么，那个坊间传说的设问就显得十分尴尬了：倘若鲁迅活到 1949 年以后，他还会是左翼吗？我的答案很简单：要么他还是鲁迅，要么他不再是鲁迅，而变成了郭

① ［德］康德:《历史理性批判文集》，何兆武译，商务印书馆 2009 年版，第23 页。

沫若，我想，以他的性格，他不会变成郭沫若，也不会变成茅盾，最有可能变成无言相向的无声鲁迅。这里就有了一个我们怎样区分左和右的尺度问题，因为百年来我们不习惯在不同时空当中辨别左右，也就是说，用今天的眼光来看现代文学史上的鲁迅，他是典型的右派，他的反一切统治的眼光，恰恰就是现代知识分子必须具备的立场，就像萨义德在《知识分子》一书中所言，知识分子永远是站在批判的立场上看待社会的，否则他就没有存在的必要。从这个角度去看鲁迅，你能说他是左翼的吗？都说鲁迅的骨头是最硬的，硬到"十七年"当中，他就是一个右派。就像当下我们看待西方的许许多多的左右派那样，在不同的空间语境当中，我们辨别左右的时候往往是要反着看的。同理，我们看待胡适也同样适用这样的标准。所以，我认为衡量一个知识分子人格操守，只能用八个字来检测：坚守良知、维护正义。当"五四的启蒙主义新传统"遭到了空前否定的时候，我们应该选择什么样的价值立场呢？最近我在网上看到了一个治中国古代政治史的学者王霄说："汉后的儒家，政治理论和政治人格已经失去了孔孟的刚健质正，实践中还造成了大批的伪君子。"古代史的学者为现代文明的鼓与呼，却让我们搞现代文学的人深思。

鲁迅也好，胡适也罢，作为"五四新文化运动"培育下的中国第一代具有现代意识的知识分子，他们承继的都是 18 世纪以来启蒙运动中普世的价值立场，这一点对一个国家和一个民族来说是很重要的——中国文化为什么没有选择政治家、哲学家和历史学家做旗手，而是选择了文学家，这里面的深意，应该是不言而喻的。然而，百年来，我们对这个问题的认知还停留在学术常识以下的水平，无论我们的学科得到了多么大的发展，无论我们的科研项目达到了多大的惊人数字，无论我们的论文如何堆积如山，却仍然要重新回到启蒙的原点，重新回到"五四"的起跑点上——我们应该反思的问题是："启蒙的五四"和"革命的五四"两者之间都存在着的双重悖论是百年来我们始终未解的一个难题——这是社会政治文化问题，同时也是文学绕不开的问题。

回顾百年来所走过的学术历程，我们似乎始终在一个平面上旋转，找不到前进的目标，其根本原因就是我们在文学的学术史教育中遮蔽了许许多多应该传授的常识性知识。

我近年来一直在重读"五四"先驱者们对"五四事件"和"五四新文化运动"的不同看法，结合法国大革命、英美革命以及苏俄革命对"五四"以后中国革命与文学的影响，进行比较分析，有些观念仍然停留在我几年前的水平上（这就是2017年结集出版的《知识分子的幽灵》)，但是今年我重读和新读了三本书后，便又开始了新一轮的思考。

第一，我在重读周策纵的《五四运动史》后，在各种各样纷乱混淆的"五四事件"和"五四新文化运动"梳理中，基本认同了周策纵先生的"五四的来龙去脉说"，当然，我们也不必再去追究"五四新文化运动"是谁领导的这个永远说不清楚的问题了，只是让当时各种各样的参与者自己出来说话，不分左右，无论东西。我以为，这本书本应该是中国现代文学学术思想史的基本教科书，只可惜的是，现在我们许多人文学科至多就是把它列为参考书目而已。

今天，我们首先要涉及的问题是：我们为什么要纪念"五四运动"这个难题，我想这一点周策纵先生说得最清楚：他认为"首先必须努力认知该事件的真相和实质"①。也就是说，"五四事件"与"五四新文化运动"虽然有联系，却并不能截然画上等号。周策纵说，有人把他在1969年发表的《"五四"五十周年》一文副标题"译为'知识革命'，就'知'的广义说，也是可以的。我进一步指出：这'知'字自然不仅指'知识'，也不限于'思想'，而且还包括其他一切'理性'的成分。不仅如此，由于这是用来兼指'知识分子'所倡导的运动，因此也不免包含有行动的意思。……但是我认为，更重要的一点值得我们特别注意的，还是'五四'时代那个绝大的主要前提。那就是，对传统重新估价以创造一种新文化，而这种工作须从思想和知识上改革着手：用理性来说服，用逻辑推理来代替盲目的伦理教条，破坏偶像，解放个性，发展独立思考，以开创合理的未来社会"②。说得何等好啊！他把"五四新文化运动"的主体定为"知识分子"，只这一点，就避开了纠缠了许

① ［美］周策纵．《五四运动史》，陈永明等译，世界图书出版公司2016年版，"繁体再版序"《认知·评估·再充》第13页。

② ［美］周策纵：《五四运动史》，陈永明等译，世界图书出版公司2016年版，"繁体再版序"《认知·评估·再充》第13—14页。

多年的"谁领导"的问题，从另一个角度肯定"五四启蒙运动"的基础。虽然这是他五十年前所说的话，但应该仍然成为我们每一次纪念"五四"的目的："后代的历史学家应该大书特书，（'五四'）这种只求诉诸真理与事实，而不乞灵于古圣先贤，诗云子曰，或道德教条，这种只求替自己说话，不是代圣人立言，这种尚'知'的新作风，应该是中国文明发展史上最大的转折点。"① 我们治中国现代文学的学人，能够不反躬自问吗？面对"五四"反传统的文化意义被颠覆和消解，我们是呐喊还是彷徨？我们是沉默还是爆发呢？！至少在我们的心灵之中，应该保持一分清醒的学术态度吧，尽管我们不能肩起那扇沉重的闸门，我们起码能够保持对历史知识传承的那份纯洁吧。

周策纵先生这种中国文化转折的反思视角，恐怕也是许多人对"五四运动"和"五四文学"认识的一个盲区罢，这是我在近期所涉及的关于"启蒙的五四"与"革命的五四"双重悖论中的一个焦点问题，也是对百年"五四"激进派和保守派言论的一种浅陋的反省。

2019年作为"五四事件"发生一百周年的纪念，我们的知识分子又如何"用理性来说服，用逻辑推理来代替盲目的伦理教条，破坏偶像，解放个性，发展独立思考，以开创合理的未

---

① ［美］周策纵：《五四运动史》，陈永明等译，世界图书出版公司2016年版，第13—14页。此乃"1995年9月2日夜深于威斯康星陌地生"的"繁体再版序"《认知·评估·再充》中的文字，其"英文初版自序"则是"1959年10月于麻省剑桥，哈佛"，至今也已经六十年了。

来社会"呢？其实，最简单，也是最经济的做法就是周策纵先生的治学方法，即"透过这些原始资料，希望能让当时的人和事，自己替自己说话"①。于是，我也翻阅了过去看过和没有看过，还有看过却没有用心思考的大量资料，想让那些"五四"的先驱者们从棺材里爬出来，用他们当年的文字来重释一遍对"五四新文化运动"和"五四事件"的看法，但是，我要强调说明的是：这并非代表我本人的看法，我只是套用了周策纵先生的方法，试图让逝者百年前的历史画外音来提示"五四精神"，历史地、客观地呈现出它的两重性。也许只有这样，我们才能不断地在纪念"五四"中得到对现实的启迪和对未来的期望。我们做不了思想史，我们能否做乾嘉学派式的学科基础学问，让史料来说话呢？让"死学问"活起来，活在当下，也就活到了未来。

第二，另一本小书就是2018年5月刚刚由北大出版社出版的英国历史学家罗伊·波特撰写、殷宏翻译的《启蒙运动》，这本"解释性的、批判性的和史学史的"小书真的是一本欧洲，乃至世界启蒙的常识性辅导教材，虽然作者只是用一个历史学家的眼光来看待这个具有跨越时空概念的历史运动，但是其普世的意义让人受到了很多的启迪，其中警句迭出，发人深省。

---

① ［美］周策纵：《五四运动史》，陈永明等译，世界图书出版公司2016年版，"繁体再版序"《认知·评估·再充》第13页。

虽然作者是在不断地重复盖伊的观念，但是这种梳理是有教科书意义的："想要在启蒙运动中找到一个人类进步的完美方案是愚蠢的。认为启蒙运动提出了一系列问题留待历史学家去探索则更为合理。"[①] 以我浅陋的理解，这就是说，无论中西方的历史发展都不会按照启蒙运动所设想的逻辑轨道前进，留下来的问题首先就是要回到历史发展的轨迹中去重新认知启蒙的利弊。这一点尤其适合像中国这样后发的启蒙主义的模仿者。

另外一个问题提得更有意思，作者提出了一个新的诘问："除了'上层启蒙运动'之外，难道没有一个'下层启蒙运动'吗？难道不存在一个'大众的启蒙运动'来作为对精英启蒙运动的补充吗？……是把启蒙运动视为一场主要由一小部分杰出人士充当先锋的精英运动，还是视为在一条宽广的阵线上汹涌向前的思想潮流，这一选择显然会影响到我们如何评判这一运动的意义。领导层越小，启蒙运动就越容易被描绘为一场思想上的激进革命，是用泛神论、自然精神论、无神论、共和主义、民主、唯物主义等新的武器来与几百年来根深蒂固的正统思想做斗争的运动。我们兴奋于伏尔泰怒吼声中发出的伟大呼喊即'臭名昭著的东西'以及'让中产阶级震惊'，这些口号

---

① ［英］罗伊·波特：《启蒙运动》，殷宏译，北京大学出版社 2018 年版，第 1 页。

让教会与国家战栗不已。"①

无疑，这些话颠覆了我们多年来认为的"启蒙必须是精英知识分子自上而下的一场教育认知"的观念，他的观点虽然不能让我完全苟同，却让我深思鲁迅"两间余一卒，荷戟独彷徨"孤独的由来；虽然我还不能完全接受罗伊·波特对启蒙的全部阐释，但是，他开启和拓展了我的逆向思维空间，让我们在中国百年的启蒙运动史中发现了许许多多可以解释得通的疑难问题，包括鲁迅式的叩问。

回顾我们这几十年来现代文学的学术史道路，正如作者所言，我们"用泛神论、自然精神论、无神论、共和主义、民主、唯物主义等新的武器"和方法，甚至许许多多技术主义的方法路径来对启蒙主义思潮以及现代文学作家作品进行了无数次阐释，但是，这些阐释真的有效吗？它们是真学问呢，还是"伪命题"？这个问题值得我们重新反思百年来的学术史，筛选和淘汰掉那些非学术的渣滓，才能重新回到理性学术的起跑线上来。另外，在许多"破坏性"的批判中，我们有没有找寻过有效的"建设性"理论体系呢？尽管我们的"破坏性"还远远没有达到其目的与效果。

同样，在对待法国大革命的态度上，作者给我们的启迪也很大，起码可以让我们用"第三只眼"去看问题："要将启蒙

---

① ［英］罗伊·波特：《启蒙运动》，殷宏译，北京大学出版社 2018 年版，第 10—11 页。

运动视为在旧制度内部发生的一场突变，而由一支志在摧毁它的暴力革命队伍掀起的运动。那么启蒙运动是一场思想上的先锋运动吗？或者要将其看作文雅上流社会创造的一个普通的名词吗？此外，无论在哪一种情况下，启蒙运动是否真的改变了它所批判的社会了呢？或者说是不是它反而被这个社会改变了，并被它所吸收了呢？换言之，是权力集团得到了启蒙，还是启蒙运动被融入权力体系之中了呢？"①这一连串的诘问，正是对我多年来难以解开的心结的一种暗示，也是我们阅读《旧制度与大革命》的一个不可或缺的视角。我们播种的启蒙，收获的是龙种还是跳蚤呢？中国百年来的启蒙运动史给我们带来的是更大的困惑，我们用文学的武器去批判社会，却到头来被社会所批判；我们试图用启蒙思想来改造国民性，自身却陷入了自我改造的悖论之中；我们改造社会，却被社会改造，灵魂深处爆发的革命是一种什么样的"大革命"呢？它与"五四启蒙运动"构成的是一种什么样的互动关系呢？这些狂想让我们成为一个又一个时代的"狂人"，然而，能够记下"日记"者却甚少。正如此书作者所言："卢梭始终都被后人视为启蒙运动的一座灯塔，这也确实名副其实，因为在痛恨旧制度的程度上无人能出其右。如果说如此千差万别的改革者们都能在启蒙运动的旗帜下战斗，难道这不就表明'启蒙运动'这个词语的

---

① ［英］罗伊·波特：《启蒙运动》，殷宏译，北京大学出版社 2018 年版，第 11—12 页。

内涵并不清晰，只让人徒增困惑吗？"① 当一个朝代的新制度蜕变成一个旧制度的时候，我们在这个历史循环中怎样认识问题的本质，才是最最难以挣脱的思想文化枷锁。解惑的药在哪里？"忧来豁蒙蔽"，只有经历了历史的沧桑，我们才能稍稍懂得一些启蒙的与革命的道理，往往是身处变革历史语境中的知识分子的叩问才更有思想价值，但是，我们就是缺少思想家的引导。

检验一场启蒙运动的成败与否，作者给出的答案虽然不可能得到大多数人的认同，却也不乏其合理性："当最后我们要评价启蒙运动的成就时，如果还期待能够发现某一特定人群实施了一系列被称之为'进步'的措施，那就大错特错了。与之相对，我们应当从以下方面进行评判：是否有许多人——即便不是全体的人民大众——的思维习惯、情感类型和行为特征有所改变。考虑到这是一场旨在开启人们心智、改变人民思想、鼓励人民思考的运动，我们应该会预料到，其结果定然是多种多样的。"② 我苦苦思索了许多年的"二次启蒙"悖论的问题，在这里找到症结所在。可悲的是，我们连"多种多样"的水平都没有达到，而是沉沦于鲁迅小说《风波》的死水语境之中，你能说我们百年的启蒙与革命运动取得了进步吗？

---

① ［英］罗伊·波特：《启蒙运动》，殷宏译，北京大学出版社 2018 年版，第 15 页。

② ［英］罗伊·波特：《启蒙运动》，殷宏译，北京大学出版社 2018 年版，第 17 页。

从世界格局的大视野来看，如果法国大革命是一个重要的历史节点的话，那么从 1789 年至今，已经有了整整 230 年的历史。当我们回眸中国百年启蒙历史的时候，同样可以从这本书的结语中得到启迪："启蒙运动虽然帮助人们摆脱了过去，但它并不能杜绝未来加诸人类之上的枷锁。我们仍然在努力解决启蒙运动所促成的现代化、城市化工业社会里出现的各种问题。在努力的过程中，我们势必大量利用社会分析的技术、人文主义的价值观，以及哲人们创造的科学技能。今天我们仍然需要启蒙运动的哺育。"① 是的，"德先生"和"赛先生"仍然是中国现代社会文化和现代文学研究的指南，但前提是必须重新回到人性的立场上来好好说话，因为"后现代"的话语体系非但人民大众听不懂，就连知识分子也会陷入云山雾罩的"所指"和"能指"之中，而失去对"五四精神"的追问。

第三，如果说，《启蒙运动》是一本常识性的大众必读书目，那么还有一本书就应该列为启蒙运动史的第一参考书目，虽然它的观点比较激进，但是对我们今天如何捍卫启蒙运动的成果是有所启迪的。它就是意大利历史学家文森佐·费罗内的《启蒙观念史》，无疑，它让我们开阔了视野，了解到在世界启蒙运动史上，许多国家和地区存在着同样的问题，尤其是在后现代文化语境中坚守批判思维的启蒙立场不是一件容易的事

---

① ［英］罗伊·波特：《启蒙运动》，殷宏译，北京大学出版社 2018 年版，第 120 页。

情。文章从"哲学家的启蒙——思考'半人马范式'"到"历史学家的启蒙——对旧制度的文化革命",呈现出的是两种不同的观念史:从康德到黑格尔,从马克思到尼采,从霍克海默到阿多诺,从福柯到卡西尔和海德格尔,在这两百多年漫长的启蒙哲学的道路上,作者把启蒙观念的变迁与发展梳理出了一条环环相扣的逻辑链条。

显然,启蒙与反启蒙的观念史不仅影响着欧美的学者,也会影响到世界各国的许多启蒙主义学者,但是,它对中国的启蒙哲学起着多大的作用呢?我们如果照搬其观念,会对本土的启蒙践行有何帮助呢?这些问题当然需要我们根据中国百年启蒙史做出相辅相成或相反相成的分析和判断。但是,无论如何,康德强调的"持续启蒙"的观点是永远照耀启蒙荆棘之路的明灯。正如康德在《历史理性批判文集》中所言:"需要有一系列也许是无法估计的世代,每一个世代都得把自己的启蒙留传给后一个世代,才能使它在我们人类身上的萌芽,最后发展到充分与它目标相称的那种阶段。"① 中国一百年的启蒙史比起欧洲少了一百多年,我们遇到的许许多多的问题,同样也在二百多年的欧美启蒙运动中呈现过,所以,我们不必那么焦虑,只要启蒙的思想火炬能够正确地世代传递下去,我们就"有希望达到光辉的顶点"。

我注意到了此书中的两个关键词:一个就是 Sapere aude

---

① 〔德〕康德:《历史理性批判文集》,何兆武译,商务印书馆2009年版,第4页。

（"敢于认识"）；另一个就是 living the Enlightenment（"践行启蒙"）。前者显然是从康德那里继承得来的，这当然是启蒙运动必须固守的铁律，没有这个信条，一切启蒙都是虚妄的运动。后者则是作者根据当今世界启蒙的格局所提出来的观念，它是根据人类遭遇了后现代文化洗礼之后，对一种新启蒙的重新规约。前者是本，后者是变，固本是变化的前提，变化是固本的提升。

同样，在这个"以现代性为对象的试验场"里，我更加注意到的是"启蒙—革命"范式的场域中存在着的悖论关系，而这种关系往往被西方学者解释为一种具有中性立场的价值观，是一个欧洲历史学者眼中具有世界主义维度的"独立的历史现象"。就此而言，我不能认可的是，在中国百年的"启蒙—革命"范式的双重悖论运动过程中，我们遭受的痛苦似乎与法国大革命付出的血的代价是不能同日而语的，其灾难的程度不同和经历的痛苦程度的不同，就决定了持论的态度和价值理念的区别，在这个问题上，我们对启蒙的光感度和对革命的疼痛感似乎更有发言权。

十分有趣，也十分吊诡的是，费罗内在文章的前言开头就是这样描述欧洲当今的启蒙运动的："套用伟大的卡尔·马克思在《共产党宣言》中的话，人们可能会说：一个幽灵，启蒙运动的幽灵，在欧洲游荡。它看上去悲伤而憔悴，虽然满载荣耀，却浑身都是一场场败仗留下的伤痕。然而，它无所畏惧，依旧带着那讽刺性的笑容。实际上，它换了一副新面孔，继续骚扰着一些人的美梦——他们相信生命之谜全都包含于一个虚幻神秘的神灵的设计，而没有对于人类自由与责任的鲜明意识。"① 也许，这也是适用于世界各国的一种普遍的启蒙运动的情形，只要有启蒙意识存在的地方，都会有争斗，但是，启蒙的火种是延绵不绝的，尽管在许多地方它已经是伤痕累累，它却"换了一副新面孔"，去"继续骚扰着一些人的美梦"，这些人是谁呢？倘若放在中国，是我在做启蒙的美梦，还是他人在做另一种革命的梦呢？因为我也注意到了，此书的第二部分就是专论"对旧制度的文化革命"问题的，显然，这个法国大革命启蒙与革命纠结在一起的幽灵也同样游荡在欧洲的上空，更是游荡在世界各个文化的角落里，用作者的话来说就是："当然，他们现在终于可以埋葬那场野心勃勃又麻烦重重的文化革命了。那场革命在 18 世纪历经千难万险，为的是颠覆旧制度下欧洲那些看似不可改易的信条。人们终于可以扑灭那个用人解放人的不切实际的启蒙信念。那个信念认为人类单凭自身力量就可以摆脱奴役。这股力量还包括对于新旧知识的重新排布，这得益于新兴社会群体的努力，他们拥有一件强大的武器：批判性思维。"② 读到这里，我不禁想到了我们百年来的从"人的解放"到"被解放了的人"，再到"被囚禁的人"和"身

---

① ［意］文森佐·费罗内：《启蒙观念史》，马涛、曾允译，商务印书馆 2018 年版，"前言"第 1 页。

② ［意］文森佐·费罗内：《启蒙观念史》，马涛、曾允译，商务印书馆 2018 年版，"前言"第 1—2 页。

体和思想的解放",我们走过的是一条逶迤的精神天路,这条道路要比欧洲的更漫长,更艰险。

"如果人们仔细探视我们时代的阴云,就会看到一幅不同的景象。……那些划时代事件,同样对贫乏的新旧解释范式和虚构的历史哲学起到了解放作用,残酷的现实否定了理论。那些事件引发的风暴,让几缕微弱的阳光穿透了时代的阴云。现在,那场风暴让我们超越了无数的幻梦和再三的失望,重新点燃了对美好未来的希望;它在各处引发了新的研究,也带来了重新研究启蒙运动的要求。这场深刻的文化革命力图解放人,其范围之广、影响之久,只有基督教在西方世界的兴起和传播可以相比。我们今天就那场革命所提的问题,之前从未有人提出。"[①] 无疑,正如作者所言,"'启蒙运动—法国大革命'范式至今仍颇具吸引力,实际上这种吸引力太强大了"。

但是,在整个 20 世纪下半叶,我们只知道短暂的"巴黎公社"理想的伟大,却不知道在 100 年前通往这条道路上的"法国大革命"为全世界的"革命道路"打下了第一块基石,直到新世纪以降,法国大革命才成为中国学界讨论的热点,尤其是那个叫作托克维尔的《旧制度与大革命》的反思,为我们现今的政治经济提供了一面镜子。然而,我们又有多少人能够读懂其中的"画外音"呢?因为我们在"启蒙运动—法国大革

---

① [意]文森佐·费罗内:《启蒙观念史》,马涛、曾允译,商务印书馆 2018 年版,"前言"第 2 页。

命"的范式中从来就是一个无知的小学生。

在"启蒙与革命"的悖论之中，我们往往采取的是"合二为一"的逻辑，虽然这也是某些西方历史学家和哲学家们一种惯常的研究方法，我却以为，一个没有经历过那些大革命血腥洗礼、坐在书斋里进行哲思的人，对革命带来的肉体与精神上的创痛是没有切肤之痛的。所以，我并不能苟同费罗内这样的西方理论家们混淆启蒙与革命的界限，把启蒙与革命简单地用一个等号加以连接。无疑，这种滥觞于尼采和福柯的理论教条，一俟在"践行启蒙"中得以中和与运用的话，就会走向另外一个极端，纳粹的思想所造成的人类创痛就会重演一次。君不见，正是尼采的"强力意志"催生了希特勒那种狂热的国家社会主义的大众革命思潮，那山呼海啸般的大众狂热虽然过去了80年，可巨大的声浪却久久回荡在世界革命的每一个角落，那种宗教般的狂热屡屡给世界带来灾难，却无人能够阻挡。为什么这种革命在20世纪30年代末的德国蔓延的速度如此之惊人，其导致的第二次世界大战让人类陷入了无边的罪恶深渊，这种惨痛的教训应该让每一个历史学家和哲学家牢牢地记取，对那种狂热的革命保持高度的警惕。

相反，百年来，在世界范围内，启蒙的声浪却愈来愈小，最终成为一些学者躲在象牙塔中的喃喃自语。本书的作者如果只是从象牙塔中去回眸历史、瞭望未来，抹去了血迹斑斑的历史，则是一种不可借鉴的研究方法，同样，它也看不清未来之路。相比较英美革命，我以为其借鉴的意义或许更大于法国大革命，法国大革命对后来的苏俄革命也产生了深远的历史影响，而苏俄革命对百年中国的"启蒙—革命"范式影响不仅根深蒂固，且有着十分惨痛的历史教训，直到那场举世瞩目的大革命的到来，当人们总结这一悖论所造成的恶果的时候，不得不用"一场浩劫"来总结"文化革命"所造成的后果，尽管在作者眼里"最终再次凸显这场伟大转变不可磨灭的印迹，它是建立现代西方身份认同基础的真正的文化革命"。也许，在230年启蒙与革命的纠结之中，西方学者眼中的法国大革命已然成为一笔精神遗产，它强调的是"启蒙运动的特殊性——它既是对18世纪旧制度的批判，也是旧制度的产物"。其价值观建立在这样的基础上，对西方意味着什么，对中国又意味着什么呢？

"法国大革命"作为一次政治事件，它付出的代价并不大，后来爆发的许多次所谓的"革命"，无一是付出巨大血腥代价的，最后演变成街头"革命"的闹剧，那是法国人浪漫主义性格的使然，因为他们知道这种极具表演性质的"革命"至多是在警察局里待上一会儿，就可以仍旧回到咖啡馆或沙龙里去大谈革命的理论去了，殊不知在中国是充满着"污秽和血的"革命。但愿我的这些想法是对此书中的某些理论的一种误读。

不过，此书学者在批判实践中的观念陈述是值得我们深思的："批判实践'通过反批判（counter-criticism）而达到超批判（super-criticism），最终蜕化为某种伪善的道德说教'。如同科泽勒克的大学导师卡尔·施米特在20世纪30年代所推论的，这否定了'政治'上的自治，并引发了西方世界至今仍未停歇的危机，即无法从永恒革命和意识形态文化战争中逃离出来，而这正是由 18 世纪末期启蒙运动的乌托邦理论和法国大革命所开启的。"① 从卡尔·施米特的言辞之中，我们闻到了一个纳粹党人理论流行的普遍性，我的脑海中浮现出的是另一个被我们推崇了二十多年的纳粹理论家海德格尔的肖像，如果我们只从哲学的技术层面去看待这些理论专家，而不从践行理论的实践中去看理论的实际效果，那样的哲学是有用的吗？所以，我经常在思考一个问题：海德格尔与他的学生兼情人阿伦特的理论有区别吗？以我浅陋的知识视野来看，不仅有区别，而且存在着一条巨大的鸿沟。这条鸿沟就是在"启蒙—革命"的范式中他们所选择的知识分子的价值立场是截然不同的：前者是为统治者所御用，专门炮制适合于政治体制的理论，毫无感情色彩，是冷冰冰的教条；而后者却是秉持正义，恪守一个知识分子的良知，以人性的价值立场来创造理论。由此我想到这对情人的最终分手，不仅仅是生活境遇和爱情观念所迫，更加不可表述的是他们内心价值取向不同所导致的分道扬镳吧，尽管还有点依依不舍和藕断丝连，但在骨子里，他们就不可能成为同道者和同路人。

如果我们再回到启蒙话语里去，可以看出，费罗内对观念

---

① ［意］文森佐·费罗内：《启蒙观念史》，马涛、曾允译，商务印书馆 2018年版，第 110 页。

史的梳理也是有益的，尽管许多地方他的陈述是中性的，却也给我们带来了抽象概括精准的惊喜。他的一句断语很精彩："启蒙运动一直被认为是一个洋溢着进步的历史阶段和意识形态，现在，对这一古旧图景的最终批判必须来自一种新的、启蒙的谱系学。"①显然，我对海德格尔一干哲学家的后现代哲学理论不感兴趣，而对启蒙的原初理论更加青睐："就'人学'这个概念而言，虽然它仍未得到深入细致的研究，但我注意到，大卫·休谟在他 1739 年出版的《人性论》中主张，应当将实验的方法扩展到一种未来的'人学'中。"②这个 280 年前的理论设想，真的有伟大的预见性，在这两个多世纪里，人类始终要解决的终极目标却一直无法解决，这难道不是启蒙主义的大失败吗？

所以，我同意作者的分析："因此可以肯定的是，从历史角度来看，我们称为启蒙运动的事件是西方世界的一次伟大的文化转向，如何理解它的尝试都面临一个最大的，同时也是最重要的任务：分析它所处的历史语境，以及启蒙运动本身与大革命之前的旧制度之间紧密的辩证关系。"③也就是说，如果我

---

① ［意］文森佐·费罗内:《启蒙观念史》，马涛、曾允译，商务印书馆 2018 年版，第 80 页。

② ［意］文森佐·费罗内:《启蒙观念史》，马涛、曾允译，商务印书馆 2018 年版，第 192 页。

③ ［意］文森佐·费罗内:《启蒙观念史》，马涛、曾允译，商务印书馆 2018 年版，第 207 页。

们仅仅把启蒙运动孤立起来进行理论的分析肯定是不行的，关于这一点，费罗内大量引用了托克维尔的理论作为依据是有效的。从这里，我们可以看出旧制度对催生知识分子精英阶层的诞生是起着至关重要的作用的，正如费罗内所概括的：启蒙运动的"进程最后催生出如知识分子或服务于国家的贵族之类的新精英阶层，而这些精英又反过来导致了现代市民社会的产生。这是一个越来越注重个体而非社会集群的社会，它独立于那种绝对国家，虽然后者无心又辩证地在自己怀抱中孕育了它"①。回顾200多年来知识分子从"贵族精英"蜕变成"独立的批判者"；再从"自由之精神的代言人"到"消费文化的奴仆"，正是"伏尔泰对这种新的'作家'类型发起了猛烈的批判，特别是那些受职业共同体、书商和权势阶层支配的'作家'，迎合'公众'的需求和品位的'作家'。他把这些人称作'群氓'、'廉价文人'和'低级文学'的承包商，他们心甘情愿为一点点金钱而出卖自己或者背叛任何人。相对于那种由出版市场供养的生活和文艺复兴赞助机制的庇护，伏尔泰更赞成旧制度的专制文化模式，它是一种以为君主服务的学术集团为基础的集体性模式……由于这个原因，他受到一些作家的严厉批评，先是支持新近重生的'共和精神'的作家如卢梭和狄德罗，后来主要是布里索、马拉、阿尔菲耶里以及其他许多支

---

① ［意］文森佐·费罗内：《启蒙观念史》，马涛、曾允译，商务印书馆2018年版，第209页。

持18世纪后期启蒙运动的人"①。诚然，伏尔泰对那种商业化的"廉价文人"的贬斥是很有道理的，且有空前的预见性。但是，他的回到老路上去的主意实在是一种学究式的历史倒退。新兴的知识分子刚刚成为独立的、具有现代意识的群体，好不容易从"贵族精英"的封建枷锁中挣脱出来，作为一个大写的"独立批判者"，却又要回到御用文人的窠臼中去，这无论如何是个昏招。

但是，作为启蒙主义的一支重要的力量，新兴的知识精英应该如何选择自己的价值观念呢？我想还是回到康德的理论原点上去，才是最经得起历史考验的价值观念："我们的时代是真正的批判时代，一切都必须经受批判。通常，宗教凭借其神圣性，而立法凭借其权威，想要逃脱批判。但这样一来，它们倒成了正当的怀疑对象，并无法要求别人不加伪饰的敬重，理性只会把这种敬重给予那经受得住他的自由而公开的检验的事物。"② 我想，这也是马克思主义批判哲学的理论基础吧。

世界启蒙运动是一个永远说不完的话题，中国的"五四新文化运动"也是一个可以不断深入阐释的论题，无论从哲学的层面还是历史的层面来加以解读，我们对照现实世界，总有其现代性意义。这是"启蒙—革命"双重悖论的意义所在，也是

---

① ［意］文森佐·费罗内：《启蒙观念史》，马涛、曾允译，商务印书馆2018年版，第206页。

② ［德］康德：《纯粹理性批判》，邓晓芒译，人民文学出版社2004年版，"序言"第3页。

它永不凋谢的魅力所在。

（三）"革命的五四"与"启蒙的五四"之纠结

总的来说，"五四"运动的种种倾向几乎决定了以后几十年内中国的思想、社会和政治的发展方向。在这场思想的骚动中，开始形成的时刻的社会与民族意识一直延续了下来。

……在批判中国旧传统时，很少有改革者对它进行过公正的或同情的思考。①

——周策纵《五四运动史·结论：繁多的阐释与评价》

在中国百年文化史上，我们总是以"五四新文化运动"作为国族现代性的划界。然而，在百年之中，我们经历的却是两个叠加在一起的"双重悖论"，其两个分悖论就是："启蒙的五四"所遭遇的在"启蒙他人"和"自我启蒙"过程中启蒙与反启蒙的悖论；"革命的五四"所遭遇的是在"革命"与"反革命"（此乃中性词）过程中的认知悖论。两者相加所造成的总悖论就是："启蒙的五四"与"革命的五四"所构成的百年中国文化史上错综复杂、千丝万缕的冲突，这种冲突从表面上看似简单，实际上却是每一个中国知识分子难以廓清的一种思维的怪圈，在每一次交错更替的"启蒙运动"与"革命运动"

---

① ［美］周策纵：《五四运动史》，陈永明等译，世界图书出版公司2016年版，第346—347页。

中，人们都会陷入盲目的"呐喊"与"彷徨"的文化语境之中不能自已，苦闷于精神出路寻觅而不得。

我们往往把鲁迅作为"五四新文化运动""革命阵营"的旗手来对抗"启蒙主义"领袖胡适，其实，这就抹杀了他们在许多观念上的交错和重叠部分的共同性，值得反思的是，为什么百年来我们将"启蒙"与"革命"的界限给抹杀了，在这两个性质完全相异的名词之间画上了等号。

鲁迅先生说："最可怕的情形，就是比较新的思想运动起来时，与社会无关，作为空谈，那是不要紧的，这也是专制时代所以能容知识阶级存在的缘故。因为痛哭流泪与实际是没有关系的，只是思想运动变成实际的社会运动时，那就危险了。往往反为旧势力所扑灭。中国现在也是如此，这现象，革新的人称之为'反动'。我在文艺史上，却找到一个好名辞，就是 Renaissance，在意大利文艺复兴的意义，是把古时好的东西复活，将现存的坏的东西压倒，因为那时候思想太专治腐败了，在古时代确实有些比较好的；因此后来得到了社会上的信仰。现在中国顽固派的复古，把孔子礼教都拉出来了，但是他们拉出来的是好的么？如果是不好的，就是反动，倒退，以后恐怕是倒退的时代了。"[1] 这些话与上述胡适的许多言论是高度一致的，从中可以看出许多事情的端倪来，可怕的"反动，倒

---

① 鲁迅：《关于知识阶级》，《鲁迅全集》（第八卷），人民文学出版社 2005 年版，第 227—228 页。

退"在中国百年历史的长河中流淌，让人陷入了无边的困顿之中，我反反复复揣摩这段话的含义，终于，我没有找到满意的答案，就像老 Q 那样在祠堂里睡过去了。

于是，我找来这段不知是"启蒙"还是"革命"的谶语，但仍然不能解惑："说到中国的改革，第一著自然是扫荡废物，以造成一个使新生命得能诞生的机运。五四运动，本也是这机运的开端罢，可惜来摧折它的很不少。"①

于是，我再翻阅另外一些"五四先驱者"们的说法，选择几段来进行对比，抑或能在多角度的测量中找到一个较为有价值的坐标来，虽然也很枉然。不过，在对比之前，我还是援引一句余英时先生对"五四新文化运动"的评语："或许，关于五四我们只能作出下面这个最安全的概括论断：五四必须通过它的多重面相性和多重方向性来获得理解。"②

我们在谈"五四运动"的时候，千万不能不把书生谈"五四"与政治家谈"五四"区别开来，也就是说，用学者的眼光和政治家的眼光来看"五四"，是能够读出不同的味道的，甚至是截然相反的两个"五四"来的。

"作为中华民国的缔造者之一，作为著名的政治领袖，孙中山支持'五四'学生运动，这对知识界的分化产生了重大影

---

① 鲁迅：《〈出了象牙之塔〉后记》，《鲁迅全集》（第十卷），人民文学出版社 2005 年版，第 270 页。

② 余英时：《文艺运动乎？启蒙运动乎？——一个史学家对五四运动的反思》，《现代危机与思想人物》，生活·读书·新知三联书店 2005 年版，第 99 页。

响，也把青年吸引到革命阵营。列宁十月革命的成功给他留下了深刻的印象，而西方国家对他要求的为重建国家计划提供财政支持的呼吁无动于衷，却承认每一届北洋政府，又使他十分的失望，因此他的思想就趋渐'左倾'。"① 也许这就是导致"五四"转向为政治起主导作用的重要因素之一吧。所以，考察"五四新文化运动"初始时的政治人物和文化人物的言论是一件十分有趣，也十分复杂的事情。

用中国共产党缔造者李大钊先生的定义来说："此次'五四运动'，系排斥'大亚细亚主义'，即排斥侵略主义，非有深仇于日本人也。斯世有以强权压迫公理者，无论是日本人非日本人，吾人均应排斥之！故鄙意以为此番运动仅认为爱国运动，尚非恰当，实人类解放运动之一部分也。诸君本此进行，将来对于世界造福不浅，勉旃！"② 在这里，作为中国最早的共产主义的信仰者，他并没有把"五四新文化运动"定性为"爱国主义"的运动，"仅认为爱国运动，尚非恰当"，而是"人类解放运动之一部分也"，请不要忘记其中的这一层深刻的含义，所以，我又产生了遐想：他认为的仅定性为爱国主义"尚非恰当"，那么，其"人类解放运动"必定是指向"没有压迫、

---

① ［美］周策纵：《五四运动史》，陈永明等译，世界图书出版公司 2016 年版，第 243 页。

② 李大钊：《在国民杂志社成立周年纪念会上的演说》，1919 年 10 月 12 日，发表于《国民》杂志第二卷第一号，1919 年 11 月，未署名。此文摘自该刊的有关报道。

没有剥削"的"国际共产主义运动",其时正是苏俄革命风起云涌之时,李大钊的暗示其实是不言自明的,也就是说,李大钊先生的眼光是更加辽远的,他的定性没有被纳入后来的教科书,似乎也是一种遗憾。

显然,与上述的中国共产党另一位创始人之一、"五四新文化运动"发起者陈独秀的"牺牲精神"观点相比较,他们的共同点就在于是站在彻头彻尾的"革命"立场上来说话的,至于陈独秀后来观点有所变化则是另一回事了,反正我从这里读到的是硝烟之气息。

陈独秀后来又这样说过:"'五四'运动时代不是孤立的,由辛亥革命而'五四'运动,而'五卅运动'、北伐战争,而抗日战争,是整个的民主革命运动时代之各个事变。在各个事变中,虽有参加社会势力广度之不同,运动要求的深度之不同,而民主革命的时代性,并没有根本的差别。所以'五四'运动的缺点,乃参加运动的主力仅仅是些青年知识分子,而没有生产大众,并不能够说这一运动的时代性已经过去。"① 从中,我们看到陈独秀先生似乎切中了"五四新文化运动"的要害处就是知识分子没有"唤起民众"的弊端,算是最初揭示"五四新文化运动"启蒙失败原因的人之一。

所有这些,是导致"五四新文化运动"向着苏俄"十月革

---

① 陈独秀:《"五四"运动的时代过去了吗?》,《陈独秀文集》(第四卷),人民出版社 2013 年版,第 588 页。

命"模式靠拢的动因所在，虽然陈独秀在晚年深刻反思了苏俄革命的种种弊端，但在当时确实是十分青睐这"十月革命"的鼓声的。因此，周策纵先生描述当时知识分子的心态是"正当中国知识分子尝试着吸收西方思想界的自由和民主的传统时，却遭到了商业和殖民化的严酷现实，在这段关键的时期，苏维埃联邦向他们展示了诱人的魅力"①。当然，这不仅是共产主义者的理想，也是"国父"孙中山先生的政治观念。毋庸置疑，激进主义的思潮往往就是革命的动力所在，而那种带有书生气的、纸上谈兵式的自由民主主义的"启蒙"理性考辨，往往会被激情的"革命"欲望和冲动所遮蔽、掩盖。多少年后，当我们将英美"光荣革命"与法国大革命和俄国革命相比较的时候，也许会冷静下来看待一些问题，看到了血与火，乃至于污秽给人类和社会带来的创痛，我们才能客观地去重新审视历史，从这面镜子里看到现实和未来。

其实，当时的左派知识分子和自由主义知识分子都是围绕在杜威和罗素的"西化"理论上做文章，摸不清楚哪种政治模式适合中国的社会前途。杜威把"民治主义"分为政治民主、民权民主、社会民主和经济民主四类，这个观点受到了陈独秀的极大支持，"由于杜威观察了中国当时经济的情况，他更坚决地放弃马克思主义和传统的资本主义。据他的判断因为中国

---

① ［美］周策纵：《五四运动史》，陈永明等译，世界图书出版公司2016年版，第209页。

工业落后，劳工问题和财富分配不均问题还不严重，因此，社会主义和马克思主义在中国没有立足之处"①。周策纵当然是不同意这种判断的，其实，后来毛泽东在 1925 年 12 月的《中国社会各阶级的分析》和 1927 年 3 月的《湖南农民运动考察报告》里就有了相反的论证。到了 1930 年代，中国共产党的领导人瞿秋白为茅盾谋划长篇小说《子夜》时，也从政治和社会层面彻底否定了杜威的观点。"虽然那些即使倾向社会主义的知识分子也同意杜威对民主主义的某些诠释，但他们自身仍有明显的偏颇：例如对经济问题的特别注重"，只有陈独秀的"什么是政治？大家吃饭要紧"的理论是迎合杜威的。也许是杜威的观点比较明晰，其走资本主义的倾向昭然若揭，无论是国民党的左派，还是共产党的绝大多数左翼知识分子都不同意，也就是少数的"柿油党"会同意他的观点吧。倒是陈独秀的一句大实话"大家吃饭要紧"的理论，在近半个世纪后才被重新接了过来，补足了杜威理论在中国没有实践意义的谬论。

而当时为什么无论左右派都对罗素的政治社会学如此感兴趣呢？因为罗素的观点有着充分的两面性，你说是辩证法也罢，你说是翻译出的大毛病也罢，他的理论受到知识界的欢迎是真的："罗素在中国的演讲甚至公开地明显支持共产主义的理想，并且承认苏俄布尔什维克经济措施的一些成就……如他

---

① ［美］周策纵：《五四运动史》，陈永明等译，世界图书出版公司 2016 年版，第 227—228 页。

们实现了经济上和政治上的平等。然后他下结论道：世界上所有的国家都应该协助苏维埃维持她的共产制度，他还说：'此外，我认为世界上每一个文明国家都应该实验一下这种卓越的新主义。'"①

而在另一方面，罗素又开始自相矛盾地"反对苏俄共产主义的广泛措施；一些中国知识分子原来希望全盘采用苏俄的政策，他的反对使他们的想法打了折扣。另外，罗素强调增产的必要，他的观点引出了一个问题：中国是否有必要发展自己的民族资本主义制度？"这就是引发中国走不走资本主义道路大讨论的成因吧。

两位洋大人开出的药方虽然不同，却引起了当时中国智识阶级在这个焦点问题上的大分化，最后当然是左翼思潮占了上风，包括 1930 年代左翼文学的崛起，就标志着整个文化开始进入了大转折时期。《子夜》在不断修改中，用形象的语言和情境严肃而认真地回答了"中国不走资本主义道路"的命题，当然也包括不走"民族资本主义道路"，因为"自从来到人间，资本的每一个毛孔都是肮脏的和血淋淋的"，为此，中国社会付出了几十年的政治文化代价。

难怪许多党派的政治家和左右知识分子都热衷于他两面俱到的理论，并进行了几乎并无实际意义的大讨论。

---

① ［美］周策纵：《五四运动史》，陈永明等译，世界图书出版公司 2016 年版，第 232 页。

温和的自由主义派的"五四新文化运动先驱者"胡适之先生同样掉进了政治的陷阱里，显然，先生的慈善和仁义之心可鉴，他是害怕因"革命"流血的，但是他的话往往不被当时的知识分子所接受，包括那个"肩扛着黑暗的闸门"的鲁迅先生尽管也知道革命是会有"污秽和血"的，但是，在某种程度上他陷入了对"革命"迷狂的矛盾之中，一方面是掷出"匕首与投枪"，"直面惨淡的人生"的勇气；另一方面又主张采取避开锋芒的"壕堑战"。所以在大革命的动荡时期的激情往往压住的是"小资产阶级"自由主义畏首畏尾躲避鲜血淋漓现实的情调。

所以，胡适总结道："这种运动是非常的事，是变态的社会里不得已的事。但是他又是很不经济的不幸事，因为是不得已，故他的发生是可以原谅的；因为是很不经济的不幸事，故这种运动是暂时不得已的救急办法，却不可长期存在的。"[①] 由此，我想到的是，胡适先生是不想看见流血的"革命"的，但是，他似乎又是对"启蒙的五四"抱有一些希望的。流血是残忍的，尤其是青年学生的血，可是要革命总会有牺牲，"死人的事是经常发生的"，"下定决心，不怕牺牲"才是革命必须付出的血的代价，任何革命都不能逃脱流血的悲剧发生，所以，笔者在"五四"80周年纪念的时候曾经说过：革命只能允许

---

① 胡适：《我们对于学生的希望》，《胡适文集》(第十一卷)，北京大学出版社1998年版，第48页。

付出一次血的代价，绝不能付出第二次代价，更不能付出 N 次血的代价。办法只有一个，就是在第一次付出血的代价之后，就建立一个能够制止流血的制度和法律出来。

更加有趣的是，作为"改良主义"的失败者的梁启超对"五四事件"也表示了极大的关注，而他的态度就像周策纵说的那样："梁启超的观点似乎是在胡适和陈独秀之间，而国民党领导人（笔者注：指孙中山）则对五四运动的政治潜能深感兴趣，因此吸引一些左派知识分子入党。"哈哈，作为一个末代的旧士子，其对"五四革命"的态度是深有意味的，"戊戌变法"最多就是想来一场"宫廷政变"吧，他的骑墙态度究竟是后悔没有流更多的血来完成那次被后人诟病的"假革命"呢，还是后悔一流血变法就破产了呢？即便是在菜市口，不也就付出了六个文人士子头颅吗，这是能容忍，还是不能容忍的呢？我苦思不得其解。

总之，无论是"五四新文化运动"还是"五四事件"，似乎政治家的兴趣要比文化界的知识分子浓厚得多，"虽然五四运动在本质上是一场思想革命，然而也正因为新式知识分子对政治的兴趣不断提高，才会有这个运动"[1]。

作为"五四新文化运动"先驱者的教育家蔡元培先生的立场更是一种冷峻的观察角度，显然与其他人不太一样，他一直

---

[1] ［美］周策纵：《五四运动史》，陈永明等译，世界图书出版公司 2016 年版，第 225 页。

以为："原来五四运动也是社会的各方面酝酿出来的。政治太腐败，社会太龌龊，学生天良未泯，便忍耐不住了。蓄之已久，迸发以朝，于是乎有五四运动。"显然，这是肯定"五四事件"对推动整个"五四新文化运动"所起的积极意义。但是，他还进一步痛心疾首地说："自'五四'以后，学潮澎湃，日胜一日，罢课游行，成为司空见惯，不以为异。不知学人之长，惟知采人之短，以致江河日下，不可收拾，言之实堪痛心啊！"[①] 显然，这又是对"五四运动"所造成的负面效应进行了无情的诟病。毫无疑问，作为一个提倡"教育救国"的先驱者，蔡元培一直是主张"启蒙"大众的，但是，没有"启蒙"的火种是万万不可的，而其火种就在于培养学生，而学生罢学，没有知识作为面向世界的基础，何以启蒙呢？他之所以将学生置于教育的首位，生怕学生以"牺牲"为祭品，就是不希望在"革命"的行动中输掉"启蒙"的老本。所以"保护学生"的传统便在历次"革命运动"中成为许多教育家义不容辞的职责，那么，我们看到许许多多的校长在革命运动中保护学生的本能，也就不足为奇了。

蔡元培在处理"启蒙"与"革命"的关系时的价值立场为什么与他人有异？ 20 世纪 80 年代初的那场"启蒙与救亡的双重变奏"的学术呐喊震撼了许多学者，至今时时还萦绕在人们

---

① 蔡元培：《读书与救国——在杭州之江大学演说词》，《蔡元培全集》（第五卷），中华书局 1984 年版，第 123 页。

的耳畔。近年来，如果用"启蒙与革命的双重变奏"的学术观点重新审视"五四新文化运动"以降的文化思潮，显然是一种试图推进学术讨论的积极举措，这也与我近十几年来提倡知识分子的"二次启蒙"思路有相近之处，不过，我并非理论家，只能从"五四文学"大量的思潮、现象和作家作品阅读中获得的直觉体验，提出另一种思考"五四新文化运动"路径，冒着不揣简陋、贻笑大方的危险，博大家一辨，当一回舞台上的小丑，似乎要比阿 Q 强一些，因为小丑是梦醒之后无路可走的人，不像 Q 爷自以为是一个"有精神逃路"的人。

于是，我试图沿着世界近现代史的路径去寻找一个新的理论坐标，将其与中国的"启蒙与革命"进行叠印，找出其重叠和相异之处，抑或可以更加明晰地看出投影中的些许问题来。

好在这几十年来许多人都把目光集中在法国大革命和英美革命与启蒙的关系上，给我提供了许多新的思考理路，但是，我发现，倘若不把俄国革命与启蒙的关系加入进来进行辨析与思考，我们是无法廓清"五四新文化运动"以来的许许多多中国问题，少了这个参照系而去奢谈西方的"光荣革命"和法国大革命与启蒙的关系，似乎仍然解释不了中国社会百年进程中的许多复杂的"启蒙与革命"的因果关系。

读了托克维尔的《旧制度与大革命》仍然没有找到解惑中国"启蒙与革命"的关系问题，又读了他的《论美国的民主》虽然能够影影绰绰地找到一些答案，却不能完全解释出"启蒙与革命"在中国百年历史中的双重悖论关系来。他留下过的名言虽然能够打动我的心灵，却解决不了百年的中国文化问题。比如他说"历史是一个画廊，里面原作很少，复制品很多"①，这是多么精彩的断语啊，我们也知道中国百年来的"启蒙与革命"的复制品很多，但是，他没有给出一个真品的样张来供人欣赏、参照和鉴别。也许，倘若他活到今天，就可能看见东方国家的复制品，尤其是"革命"的复制品。尽管他在《旧制度与大革命》中也说过这样的没有可行性的警句："假如将来有一天类似美国这样的民主共和制度在某一个国家建立起来，而这个国家原先有过一个独夫统治的政权，并根据习惯法和成交法实行过行政集权，那末，我敢说在这个新建的共和国里，其专横之令人难忍将超过在欧洲的任何君主国家。要到亚洲，才会找到能与这种专横伦比的某些事实。"②

还有，就是他在《旧制度与大革命》中所说的那两段名言常常被人使用："对于一个坏政府来说，最危险的时刻通常就是它开始改革的时刻。"③"只要平等与专制结合在一起，心灵与精神的普遍水准便将永远不断地下降。"④ 着实让我坠入云里雾

---

① ［法］托克维尔：《旧制度与大革命》，冯棠译，商务印书馆 2012 年版，第 106 页。

② ［法］托克维尔：《论美国的民主》，董果良译，商务印书馆 2017 年版，第 334 页。

③ ［法］托克维尔：《旧制度与大革命》，冯棠译，商务印书馆 2012 年版，第 215 页。

④ ［法］托克维尔：《旧制度与大革命》，冯棠译，商务印书馆 2012 年版，第 36 页。

里，难道那就是让路易十六走上断头台的缘由？是大革命"丰硕成果"还是大革命的败笔呢？凡此种种，这些漂亮的语句虽然不断诱惑着我，但是，我始终不能从中截获对照中国百年来"启蒙与革命"的解药。

于是，我就决定放弃在法国大革命与启蒙关系中找答案的念头，同时，也放弃了从英美"光荣革命"与启蒙的关系中寻找解惑的通道。

又于是，我大胆地认为，如果不将百年来中国"启蒙与革命"关系的进程和近乎镜子中的孪生兄弟的俄国"革命与启蒙"关系相对照，也许我们就永远走不出那个早已设定的理论怪圈，可能连"十月革命"的炮声都没有听清楚就去瞎扯"启蒙与革命"的淡，我们还有什么资格去评判"五四新文化运动"呢？！

再于是，我对一直引导学界四十年的"救亡压倒启蒙"的观念也产生了怀疑，尽管我曾经对此论佩服得五体投地，尽管我对论者阐释中国"革命"的断语也十分赞同："影响 20 世纪中国命运和决定其整体面貌的最重要的事件就是革命。"当然这也是对"五四运动"性质的一种定性和定位。但是，我总觉得"救亡压倒启蒙"只是历史瞬间的暂时现象，它只能解释一个历史时段的表象问题，而归根结底却无法阐释一个长时段的百年中国许许多多理论和实践问题，尤其是后七十年来的许多现实问题，因为当"救亡"不再是"启蒙"悖论的对象时，"启蒙"的对立面仍然是回到了"革命"的位置上，也就是说，"革命"("继续革命")是相对永恒的,"救亡"则是短暂的,"救亡"消解了,但"革命"仍旧绵绵不绝,这就是中国百年来不变的铁律,也是充分印证"影响20世纪中国命运和决定其整体面貌的最重要的事件就是革命"观点的有力论据。

所以,我就设置出了"两个五四"的命题,即"革命的五四"和"启蒙的五四"。这"两个五四"究竟谁压倒谁呢?沿着时序逻辑的线索来看,各个不同时期有着不同曲线形态,但是,谁占据了上风,谁占据了漫长的时间段,谁占据了统治地位,这是一部长长的论著也无法解决的历史和哲学难题。我只是提出一个十分不成熟,甚至荒谬的假想,能不能成立,也许并不是我这样功力浅薄的人所能阐释清楚的真问题和大问题。

所以,我认为我们是在认识百年"五四新文化运动"的本质问题上发生了偏差,进入了一个否定之否定的理论怪圈之中,当然,这也同时严重地影响了我们对五四新文学作家作品、思潮流派和文学现象的解析,产生出许多误读(这个词并非指西方文论中具有后现代意味的文本阐释的意思)和误判,我希望在"五四"百年之后,我们的学术讨论能够进入一个"深水区",让我们从一个多维度的时空里寻觅到更多的坐标点,以更加准确地定位和定性"五四新文化运动",以及在这一背景下产生的"五四新文学运动"的种种现象。

我一直认为"五四新文化运动"的"启蒙"被不断的"革命"所打断、所困扰,最后走向溃败,其重要的原因就是知识分子在没有完成"自我启蒙"的境况下就匆匆披挂上阵，试图自上而下地去引导大众，在没有大量生力军（教育，尤其是高等教育基础和资源十分匮乏）作为"启蒙运动"的补给线的情况下，在"自我启蒙"意识尚十分淡漠的文化语境中，"启蒙运动"自然就变成了一场滑稽戏和闹剧。如今，高等教育已然普及，但是高等教育中的人文教育是滑坡的，大学里行走着满园的"人文植物人"，你让"启蒙的五四"如何反思，你让蔡元培指望的新文化青年队伍情何以堪？

当然，尚有一个关键的问题不能解决，一切所谓的"革命"和"启蒙"都是虚幻的，那就是知识分子"自我启蒙"中难以逾越的障碍物，这一点似乎刻薄的鲁迅先生早就看出来了："然而知识阶级将怎么样呢？还是在指挥刀下听令行动，还是发表倾向民众的思想呢？要是发表意见，就要想到什么就说什么。真的知识阶级是不顾利害的，如果想到种种利害，就是假的，冒充的知识阶级；只是假知识阶级的寿命倒比较长一点。像今天发表这个主张，明天发表那个意见的人，思想似乎天天在进步；只是真的知识阶级的进步，决不能如此快的。不过他们对于社会永远不会满意的，所感受的永远是痛苦，所看到的永远是缺点，他们预备着将来的牺牲，社会也因为有了他们而热闹，不过他们的本身——心身方面总是苦痛的；因为这也是旧式社会传下来的遗物。至于诸君，是与旧的不同，是20世纪初叶青年，如在劳动大学一方读书，一方做工，这是新的境遇；或许可以造成新的局面，但是环境是老样子，着着逼人堕落，倘不与这老社会奋斗，还是要回到老路上去的。"①
无疑，鲁迅的进化论的思想左右了他把希望寄托在青年身上，
而对知识分子的严酷批判与省察也是毫不留情的，从这里，我
们看到鲁迅对知识分子"永远是批判性"的定性和定位比萨义
德的《知识分子》早了几十年，那么，为什么恰恰在这一点
上形成了我们的研究鲁迅的"盲区"，当然，有当今的学者倒
是阐释过这个问题，可惜却未能深入下去。这或许就是中国的
"启蒙"（包括"革命"）不彻底或不能持续下去的原因吧。

毋庸置疑，"五四新文化运动"时期的言论自由应该归功
于"辛亥革命"前后的宽松文化语境，然而，一俟这个语境消
失，"五四新文化运动"就像被抽去了灵魂，不对，应该说是
文化运动主体的知识阶级失去了思想的灵魂。他们只有痛苦，
而没有牺牲精神。我常常在思考一个问题：为什么许多非知识
阶级的群众可以有牺牲精神，成为烈士，有的是小小年纪，有
的还是女性。答案难道是他们是有"精神逃路"的人吗？也
许，在百年之中你可以挑出几个鲜见的知识分子作为例证来反
驳我，可让我始终不解的是，即便是像瞿秋白这样优秀的知识
分子为什么最后还是情不自禁地写下了《多余的话》？他并不
是鲁迅笔下那个考虑自身利害关系的知识分子，他是敢于牺牲
自家性命的革命领袖，却留下了千古难解的绝笔。我试图从许

---

① 这是鲁迅先生 1927 年 10 月 25 日在上海劳动大学的演讲，后题名为《关于
知识阶级》，最初发表在《劳大周刊》1927 年 11 月第 5 期。

许多多的知识分子的面影中找到一个合理合情的答案来，最后还是不得不回到问题的原点上来："启蒙与革命"的双重矛盾，应该说是二难命题，造就了自"五四新文化运动"以来中国知识分子的文化性格和人格缺陷的"集体无意识"：一方面是"启蒙"意识唤起的一个知识分子的良知与担当精神，用人类进步的思想引导社会前行的责任感；另一方面却是面对鲜血淋漓"革命"的畏惧与疑虑，不得不一次又一次向往和臣服于"革命"权威下的苟且与无奈。

其实，在浩如烟海的相关著述当中，我认为，周策纵先生的《五四运动史》是梳理得最简洁清楚的文本，作者在大量的史料钩沉中抓住了问题的要害，客观中性地阐释了"五四"的来龙去脉，并且将其与"五四文学"的关联性也说清楚了。当然，他的核心观点就是在大量的史料梳理中得出的结论：本是一场文化运动，缘何衍变成了政治运动，从旧党的梁启超到新党的国民党和共产党，从"民主主义、资本主义、社会主义和西化"，从孙中山到陈独秀、李大钊到胡适、蔡元培那一长串的"五四新文化运动"的当事人，以及当时杜威、罗素这样对"五四"知识分子影响极深的外国学者的革命思想，以及苏俄革命思想的渗透，凡此种种，不一而足。最后，还是回到了问题的原点上："希望将能呈现一幅充分的图像，以显示这曾撼动了中国根基，而40年后仍然余波激荡的20世纪的知识分子思想革命。"① 如今百年过去了，我们似乎更要叩问中国知识分子的灵魂，根基如何？思想革命何为？

我们头顶上"启蒙主义"的灿烂星空在哪里呢？

我们能够寻觅到引路的"启明星"吗？

二、中国乡土小说的精神之父：鲁迅

"五四新文学"发轫于两类题材，这就是"乡土题材"和"知识分子题材"。毫无疑问，仅仅将鲁迅先生的《狂人日记》作为新文学白话文的开端，以此来证明这个带有模仿痕迹的作品具有现代性，显然是远远不够的，它和晚清以降的讽刺小说的根本区别就在于：同样是揭露黑暗，前者只是停滞在形而下地描写复制生活而已；后者却是注入了形而上的哲思。鲁迅小说的功绩就在于把小说的表达转换成为一种现代意识表现的新表现形式。窃以为，鲁迅的伟大，并不是局限于他用生动的白话语言创作出的新的现代文体，这一点其实在"鸳鸯派"的通俗小说中已经做得炉火纯青了，鲁迅先生的贡献则是在思想层面的，作为一个对中国社会本质认识比一般知识分子更加深刻、视野亦更加开阔的思想者，鲁迅先生选择中国的乡土小说为突破口，深刻剖析和抨击了中国社会的封建本质特征。我往往将他称作"中国乡土小说的精神之父"并非只认为他是中国

---

① ［美］周策纵：《五四运动史》，陈永明等译，世界图书出版公司2016年版，第15页。

乡土小说的开创者，而是将他看成中国现代文学中用思想来写作的第一人！因为他作品中反封建的主题思想一直流灌于中国文学的百年之中而经久不衰，这是任何作家都不可能抵达的思想境界，也是他的作品永不凋谢的现实意义。

"我是说有些新青年可以有旧思想，有些旧形式也可以藏新内容。我也以为'新文学'和'旧文学'这中间不能有截然的分界，然而有蜕变，有比较的偏向，而且正因为不能以'何者为分界'，所以也没有了'第三种的立场'。"① 我在这里找到了鲁迅小说解读的一把钥匙。

我有时会用一种近乎愚蠢的思想和方法去归纳鲁迅先生的乡土小说作品，十分笨拙地提炼出一个似乎很不相干的"四部曲"来阐释：《狂人日记》《药》《阿Q正传》和《风波》是否具有思想和艺术的连贯性呢？是否恰恰构成一部鸿篇巨制的开端、发展、高潮和尾声的时间与空间的结构特征呢？

如果说《狂人日记》是"五四文学"进入现代时空的第一声炮响，它便是以一种全新的人文哲学意识进入小说创作的范例，显然，它的思想性是大于艺术性的，也就是说，鲁迅先生在此是用理性思维来构造乡土社会图景的，其背景图画是虚幻的、不清晰的，人物形象是模糊的，人物是沉浸在自我狂想的意念之中。之所以有人将这部作品当作具有现代派风格的作品，正是由于它

---

① 鲁迅：《"感旧"以后》（上），《鲁迅全集》（第五卷），人民文学出版社 2005年版，第 347 页。

的思想性穿透了社会背景的图画，呈现出哲思的光芒，也正是具有模糊而不确定性的人物狂想，让人们看清楚了封建制度"吃人"的本质特征，作品的关键就在于把一个亘古不变的恒定封建社会放大到了一个让人惊恐无措的语境之中，是一剂让人梦醒的猛药。但是这剂猛药有用吗？答案就在《药》中！

《药》是进一步用猛药来唤醒民众的苦口良方吗？这恐怕连作者自己都没有抱任何希望，从这篇作品中，我们看到的是一个彻头彻尾的悲观主义者的鲁迅。四十年前，我的老师曾华鹏先生给我们解析《药》的时候，特别强调了作品结尾处的氛围，用他的学术观点来说，这种"安特莱夫式的阴冷"恰恰就是作品最点睛之笔，而并非那个"人血馒头"的像喻，多少年以后，我才悟出了老师的高明之处。显然，这篇作品既是用"人血馒头"来宣示主题内涵，又是用十分清晰的背景图画来展现衬托人物悲剧，理性思维和形象表达的高度融合，让它成为百年文学教科书式的作品典范；突出人吃人的社会本质，当然是题中之要义，而最后那一笔具象的风景、人物、坟茔、老树、昏鸦，构成的正是鲁迅先生在理性思维和形象思维两者之间互补性的艺术选择，所以，有人用那种简洁明快的白描中透露出来的"安特莱夫式的阴冷"就深深地印刻在我的脑海里了。

无疑，《阿Q正传》非但是中国百年乡土小说的巅峰之作，同时也是从20世纪到21世纪以来中国文学最难以逾越高度的作品。尽管在鲁迅先生的旗帜下聚集了一大批"乡土小说派"的作家作品，但是后来者只能望其项背，无人能够超越这样恢宏的力作，原因就是其思想的高度缺那么一点火候。这部作品犀利尖锐的思想性和人物形象的丰富性，以及艺术上的醇厚老辣，都是任何现当代文学作品无法超越的。阿Q成为一个世纪以来中国各个时间和空间中的"共鸣"和"共名"人物形象，它的生命力是鲁迅先生的光荣，却是"老中国儿女"生存的不幸；它的思想穿透力和审美的耐读性成为"鲁迅风"的艺术光环，却成为中国小说，尤其是中国乡土小说艺术的悲剧。至此，鲁迅先生的乡土小说已经达到了"高潮"的境界。但是，"大团圆"的结局，似乎要比任何一国的国民性来得都更加惨烈，因为我们拥有的不只是"沉默的大多数"，还拥有更广大的喧闹的庸众，那些个"倒提着的鸭子"似的、嗜好看杀头的大多数"吃瓜的群众"塞满了中国百年的时间和空间，是他们成就了这部伟大的作品，让这部作品永恒，然而，这是中国的幸还是不幸呢？！

其实，阿Q也估计错了，他喊出的"二十年后又是一条好汉"的谶语，也是作者鲁迅先生对社会的误判，其实，根本用不着二十年的等待时间，因为阿Q们具有极强的繁殖能力和坚韧的毅力，他们繁殖的速度和密度是空前的，前仆后继、代代不绝的精神让地下有知的鲁迅先生都始料未及。从这点来说，毒舌的鲁迅虽"不惮用最坏的心理"去猜度国人的内心世界，却还是没有看到国民性的种种行状流布弥漫在百年中国的各个时空的每一个角落里。

虽然，《阿Q正传》已经是鲁迅作品的"高潮"了，但是，这个永远都解析不尽的 Q 爷，给我们留下的是永无止境的世纪思考的悲剧！

我时常在苦思冥想一个鲁迅先生创作的无解之谜，那就是，为什么鲁迅会中断声誉日渐盛隆的小说创作呢？我以为，在两大题材之中，知识分子题材除了《伤逝》是绝唱外，其他作品并不是此类题材的扛鼎之作，其书写的衰势似乎可以成为鲁迅变文学创作为杂文写作的内在理由，但是，其乡土小说的创作并未衰竭，像《祝福》那样的力作还不时地出现，他完全有理由继续创作下去。诚然，鲁迅先生认为用"匕首与投枪"可以更加痛快淋漓地直抒胸臆，用"林中之响箭"更能直接抵达理性阐释的最佳境界。但是，我以为更深层的原因可能还是在于鲁迅先生早已预判到了中国的悲剧结局是无法改变的。

我为什么幻想把创作早于《阿 Q 正传》一年的《风波》作为鲁迅乡土小说创作的"尾声"呢？其理由就在于此。

其实《风波》正是鲁迅先生乡土小说创作的中兴期，这篇小说无论是在写人还是状物上都有独到之处，但是，最不能忽略的是小说所揭示出的对国民性无望的悲哀，我们在所有的教科书里都难以找到那种对鲁迅在此奏响"悲怆交响曲"时的心境描写：赵七爷法力无边的宗法势力主宰着这个古老的国度；同是劣根性毕现的"庸众"与"吃瓜的群众"虽表现形式不同，指向的则都是国民性的本质。七斤就是被赵七爷驯化了的羔羊，而七斤嫂却是一株生长在封建土壤里的罂粟，夫妻俩相反相成的互补性格，正烘托出这个"死水"一般的社会已经拯救无望了,任何"城里的风波"都无法改变中国的命运!让鲁迅先生陷入极大悲哀的是张勋的复辟让他对中国的前途彻底地失去了信心。在这里,鲁迅先生是无力喊出"中国人失掉了自信力了吗"这样的诘问句的。九斤老太"一代不如一代"的咒语虽然是指向了对国粹的批判,也是小说主题的重要核心元素,但是,它更多的则是表现出了鲁迅先生对现实世界的悲哀失望的情绪,是这首"悲怆交响曲"主旋律的重要乐章,它表达出的悲哀旋律一直回响在中国的大地上,久久萦绕在我们的头顶,遮蔽着人们仰望灿烂星空的视线。

我在这里絮絮叨叨地分析了几部鲁迅的乡土小说作品,并不是想对这些作品进行重新梳理,而是想从源头上找出规律性的特征来:中国乡土小说从来就是沉浸在悲剧描写之中的艺术,唯有悲剧才能表达出这一题材作品的深刻性和现实性,这就是中国乡土小说为什么生生不息的缘由所在。

我们尊崇鲁迅先生是因为他的作品用犀利的笔触刺中了中国几千年封建制度的要害,然而,我们并不希望鲁迅作品(包括杂文在内的一切文体)永放光芒,只有鲁迅先生的作品失去了它的现实意义,褪去了它的光环,才证明我们的社会挣脱了封建主义的羁绊,走出了鲁迅先生诅咒的那种世界,也就无须他老人家的幽灵再肩起那"黑暗的闸门"了。

三、中国乡土小说的创作传统:现实主义

鲁迅是"五四新文化"运动的先驱,他开创了中国乡土小

说的现实主义创作传统，这种传统已成为乡土小说中最重要的审美文化原型，在不断裂变中获得了新生。因此，透过现实主义在中国百年历史中的命运，可以真切地感知中国现代乡土小说的生命脉搏与历史变迁。

在中国，自"五四"以降，对现实主义的阐释是五花八门、各种各样的，多为改造过的，也有一些是"伪现实主义"，怎样梳理和鉴别，却是一个永远的话题。

在百年文学史中，我们对"现实主义"的理解和汲取往往是随着政治与社会的需求而变化的，可以细分成若干个不同历史阶段进行梳理。大的节点应该有三四个吧。

（一）

从 1915 年《新青年》创刊后不久，陈独秀就提出了"写实文学"和"社会文学"的主张，引导文学"今后当趋向写实主义"。缘于此，中国文学主潮就开始了"为人生而文学"的道路，遂产生了 20 世纪 20 年代中国文学的"黄金年代"，如果说鲁迅的小说创作是践行 19 世纪批判现实主义而开创了中国现代小说的现实主义文学的先河，深刻的批判性和悲剧性弥漫在他的小说和散文创作中，这就是所谓的"鲁迅风"——批判现实主义的精髓所在，那么集在他旗帜下的众多作家和理论家们，都是围绕着"批判"社会和现实的路数前行的，他们效仿的作家作品基本上都是勃兰兑斯在《十九世纪文学主流》中分析到的名人名著。这里就不能不提及"文学研究会"的中坚人物茅盾了，因为他在"五四"前后写了许多理论文章来支撑中国的现实主义文学，呼唤着"国内文坛的大转变时期"的来临，诟病了"唯美主义"和"颓废浪漫倾向的文学"，倡导"附着于现实人生的、以促进眼前的人生为目的"的"现代的活文学"。他还付诸创作实践，在1927年大革命失败之时，激愤而悲观地写下了长篇小说《蚀》三部曲和短篇小说集《野蔷薇》，这些即时性作品既是思想的"混合物"，同时又是"悲观倾向的现代的活文学"。这样的作品往往被我们的文学史打入另册，《子夜》这样改弦易张、拔高写实的作品却被大加赞颂，也被其作品的"政治指导员"瞿秋白以及后来许许多多的评论家和文学史家纳入了现实主义的范本，以致后来的茅盾也背叛了自己早期对现实主义的阐释，在恍恍惚惚中自认为《子夜》的现实主义更适合自己的理论生存。当然，我们对《子夜》也不能一概否定，我个人认为这部作品仍然有着19世纪批判现实主义的创作元素，许多现实生活的场景都是"现代的活文学"，其批判现实的锋芒依然犀利。但是那种要求作家必须从革命发展的需求来描写现实的创作法则，便大大地减弱了作品反映生活的准确性和客观性，所谓"艺术描写的真实性和历史的具体性必须与用社会主义精神从思想上改造和教育劳动人民的任务结合起来"的规约，就把自己锁死在狭隘的现实主义囚笼之中。这在《子夜》的创作过程中表现得就十分明显：原本茅盾是想写中国民族资产阶级在买办资产阶级的压迫下溃灭的主题，试图塑造一个失败了的民族资本家吴荪甫的悲剧英雄人物形象，但为了实行上述创作方法的原则，他就只能遵从一切剥削阶级都有贪婪本质的命题，把吴荪甫的另一面性格特征夸张放大后进行表现，这在某种程度上反而削弱了主题的时代性和深刻性。尽管《子夜》是先于苏联 1934 年钦定的"社会主义现实主义"条例出版的，但是，共产国际的声音早就传达于中国"左联"之中了，让这部巨著变成了另一副模样。

　　总而言之，"五四新文学"第一个十年，中国文学无论是在理论上还是创作上，都是基本遵循着欧美 19 世纪批判现实主义创作法则的。而真正的"大转变"则是 30 年代初"左联"的成立，引进了苏联的"社会主义现实主义创作方法"。当然，这其中也有鲁迅的功绩（这个问题应该是另一篇文章，那时的鲁迅认为一切对社会和政府的现实批判都是知识分子的职责，这也是继承批判现实主义的衣钵的，他的左转是为了适应批判现实，但是，他对左右互换的结果是有所警惕的，这在他的《对于左翼作家联盟的意见》一文中早有预见性的阐释，只不过我们八十多年来看懂的人很少，直到现在，我也就只悟出来了一点点而已。倘若鲁迅先生活到后来，看到现实主义文学那样一次次变种，他肯定是会拿出自己的"匕首与投枪"的）。诚然，也是由于茅盾、胡风等人自 1928 年 7 月为政治避难东渡日本后，接受了日本无产阶级理论家从苏俄"二次倒手"而来的无产阶级文艺理论，于 30 年代归国后，将变种的现实主义理论进行了无节制的倡扬，以致现实主义的本义遭到了第一次的重大篡改。这个问题不仅仅纠结了几代作家和理论家的创作思维和理论思维，更让现实主义在革命和现实的两难选择中滑进了对文学客观描写和主观阐释的混乱逻辑之中，历经八十多年都爬不出这个泥潭。这就使我想起了亲历过这样痛苦抉择的胡风文艺思想，多少年来，我一直纠结在他的"主观战斗精神"和"创作方法大于世界观"的现实主义理论中不能自拔。其实，这种逻辑上的矛盾现象，正是包括胡风在内的每一个理论家都无法解决的创作价值理念与客观现实之间所形成的对抗因子。一方面要执行革命家的"主观战斗精神"，另一方面又要尊崇现实主义的创作规律，按照事件和人物本来应该行走的路径前进。我想，任何一个高明的作家都不可能在这种自相矛盾的逻辑中抵达创作的彼岸。这在"胡风集团"中坚人物路翎的长篇小说《财主底儿女们》的创作中表现得尤为突出，作者也无法跳出其领军人物自设的魔圈。说句实话，胡风本人对现实主义的规约也是混乱不堪的，他的理论在许多地方都是矛盾的，并不能自圆其说。

（二）

在共和国文学的长河当中，我们可以看到许许多多为现实主义献身的作家和理论家，我们也可以在现实主义几经沉浮的历史命运中，寻觅出它受难的缘由，但是，现实主义尽管走过那么多弯道，我们却不能因为它踏入过历史的误区，就像对待弃儿一样拒绝它的存在。曾几何时，秦兆阳的《现实主义——广阔的道路》、周勃的《论现实主义及其在社会主义时代的发展》和钱谷融的《论"文学是人学"》，把现实主义抬上了历史的高位，但是 1960 年代对他们的批判，使现实主义步入了雷区。连邵荃麟和赵树理的"现实主义深化论"和"中间人物论"都成了被批判的靶子。带有理想主义的"两结合"创作方法替代现实主义的真正原因就在于现实主义往往带有批判的元素，是带刺的玫瑰，它往往不尊崇为政治服务的规训。

随着思想解放运动的兴起，"伤痕文学"异军突起，标志着19世纪批判现实主义在1980年代的又一次回潮。人们怀念1980年代并不是说那时的作品怎么好，而是认为那个时代批判现实主义创作方法被激活，是给中国的写实主义风格作品开辟了一个从思想到艺术层面的新路径。这是给启蒙主义思潮打开了一个缺口，让思想的潮流和艺术方法都有了一个新的宣泄载体。

我们一直认为从"伤痕文学"到"第二次思想解放运动"和所谓的"二次启蒙"思潮就是"五四新文学"的一次赓续。从思想源头上来说，这是没有错的，但是，从创作方法上来说，这种极度写实主义风格的写作模式，仍然是来源于19世纪的批判现实主义，大量的作品是在挣脱了苏式的"社会主义现实主义"镣铐后回到了"写真主义"的境地之中，以至于后来出现了诸如张辛欣那样的"新纪实"作品，成为新时期对现实主义创作方法的首次改造，一直到了如今的"非虚构"文体的出现，我以为这都是现实主义的变种。其实，这种方法茅盾他们在民国时期就以《中国一日》的报告文学形式使用过，只不过并不强调其批判性的元素，到了50年代，有人用批判现实主义的方法来进行对现实生活的"仿真"描摹，甚至将"报告文学"的文体直接冠以"特写"的新文体名头。及至 2003 年陈桂棣和春桃 22 万字的《中国农民调查》出现,这种"写真主义"的思潮,其实是与批判现实主义的思潮相暗合的。这也给后来的"新写实"创作思潮提供了某种意义上的借鉴。

其实,"第二次思想解放运动"这个名词在 20 世纪的历史进程中是有歧义的,如果是站在改革开放四十年历史的角度来看,那是属于"第一次思想解放运动",倘若从我们这一代人所经历的"在场"思想史,以及我们所接受的历史与政治的教育来看,无疑,当时我们都是将这次运动与"五四新文化运动"对应而视的,把它看作中国民主自由思想的恢复与延续,所以我们一直将它称为"第二次思想解放运动"。

而我始终认为,促发这次思想解放运动呈燎原之势的火种却是文坛上出现的"伤痕文学",作为对 19 世纪批判现实主义思潮的模仿与赓续,正是应验了周扬那句名言:"文艺是政治的晴雨表。"可以毫不夸张地说,没有"伤痕文学"的出现,所谓的"思想解放运动"的进展是没有那么迅猛的,甚至或许会遭到更大的历史阻碍。

我清楚地记得 1977 年 11 月的一天,当我拿到订阅的《人民文学》杂志的时候,眼前不觉一亮,一口气读完了《班主任》,从中我似乎看到了春雷来临前的一道闪电,不,更准确地说是看到了中国政治文化的春潮即将到来的讯息。随之出现的大量"伤痕文学",并没有让人们陷入苦难的悲剧之中,而是沉浸在挣脱思想囚笼的无比亢奋之中，因为我们在漫长死寂的冬天里经受了太多的精神磨难，只有批判现实主义才是最好的宣泄方式。

卢新华的《伤痕》甫一问世，人们就毫不犹豫地用它来命名这一大批汹涌喷薄而出的作家作品，其根本原因就是被积压了多年的思想禁锢得到了空前的释放。《在小河那边》《枫》《本次列车终点》《灵与肉》《爬满青藤的木屋》《被爱情遗忘的角落》《我是谁》《大墙下的红玉兰》《乡场上》《将军吟》《芙蓉镇》《许茂和他的女儿们》……当然还包括了许多话剧影视剧本作品，比如当年的《于无声处》《在社会的档案里》《女贼》《假如我是真的》，等等，其中反响最大的就是话剧《于无声处》，想当年，全国上下，几乎每一个有条件的单位都自发组织起自己的临时剧组，演出这场戏。说实话，从艺术上来说，这些作品的美学价值并不是上乘的，艺术性也不是精湛的，甚至有些还是很粗糙的，它们之所以能够激发起全民热爱文学的激情，更多是因为人们期望通过文学来宣泄多年来的积怨与愤懑，以此来诉求政治上的改革。这是一次中国批判现实主义的创作方法的伟大胜利，就此而言，尽管其作家作品在技术层面是那样稚嫩，然而，我们的文学史叙述是不足的。

这持续了几年之久的舔舐伤痕、控诉罪恶的文学作品，带来的是重复 19 世纪西方文学作品中批判现实主义创作方法的兴起，从那个时代的角度来说，人们都普遍把它与"五四启蒙主义思潮"衔接，作为 20 世纪中国思想史上的"二次启蒙"

看待，就是期望回到一种文化语境的常态当中去。其实，时过境迁后，冷静地反思这样的启蒙运动，我们不得不考虑其热情澎湃的感性背后究竟有多少理性成分，其实它在历史的进程中屡遭溃败的事实是显而易见的，其根本的原因在哪里，则是一个始终没有深入的话题，这个萦绕在我脑际的二难命题久久不能消停，直到新世纪来临，当中国面临着几种文化形态并置的情形后，我才有所顿悟：正因为"五四新文化"的"启蒙运动"是浮游在"智识人"层面的一种学术行为艺术，它始终被"革命"的口号与光环所笼罩和遮蔽，成为一群自诩为现代知识分子的小资产阶级学者试图"自上而下"地改造"国民性"的自言自语，最终只能以失败而告终，一切都恢复庸常，阿Q们依然是那个没有灵魂的肉体，亦如行尸走肉。所以，我在20世纪80年代初就提出了改革开放后的"二次启蒙"（也就是自20世纪以来的"第三次启蒙"），其核心元素便是：只有知识分子首先完成自我启蒙以后，才能完成启蒙的普及，虽然我们的高等教育已经达到了相当的普及程度，但是，我们的人文主义的启蒙还是低水平的，甚至在有些时空中是归零的。这就是我从"第二次思想解放运动"得到的对"五四新文化运动"的反思（当然，我认为"五四"是一个充满着悖论的文化运动，也就是说，在对"五四"的认知上，往往有两个不同走向的"五四"文化革命运动，即"启蒙的五四"和"革命的五四"。而最后的结果是：革了封建主义的命，却不彻底，甚至是走了一个圆；革了文化的命，则丢失了人性的价值），以及对现代启蒙运动之所以溃败原因的寻找结果，尽管用了二十多年的时光，但也是值得的。以此来观察中国作家作品近四十年来的脉象，我们将它们进行归类，也就会清晰地看出一条革命、启蒙、消费三者分离与重叠的运动曲线。所以，文学所担负的社会批判职责还是任重道远的。

无疑，"伤痕文学"之后的"反思文学"开始进入了一个较为深层次的理性反思的阶段，也就是说，批判现实主义在中国要成活下去，光是"诉苦把冤申"还不行，还得清除其滋生腐朽的封建专制土壤才行。于是，一批作家开始了深刻的反思，反思的焦点当然就是以往的历史，其反思就是批判的代名词，所以这种反思虽然是建立在广义的现实主义创作方法上，但是其核心内涵依旧离不开批判现实主义的支撑。茹志鹃的《剪辑错了的故事》和张一弓的《犯人李铜钟》之所以成为"反思文学"的代表作，就在于作者用批判现实主义的长镜头记录下了那一段历史的真相，其中我们看到的几乎就是纪录片式的真实历史影像，这让我想到的是"文革"后期在一本艺术杂志上看到的西方20世纪60年代兴起的"照相现实主义"艺术流派，和几乎是在中国画界同时出现的罗中立的油画《父亲》，它们同属一种创作理念和方法，只不过文学上的表现并没有那么强烈的视觉冲击力而已。

值得一提的是高晓声的创作，人们把注意力集中在他的《陈焕生上城》系列作品中，却忽略了他之前的反思更加深刻的作品，像《李顺大造屋》那样深刻反思的作品其批判现实主义的力度直指中国封建社会之要害，可算作当时最为深邃的作品了。高晓声之所以被人誉为大有"鲁迅风"，就是其反思的力度比其他作家略高一筹，不过太过于艰涩的寓言式的批判，虽然深刻，但是看得懂的读者却甚少，像《钱包》《鱼钓》那样的作品，受众面是很小的。

这里不得不提的是另一位大腕级的作家王蒙了，他的"蝴蝶"系列作品被有些文学史定格为"反思文学"的代表作。显然，从内容上来说，他属于"反思文学"的范畴，也具有强烈的批判意识，但是，我为什么没有将其纳入"反思文学"的范畴，就是因为我这里框定的是一个狭义的"反思文学"，自设的标准就是连同创作方法都应该具备现实主义的元素。王蒙的这批作品我也十分喜欢，但是从创作方法上来说，它更有现代派的特征，同时也具备了古典浪漫主义的创作元素，读后让人回味再三，尤其是那种淡淡的忧伤，令人感佩其艺术的高超。但是，这与批判现实主义的代表作的创作方法相去甚远，如巴尔扎克的《人间喜剧》、司汤达的《红与黑》、狄更斯的《双城记》、哈代的《德伯家的苔丝》、莫泊桑的《羊脂球》等，所以，我在文学史的定位上，将其放在"新时期现代派起源"的典范作品之列。

对"伤痕文学"和"反思文学"为什么很快就被"改革文学"所替代的原因，我一直认为，这不应仅仅归咎于社会文化思潮变幻，更重要的是，由于政治原因所导致的批判现实主义的溃灭是理所当然的事情。

南京大学胡福明先生发表的那篇《实践是检验真理的唯一标准》正是在"伤痕文学"崛起之时。1978 年的某一天，胡福明先生来到中文系现代文学教研室（西南大楼的一间大教室）里，将这篇文章的初稿给董健先生看，那一刻我正坐在对面的办公桌上写一篇为悲剧作品翻案的文章（那就是我在 1979 年《文学评论》上发表的第一篇稚嫩的学术论文），听到他们的谈话，我对当时批判现实主义思潮复兴更加坚信不疑。

后来我对"实践是检验真理的唯一标准"这个命题发生了不可思议的叩问：其实不就是一个哲学的普通常识问题吗？而将它作为高端的学术问题来研究和探讨，这本身就是一个悲剧，好在我们把这一幕悲剧当成了一场扭转乾坤的喜剧，也算是成功推动历史进程的一次批判现实主义的胜利。

当然，这个喜剧的最先得益者应该还是文学界，其首先引发的就是"新时期文学"的命名。1999 年，我和我的博士生朱丽丽为《南方文坛》共同撰写了题为《新时期文学》的"关键词"，追溯其来源时是这样描述的："'新时期文学'是当代文学批评中使用频率最高的语汇之一，自'新时期文学'概念出现以来，它的内涵便自动地随着当下文学的进展而不断延伸。当代文学概念尤其是文学史分期概念往往是紧跟政治语境的变迁而变迁的，'新时期文学'作为一个伴随我们约 20 年的熠熠生辉的文学概念，它的浮出海面，从整体上来说也是得力于'文革'后国家政治语境的剧烈变动。发表于 1978 年 5 月

11 日《光明日报》上的著名的《实践是检验真理的唯一标准》一文最早正式提出了政治意义上的'新时期'概念。……就文学而言，进入新时期之后理论上的拨乱反正和由此引发的讨论主要有三次。首先是关于文艺与政治关系的讨论。70 年代末，中国文学界在思想解放运动的背景上开始对文艺从属于政治的观点重新加以审视。《文艺报》编辑部于 1979 年 3 月召开文艺理论批评工作座谈会，率先对此命题进行了大胆的质疑与冲击。会议认为：'文艺不是一种可以受政治任意摆布的简单工具，也不应该把文艺简单化地仅仅当作阶级斗争的工具。'随后，《上海文学》于 1979 年 4 月发表了评论员文章《为文艺正名——驳'文艺是阶级斗争的工具'》，对文艺从属于政治的命题再度提出质疑。到第四次全国文代会上，邓小平代表中央在《祝辞》中明确指出：'党对文艺工作的领导，不是发号施令，不是要求文学艺术从属于临时的、具体的、直接的政治任务。'周扬也在报告中提出：文艺从属于政治、文艺为政治服务的口号，容易导致政治对文艺的粗暴干涉。1980 年 7 月 26 日，《人民日报》发表社论，正式提出以'文艺为人民服务，为社会主义服务'取代'文艺为政治服务'的口号。这一口号的提出，使长期附庸于政治阴影之下的文学大大解放出来，进入更为自由更具活力的新天地。其次，新时期发轫之初，还进行了关于'写真实'和'歌颂与暴露'问题的争论。文学创作如何处理歌颂与暴露的问题是几十年间一直没有得到很好解决的一个问题。在争论中文学界进一步确认：文学固然可以歌功颂德，但它绝不能美化现实、粉饰生活、掩盖矛盾，更不应该回避严重存在的社会问题，不闻不问人民的疾苦。争论在理论上进一步确立了现实主义文学的主流地位，进一步否定了'文革'时期的'假大空'文艺。同时文学界对真实性问题也做了严肃的探讨。真实性问题是现实主义的基本原则和理论核心。文学首先应该说真话、抒真情、真实地反映社会生活、真实地表达人民的心声，'艺术的生命在于真实'，真实性成为这个时期文学的最重要的价值标准。再次，是关于文学与人性、人道主义的讨论。在以往，人性和人道主义问题是创作和研究中的一个禁区。随着新的时代的到来，文学界普遍接受了如下观点：人性既有阶级性的一面，又有共同性的一面，共同人性是在人的自然属性基础上形成的社会属性与阶级属性的辩证统一体；人道主义并不只是资产阶级的意识形态，社会主义的文学也应该有它的一席之地。人们认识到马克思始终是把共产主义与人的价值、人的尊严、人的解放和人的自由等问题联系在一起的，马克思主义实际上是包含了人道主义的；社会主义社会也同样存在着异化现象。这一系列的讨论虽然难以取得统一的认识，但讨论本身极有力地推动了人们的思考。经过这一系列的讨论，文学走上了一个新的高度。这些讨论拓展了新时期文学发展的道路。正是在这样一个背景上，形成了新时期文学的启蒙潮流。"①

毋庸置疑，在整个人文领域内，思想最为活跃、创作力最为旺盛的就是那个时期批判现实主义的作家和批评家。如今许许多多经历过那场运动的人都还是在"怀念八十年代"，犹如法国人怀想大革命已经成为一种民族的"集体无意识"了。然而，好戏才刚刚拉开序幕，冬天的严寒又袭面而来。于是，现实主义又变幻了一种方式出现在文坛上，那就是"新写实主义"的兴起。

（三）

显然，"新写实主义"又一次改变了中国现实主义发展的走向，它到头来就是一场对批判现实主义否定之否定的循环运动。那种对现实生活细节描写的"高度仿真"，既实现了现实主义创作方法的写真效果，同时，过度地沉湎于琐碎的日常生活描写，带来的却是对现实生活批判性思维在一定程度上的消解。当然，批判现实主义创作方法在不同的作家那里，呈现出的是不同的表现形式，但就总体上来说，其批评生活的创作元素仍然是存在的。

我曾经在一篇文章中说过：在整个世界文学的发展格局中，每一次美学观念和方法的更易，都必然带来一次文学的更新，这种历史性的运动使得文学在一次次的衰亡过程中获得新鲜血液而走向复苏。作为一种美学观念和方法，20 世纪 20 年

---

① 丁帆、朱丽丽：《新时期文学》，《南方文坛》1999 年第 4 期。

代出现于德国、美国，后又遍及英法和整个欧洲的"新现实主义摄影"（亦称"新即物主义摄影"）给西方艺术界吹进了一股新鲜空气。它鲜明地反对艺术作品中的虚伪和矫饰，摒弃形式主义抽象化的创作方法，要求表现事物的固有形态、细微部分和表面质感，突出其强烈的视觉效果。因此，它主张取材于日常的社会生活和自然风光，扬弃唯美主义的创作倾向，而趋向于自然主义的美学形态。

然而，真正在西方社会引起了巨大震动的美学运动，乃至于给世界文学艺术带来了深刻影响的，是在第二次世界大战结束后崛起的意大利"新现实主义"运动，尽管这个美学流派首先起源于电影界，但它后来波及整个文学领域，尤其是使小说领域的创作发生了革命性的变化，这是先前的倡导者们所始料未及的。这次美学观念和方法的更易，实际上标志着意大利的又一次"文艺复兴"。

首先，就"新现实主义电影"来说，它的美学原则（亦即柴伐梯尼提出的"新现实主义创作六原则"）是："用日常生活事件来代替虚构的故事"；"不给观众提供出路的答案"；"反对编导分家"；"不需要职业演员"；"每个普通人都是英雄"；"采用生活语言"。就此而言，它不仅向传统的好莱坞电影美学提出了挑战，开创了电影发展史上摆脱戏剧化走向电影化的新纪元，而且也给西方美学乃至世界美学带来了深远的影响。正如温伯托·巴巴罗教授在《新现实主义宣言》中一再强调的"新现实主义"的写实风格那样，"新现实主义"的重要标志之一就是回到生活的原生状态中来。尽管诸多"新现实主义"作家的美学观念不尽相同，但是，在这一点上是没有歧义的。

回顾中国的现实主义理论体系的形成与发展，直到 20 世纪 30 年代"左联"成立以后，才由一批理论家从"拉普文学"理论中阈定出一整套规范，但这一规范难以运用到具体的文学创作中。而随着 20 世纪 30 年代前后的小说视点的转移和下沉，人们把丁玲创作的小说《水》作为中国现代文学史上的"新现实主义"力作。如果对这一创作现象进行重新审视，我们以为这个提法并不科学。在中国，无论是哪次现实主义的论争都未能逾越"写什么"的理论范围，所谓"现实主义的深化"也好，"广阔道路"也好，都很少涉及"怎么写"这个具有美学观念和方法的根本转变的命题。只有到了 20 世纪 80 年代，中国的理论界才真正触及这个关键性问题。我们并非说美学观念不包含"写什么"，而是说它更强调"怎么写"。"新写实主义"在 1980 年代的新鲜出炉，就是一种在现实主义绝望的悖论中诞生的结果。

如果说西方 20 世纪历次"新现实主义"美学思潮都是在对"现代派"艺术表示出强烈反感和厌倦的背景下展开的对写实美学风格的回归的话，那么在每一次美学流派的运动中对旧现实主义的美学理解却并无实质性的进展，换言之，也就是"新现实主义"中的美学新意并不突出，即便是像意大利的"新现实主义"对世界电影产生过如此巨大的影响，但必须指出的是，它的美学观念主张并没有逾越现实主义（包括批判现实主义）内容的界定，作家们站在人道主义的立场来反映普通人的生活，来揭示社会生活，这些和传统的现实主义并无区别。所不同的是，作家在强调真实性时，更趋向于表现生活的实录和原生状态，所谓"把摄影机扛到大街上去"的口号便是他们走向现实主义另一个极端的表现。而在整个创作方法上，"新现实主义"的各流派基本上是完全拒绝现代主义表现成分侵入的。在这一点上则和中国 20 世纪 80 年代后期掀起的"新写实主义"小说创作浪潮截然不同，因为 20 世纪 80 年代的中国在经历了现实主义几十年的统治后，又经过了现代主义的洗礼，所表现出的美学态度有极大的宽容性，当然，这也和世界美学发展的潮流有着密切的关系，20 世纪 40 年代的"新现实主义"的倡导者们是绝不可能以高屋建瓴的美学姿态来把握人类美学思潮发展的历史进程的。因此当 20 世纪 80 年代中国的"新写实主义"倡导者们重新把握这一美学潮流时，便满怀信心地要表现出现实主义的新意和新质来。这种新意和新质就在于他们在其美学观念和方法的选择中，着重于将现实主义和现代主义的美学观念和方法加以重新认识和整合，将两种形态的创作方法融入同一种创作机制中，使之获得一种美学的生命新质。由此可见，采取这种中和、融会的美学方法本身就成为一种新的美学境界。我们之所以在前文顺便提及了西方（造型艺术的）"变异现实主义"与以往"新现实主义"的美学观念主张的不同点，就是因为它更有生命力，而关键就在于它能以宽容的胸怀融会两种对立的美学观念和创作方法，使艺术呈现出的新质更合乎美学史发展的潮流。同样，中国的"新写实主义"小说的倡导者和实践者们亦从未拒绝对于被历史和实践证明有着强大生命力的现代主义美学的吸纳和借鉴，并没有一味地回复现实主义（包括批判现实主义）的美学传统。换言之，他们对于现实主义的超越就在于不再是机械地、平面地、片面地沿袭现实主义的传统美学观念和方法，而是对老巴尔扎克以来的所有现实主义美学观念加以改造和修正。倘使没有这个前提，亦就谈不上现实主义的"新"。

中国的"新写实主义"既有左拉式的自然主义与老巴尔扎克式的批判现实主义的形态，又有乔伊斯式的意识流与马尔克斯式的魔幻色彩和形态。由此，真实性不再成为一成不变的静止固态的理论教条，而呈现出的是具有流动美感的和强大活力的气态现象。你能说哪一种真实更接近艺术的和美学的真实呢？中国的"新写实主义"者们打破的正是真实的教条和教条的真实，从而使真实更加接近于美学的真实。

现在回想起来，这些理论的归纳似乎还是有道理的，但是，在一个尚未有过真正的批判现实主义成熟期的中国文坛，这种不断变幻的现实主义理论和创作方法，带来的同样是使现实主义走上一条过眼云烟的不归之路的结果。这就是它很快就被消费主义思潮的"一地鸡毛式的现实主义"所替代的真正原因。

在对待现实主义的典型说方面，和一切"新现实主义"的流派一样，中国的"新写实主义"亦是持反典型化美学态度的，这一点当然不能不追溯至中国文坛对恩格斯典型说的曲解和实用主义美学观的强加过程。由于对那种虚假的典型人物表示厌倦和反感，像方方和池莉这样的女作家便干脆以一种对典型的蔑视和鄙夷的姿态来塑造起庸俗平凡的小人物，这多少包含着作家对典型的亵渎意识。与西方"新现实主义"诸流派亦主张写小人物不同的是，方方们并没有将笔下的小人物作为"普通英雄"来塑造，而是作为具有两重性格的"原型人物"来临摹。这又和批判现实主义者笔下的"畸零人"有所不同，虽然有时他们亦带有"多余人"的色彩，然其并非被社会和作者、读者所抛弃的人物塑造。正因为他们是生活真实的实录，是带着生活中一切真善美和假恶丑的混合态走进创作内部的，所以，人物意义完全是呈中性状态的，无所谓贬褒，亦就无所谓"英雄"和"多余人"。从所谓的"新写实主义"的创作中，我们看不到"英雄"存在的任何痕迹，在具体的描写中，一俟人物即将向"英雄"境界升华时，我们就可看到作者往往掉头向人物性格的另一极描写滑动。这种美学观既是中国特有的社会哲学思潮所致，又包孕了中国"新写实主义"小说作家在一个多世纪的美学发展中的必然选择，这种选择的正确与否，在中国美学发展中尚不能做出明确的判断来，但就其创造的文本意义来看，我们以为这种选择起码是打破了现实主义典型一元化的美学格局，从而向多元化的人物美学境界进发。

中国的"新写实主义"者们基本上摒弃了尼采悲剧中的

"日神精神"而直取"酒神精神"之要义：悲剧让我们相信世界与人生都是"意志在其永远洋溢的快乐中借以自娱的一种审美游戏"；酒神的悲剧快感更是以强大的生命意识去拥抱痛苦和灾难，以达到"形而上的慰藉"；肯定生命，连同它的痛苦和毁灭的精神内涵，与痛苦相嬉戏，从中获得悲剧的快感。在这样的悲剧美学观念的引导下，刘恒的《伏羲伏羲》、王安忆的《岗上的世纪》、方方的《风景》、池莉的《落日》等作品才显得更有现代悲剧精神，因为这样的悲剧不再使人坠入那种不能自拔的美感情境之中而一味地与悲剧人物共生死，陷入作家规定的审美陷阱之中，而它更具有超越悲剧的艺术特征，作家对悲剧人物的观照不再是倾注无限同情和怜悯的主观意念，"崇高"的英雄悲剧人物在创作中消亡。作家所关注的是人的悲剧生命意识的体验过程，以及在这一过程中咀嚼痛苦的快感，这就是我们理解《伏羲伏羲》这类悲剧时观察作家"表情"的关键所在。一般来说，在中国"新写实主义"小说创作的文本中，我们看到的是大量的"形而下"的悲剧具象性描写，却很难体味到那种"形而上的慰藉"，这恰恰正是作者们刻意追求的美学效果。从接受美学角度来看，读者参与可以就其艺术天分的高下而进入各个不同的阅读层面，但这丝毫不影响小说"形而上"悲剧美学能量的释放。

同样，弗洛伊德的心理学给中国"新写实主义"小说的悲剧美学提供了新的通道。对于我们这个"集体无意识"异常强大的民族来说，无疑，潜意识层面的开掘给现代人的心理悲剧带来了最佳的表现契机。而中国的"新写实主义"者们有效地吸收了 20 世纪以来所有现代主义对弗氏理论的融化后的精华，从潜意识的角度去发掘现代人的悲剧生命流程。从这个意义上来说，悲剧心理学的美学观照呈现出的人的悲剧动因再也不是现实主义悲剧的单一主题解释了，而是呈多义、多解的光怪陆离状态。艺术家并不在悲剧的结局中打上个句号，因此，悲剧美的感受就不能在某一悲剧的疆域里打上个死结。由此来看《伏羲伏羲》和《岗上的世纪》这样的作品，生命的心理悲剧流程就像一道光弧，照亮了"新写实主义"小说的一个描写领域。

"新写实主义"作为一种文学运动，产生于 20 世纪 80 年代中后期对现代文艺思潮的借鉴和融会的浪潮中，绝非偶然，确实已经具备了外部和内部的条件。

从某种意义上来说，它既是对批判现实主义的一种变形，同时又是一种对批判现实主义的一次宽泛的拓展，当然也存在着对批判现实主义的某种消解。

而随着对于旧现实主义创作方法的弊端的不满，20 世纪 80 年代相继出现过诸如"现代现实主义"和借鉴拉美文学爆炸的"魔幻现实主义""心理现实主义"和"结构现实主义"创作思潮。到后来由于对现代主义与后现代主义"先锋小说"创作思潮的抗拒心理，导致了"新写实"的崛起，这些正是对社会主义现实主义的一次次修正与篡改，是重新对那种毛茸茸的"活的文学"的重新肯定和倡扬。作为"新写实"事件的策划者和亲历者之一，我们在二十年前就试图从人性和人性异化的角度来解释"新现实主义"与"旧现实主义"，尤其是与"颂歌"型的"社会主义现实主义"区别开来。回顾其发展变化的全过程，这个判断大致是不错的。我们不能说这样的概括就十分准确，但是，直到今天似乎它的生命力还在。我们不能说"新写实"是一个完美的现实主义的延续，但是，作为一种创作方法的反动，它在文学史上是有意义的。

再后来，"现实主义三驾马车"的兴起和新世纪"底层文学"的勃起，现实主义似乎又回到了"五四"的起跑点。然而，在现实主义的道路上，我们的文学似乎还是缺少了一个重要的元素，这恐怕就是"批判"（哲学意义上的）的内涵和价值立场。

历史的经验告诉我们：创作方法只有回到初始设定的框架之中，才能凸显出其作品的生命力。

四、中国乡土小说研究史的反思

"看文学史，文坛是常会有完整而干净的时候的，但谁曾见过这文坛的澄清，会和这类的'文官'们有丝毫关系的呢？"[①]鲁迅留下的这段话虽然不常被人引用，却道出了我们文学"史官"们的众生相。

百年中国乡土小说批评与研究并没有受到应有的关注与研究，梳理中国乡土小说研究自身的百年发展历史，总结其

---

① 鲁迅：《文床秋梦》，《鲁迅全集》（第五卷），人民文学出版社 2005 年版，第 307 页。

经验得失，辨识其学术价值，推进其发展，正是我们"研究之研究"的目的所在。因为，倘若真正想弄清楚中国社会与政治的变迁，文学是"晴雨表"，而中国乡土小说则是这个"晴雨表"上最精密的刻度。百年来，它是如何从农耕文明进入工业文明、后工业文明，也就是它如何走进现代文明的脚印，都清清楚楚、形象鲜明地镌刻在这些乡土小说题材的所有作品中了。

十七年前，我在《文学评论》上发表过一篇《"现代性"与"后现代性"同步渗透中的文学》，拙文就是想阐释一个观念：中国的农耕文明形态虽然日渐式微，"现代"和"后现代"文明随着中国城市化的进程不仅覆盖了中国的东南沿海，同时也覆盖了整个中原地区和西南地区，甚至也部分覆盖了西部地区。当广袤的农田上矗立起一排排高耸入云的大厦，水泥森林替换了原始植被的时候，我们却不能忘记的是：农耕文明的意识形态仍然会在这些灯红酒绿的奢华城市间穿行，以飓风的速度穿越城市的繁华，它带来的正负两极效应，我们看得见吗？而且，资本主义尚无法解决的许许多多"现代"和"后现代"的问题，也同时叠加进了中国社会的地理版图中，形成了与西方社会和殖民地国家迥然不同的社会形态和文化形态，但是，我们的作家看到这些东西了吗？他们有眼光、有能力去开垦这片世界上独一无二的文学创作的处女地吗？

如果他们不能，作为一个学者，我们的文学评论家和文学批评家能够在洞若观火中指陈这一现象，为乡土作家指出一条切入文学深处的"哲学小路"吗？也许，像我们这样的批评家，即使体悟到了这一点，也无法像别林斯基那样去面对惨淡的人生和熟悉的作家。

于是，面对重新梳理文学史的我们，能否担当起客观评价这些特殊的文学文本的重任呢？这是我的冀望，但是，在这部丛书中的著作书写中，显然还没有完全达到这样的要求和高度。这是让我们遗憾的事情。尽管我们可以强调种种不可抗拒的客观原因。

中国乡土小说研究之研究，首先要明确的是中国乡土小说研究的对象与范围，亦即要明确乡土小说之所指，从而确定"研究之研究"的对象与范围。20世纪最初的30年间，鲁迅和茅盾对"乡土文学"概念的界定和使用，产生了持久而广泛的影响，"乡土文学"便成为批评界普遍使用的概念。而在20世纪40年代的解放区，"农民文学"取代了"乡土文学"概念，一统天下。再后来，在20世纪50年代，文学中仅使用"农村题材文学""农村题材小说"概念。从这种概念内涵的变化中，我们可以看出文学史观和学术史观的分野。

中国乡土小说批评，最初是围绕鲁迅乡土小说进行的。从20世纪20年代到现在，乡土小说批评紧紧追随着中国乡土小说创作的时代脚步，在每个历史时期都出产大量的批评文章，从而成为中国乡土小说研究中文献最多、时代性最强的组成部分。但是，我们在梳理的过程中，还是看到了许许多多的遗憾，也就是说，中国乡土小说百年的批评和评论，能够真正毫无愧色地站在文学史舞台上的并不是很多，留给我们的只是一声叹息。

中国乡土小说的历史研究，最早可以从胡适的《五十年来中国之文学》说起。胡适在这篇文学史论性的文章中肯定了鲁迅的短篇小说："从四年前的《狂人日记》到最近的《阿Q正传》，虽然不多，差不多没有不好的。"虽然胡适的这番话没有从"乡土文学"的角度去进行考辨，但是，他的眼光和气度，让《阿Q正传》早早地进入了文学史的序列。我们从中看到的是，专家学者的眼光与客观评判作家作品的尺度对后来文学史的影响。

但是，我们需要反省的问题恰恰就在于以下几个方面。

首先，我们要解决的是史实问题。

整个文学史的构成既然把文学批评和文学评论作为一个不可或缺的部分，那么，如何看待既往留存下来的"经典"的批评和评论文本？我们必须尊重的是客观存在的历史，也就是说，不管你认为是正面的还是负面的，只要是在那个历史时期引起过反响的理论和批评都要纳入文学史的范畴之列，它是呈现历史样态的文本，从中我们才能拂去现实世界给它叠加上去的厚厚尘埃，看清楚历史的原貌。这一点是文学史家必须尊崇的治学品格，否则我们就无法真正地进入历史的隧道空间来考察。所以，我对那些为了主动"适应形势"而把许多有价值的文本打入"另册"的做法不屑一顾，而对于那种迫于无奈用"附录"来处理一些文本的编辑方式，只能报以苦恼的微笑，因为我们也常常遇到这样的常识性问题，但这确实是无法解决的史学障碍问题。

一言以蔽之，百年文学史可以进入史料领域的材料很多，只有建立史料无禁区的学术制度，才是保证研究的前提和基础。

无疑，在我们编选的这套丛书之中，试图贯穿这样的史料原则，《中国乡土小说理论文选》《中国乡土小说作家作品研究文选》《中国乡土小说历史研究文选》和《中国乡土小说流派研究文选》是尽力采取比较客观的史实态度，虽然，我们阈定的是狭隘的"乡土小说"的概念，排除了那种含义诸多的"农村题材"的概念和创作理论，但是"农村题材"的理论在某一个历史时期的理论恰恰又是对中国乡土小说理论的一种补充，以及对其自身概念和口号的一种理论反思。比如我们遴选了邵荃麟1962年《在大连"农村题材短篇小说创作座谈会"上的讲话》，文中提出的许多问题为什么被后人总结为"现实主义深化论"，这其中的变异问题，至今仍然有着历史的现实意义。而后面收入的浩然的两篇文章《寄农村读者》（1965年）和《学习典型化原则札记》（1975年），不仅是作者个人创作的心路历程，而且也是中国乡土小说史那个时段宝贵的史料，都是可以被纳入中国乡土小说历史研究范畴之列的。

在这里需要检讨的是，由于七八年前制定体例方案时，我们过于强调乡土小说概念范畴的狭义性，导致了选编的偏狭，造成了一些遗珠之憾。

其次，史学研究者面临着的最大困境就是史识问题。

史识不仅仅是胆识，而且还得拥有较高的哲学思维和美学鉴赏的水平，只有具备了充分的人文素养的积累，你才有可能具有重新评价以往的作家作品的能力，而且也获得对以往文学史家、理论家、批评家和评论家的言论进行重新评判的权力！所有这些条件，我们具备了吗？正是带着这样的疑问，我时常会侧目现存的文学史著作，同时在不断否定自己以往的文学史工作。我自以为自己这么多年的工作，只是提出了一种假想，离真正撰史还差得很远很远。但是，我不能以强调外在的条件不成熟做挡箭牌，去遮蔽自己文史哲学养不足的可悲。

只有具备了史实和史识的两个基本条件，我们才有可能写出一部好的文学史著述来。无疑，我们现在还不具备这样的先天优势，所以，我们的工作只能是一种初始的工作，我们正在不断地补充着自己的人文素养，以求将来编出一部真正既有史实又有史识的鸿篇巨制的中国乡土小说史，也希望有一天中国能够出现一部真正属于有史实、有史识、有胆识的中国百年文学史。

中国乡土小说研究史论和史料的工作总结只是一个休止符，我们期待下一部更有学术含量的著述的问世。

我不相信学术的春天是赐予的，春天在于自身的努力之中。

（以上为丁帆主编《中国乡土小说研究的百年流变》

《中国乡土小说历史研究文选：1910—2010》

《中国乡土小说流派研究文选：1910—2010》

《中国乡土小说理论文选：1910—2010》

《中国乡土小说作家作品研究文选：1910—2010》，

"中国乡土小说研究丛书"总序，

南京大学出版社 2021 年版。标题为编辑所加）

"当代性"与文学的价值

　　毋庸置疑，近年来世界进入了大变局的时代，尤其是疫情时代给人类固有的观念带来了巨大的冲击，波及中国人文学界，更是呈现出一种观念裂变的态势，而具体到文学创作、文学评论和文学理论领域内，却是在表象平静中，蕴藏着一种纷乱芜杂的叙述与阐释。

　　文学与价值的冲突成为这些年来文坛上无可回避的现象，它如一股潜在的涌动暗流，在文学创作和文学评论中角逐，如何剖析这种文学创作和文学评论中林林总总的乱象，或许正是我们在文学理论中做出价值梳理和判断的首要任务。

　　文学研究与历史研究、哲学研究在学科上的相异之处，就是它不仅需要面对历史做出思想的判断，同时还须面对当下做出审美的判断，以及从纷繁的现实生活中提取正确的价值理念，试图去引导和纠正文学的发展趋向。显然，这是一件并不讨好的哲学层面分析阐释工作，弄不好就会掉进外部意识形态的深渊和自设的逻辑陷阱之中。然而，作为一个希望超越时代局限，以及超越自身困囿的研究者，在深度思考后，如何面对时代、面对文学发出有价值的声音，成为我这些年最痛苦，也是最有兴奋点的文学阐释工作。

从世界和中国的大格局来看待人文学科的发展态势，窃以为，"现代性"和"未完成的现代性"其实早已在大变局的格局中完成了它的历史使命，而从另一个角度来看，它的建构体系已经在有些不同国度的实施中，流产或胎死腹中了。

在面临"后现代性"的信息时代，人类的价值选择已经是人文学科无法回避的"当代性"困境，文学创作和文学理论更是在"当代性"的选择中，进入了一个无从选择的艰难时世。这也就成为我这些年在文学理论和文学评论中如何建构一个"当代性"理论体系的设想，这个野心当然需要经过现实和历史的考验，我深知要通过这一道关隘，是会引发来自各个方面的质疑，尤其是那些不读文学作品的"不及物"空头理论家，或许会对此做出一种陈腐而荒唐可笑的结论，所以，我以为文学理论只是像哲学一样，仅凭逻辑的推理去指导文学创作与文学批评，那就是失去了文学性的价值判断，而与文学作品绝缘的理论，那只能归于哲学美学的推理范畴，唯有理论走进文学作品分析之后的价值判断，才能脱离纯粹哲学推理猜想的境界，走近文学的内部。我们不能在学科分类上把所谓的文学理论与哲学学科中的美学进行切割，就是因为毕达科夫式的文学理论幽灵一直游荡在空中。

面对这样的种种疑惑，我仍然坚持我所阐释的"当代性"

涵盖的是对文学作品"人性的、审美的、历史的"理论价值判断与阐释，并渗透在我的文学批评和文学评论之中。

其实，文学评论、文学批评和文学理论是一项坚持批判哲学的研究工作，如何看待苏维埃时期和几十年中被我们的理论界放大、夸张和曲解了的理论原典，的确是一个值得探讨的大问题。即便如此，我们在并不完整的中译本中，也能在林林总总的理论勾勒和阐释中，在马克思和恩格斯的不同论述中，寻觅到它们聚焦的共同点——那就是对他们所处时代做出的现实批判，因此"怀疑一切"成为马克思主义批判哲学的内核。换言之，这就是哲学高度的"当代性"的阐释，它更适于当下对文学评论、文学批评和文学理论的运用。

于是，在重读恩格斯对他同时代小说《城市姑娘》的评论中，我试图寻觅到的是富含"当代性"的批评对文学理论建构的本质特征，即：我们以往既对"典型性格"的理解是肤浅的，以至于抛弃了这一叙述文学的本质特征——这在马克思那里就是文学艺术"历史的必然"的概括。更令人扼腕的是，我们的文学作品对"典型环境"的理解几乎就是曲解，当然，从客观原因来说，中国文学曾经经历过那种将"典型环境"歪曲成顺应某些思潮的时尚，从而就不能真正进入一个时代的"典型环境"中去刻画"典型人物中的典型性格"，这才是中国文学的百年之痛，亦是我们的作家作品不能真正进入"当代性"语境的一道阻碍，以致始终在虚无缥缈的"现代性"中徘徊彷徨，在"未完成的现代性"里寻找答案未果的真正原因所在。

因此，追问百年来的文学史，从五四起跑点上的现代性启蒙的悖论中，从社会主义现实主义的重新梳理中，从浪漫主义的源头中，我试图从"当代性"的理论重新阐释文学思潮和文学史的流变阻遏现象入手，以期证实这种方法在阐释中的有效性。当然，这种方法的运用有时也还存在着逻辑上的悖论，以及自洽性不尽如人意的地方，这是需要进一步完善的工作。而让我感到欣喜的是，许多学者也开始关注到了这个问题，尽管角度不同，观点相异，但是，有同道同行者，我就没有了孤独感，无须"荷戟独彷徨"了。

同样，文学批评和文学评论仍然需要"当代性"理论的介入，才能从更高的历史和审美的角度给予准确的价值判断，其中，我更要强调的是其中"人性的"价值判断是文学作品特有和必须的元素，这正是它与历史和哲学研究不同之处，这是一种带着主观因素的判断，这个问题是我纠结了几十年的一个悖论，就是因为我们以往认为现实主义和批判现实主义是遵循中性客观的描写原则，作家就不应该对笔下的时代和人物进行臧否，殊不知，正是在重新回顾恩格斯的文学理论时，才让我找到了解惑的焦点——"典型环境"的时代背景选择，也就是题材选择的焦点，换言之，作家的题材选择就涵盖了全部的价值观念，加上对"典型性格"的描写，其中"人性的"描写才是衡量一个作家作品优劣高下不可或缺的重要元素。但是，从艺术标准的高度来说，正如恩格斯所说"观点越隐蔽对作品越好"。

　　总之，作为一种设想并践行于自身文学理论、文学批评和文学评论文字之中的实验，我将继续我的案头工作。当然，我也期望看到与我同道者更为精彩的文字出现，听到同行者发出的批评声音，这都是我在这一领域内遇到的知音。

2023 年 8 月 26 日 10：30 于南大和园

（以上为丁帆著《文学与价值》序，
商务印书馆 2023 年版）

辑二　知人论世

鲁迅与许广平：爱的呐喊

风舟

在许多人眼里，鲁迅之所以伟大，就在于他处处都充满着理性的光芒，其实这是一种误解。在鲁迅的人生道路上，如果我们仅仅看到的是一个"横眉冷对"、不苟言笑，甚至过于冷峻尖刻的面影，那只能说明这种曲解妨害了我们对他更深刻的理解。从本质上来说，鲁迅先生看取人生的基本立足点是以人道主义为基准的。他以博大的胸怀去拥抱人生、拥抱生活，用人类爱的力量去化解一切人类的仇恨，在鲁迅那里，爱与憎应是一对辩证的关系，即恨亦是爱的另一种形式，恨的背后是一位清醒的哲人对于人类深深的同情与怜悯。因此，在冷酷的面影背后，我们应当看到的是一张慈祥而和蔼的脸庞。亦正缘于此，我们选编了这本小书，试图为读者诸君奉献出一颗具有虔诚爱心的鲁迅，以及作为鲁迅之妻的许广平先生在这颗爱心之下所承继的鲁迅精神。

这本书被视为"双叶"，从另外的一层意义上来说，它规定了本书是从两个不同视角来观照人生，当然亦包括两个视角的"对撞"。所选的篇目内容亦均以记载生活的"琐事"为主，但就从这散漫的篇什之中，我们却可以看出两个伟大的人格来，看出两个丰富的情感世界来，看出两个凡人对于生生死死的深刻敏悟来。当然，同时包括凡人的七情六欲亦一并映入了你的眼帘。

散文总不超出记人、记事、抒情的类型，就此书而言，在鲁迅的散文篇目中，除了选取了《野草》中的名篇外，重要是以记人散文为主，其目的，明眼的读者诸君便一目了然了，无非是为了突出鲁迅先生在交友、尊长、掖后活动中那一片广博丰富的情感原野。而像《从百草园到三味书屋》这样的教科书式的散文名篇也列入其中，窃以为，就好像是在整个情感的交响乐章中插入了一段熟悉的田园交响诗，在爱与恨的情感节奏的大起大伏中，它恰为鲁迅先生对人类的爱心世界定下了基调。

鲁迅先生对于爱情的箴言人所皆知："人必生活着，爱才有所附丽。"因尊崇物质第一性的唯物主义观念，鲁迅先生的爱情生活并不像文坛才子们那样轰轰烈烈、卿卿我我、欲仙欲死。相比之下，它像一泓平静的秋水，没有涟漪，没有波澜（这专指他和许广平的恋爱生活），即便从《两地书》中亦不透蛛丝马迹。然而，正是这看似一杯白开水的恋爱婚姻却比钢铁还坚固。究其原因，或许是两者对人生同样抱有执著和坚韧不拔的精神和意志。他们之间的爱情呐喊是发自心底、发自肺腑的心灵沟通，它像一股强大的爱情潜流，流淌奔涌在鲁迅先生的生前身后。

作为鲁迅先生的妻子和战友，许广平先生所经历的人生心路历程，在某种程度上来说，受到了鲁迅先生的极大影响，他们的结合是灵与肉的合一。本书所选的许广平记叙鲁迅先生生活琐事的散文，其目的，一是为了从另一个侧面来充分理解鲁迅先生的情感世界；二是让读者诸君看到鲁迅先生在日常生活中的那份恬淡洒脱和崇尚自然的心性。对于鲁迅先生的深刻理解恐怕能超过许广平（景宋）先生的人是很少的。正由于许广平继承了鲁迅先生的坚韧不拔的精神和意志，她才能在鲁迅先生的身后更加坚强地生活着。本书选取景宋先生《遭难前后》一书的部分章节，正是要表现鲁迅先生的人格力量和坚韧毅力在他妻子身上的顽强体现。从这些文字中，我们看到的是"横眉冷对"下的一颗热爱民族、国家和人民的伟大精神与人格气节。

鲁迅先生的散文（不包括他那犀利的杂文）特点大致可分三类：一是平实而舒缓的，如《从百草园到三味书屋》，它们表现出鲁迅对人生的率真与深深的眷恋；二是激越而高亢的，如《为了忘却的纪念》，它们表现出鲁迅看取人生的铁骨铮铮的真夫子之情；三是隐晦而艰涩的，如《野草》中那些文辞华丽而晦涩的篇章，它们表现出的是鲁迅先生对人生哲理的"曲笔"阐释。但无论是平实浅显的文字或是华彩晦涩的词章，都能体现鲁迅的创作个性风格：毫无伪饰、冷峻平静背后潜藏着巨大的激情。

与鲁迅先生的散文相比较，许广平先生早期的文字，尤其是《两地书》和《遭难前后》一书的文字，非常酷似鲁迅的风格。从这些平实的文字中，我们仿佛看到鲁迅笔法的重现，其风格之冷峻清明可谓令人叹喟。当然，许先生建国后的文字，尤其是"文革"前后的文字风格就逐渐失去了鲁迅先生笔法的锋芒，显得功利性较强，倒是这些50年代的文字却是在可读之列的。

鲁迅先生本身就是一本难以卒读的大书，这本小书作为理解一个真正的为人父、人夫、人子、人友的鲁迅，或许对读者诸君有所帮助和启迪。同时，我们从许广平先生身上亦可以寻觅到为人妻、人母、人友的人格力量和表率行为。

读者诸君，愿这本"双叶"丛书能成为您的良师益友，它也许会成为您人生驿站的一盏引航灯。

1994 年 3 月

［以上为丁帆主编《爱的呐喊（鲁迅、许广平）》前言，

"双叶丛书"第二辑，

江苏文艺出版社 1996 年版。标题为编辑所加］

徐志摩与陆小曼：爱的新月

风舟

　　作为中国现代文学史上著名的资产阶级绅士诗人，徐志摩可说是新诗的诗魂，人称诗哲、诗圣并不过分，茅盾说他既是中国布尔乔亚的"开山"诗人又是"末代"诗人，他以后的继起者未见有能与之并驾齐驱的。他的新诗可堪千古绝唱，他的行为与品格也同样受到同人、朋友、学生的赞赏和爱戴，他对爱情的执著追求虽为文坛风流佳话，亦留有诸多的遗憾，但他那天真无邪，崇尚自由、平等、博爱的人道主义情怀，追求人生真谛的精神是惊天地、泣鬼神的。难怪这位英年早逝的诗坛巨星的噩耗传来，震惊了海内外，胡适连呼："天才横死，损失的是中国文学！"在他的许多朋友中，包括师辈的梁启超、同辈的郁达夫、陈西滢、刘海粟等，亦包括晚辈的陈梦家、沈从文等，没有一个不赞赏佩服他的才华和品行的，正如沈从文所言："他那种潇洒与宽容，不拘迂，不俗气，不小气，不势利，以及对于普遍人生方汇百物的热情，人格方面美丽放光处，他既然有许多朋友爱他崇敬他，这些人一定会把那种美丽人格移植到本人行为上来。"足见他的人格魅力所在。

徐志摩（1896—1931），名章垿，初字槱森，后易字志摩。浙江海宁县硖石镇人。曾与郁达夫同学于杭州府中学，1916年入北京大学，1918年入美国克拉克大学，毕业后入哥伦比亚大学，获硕士学位，同年入英国剑桥。1922年回国后历任北京大学、清华大学、中央大学、平民大学等校教授。1924年到1928年间，游历了亚欧各国。作为"新月社"的灵魂人物，他的诗歌创作的成就当奉为本世纪文学之圭臬，但他的散文创作亦是一家风格。陈西滢、沈从文、梁实秋、周作人都曾一致称赞他的文章华采之美，他的学生们更是推崇备至，赵景深认为像徐志摩那样"文采华丽，连吐一长串的珠玑的散文作者，在现代还找不到第二个"。甚至有人认为他的散文的独特风格则"是诗的一种形式"。无论如何，徐志摩的散文是有其独特之韵味的。胡适说徐志摩的人生观里只有三个大字：一个是爱，一个是自由，一个是美。的确是一语中的。作为一个资产阶级的充满着诗人气质的作家，徐志摩在短暂的人生旅途中既表现出这位旷世奇才的天真和浪漫，同时亦流露出这位生活在乌托邦之国中的理想主义者的幼稚和可笑。在他的散文中，我们不难看出他在以英美式的民主度量中国国情时的尴尬与滑稽，而在这之下，同时亦潜藏着一个知识分子的拳拳爱国之心。徐志摩不但在爱情上是个"情种"，在政治上亦是个"赤子"。他的许多散文揭露社会黑暗，抨击时弊，表现了资产阶级文人慷慨激昂的人道主义情感。当然，若是论徐志摩的散文深义，它恐怕绝无鲁迅之深刻尖锐而是宏阔感；绝无郁达夫之练达而是沧桑感，但就其抒情特征则是任何一位现代散文家不可比拟的，它的散文始终充溢着饱满的激情，哪怕是颓废的情绪，读来亦痛快淋漓，绝无缠绵的泥淖之感。

我不知道徐志摩是否有"恋月"情绪，月亮作为一种爱情的象征物，在他的心目中永远成为一种美好的凝结，这在他的散文《鬼话》中有所阐释。颂月、恋月、赏月在徐志摩的散文中屡见不鲜，它正好与其爱情的赞美诗句形成珠联璧合的内在勾连，不仅构成了徐志摩诗的灵魂，同时也构成了徐志摩散文的精灵。在徐志摩的爱情书简中，那一时被人传扬的《爱眉小札》里炽烈的爱情火焰曾燃烧了多少青年的热血。在这些篇什中，真正体现出这位"爱情大师"对爱情执著追求时的那种天真与浪漫。

徐志摩的诗文都是风格迥异于他人的，他就像追求美丽的女子那样，首先看中的是华美的外表，储安平曾在《悼志摩先生》一文中说："内涵是它的骨骼，辞藻是它的外表；一座最牢的房子外面没来一些现代美的彩色和轮廓，仍不能算定成它建筑上的艺术。"这正道出了徐志摩为人为文的风格，语言的华彩，夸饰的造句直接构成了他散文的外在美，再与之澎湃的内在激情相匹配，俨然是一个洒脱不羁，放浪形骸的浪漫才子的"亮相"。或许正是因为他太注重外表之美，形式之美，而忽视了人生内涵的锻造，使他的诗文有时进入虚幻与颓废境界，当然，即便是表现这样的内涵，同样也横溢着他那华丽外表之美。这印证在他的爱情生活中亦是如此，他与陆小曼的后期爱情出现的危机，同样也是他一开始只注重外在美的结果吧。

陆小曼（1903—1965），名眉，江苏常州人，卒业于北平法国圣心学堂，自幼聪慧。父亲陆定为日本帝国大学伊藤博文（日本名相）得意门生。国民党元老，曾任国民政府参事、赋税司长等职。陆小曼从小跟随父亲在京学习，精通英法两国文字，并擅长中国画，造诣较深。如果单凭她的才艺和悟性，陆小曼如果专心致志做学问或是专事绘画、文学，那么她必定成为中国现代文艺界中的著名大家。可惜她沉湎于十里洋场的灯红酒绿和声色犬马，荒了学问，疏了文字，淡了丹青，把个好端端的事业葬送于大烟白面的吞云吐雾之中。即便如此，陆小曼的才气亦是难以掩没的，就在志摩临终前还大为赞赏她的山水画长卷是难得的灵秀之作，徐志摩说："小曼若能奋进，谁不低头。"杨杏佛题诗道："手底忽现桃花源，胸中自有云梦泽；造化游戏成溪山，莫将耳目为桎梏。"从文章来看，寥寥数篇纪念文章和一本《小曼日记》，就足以看出她在文字上的功夫和才气。那声情并茂的语言，那飞动灵逸的辞章，非一般仕女闺秀所能，没有扎实的文学功底，没有灵动的才情和敏悟，是不可为之的。如果我们仅仅把陆小曼的沉沦说成是外因的诱惑则是不客观的，她与徐志摩的结合并没能激发其创作的灵感和欲望，足可见人的惰性是很难改变的，我们只能在这支离零散的篇什中，兴叹一轮美丽的新月徐徐地沉落，无可挽回地沉落。

呜呼哀哉！一代诗圣，一代名流绅士式的情种。

［以上为丁帆主编《爱的新月（徐志摩、陆小曼）》前言，
"双叶丛书"第二辑，
江苏文艺出版社 1996 年版。标题为编辑所加］

陈西滢与凌叔华：双佳楼梦影

风舟

　　因着鲁迅先生与"陈西滢之流"的那段笔墨官司，多少年来，陈西滢几乎被打扮成反派丑角而载入文学史的典籍之中。其实，倘使稍稍厘定一下他的文字，亦就不难看出他作为一个资产阶级绅士文人在新文化运动中所起着的积极作用。

　　陈西滢（1986—1970），原名陈源，字通伯，西滢是他的笔名。他早年留学英国伦敦大学，获博士学位，回国后任北京大学英文系主任兼教授，与胡适、徐志摩、梁实秋等人过从甚密，并在1924年与胡适、徐志摩共同创办了著名的《现代评论》杂志，陈西滢担任主角，凌叔华的成名之作《酒后》就是经陈西滢发表在这个杂志上的。

　　凌叔华（1904—1990），原名凌瑞棠，笔名叔华。其家学渊源颇深，父亲凌福彭为清末翰林，曾任户部主事兼军机章机，直隶布政使等职，精于词章，工于书画，因此，凌叔华从小就饱受绘画艺术的熏陶，并在名师传授下习画作诗；并且还师从学贯中西的辜鸿铭学习外语，因此，1922 年凌叔华顺利地考入燕京大学学习外语，并开始在《晨报》副刊上发表习作。

陈西滢除了翻译作品外，就是写短篇的散文（其实为杂文居多），一本《西滢闲话》奠定了他在新文化运动中自由派资产阶级文人的积极进步作用。收在这本集子中的篇什大体可以看出陈西滢的思想主体来，无论从哪一个方面来说，它的认识价值和审美价值都有值得我们继承和发扬的地方，尤其是他对中国文化精神的认识，是同样令我们敬佩的。当然，在他的散文中所流露出的资产阶级思想的局限性亦是值得我们引以为鉴、提出批判的，这在半个多世纪前已被鲁迅迎头痛击过，亦无须后人赘言。陈西滢的文笔简约，不事铺张，多为即兴短札，但文字的老到、运笔的娴熟，堪称一绝。加之他学贯中西的博识广闻，更添文章的气势和新意。虽然他的散文并不像周作人所倡导的那样冲淡平和，亦不像其妻那样善于炼辞造句、工于华彩，但他的散文透出明快简练、精湛深刻的风格。

凌叔华是五四时期少数著名的女作家之一，在现代文学史中，人们往往只注意她的小说创作，其实她的散文创作则比小说更为精彩，尤其是她的游记散文更是令人赏心悦目，犹似一幅幅动人心魄的山水诗画，将视、听、嗅、味等感觉融合在一起，读来美感顿生，这恐怕是与她的绘画艺术美感紧密相连的。同时，她的散文很讲究飞扬的文采，工于选词造句，营造诗的意境，蕴藉人生的了悟。她的一些散文并非一般女性作家所透露出的那种纤细和柔美，而往往透出一种深沉练达与阳刚飘逸的美学风范。当然，她的散文亦有婉约动人的小夜曲式的篇什，悠扬婉转，清新雅丽，但这并不能概括她散文风格的全部。

收在这本集子里的文章，是陈西滢和凌叔华的几乎全部散文精华。陈西滢的选篇大部分是从《西滢闲话》中挑出，读来很有裨益。他的散论虽多为短制，但汪洋恣肆、纵横捭阖，真可谓高谈阔论，洋洋洒洒。如《中山先生大殡给我的感想》是由孙中山移柩，青年学生嬉笑而引发的联想，由此而谈及中国的国民性，中国人的信仰，中国的政治体制等一系列问题，足见陈西滢作为一个资产阶级民主斗士的拳拳报国之心。他的大多散论中都表现出这种学贯中西的绅士派文风。诸如《洋钱与艺术》《行路难》《模范县与毛厕》《中国的精神文明》《节育问题》等篇什中不仅以资产阶级的人道主义视角来阐释人文现象，同时亦表现出他宏阔的思辨才能。对于记人叙事的散文，陈西滢或许稍逊一筹，但读他的《刘叔和》，虽文字简约平淡，洗尽铅华，然而却从娓娓的一生平铺直叙中透出了作者的真挚情感，可以看出陈西滢并非只是一个理性十足的绅士，而且亦是一个善动感情的真丈夫。而在《南京》的描写中，亦透露出作者对于自然的崇尚以及对物质文明的倦怠，同时亦表现出作者对于物质文明有着深刻眷恋的二难心态，寥寥数笔，信马由缰，读来却也可亲可爱。由此可见，这种风格的散文亦未必不拥有它广泛的读者。

比起陈西滢的散论，凌叔华的散文作品则表现出了作为一个女作家的无尽才华，其实，凌叔华的散文艺术品位应高于她的小说创作，如果她的小说在五四新文学史上只能处于二流状态，那么，她的散文（当然是五四以后）在二十世纪的散文领域应是堪称一流的。这主要体现于她的一组游记散文创作中，虽然篇什很有限，但读来却令人赞叹不已。她的《泰山曲阜纪游》《登富士山》《敦煌礼赞》《爱山庐梦影》《记我所知道的槟城》《重游日本记》，均为游记体散文，而首先并不是表面那浮华的文字对你的吸引，而是作者展现出的一幅幅人类的自然美景图画的阔大视觉效果给你的心灵震撼，你尽可以不对凌叔华工于炼辞造句的矫饰提出异议，你尽可以对她的淡化人文精神发出质疑，但从文字背后映出的一个作家对自然的崇尚与礼赞，不能不感动每一位读者，促发其对生命本体的热爱和对生活的热爱。从中我们不难看出这位受着中西文化熏陶的女作家试图在污浊的人文社会环境中去追求心地中自然之美的蓬勃情感。我以为凌叔华的散论（偏于纯理论的文章），如收在此集中的《谈看戏及伦敦最近上演的名剧》等篇什，明显不如陈西滢的那些散论来得洒脱和宏放。然而，像《八月节》《一件喜事》式的记叙却明显体现了一个作过小说的作家优势，其可读性自不待说，其描写的内在韵律亦堪称上乘。

陈西滢和凌叔华后半生都侨居伦敦，陈西滢客死他乡，而凌叔华死前一年回到北京，总算魂回故里。这两位廿世纪文学史上的同命鸟留下的文学遗产并不多，但其中耐人咀嚼的东西还是很多的。

［以上为丁帆主编《双佳楼梦影（陈西滢、凌叔华）》前言，

"双叶丛书"第二辑，

江苏文艺出版社 1996 年版。标题为编辑所加］

郁达夫与王映霞：岁月留痕

风舟

作为"创造社"的中坚人物，郁达夫的"私小说"曾震惊了五四文坛。遥想当年，一部《沉沦》激活了多少沉睡了的中国心，正如郭沫若所说："他的清新的笔调，在中国的枯槁的社会里面好像吹来了一股春风，立刻吹醒了当时的无数青年的心。"那澎湃汹涌的爱国激情裹挟着颓废的病态情绪的宣泄，构成了郁达夫早期小说的风格。其实，到了他后期的小说，其风格变化是很大的，但所潜藏着的乖戾与狂放性格却是永远的。亦如他的爱情生活从一开始的炽热美满到最终的反目破裂一样，郁达夫的人格病态不但影响着他的文章，同时也直接影响了他的整个生活历程。一般的人是很难理解他、接纳他的。

郁达夫（1896—1945），名文，字达夫。浙江富阳人，"创造社"的重要成员，早年留学日本，毕业于日本东京帝国大学经济部，1923年回国后曾在北京大学、武昌师范大学、广东中山大学、上海法科大学等校任教，1936 年任福建省政府参议，1938 年任军事委员会三厅设计委员，是年底赴新加坡，任文化界抗日联合会主席。1942 年日军占领新加坡后逃往苏门答腊隐居，1945 年惨遭日本宪兵杀害。

郁达夫的小说创作在二十世纪文学史上留下了不可磨灭的印记。但他的散文创作少有人研究，其实，他的散文创作之丰以及艺术成就之大，并不在他的小说创作之下。

游记散文是郁达夫散文中最得心应手、游刃有余的写作文体之一。作者把写景、抒情、议论融合得天衣无缝，真可谓难得的好文章。限于篇幅，在众多的优秀游记散文中，我们只能择其万一以飨读者。郁达夫的散文古今中外，纵横捭阖，文辞华丽优美，才情横溢，读其散文如置身于山水画境之中。犹如丹青妙手，他的散文在描写景色方面有独特的风味，加上那些民俗风情的点缀，更为清新可人。当然，在抒情议论中你往往可以体味到一个文人雅士的格调，亦可觉察到一个名流学者的学养魅力。其实，郁达夫所写的游记小品并不像一般作者那样讲求简约短小，而是滔滔不绝地倾吐他对大自然的热恋之情，一泻千里，一发而不可收，有些篇什竟达万字以上。本书中所选的一些游记散文除了考虑到短些，还得突出郁达夫游记散文的艺术特征。《故都的秋》《海上》《雪夜》《钓台的春昼》《杭州》《玉皇山》《屯溪夜泊记》《雁荡山的秋月》《青岛、济南、北平、北戴河的巡游》《花坞》《扬州旧梦寄语堂》等着重体现了作者清新的文笔、深厚的文化修养。精雕细刻的写景艺术、传神的人物勾勒、情趣盎然的情感流泻……构成郁达夫游记散文非凡的艺术功底。毋庸置疑，郁达夫这类散文作为艺术的典范，有许多是可以作为教科书来阅读和欣赏的。

另一类是记人的散文，这更是小说家郁达夫的长处。《记耀春之殇》感人肺腑、催人泪下，一篇祭文，将那为人父的全部心底之情感倾泻而下，寓悲痛于冷峻的叙述之中，声情并茂，写出了郁达夫内心深处的细腻情感。《王二南先生传》写得通脱潇洒，满纸名士书卷余香，可谓写活了传主，也写活了郁达夫的"自我"。《回忆鲁迅》写出了郁达夫的真挚与公允，一路写来，坦诚而真率，虽为枝枝节节的小事陈述，但亦可看出郁达夫宽厚的朋友之道……

正因为郁达夫爱之太深太切，亦就往往在爱情中表现出那幼稚的偏执。他和王映霞的结合，本来算是一件天作之合的美事，但及至最终的分离，不能不说是郁达夫的多疑多虑而造成。他那反复无常的行为，使人怀疑起这个艺术家是否有精神偏执的病因。作为一代奇才，郁达夫以他敏锐的艺术触角写出了千古流传的美文。而在生活中的过分敏感，使每一个女人都难以接受和容忍。我们纵然可以看到在郁达夫致王映霞的书信中那如火如荼的爱情絮语感人至深、动人心魄；但我们也不能不看到在婚变过程中，一个女性呐喊的痛彻肺腑、缠绵悱恻。

也许王映霞晚年所著的《半生杂忆》所提供的资料并不十分准确，或许其中的陈述尚带有偏见，其文字亦并不十分优美。但是从这平静的叙述中，是否可以看到另一个病态的郁达夫呢？

王映霞（1908—　），浙江杭州人，出生于官府之家，原姓金，后承继给外祖父王二南，从姓王，浙江省立女子师范毕业。1927 年 1 月 14 日在上海与郁达夫邂逅，从此坠入情网，直到 1940 年 5 月分手。正如王映霞文中所言："我和郁达夫共同生活了十二年多，在他短短的五十年生命里，这是一段并不太短的历程。一直到我离开新加坡时为止，他都表示并没有不爱我。但在我看来，如果说他的确是还在爱我的话，恐怕也爱得不够和平，不够柔丽，我是无法来领受这种方式的爱恋的。"这些支离破碎的记忆，铺衍成文字，虽然不能显现出王映霞在作文章上的才气，但其中的史实与自我情感的流露，不能不说是有很大的可读性，其实，从另一个角度来看，这其中亦不乏王映霞作为一个写作者的平实简练的文风。

可以想见，郁达夫的晚年是孤独悲凉的，在那战火连天的日子里，他一人独处他乡，又不能著文，又不能爱恋（我以为像他这样的文人名流是一日可无餐而不可无爱的），最终会走向崩溃的。这是因为爱失去了附丽。

郁达夫的名字永远和他罗曼的才情闻名于世；同时亦永远和他"爱的罗曼"一起载入文人恋爱的史册。

［以上为丁帆主编《岁月留痕（郁达夫、王映霞）》前言，
"双叶丛书"第二辑，
江苏文艺出版社 1996 年版。标题为编辑所加］

文气、平民、贵族的叶兆言

叶兆言的生活平淡枯燥；

而叶兆言的小说却"文气"十足。

叶兆言的思维意识是"平民"式的；

而叶兆言的小说叙述体态却是"贵族"式的。

叶兆言曾自吹自擂地夸张地描述过他的生活经历，其中无非是在工厂干过几年钳工、铣工之类的活儿。其实他的大部分时间都在念书，1978 年以后，他读了四年本科，又读了三年研究生，但叶氏家族终究没有培养出一个"吊书袋子"学究。很难想象，像叶兆言这样憨态可掬的书呆子竟能写出如此绝妙的小说来，然而，他又的的确确毫不逊色地鹤立于当代小说家之林，真有点不可思议。这常使我对文艺理论中的"生活"发生怀疑，像叶兆言、苏童这样的所谓"第三代小说家"并没有经历过轰轰烈烈的沸腾生活，也没有有意识地去"深入生活"，但他们的小说竟能最精细地表现生活，这种"体验"生活的方式是什么呢？靠"想象"，靠诗人一样的想象翅膀去还原生活，将生活的每一个毛孔都放大显影，造成一种对人们思维定式中固有影像生活的颠覆和瓦解，从而以一种全新的生活体验去创造富有激情的生活情境，去弥补生活经验的不足。所以，有许多人不理解，像叶兆言这样的青年作家竟能将民国以后秦淮风月写得如此逼真感人，像苏童这样的后生竟能写出"妻妾成群"的绰约风韵。生活，在这一代小说家的笔下变成了"万花筒"，读者往往被其中绚烂的色彩所诱惑而不能自已。

我以为，叶兆言的小说之所以化解了生活，并不止于是他对生活有了新的理解；有了这样的思维方式，并不能构成小说家的特征。很显然，叶兆言小说在整个叙述过程中，往往是在异常平淡中，透露出一种惊人的"文气"来，这种"文气"倘没有深厚扎实的古典文人笔记小说和广博的知识功底，是很难驾驭的。

就目前的状况来说，叶兆言的小说可分为两大类：一个是"夜泊秦淮"系列；一个就是"现代生活"系列。当然，还有极个别的是采用跨时空的故事结构框架的作品，如《枣树的故事》等。然而，就此两大类作品来看，影响较大的是"夜泊秦淮"系列。我以为，这类小说是以"文气"取悦读者的。"文气"乃"气韵生动"也，这种古典主义的风格情感与叶兆言强烈的现代意识融合在一起，形成了一种意蕴的分层结构：从作品的表层结构来看，在极其平淡的叙述框架下，这种"文气"变成了一种可读性很强的叙述结构，一般读者可从行云流水式的平白叙述中得到文化和故事的餍足；如果从深层结构来看，那种文人的志趣、精神、形容、飘逸、超脱、自然、典雅、复古、冲淡……均在小说纤秾、含蓄表述内面呈现出来了，富有一种流动的美感。这一"静"（表层结构）和"动"（深层结构）使得叶兆言的小说获得了更广泛的读者群。

就"夜泊秦淮"已发表的四个中篇来看（据作者自称，已发表的《状元境》《追月楼》《半边营》《十字铺》，是五行中还缺"水"，这就是未写成的《桃叶渡》），我以为还是开首之作《状元境》为最佳。这就是小说的整个"文气"，与叶兆言这个创作主体的心境极其吻合，人物、情节的清奇、缜密，具有很强烈的故事小说的"悬念"意味；而当你读出这清奇"悬念"负面的自然、飘逸、旷达之神韵来时，你就不禁会为作者那种超脱人生的心境而拍案叫绝。正如司空图在《二十四诗品》中所曰："神出古异，淡不可收，为月之曙，为气之秋。"小说最后在三姐死后用一节专门来追恋人物，明眼的读者似看得出有些落俗套，然而，作品却以平实冷峻的叙述抒发了绵长的人生哲学之音韵："张二胡常常坐在这，一杯清茶，满腹闲情，悠悠地拉二胡。这二胡声传出很远，一直传到附近的秦淮河上，拉来拉去，说着不成故事的故事。从秦淮河到状元境，从状元境到秦淮河，多少过客匆匆来去。有的就这么走了，悠悠的步伐，一声不响。有的走走停停。回过头来，去听那二胡的旋律，去寻找那拉二胡的人。"这段结尾其实不落窠臼。从表层结构来看，它完成了小说的故事结局，叙述了张二胡的下场；从深层来看，这是用诗的抒情手段来描写人物的心境。有一定的意境；然而，从更深刻的哲学内涵来考察，它叙述的是足朝红尘、匆匆过客背景下的平常百姓的生存状态和生命意识。这是一种不经文人夸张的原生状态下的人生境界。可谓"文气"中的"文眼"，正是在这里，小说所达到的境界是一般作品难以企及的。相比之下，夺得大奖的《追月楼》虽然表面上"文气"更足，但是整篇作品则可明显地看出做的痕迹，专事的雕饰，阻碍了小说对于那种普通人（包括旧文人）真实生存状态的裸现，同时也阻隔了创作主体与人物主体心境的沟通。也就是说那种平实、超脱、飘逸的文人心态本来是与作家主体相吻合的，但正由于作者过量的使用出奇的情节，而破坏了人物形象内涵的统一，便使得"文气"不顺，致使人们在阅读过程中放弃了对一种人生境界的解读，而一味地钻入历史和政治的圈套之中，消解了小说的本意。相对来说，《十字铺》和《半边营》就显得中和些，但这两篇作品又少了一分《状元境》的韵味，故事的营造冲淡了"文气"。

叶兆言出身书香世家，这在他的小说中可以读出很浓很浓的书卷气，这多半是作者在遣辞造句中透露出过分的机智，错落有致、简洁明快的句式散溢着情韵生动的古典诗词的作派。然而，从叶兆言所有的作品来看，没有一篇不是以强烈的"平民意识"作统摄，这种"视点下沉"给叶兆言的小说更添了几分亲切感，无论写遗老、遗少，还是写平头百姓；无论是写知识分子，还是写三教九流，作者都注重写出其原生的心理状态，包括潜意识和下意识的描写。从"夜泊秦淮"中的旧式人物到《艳歌》《去影》《挽歌》《日本鬼子来了》《绿色陷阱》《桃花源记》《古老话题》《蜜月阴影》……中的现代青年，作者都不掺杂任何世俗的偏见，只把人物主体当作一种对象来进行生活体验和心理分析。或许，作者以为带情感色彩的描写会伤害人物，那种贵族式的文人逸致是以消弭小说的原生表达，雕饰矫情的情感会破坏现代读者的阅读情绪。从这个意义上讲，"情感的零度"表达是正确的，当然一部作品不可能完全进入"情感的零度"。理想和现实毕竟还有一段距离，但这种努力是必须的。《去影》描写了一个老实的青年被肉体所诱惑而展开的一场轰轰烈烈的"窥视"心理战。这部小说中的"迟钦亭"被描写成一个猥琐的、跛足的、有心理缺陷的小人物，和《艳歌》中那位潇洒的大学生"迟钦亭"形成鲜明的对比。然而，这两个同一姓名的人物，并不存在任何等级上的差异，作家的艺术对象是创造出完美的人物，这种"完美"，在现代读者的眼中是一种残缺之美，"英雄时代"已经属于过去时态。小说的"新纪元"就是旨在发掘人生的真实心理状态。这也是"新写实"异军突起的意义所在。叶兆言的小说之所以获得更多读者的欢迎，就在于作者聪敏地意识到了，只有将笔触落在毫不矫情的平民意识描写中，才能使自己获得创作空间上的更大自由。他笔下的人物之所以能够更贴近生活原生态，更能够抒发作者的"激情"，最重要的一点就是他要描写对象一律被作家视为"中性人物"，一切贬褒均为小说内容需求的自然生成。这种敏悟成为"第三代小说家"的共同特征，它代表着小说未来发展的必然趋势。

　　读叶兆言的小说，可以清楚地看到这样一个事实，即他的许多小说中的人物姓名不断反复出现，在两个不相干的时空和不同故事框架中出现的是同一姓名的人物，而人物之间却毫无内在的逻辑联系。这种现象是叶兆言小说的创举，有的论者认为这是"省略"——作为一种象征性的符号，姓名是没有任何意义的，人们关心的只是符号之下的心理活动。这种说法是切合现代心理小说实际的。但是，我以为还有一层意义是不可忽视的——作为同一姓名的人物，而在此篇中他（她）是一个较高层次的"文化人"，而在此篇中他（她）却又是个不可思议的下层"文化人"，其间的反差和落差如此之大，恰恰证明了作者对于文化等级观念的抛弃，"人"的两极在同一姓名的人物心理场中得到了同等的心理分析和解剖，在具体的"人"，具体的心理体验和生命体验过程中，他（她）的文化差异被完全消解了。从这个意义上来说，"迟钦亭"也好，"张英"也好，并非存在性格意义上的逻辑联系，作者正是在试图打破小说人物性格典型的线型结构形态，而面对"人"的心理展开对性格差异、变异的深层解剖。因而，这种"省略"方式是作者从"平民意识"出发对"人"的重新解释。这并非作者写作的随意性，也非作者故意玩弄的"噱头"，而是作者精心设置的"圈套"，是叶兆言机敏和狡猾之处。

　　我始终认为，分析叶兆言、苏童这样的小说家比分析"新潮"小说家更难，因为后者只需和现代小说理论相对应就可解析，而前者往往是一种多层叙述语态的"杂糅"。叶兆言甚至从六七十年代就开始关注现代源小说，可以说现代源小说的技巧已溶化在他青少年时代的血液中。然而，当他一开始写作时就始终摆脱不了老巴尔扎克的阴影笼罩。他八十年代中期出版的长篇小说《死水》之所以成为"一潭死水"，就是因为在高涨的现代源小说技巧的模仿大潮中，这种过去时态的叙述方式被迟到了的时髦叙述所替代、淹没。叶兆言在八十年代后期的突起，并不是他完全丢弃了老巴尔扎克而归降于现代源，而是他善于将多种的叙述语态糅合在自己的写作过程中，创造了更大的叙述空间。如果将叶兆言的小说作为一般性的通俗故事来阅读，许多读者会认为情节波澜尚不够刺激，这是因为他们缺少一种阅读"叙述话语"的眼睛，从这个意义上来说，叶兆言的小说是"贵族式"的叙述方式，没有解构能力的读者只能阅读其表层的"故事"层面。

研究本文的叙述学家们把叙述语态划分为四种形态：一是无所不知的作者叙事方式；二是带观察点的叙事方式；三是客观叙事方式；四是第一人称叙事方式。其实，第三类和第四类基本上是一致的，都是如海明威的"摄影机式"的纯粹客观记录叙述方式。所以人们便通常地是将叙述形态分为三大类：第一类是叙述者＞人物（称为古典式叙事的无焦点或零度焦点）；第二类是叙述者＝人物（称为叙述者只说出人物所知道的内在式焦点）；第三类是叙述者＜人物（称为叙述者要少于人物所知道的处在式焦点）。考察叶兆言的小说，你会发现作家的叙述视点是在不断变化的，这主要是指在同一部小说中的焦点变化，用变化的焦点来杂糅多种叙述语态，应该说是现代小说技巧在中国的进步，是一种大度的包容和化解，限于篇幅，我就不展开具体论证了。

现代叙述语态常常使用维尼斯特的一句著名术语"没有话语，故事在这里就不能成立"。也就是所谓"言语中的主观性"。除了"叙述行为的时况"外，叶兆言小说的意义似乎更注重对于语态的特殊辞格——"僭述"的充分运用。这就是把元虚构域的事作为虚构域中的事来讲，先是假设故事是道听途说的，然后接过话头，由自己来叙述这个故事，但不是像柏拉图所说的"装作"自己变成了第一叙述者。像《五月的黄昏》《枣树的故事》等，这种叙述关系的交替："我"与"他"的交替，使我们无从断定这时的叙事是对梦的叙述，还是通过梦幻主体对当时的直接叙述。人物、作家、叙述者（包括虚拟的叙述者）之间的临界呈非清晰状态。如《枣树的故事》中有两个虚拟"作家"的人物，这种虚拟性的交替和叠加，是很难判定作家"虚构域"之外是相同或是不同的叙述者来的。从这个意义上来说，叶兆言小说中的语态在人称表现上是"第一度叙述者"和"第二度叙述者"的交替和互换的使用。这种手法的运用，往往给小说的故事带来很大的模糊性和朦胧感。这究竟是小说的一种进步呢，抑或是一种退化？

叶兆言的小说，尤其是近年来的以凶杀案件为故事载体的小说，似乎更注重对于感官刺激的描写。当然，这种描写绝非是那种止于下意识和潜意识的心理描写，而是作家在大量的反讽的语境中所创造出的一种利用"通感"的叙述辞格来表现叙述情境的方式和方法。从《最后》到《绿河》中，作者似乎沉浸在一种"黑色感觉"的叙述情境中，而不惜大段用笔墨去抒写罪犯犯罪时的心理动机，而省略掉了情节和过程。当然，这种笔法不仅在这类小说中大量运用，在其他（除"夜泊秦淮"的多数写目外）小说中屡见不鲜。例如《去影》中明显的"省略"掉了本可以非常"有戏"的情节过程，而对"窥浴"时的人物心理状态作了最大张力的描述，整个"窥浴"过程却是迟钦亭心理动机展示的过程，作者竟花了一万多字去写这一过程。然而，我们却不能简单地以为这仅仅是"省略"和现代心理分析的过程。而是要把它作为一种叙述的话语和诗态来分析。这样，小说的叙述意义才更为清晰。

综观叶兆言的小说创作，我以为作家的创作是没有固定章法的，当今小说家要使自己立于不败之地，是不能完全依赖故事本身的所谓新意的，而是更以一种新颖的叙述方式去吸引读者。也就是现代小说不是关心"写什么"，而是关注"怎么写"。从这个意义上来说，叶兆言小说的变化还得靠其自身的叙述表演功能的动态张力。据说，叶兆言很不满意编辑在其荒诞小说《濡鳌》中字号的错标和《去影》中对他那种分行排列的句式加以合并的修改，这种对于形式的苛求，正说明作者对一种叙述情境的新追求，从中我们不难看出"怎么写"的至关重要。

要想使自己的作品不成为一潭"死水"，叶兆言就得把过去的一切作品当作"去影"，当作"挽歌"！

（以上为叶兆言著《去影》跋，
长江文艺出版社 1996 年版。标题为编辑所加）

新生代的女作家比以往更有优势

文学是感受心灵创伤最深的艺术门类，而作为人，恐怕女人最能以其细腻的艺术感受去表白心灵创伤的痛苦。然而这种表述在不同的女人那里则有着不同的价值观念与方式方法。

综观这几年来的女性小说创作，尤其是长篇小说的创作，我们碰到的是这样一个无可回避的事实：一方面，许多有才华的女性作家以其独语方式彻底解构了作为主流话语的男性文化视阈，举起了鲜明的女权主义旗帜；另一方面，她们处处与这个世界构成一种敌对关系，尤其是对性别的敌视更是成为她们行文的唯一视角。再就是消解一切文本的价值意义，使小说走向极端个人化的写作道路。显然，这是一个悖论。我不能不激赏陈染、林白的那惊心动魄的艺术才能，我也不得不佩服她们那种深刻的片面。可我在读不出文字符号后的更多更大的文化意义时，一股悲哀却袭上心头。

我以为如今"新生代"的女作家们比起"五四"以后任何一代女作家来说，都有着明显的优势。首先，在艺术感觉的灵敏度上，"现代人"的优势确实使她们的艺术视野更加开阔；再者，在艺术表现的方式方法多样化上，她们则有更为繁多的"武器"可供选择，另外，在思想观念的更新上，二十世纪众多哲人的哲学观念和思潮流派矗立于她们眼前，一旦艺术的感觉与思想观念亲吻，即可爆发出惊世骇俗的灵感。因而，这些一般说来都受过高等教育的女作家们，一俟染指小说，都同样表现出她们心灵的才华和深邃的思考。毫无疑问，九十年代的文坛正是由于她们的存在，才有了些许活力，否则，才情的泯灭，思想的贫弱所构成的文坛死症，还得更加漫溢无边，不可收拾。

然而，亦不可否认的是，九十年代女作家们的创作始终在陈染、林白式的"私人生活"下的阴影中不可自拔，正如陈染在《私人生活》中宣告了一个"零女士的诞生"，而这个"零女士"不可能永远是个零，作为一个新起点的人物，我们应该看到她们的成长点，使她走在时代的前列。亦如茅盾在《创造》中所塑造的"娴女士"那样。不错，陈染用她出众的才华和喃喃的"私语"，构筑了一个新的女性世界。然而，这个封闭的女性世界躯壳一旦被这个物欲世界所击破，你还指望在它的内核中能流淌出什么新鲜的汁液来吗？陈染们割断了自身与世界的勾连，也就是同时宣告了女性自恋时代的终结，尽管在她们的小说中洋溢出郁郁葱葱的逢勃生机和一片辉煌灿烂的理性虹霓。

我以为，突破女性自身的困囿，使其在不断的变幻中获得新的生命力，只有靠女性自身的能量来完成。我不知道这"当代女作家长篇小说文库"的诸多女作家们能否从时间的历史纬度上来完成这个阶段性的使命，可当我阅读了第一阵容中的三部作品《随风飘逝》（宣儿）、《青萍之末》（弦子）、《女人情感方式》（于艾香），尤其是宣儿的《随风飘逝》这部长篇小说时，便从直觉上感到突破"零女士"的希望。

我无法抑制读这部长篇时的激动。更接近于自然朴实的生活流动把我带入了久远的回忆，那温馨熟谙的"西城故事"，仿佛将郁郁悲情和淡淡哀怨植入在那深深流淌的绵绵思绪之中，时代风情和风俗的涌动，展示出的是涤荡着绵绵"呼兰河"式的诗意画卷。在舒缓的写实中透露出的那份古典的浪漫，使你误以为是萧红还魂。"蝴蝶飞翔"让你流连于返璞归真的童年和青少年时代，那介于"意识"和"潜意识"之间的朦胧描写，仿佛让你读到的是一部思想成长史上最无邪率真的一页，尽管那时代的氛围是那么肮脏。"处女的晚祷"让你回到了充满浪漫情调和青春躁动的年代，那些莫名的冲动和怪异的思想源组合成的生活场景的描述，使人看到弗洛伊德和福柯的面影对激活一代人心灵时的奇突景观。"爱情祭典"让你看到了成熟季节女人的思考，那一组如歌如诗的爱情心灵独白，仿佛使你看到十里堡中国作家摇篮里一个女灵魂游走时的思想呐喊。"玫瑰骑士"抒写了那种刻骨铭心但又无果的爱情，它是一个人，尤其是一个女人永远不能凋谢的"夏日里的最后一朵玫瑰"，它既是女人的悲剧又是女人的伟大，同时又是作者价值判断的流露。"时间结束"不仅仅是故事轮回的需要，更重要的是作者在此宣告了主人公英妮的"死亡"和"我"的再生："让我们最后一次地遥望英妮的死亡吧"，将我们引领进了一个更为现实的世界。

我之所以滔滔不绝地描述宣儿长篇小说的内涵，则是要说明，作为一种新的女性描述方式，以及作家主体的介入，宣儿已然不同于陈染所描述的女性世界，作家的情感不再是零度，她把那种刻骨铭心的痛苦，那种带着血和泪的罗曼情调植入了人物的一切行为之中，作家所透露出的人文价值判断虽然不全然是正确的（艺术作品并非需要正确），但明显地可以看出作家对一种溃灭理想的进取与追求。譬如，对福柯思想的某种曲解和造成的主人公心灵的升华，明晰地表现出一种价值的错位，但尽管是错位，也不能泯灭作家那颗追逐真理的心灵。

那一首首沿着历史的足音走近我们的歌曲（歌词抄录），亦使我们激动不已，它不但是时代氛围的描写需要，更重要的是，我遥望到了在这个远离文明的物欲世界彼岸的那份永不凋谢的人文理想的感召，不管作家的意图是什么，我反正是读出了高山流水的韵味，读出了一个沉落保守时代的无尽挽歌，同时亦读出了这个物欲时代，作为一个知识分子应该坚守的东西。从这个意义上来说，宣儿的开放性结构，更使我们接近现实世界，尽管她是以浪漫时代作为对照系来加以描摹，但相对于封闭的女性世界的"私人化"写作来说，可能我们更倾向于宣儿式的写作观念和方式。

女性小说在近年来已开始走向极端的女权主义，由"一个人的战争"向"两个人的战争"过渡。我以为这是一个写作的误区，而真正的女性主义目的是应该达到两性的和谐，而非是"男性法西斯主义"或"女性法西斯主义"的单性世界话语。从这个意义上来说，宣儿们的小说更充分地表现了这种人类大同的精神。

从本质上来说，"女权主义"小说和"女性主义"小说的概念是有区别的。前者（Centralism of woman Rights）是以压迫男性为最终目的，而构成一种特有的反文化视阈；而后者（Dortrine of Female）则是女作家在表现生活时融入亲身感受，抛弃以往依附于男性的文化视阈和价值观念，着重反映妇女自我意识的觉醒。她们虽然受女权主义思潮的影响，但绝没走向极端，就此而言，女性主义小说在宣儿们之前，已开始滑向了女权主义小说的极端。我曾经在一篇评价《私人生活》的文章说过："倘使《私人生活》是一部'女性成长史'，它的叙述存在仅仅停顿在女性话语权的争夺上，那么陈染的写作过程则是一种低质的重复；如果仅仅是在揭示'自我之像，永远映照于他人之镜'的真谛，那么《私人生活》只能是重蹈'女权主义'宣言式的普泛女性自觉的旧巢。"（《雨花》1996 年第 10 期）而富有象征意味的是，宣儿的长篇小说中，其结尾正是在遥望那个叫作"英雄"的男孩的成长中，结束了主人公英妮的肉体生命和旧有意识，而开始了一个女人的真正新生活。就此而言，我们看到的是一个更为广阔、更为丰满、更为滋润的女人胸怀。无疑，她的诱惑力是多重多义的，是一种无穷大的状态。

作为一个女性的"独语者"，我们惊喜地发现了这诸多才华横溢的女人，她们向男人世界，也向整个世界所抒发出的那充满着无穷诱惑力的"呼喊与细语"，在二十世纪末的文学史上划下一道流光溢彩的虹影。在这一道道飞行的流星之中，我们似乎更关注那些落在大地上的陨石，因为它给我们这个现实世界留下了可供鉴定的"活化石"，由此我们才能看清宇宙间沧海桑田的变迁。

据说鹿群在过悬崖峭壁时是用自己的身体作为同类起跳的支撑物的，这虽然有点近于残酷，但亦可在悲壮之中看到一种物竞生存的法则。我想，一代代的女作家亦如此，她们用自己的美丽，作为悲壮生存的装饰品，为繁衍下一代作出自己的牺牲，这便是母性之伟大。

唯有踏着冰心、庐隐、丁玲、张爱玲、茹志鹃、张洁、王安忆、陈染、宣儿们的美丽身躯，才有可能让女性作品开放出啼血的精神之花，才能叩响二十一世纪新女性文学之门。

1997 年 2 月 22 日夜于紫金山下

（以上为丁帆主编《随风飘逝》《青萍之末》《女人情感方式》，"当代女作家长篇小说文库"序，时代文艺出版社 1997—1998 年版。标题为编辑所加）

风俗画、风情画、风景画中的
文化意蕴

  蓝天、白云、绿洲、戈壁、沙石、大漠、长河、阳关、飞天、麦浪、雪野、果园、森林、古长城、莽塬、寨堡、岷山、大青山、栈道、草坝子、黄羊、狼群、獐子、拐枣、沙棘、牛人、丰乳、肥臀……这一组组意象构成的大西北的风俗画、风情画、风景画，成为邵振国小说创作中的鲜明地域纹印标帜。

  邵振国是属于那种始终坚持着自身风格的作家，他不能也不可能像时下一批大起大落、大红大紫的青年作家那样跟着商品大潮的感觉走。正因为文坛还有这么一批坚守自身艺术风格和思想的作家在，中国的纯文学阵地才有了那么一份固定的绿色，才有了属于文学的艺术的那份永恒的生命力。

  认识邵振国还是 15 年前的事。那时，我在人民文学出版社参与《茅盾全集》的编辑校注工作，适逢邵振国赴《当代》编辑部修改成名作《麦客》，那时我们能够会面的场所只能是食堂，记得有次饭后蹲在出版社的院子里听他谈及甘肃的人情风俗，给我留下了深刻的印象。后来读了他的《麦客》，便更感到亲切动人。再后来陆陆续续读到他的一些作品，便是一种平静而冲淡的审美心境了。

如今再翻动邵振国这一部部中短篇小说，不由得心里一阵悸动。无可置疑，邵振国的小说迎面扑来的那股地域文化的气息，那裏挟着西北民俗风情的氤氲，足以能够使他的小说成为中国 20 世纪地域小说中的一枝奇葩。其实，比《麦客》更好更耐读的小说，在邵振国的创作中比比皆是。像《河曲，日落复日出》这样作品，我是把它当作三首人性诗、风俗画来阅读观赏的。在河曲雪坝的背景下，那个从人性深处走来的"造筏的人"，为我们展开了一幅奇诡堂奥的人生画卷，在这里，时间凝固了，瞬间的人性定格，给我们留下了美学的想象空间。九回的河曲弯道峡谷中走来的"淘金人"，在充满着神话色彩的氛围中，闯进了一个如诗如画的世界："当日头将落去的时候，下游的草坝子是那样美，美丽得令人恐惧，草野、天空，全然是透明的，无一丝污浊的云气，也许这下游刚下了一阵过雨，一道宽得不能再宽的彩虹，由南到北，深深地嵌进天角。"这分明是散文诗的笔法，它使我想起了废名、沈从文、孙犁和汪曾祺，但细想，它似乎又多了一层异域的风俗色彩。河曲下游漂泊而来的"首饰匠人"与女老板、痴汉之间的纠葛铺衍在如梦的浪漫哲理故事之中，随着"一方雪的世界的塌落"，我们毕竟终于看到了人性的升腾。所有这些故事的叙述和语言的生动描绘都在广袤的西北风俗画中展开，无疑是给小说融入了凄婉，刚柔相济，动中有静，诗情画意，构成了邵振国小说创作诗意的风景线。

作为新近的力作，中篇小说《雀舌》犹如一篇缠绵悱恻的凄丽长诗，其隽永绵长的人生哀歌如泣如诉。从中我们看到了人性的裂变，看到了文化交替给人带来的物质和精神的困惑。看到了爱情和道德的沉沦，看到了性欲膨胀给人带来的人格两重性。由此，我们不难看出，邵振国的地域风俗画小说中糅进了相当深刻的文化含量。洗世的一生终于没有重复老一辈的路辙，这并非一开始就命定的，而是社会经济基础的变动使他性中善和美的沦陷，是不以人们的意志为转移的，岂是一个是与非、对与错可以了结的事情。作家将这样的文化尴尬推到了那遥远的西北边地，足见社会转型期的文化惯性力之巨大。表现这类主题的小说尤数《远乡夫妇》最为动人，最见功力。郑家邦带着他人的媳妇孩子私奔到这边远的小镇，他们与"土地主"李妈妈、李家爸的种种纠葛，衍化出的那种利与义的文化道德的冲突，被邵振国置放在人性的聚焦点上进行放大，就更凸现了处在现在进行时的文化裂变给人们心灵带来的极大困惑的人生命题。流畅的文笔，曲折的故事给小说增添了无限的可读性，好看易读成为这篇小说新的特征。《远乡夫妇》中的风俗画、风情画、风景画的描摹并未遁失，从中我们可以吮吸到风俗氛围带来的温馨与罗曼。这样的风格同样浸润在中篇小说《大水河》中，作者将一个现代故事置放在一个古朴而又迷离的风俗图画中，由此而展开了人性在文化裂变中的全部堕落过程：在强大的金钱物质的诱惑下，陈文辉不仅出卖了恋人的肉体，同样也亵渎了恋人的精神。我原以为作者是要以一个悲恸的故事结局来了断陈文辉的这段人生情愫，未料作者用诗化的故事"突转"，完成了一个赋有淡淡哀愁的结局——梅与胡杨子的私奔出逃预示着他们重归人性的家园。但是，谁又能保证胡杨子在急骤的经济浪潮拍打下的物欲世界里不重蹈陈文辉的覆辙呢？！

"西出阳关无故人"的不毛之地，历来是逃犯出没的栖居地，《拐枣》便是在重彩泼墨的风俗画和风情画中展现了人性的格斗，不同历史背景下的历代囚徒逃犯，最终会成为这块土地上生生不息的种子。历史赋予这块土地上人的坚韧性，不管历史的变迁如何剧烈，始终改变不了的是人性和人道的内涵。在这部中篇小说中，我似乎读出了邵振国在回归精神家园中的执著与坚韧：一方面是"历史的必然"，另一方面是人性执着的美质。这就注定了作者选择在悲剧中表现出乐观主义的态度，那首歌谣永远地回荡在这充满着边塞诗意的葡萄园中："曹家祖居阳关外，几辈子骨头沙石里埋……"，这萦绕在阳关外的歌声，正寓言着那不屈人性的巨大生命力。

同样是要写那逝去了的苦难生活，并使它更具有浪漫色彩，我以为邵振国近乎自传体的中篇小说《河西行》的弊端就在于作者一味地陷入了故事的叙述中，而且囿于线性的陈述，忘却了风俗画、风情画、风景画的背景描摹，忘却了对形式和技巧的刻意追求，便使得这篇作品真的显得呆板而缺乏鲜活。

我以为小说中 60 年代政治斗争的氛围描写压过了上述的艺术性和技术性描写，有钻进 70 年代创作俗套的嫌疑。尽管小说中尚有许多风俗和风情的点缀，然而这仅仅是点缀而已。

　　一般说来，短篇小说创作是最能体现一个作家水平高低的试金石。我以为邵振国的短篇小说最能体现他的风格，而且最有美感生命力的篇作仍是那些用重彩浓墨抒写风俗画、风情画、风景画的作品，这些作品虽然缺乏时间的清晰维度，但正是在这一点上，小说超越了时空的界限，富有了属于自身空间的艺术张力。《白龙江栈道》中的人物几乎都是浮雕式的，作者并不注重用故事来塑造性格，而是用大量的风俗描写和异域情调的画面来构造小说整体的艺术效果，甚至使你感到陷入了背景的营造中，但正是这样的构图才真正形成了小说摇曳多姿的特殊地域文化色彩和风俗情调。我们从那幅充满着异域情调的青藏高原油画中，看到的是人性的魅力和文化的魅力。在那响彻耳畔的不断出现在小说中的"噢——驹、驹、驹、驹——"的"喊大山"的吆喝中，我们听到的是人性的回声和历史的回声，道尔吉和昂夏两人完成的不是宗教的礼仪，而是充满着人性哲理的灵魂洗礼。小说在风俗画和诗的交响中最终完成了人性内容的抒情，给人以久久的回味。同样，《毛卜喇之夜》这样的作品并不注重故事和人物的描摹，看似漫不经心的随意泼洒，然而，作品最终以一个突发事件凸现了人物的性格，将假恶丑与真善美的两极像揭谜一样呈现在读者面前。读这样的作品，可以看出作者的艺术手腕，看似不经意，却是苦心孤诣。它使我想起了契诃夫、梅里美、莫泊桑、鲁迅、沈从文、孙犁等这样的短篇圣手的某些手法。当然，能够达到这样高水平的短篇在邵振国的作品中还不很多。

《远嫁》《豌豆秧儿》和《上堡子杨青柳绿》虽然是书写现实题材的作品，但是其风俗画和浓郁地域色彩弥漫其中，便有了几多西北风情的本色，作为一个远在江南的读者，仍能给我审美的餍足。

这是一个消灭风格的时代，布封那句"风格即人"的名言至今已不再被现代小说家——尤其是"后现代"的晚生作家们所看重，甚至把风格视为一种僵死的模式而唾弃之。说句大实话，这些年来文坛是"城头变幻大王旗"，那许多貌似新潮的小说作法，往往都是摹仿西方的赝品，从手法技巧的摹仿借鉴发展到思想主题、情节，乃至细节的摹仿，这恐怕就谈不上是借鉴了。正是由于年轻作家悬浮在都市中，生活在单调的生活空间里，缺乏深厚的人生经历与人生经验，缺乏生活中贴近自然的一面，所以只能躲在高楼的一隅中独白"私人话语"。当然，生活无处不在，任何生活都是生活，是创作的真谛与常识，然而，大家都去反映、倾吐同一样的生活和内心情感，那么，就与我们蜗居在千篇一律的火柴盒式的公寓里又有何两样呢？文字一俟失却了多样的色彩，它的艺术生命还能长久吗？

邵振国的小说创作虽然没有那种即时性的轰动效应，但是，他的小说是具有较为稳定的风格的，风格可能因时代而埋没了他，但风格亦会因历史而成就了他。相信未来的文学史上会留下属于有风格的作家作品一笔的。

在这物欲横流的时代，坚守自己的精神家园不易，同样，坚守自己的艺术风格也不易。

邵振国在未来的创作中能执着地走下去吗？！

1998 年 4 月 15 日

于紫金山下

（以上为邵振国著《日落复日出》序，

"新时期地域文化小说丛书"第二辑，

北京出版社 1999 年版）

茅盾创作道路

茅盾（1896—1981），原名沈德鸿，字雁冰，浙江省桐乡县乌镇人。革命文学家和中国共产党最早的党员之一。茅盾出生于一个世代书香门第，父亲沈永锡是一位医生，是当时的"维新派"人物，注重自然科学，希望儿子将来学"实业"。由于父亲早逝，茅盾是在母亲的一手教育下成长的。中学时代的茅盾便积极地投身到辛亥革命浪潮中去，但革命并没有给人们带来希望，茅盾在反对新学监"整顿"校风的学潮中被嘉兴府中学斥退后转入杭州的安定中学。1913年茅盾考入北京大学预科第一类。预科三年期满后，由于家境窘迫，茅盾于1916年8月进入上海商务印书馆任编辑工作，并开始翻译、编纂中外书籍，在《学生杂志》《学灯》等刊物上发表文章。

五四运动时期，茅盾便以新文学运动的积极拥护和参加者的姿态为之呐喊助威，他在1920年初就发表了《现在文学家的责任是什么？》和《新旧文学平议之评议》等论文，较早地大力提倡"文学为人生"的艺术主张。1921年"文学研究会"

的成立以及它所倡导的文学主张，与作为中坚力量的茅盾关系密切。同年，茅盾接手了《小说月报》的主编工作，使得这个刊物成为"文学研究会"作家进行新文学创作，向封建文学进攻的坚固阵地。这一时期，茅盾写了一大批文学论文，阐述和完善"为人生的艺术"的观念。

茅盾是最早从事中国共产主义运动的革命知识分子之一。1920 年他参加了上海马克思主义小组的活动，1921 年成为中国共产党的第一批党员，参与了党的筹建工作，并积极地投身于党所领导的社会斗争。1924 年茅盾参加了党所创办的上海大学的教学工作，培养了一大批革命干部和知识青年。1925 年茅盾直接参加了五卅运动，写下了许多杂文，鞭挞反动派，讴歌勇于斗争的战士。1926 年初茅盾离沪赴粤，参加了第一次国内革命战争。开始他在国民党中宣部任秘书。"中山舰事件"爆发后，茅盾回到上海任国民通讯社主编。年底北伐军攻克武汉后抵武昌，先任中央军事政治学校教官，后调《民国日报》任主笔，兼任武汉中山大学文学院教授。从 1925 年到 1927 年，茅盾一直处在革命运动的漩涡中心，他接触了大量的人和事，这一段丰富的政治生活，为他以后的小说创作提供了素材。

1927 年的"四一二"反革命政变，给中国许许多多思想上没有足够准备的革命知识分子带来了精神上的沉重打击。不可否认，茅盾正是在血与火的斗争中经历了几番痛苦的精神斗争后，在一种极为痛苦的矛盾心境中转入创作活动的。7 月，汪精卫在武汉举行反共会议,茅盾从武汉转去南昌,结果在牯岭受阻,直至8月才回到上海。在此期间,茅盾完成了三部曲《蚀》。

《蚀》是茅盾小说的处女作,原稿笔名为"矛盾",可见作者的心境,后由叶圣陶改为"茅盾"。这部小说是茅盾用血与泪的激情写成的,它在《小说月报》上发表以后,很快就引起了巨大反响。这是一部反映动荡年代里知识分子真实心态的深刻之作,其中对革命知识分子心灵世界的描摹是当时的许多作品所不能企及的。它由三个系列中篇所组成:《幻灭》《动摇》《追求》,各自独立成篇,又有着内在的必然联系。整个作品是以大革命前后一群小资产阶级知识青年的生活经历和心灵历程为题材,深刻地揭示了革命营垒中林林总总的矛盾和在动荡斗争中的阶级分化。作品表现"现代青年在革命壮潮中所经过的三个时期:(1)革命前夕的亢昂兴奋和革命既到面前时的幻灭;(2)革命斗争剧烈时的动摇;(3)幻灭动摇后不甘寂寞尚思作最后之追求"[①]。在这一总主题的规约下,茅盾创造了一个个具有独特性格的人物,从苦闷到热情,从热情到动摇,从动摇到幻灭……这一性格发展逻辑几乎印证在他笔下的每一个主要人物身上。

在《幻灭》中,茅盾着力描写了一位抱着美好幻想参加革命的小资产阶级女性的悲剧。小说主人公静女士从小就在母亲的恬静的家庭环境中长大,因此她把"革命"看作一件充满诗

---

① 茅盾:《从牯岭到东京》,《茅盾全集》第19卷,人民文学出版社1991年版。

情画意的事情，然而每每一接触现实的社会生活，就给这个毫无思想准备的女性带来了精神世界的"幻灭"。从静女士的生活过程中，我们可以清楚地看到小资产阶级知识分子在踏上革命道路前后的思想境界，他们在毫无思想准备的情况下投身于大革命，在革命动荡中必然就会表现出个人主义的悲观幻灭心态。革命给予他们更多的是思想的考验和肉体的磨炼，而非罗曼蒂克式的理想的胜利。

《动摇》反映的是 1927 年春夏之交，"武汉政府"蜕变之前，湖北一个小县城里的风波。茅盾认为"小说的功效原来在借部分以暗示全体"①。作品以较大的场面反映了那一时期政治风云变幻中的各色人等，但着墨最多、描写得最好的是主人公方罗兰。方罗兰是革命队伍中思想极不稳定的知识分子典型代表，身为国民政府管辖下的县党部委员兼商民部长，在激烈的阶级斗争面前，他表现出软弱与动摇。对反革命势力打击不力（对胡国光混入商民协会的草率处理），阶级立场不分明（在处理店员与店东的矛盾中表现得软弱和犹豫），宽大中和的儒家思想（李克要镇压反动派时，他迟疑彷徨；反动派猖狂杀戮革命者时，他又企图以宽大中和来消弭那可怕的仇杀），构成了方罗兰"动摇"妥协的小资产阶级"革命家"的性格内核。他"动摇于左右之间，也动摇于成功或者失败之间"②。同时作者还将

---

① 茅盾：《从牯岭到东京》，《茅盾全集》第 19 卷，人民文学出版社 1991 年版。
② 茅盾：《我所走过的道路》（中），第 9 页，人民文学出版社 1984 年版。

这一性格内核套上了一件"恋爱的外衣",使人物形象更为丰盈。方罗兰在爱情上也充分显示了其"动摇"的本性。一面是他被温柔娴慧具有传统美德的结发之妻陆梅丽的纯情包围;另一面是经不住浪漫风流具有时代特征的新女性孙舞阳的性感诱惑。作为一个从五四时代走过来的青年,方罗兰是属于那种既保留着传统伦理道德,同时又渴望呼吸时代新鲜空气的知识分子,在这两者的选择之中,他永远处在矛盾和动摇之中(后来对孙舞阳失却追求信心则应归诸政治因素)。他的恋爱生活也深刻地揭示出许多小资产阶级革命者性格特征的本质方面。《动摇》中土豪劣绅胡国光的形象也刻画得入木三分。胡国光混进了革命阵营,却以极"左"的面貌制造了许多"过火行为",他们以比共产党人还要"左"的面貌出现,从而破坏共产党的声誉,破坏革命,然后本相毕露,血腥镇压革命。胡国光作为一个反面人物形象,茅盾为我们提供了现代文学史上颇具艺术性的性格典型。同时,这个人物的刻画深化了作品的主题和背景,将一个危机四伏、犬牙交错的革命与反革命的内在较量的复杂斗争局面描绘得很真实。同是革命者,既有方罗兰这样的动摇分子,又有像李克那样的有预见的强硬人物,也有像孙舞阳式的浪漫色调的革命者。这些正反面人物的描写为展示大时代风起云涌浪潮中的各色人等的行状作了非常概括的表现。在这错综复杂的人物矛盾中,暗示着革命的必然趋向。

《追求》是描写在大革命失败后,一群小资产阶级知识分子在各自的追求中所遭受的不同悲剧命运。在白色恐怖之下,他们来到纸醉金迷的上海滩，悲观、颓废、失望是他们流行的心理病。然而，不甘黑暗现实的压迫，企图作一次新的挣扎和追求，又是他们的共同愿望。在这种心理矛盾中，作者勾画出了形形色色的小资产阶级的个性心理世界。张曼青，这个曾经受过大革命风暴洗礼的战士，在失望中还企图以教育救国的方式来拯救下一代，他认为自己这一代人是无望了，希望寄托在下一代。所以，一种神圣的责任感促使他为教育而奔波，但在一个个新的打击面前（连纯洁无辜的学生都被冠以罪名开除）他变得愈来愈消沉颓废。他的所谓救国梦被黑暗的现实无情地摧毁，从失败到沉沦是他必然的归宿："我简直不想当教员，现在我知道我进教育界的计划是错误了！我的理想完全失败，大多数是这样的无聊，改革也没有希望。"章秋柳是《追求》中描写得最为突出的一个女性形象，她在精神上受到折磨后，采取的是一条病态的反抗道路，她以"颓废的冲动"来寻欢作乐，满足感官上的刺激，以此来报复黑暗的现实。"一条路引你到光明，但是艰苦，有许多荆棘，许多陷坑；另一条路会引你到堕落，可是舒服，有物质的享乐，有肉感的狂欢！"在这两者之间，章秋柳选择了后者。联系起前两部小说中的女性形象来看，从五四到大革命失败，中国的小资产阶级女性并没有获得精神上和肉体上的解放。从封建的礼教囚笼中跳出来，又转到自甘堕落的疯狂享乐之中去，新女性仍然没有摆脱精神上的压迫。章秋柳这个形象的个性特点正是和小资产阶级软弱的本质联系在一起的。在时代阴影的笼罩下，他们难以挣脱精神上的枷锁，只能用病态的反抗来宣告对黑暗社会的诅咒，他们不是不想有所作为，而是根本找不到前进的方向（就连章秋柳最后还想以自己丰满的肉体去拯救史循那颗受伤的心灵呢），所以才在黑暗中盲目而消极地寻觅、追求新的出路，然而《追求》中的追求没有一个是正确的。正确的道路在哪里呢？这并不是《蚀》所能阐释和交代的。

《蚀》是一个"狂乱的混合物"①，从它发表的第一天起，人们对它总是抱着各种各样不同的看法。究竟怎么看待这部充满着复杂内涵的作品呢？首先应该清楚作者写作时的"矛盾"心理。茅盾确确实实是想以客观的描述视角去再现大革命失败前后一代小资产阶级的心灵历程的，然而由于一种炽热的情感驱使，又不得不使他在客观的描述基础上融入了自己的主观情绪。因此，《蚀》是采用了两种不同的描写视角（本意是客观的；本能又是主观的），就使得小说呈现出一种再现与表现相融合的形式技巧，这就是茅盾自己称之为"狂乱的混合物"之因。我们可以看出，作者老老实实地描写了一群小资产阶级知识分子的形象，并相当逼真地反映了大革命前后社会生活的动荡、革命运动的起伏，具有鲜明的写实主义的创作特征。但是，作者在表现人物心理世界的现实时，部分采用了现代派的技巧和手法，尤其是采用了局部象征主义的表现手段和多重视角的表现方法，使得《蚀》的心理描写突破了现实主义传统手法的局

---

① 茅盾：《从牯岭到东京》，《茅盾全集》第19卷，人民文学出版社1991年版。

限，更为深刻、逼真地表现出小资产阶级时代病的多种根源。

一方面是精神的苦闷，另一方面是国民党反动派的"通缉"。为了"改换一下环境"，使"精神苏醒过来"，1928 年 7 月茅盾东渡日本，先是居住在东京，后来迁至京都高原町。这一时期茅盾完成了短篇小说集《野蔷薇》和《泥泞》《陀螺》《色盲》等短篇小说，以及《卖豆腐的哨子》等散文的写作。同时他还潜心撰写了关于中国神话和欧洲神话的论著。再就是以《从牯岭到东京》《读〈倪焕之〉》等长篇论文积极参与了国内的关于"革命文学"的讨论。

长篇小说《虹》是茅盾 1929 年 4 月至 6 月在日本所撰。作者本"欲为中国近十年之壮剧，留一印痕。8 月中因移居搁笔，尔后人事倥偬，遂不能复续"。[①] 这部作品虽然只写到五卅运动，但仍是一个整体感很强的现实主义作品。作品在较为广阔的历史背景下表现了知识青年对新的生活道路的探求，深刻地描摹了一代知识分子从五四到五卅时期如何冲破囚笼，走上与人民大众携手战斗的艰难心路历程。

1930 年 4 月，茅盾从日本归国。这时正是左联刚刚成立不久的时候，茅盾积极地参加了左联的活动，并一度担任执行书记，与鲁迅并肩战斗，促进了左翼文学的蓬勃发展，抵御了反动派的文化围剿。

1930 年冬，茅盾开始写两部以知识分子为题材的中篇小

---

① 茅盾：《〈虹〉·跋》，上海开明书店 1930 年版。

说《路》和《三人行》。茅盾想通过这两部小说描写小资产阶级知识分子在新的革命斗争浪潮中的种种心态，以此来延续《蚀》和《野蔷薇》以及《虹》的主题内涵。由于作者从既定的概念出发，使得这两部作品呈现出较为明显的斧凿痕迹。

1932 年前后到 1937 年抗战爆发，是茅盾创作的鼎盛时期，长篇小说《子夜》的问世，奠定了茅盾在中国现代文学史上举足轻重的地位。接着出现的"农村三部曲"(《春蚕》《秋收》《残冬》)和《林家铺子》等短篇小说则更是展示了茅盾作为一个革命现实主义作家强大的创作生命力。这一时期他还写了中篇小说《多角关系》和《少年印刷工》，出版了短篇集《春蚕》《泡沫》《烟云集》等，散文集《印象·感想·回忆》《速写与随笔》《话匣子》《茅盾散文集》等。本时期茅盾还努力建设普罗文学，进行了大量的文艺理论批评工作，系统地评论和分析了五四以来现实主义作家作品的思想内涵和艺术风格。同时，为发展革命文学提出了建设性的理论意见。

1933 年 1 月，《子夜》由开明书店出版，它标志着茅盾创作的一个高峰，也显示了左翼文学的实绩。正如瞿秋白所说：《子夜》是"应用真正的社会科学，在文艺上表现中国的社会关系和阶级关系"的扛鼎之作，"一九三三年在将来的文学史上，没有疑问的要记录《子夜》的出版"。[1]

---

① 瞿秋白:《〈子夜〉与国货年》,《瞿秋白选集》,人民文学出版社 1955 年版,第 227—280 页。

《子夜》原名《夕阳》，1931年10月开始动笔，于1932年12月5日完稿。有些章节分别于1932年在《小说月报》和《文学月报》上发表过。

1930年夏秋之交，茅盾走访于企业家、金融家、商人、公务员、经纪人之间，整天奔忙于交易所、交际场之中，搜集材料。茅盾试图在这部结构宏大的作品中反映出中国社会的三个方面："（一）民族工业在帝国主义经济侵略的压迫下，在世界经济恐慌的影响下，在农村破产的环境下，为要自保，使用更加残酷的手段加紧对工人阶级的剥削；（二）因此引起了工人阶级的经济的政治的斗争；（三）当时的南北大战，农村经济破产以及农民暴动又加深了民族工业的恐慌。"[①] 从整个作品来看，茅盾集中笔力描写了一二两点，而第三点的农村线索写得稍嫌薄弱一些（后来的短篇"农村三部曲"正是弥补了这条线索的不足）。作品在展示20世纪30年代初中国社会生活（尤其是都市生活）的广阔画卷时，为我们提供的民族资产阶级衰败史，具有特定的历史意义；在表现民族和社会的矛盾以及各阶级各阶层之间错综复杂的社会关系时，为真实地反映出那个时代的危机，突出描写了中国民族资产阶级在帝国主义、买办资产阶级和统治阶级几重压迫下的必然的悲剧命运。

《子夜》的人物众多，中心人物是民族资本家吴荪甫。他

---

① 茅盾：《〈子夜〉是怎样写成的》，《茅盾论创作》，上海文艺出版社1980年版，第59页。

是中国现代文学史人物画廊中一个不可多得的典型形象。他在几重挤压的环境下为求生存而形成的性格的多重性，使得形象有多侧面的立体感。

吴荪甫是半封建半殖民地这一特定历史环境中的中国民族资产阶级的一个战败了的英雄形象。他游历过欧美，学会了一套现代资本主义的管理方法，有着18世纪法国资产阶级的性格和气魄，他的理想是发展民族工业，摆脱帝国主义及买办阶级的束缚，最终在中国实现资本主义。因此，在与帝国主义经济侵略的斗争中，他表现出果敢、冒险、刚强、自信的性格。从他兼并八个小厂，成立益中信托公司，接办一个丝厂和绸厂的过程中，在整顿工厂的措施中，我们看到他的气魄和能力。为了实现他的宏大计划，在与赵伯韬的斗法中，确实显示了他法兰西资产阶级式的性格。他的沉着干练、刚愎自用，似乎为民族资产阶级的振兴带来了希望。吴荪甫虽有魄力，有铁的手腕和管理才能，却无法摆脱世界性资本主义经济危机的影响。在帝国主义、买办阶级、国民党政府的联合压迫下，他感到心有余而力不足。在公债市场上，他与赵伯韬拼死一搏而遭惨败，虚弱、颓废甚至企图自杀，充分暴露了民族资产阶级的致命弱点。

吴荪甫既有被压迫的一面，又有压迫者的一面。将经济危机转嫁给工人时，他采取的是残酷的手段：减工资，加工时，裁减工人，分化瓦解，直至镇压工人的反抗运动。他收买工头屠维岳，破坏工人罢工斗争，依靠军警和流氓用武力镇压工人运动。但当工人包围了他的汽车挡住了他的去路时，他在车里吓得脸色铁青，充满了恐惧。在对待双桥镇的农民暴动的态度上也充分暴露了他的另一面，他大骂国民党不开杀戒，红军是土匪。在家庭生活中，他采用的是独断专横的封建家长作风。

吴荪甫的性格充分显示出民族资产阶级的两重性：一方面是对帝国主义及买办资产阶级、封建主义的不满，另一方面又对工农运动和革命武装恐惧与仇视；一方面对统治阶级的腐败制度与军阀混战的局面不满，另一方面又依靠当局势力镇压工人农民运动。这种两重性使得他处在一个非常微妙的夹缝中，同时也决定了其命运必然的悲剧结局。

《子夜》刻画了吴荪甫的悲剧命运不仅仅是主观因素造成的，更主要的是客观的社会和历史条件导致的必然结局，这一形象艺术地表现了中国并没有走上资本主义道路，而是更加殖民地化了的深刻思想内涵。从这一意义上来讲，吴荪甫的形象塑造概括出了中国民族资产阶级必然的历史命运。

茅盾构思《子夜》时力图进行全方面、多角度地审视与表现人物与环境，他选取十里洋场的上海作为小说的中心地，聚焦于上海金融中心——股票市场，从中引发多条线索。这与左拉的《金钱》以及巴尔扎克的诸多作品中对资本主义世界金钱的罪恶及对资产阶级上流社会形形色色悲喜剧的刻画，对事件、人物与环境的因果关系的追寻的艺术概括，都有异曲同工之妙。

《子夜》结构恢宏、严谨。纷繁的社会生活与历史进程的展示以及日常生活的描写，形成了《子夜》内容的诸多头绪，而各条线索合成一个庞大而复杂的艺术构架便成为作品首要的艺术特征。作品以吴荪甫为矛盾冲突的轴心，辐射出各种人物和事件。"作者能严格地遵循着结构艺术的一条最基本的规律，即根据主题的需要，根据中心人物性格发展的逻辑，来安排各种人物事件，矛盾冲突和环境场面，因而能从复杂的内容里突出中心，从纷繁的线索中见出主次，做到波澜起伏而有条不紊，同时，作者又善于根据矛盾冲突的各种不同发展阶段的情况，运用借题牵线，烘托对比，虚实处理，前后照应等等艺术手法，来巧妙地安排故事情节，做到引人入胜而不落陈套"①。整个作品的情节发展十分紧凑，时间跨度小（三个月），而人物众多，但作者采用了开门见山和盘托出的手法，一开始就在吴老太爷的吊唁仪式上把几乎全部的重要人物都推上前台，组成复杂的人物关系网络，以及设下情节因果关系的伏笔，从而经纬交汇地建成了《子夜》这部作品的"网状结构"。这种艺术的胆识与气魄，具有大家的风范。因此，这部小说的开头就打破了一般小说描写的常规，显示出作品宏大严谨的结构特征。这是《战争与和平》给茅盾的启迪。《战争与和平》第一章，通过贵族安娜·巴芙洛芙娜家庭舞会，让小说的主要人物与线索一一露头，这场聚会描写成了长篇结构的"纲"。茅盾曾经

---

① 叶子铭：《谈〈子夜〉的结构艺术》，《茅盾研究资料》（中），中国社会科学出版社 1983 年版，第 277 页。

研究与介绍过的司各特《艾凡赫》的开头也是一个热闹壮观的比武大会，让全书主要人物纷纷出场介绍，茅盾称"这比武大会就成为全书的总结构"[①]。

　　茅盾是一个擅长于心理描写的作家，他十分欣赏西方19世纪小说中"心理解析的精微真确"，"注重在心理的分析，务使事情入情入理"[②]。托尔斯泰尤其是一位刻画人物心灵的艺术大师，他的"心灵辩证法"展示了人物内心极其曲折复杂的矛盾运动。茅盾在《子夜》中有意识地学习托尔斯泰，运用"心灵辩证法"细腻地刻画人物心理。《子夜》中吴荪甫召见屠维岳的场面，茅盾写吴荪甫的内心就经历了这番复杂的变化。其他如吴少奶奶林佩瑶的内心失落，四小姐的心灵变化，都是循这一艺术来描写。《子夜》的心理描写占了很大的比重。尤其是对人物的下意识和幻觉的描写增强了整个作品心理分析的色彩，这种心理分析的艺术效果并不仅仅驻足在传统的写实主义手法的应用上，而是明显地运用了象征主义的手法。这在《蚀》《虹》《野蔷薇》中都有许多出色的运用。《子夜》中，这种象征主义的手法或隐或现地从作品的开头贯穿至小说终结。小说第一章吴老太爷的一切言行总是围绕着一个总体象征展开。我们可以通过许多散在的象征性细节描写窥见这个封建僵

[①] 茅盾：《司各特的〈萨克逊劫后英雄略〉》，茅盾：《世界文学名著杂谈》，百花文艺出版社1980年版，第307页。

[②] 沈雁冰：《近代文学体系的研究》，刘贞晦、沈雁冰：《中国文学变迁史》，上海新文化书社1928年版，第15页。

尸的内心世界。如作为象征道具有黄绫套子的《太上感应篇》就发挥了奇妙的作用；又如吴老太爷对快速节奏的都市生活闭起双眼，全身发抖的细节；丰满的乳房、赤裸裸的白腿刺激老太爷神经时的恐惧的描写……都强烈地表现出人物此时此刻的巨大心理反差。这一切作者并没有用旁白的手法来叙述，而是通过张素素、李玉亭、范博文等人的言行去"点化"出这具"古老社会的僵尸"的象征内涵和特殊的心理特征。此类的带有象征主义色彩的心理描写在《子夜》中屡屡出现，它无疑增强了作品的表现力和感染力。

茅盾在《子夜》的写作提纲中特别强调"色彩与声浪应在此书中占重要地位，且与全书之心理过程相合"[①]。这也得益于茅盾对西方小说中环境描写的研究心得。这种富有象征意味的色彩和声音的描写，与小说中人物心理的刻画非常和谐地交相辉映。《子夜》第七章在描写吴荪甫内外交困的心境时，作者始终伴以自然景象的描绘：灰色的云块、闪电、雷鸣、雨吼、浓雾、金黄色的太阳、绿色的树林、琴韵似的水滴……不同层次的音响效果和不同基调的色彩构成了吴荪甫内心世界情绪起伏的流程。

《子夜》在描写工人与革命者的形象时显得比较单薄与概念化。这是因为整个作品的笔力侧重所致。当然也是由于作者擅长于描写资产阶级和小资产阶级知识分子，对工人生活相对

---

① 茅盾：《〈子夜〉写作的前前后后》，《新文学史料》1981 年第 4 期。

不熟悉。另外，在这部长篇中，小说原定的计划中的农村线索并没有得到充分地展开，也是一大遗憾。

《林家铺子》写于 1932 年 6 月 18 日，它叙述的是"一·二八"前后江南某小镇林家杂货小店倒闭过程的故事。小说以林老板的挣扎与破产为情节主线，以林小姐婚姻纠葛为副线，两者交织成一个有机的整体。整个作品的情节发展有起有伏，分层铺开，又收放自如，首尾照应。作品以林老板与黑麻子、卜局长之间的冲突为主要矛盾，又以若干小事件作为多头线索，展开纷繁的细节描写，使得情节发展有张有弛，有徐有疾，有主有次，而在纷繁复杂中又显得井然有序，无懈可击。《林家铺子》虽然描写的是江南的一个小镇，实际上它是当时中国社会一个缩影，它展示了"一·二八"抗战前后的民族危机和经济恐慌，深刻地揭露和抨击了国民党反动派趁民族危难之时，大肆掠夺、敲诈和欺压小商人以及穷苦贫民的罪行，从而挖掘了生活在水深火热之中的中、下层百姓悲惨命运的根源。作品中的林老板是一个熟谙生意经的老实本分的小商人，他的特性是：精明而不强悍，能干而又懦弱。作为一个小商人，他目光短浅，在日寇入侵、民族危亡时，一心只顾自己"做生意、渡难关"。作家的主要着眼点不在于写商人的"两重性"，而是要写出一个特定的环境中的小商人在"捐税重，开销大，生意又清淡"的逆境中，又被敲诈勒索搞得倾家荡产的惨苦的结局，将主要矛头指向国民党党棍官僚为代表的罪魁祸首。在这种特定的环境中，林老板不仅无法"唯利是图"，而且还在做"无利可图"，甚至"牺牲血本"的生意。茅盾着重写他的剜肉补疮、饮鸩止渴的窘况。"出逃"是林老板在万般无奈中的一种微弱的反抗形式，但他出走时没有将心放在朱三太、张寡妇等穷苦人身上，这是不可取的，尽管他以后也会被迫走入他们这一大群中去。林老板这一形象是茅盾从实际生活出发进行创作的成功典范，这一形象血肉丰满、真实生动，显示出作者刻画人物的深厚功力。茅盾曾点明过《林家铺子》的主题：国民党"对于民众的抗日救亡运动从来是限制和镇压。他们自己大卖日货，当民众自发起来抵制日货时，他们却又借抵制日货之名来敲诈勒索小商人，或没收他们的日货，转手之间，勾通了大商户，又把日货充作国货大卖而特卖。国民党的腐败已到了这步田地！这就是《林家铺子》的主题"①。他还说过："《林家铺子》是我描写乡村生活的第一次尝试"②。他把《林家铺子》看成是"短短的五年的文学生涯的'里程碑'"③之一。

《春蚕》《秋收》《残冬》以三部曲的形式，深刻地反映了中国农村阶级矛盾的日益深化，农民迅速破产的悲惨命运以及他们走上反抗道路的历史必然。

《春蚕》通过描写 20 世纪 30 年代中日淞沪战役前后，江南农村蚕农老通宝一家的养蚕"丰收成灾"的悲惨事实，形象

---

① 茅盾：《〈春蚕〉、〈林家铺子〉及农村题材的作品》，《新文学史料》1982 年第 1 期。

② 茅盾：《〈春蚕〉·跋》，《茅盾全集》第 9 卷，人民文学出版社 1985 年版。

③ 茅盾：《我的回顾》，《茅盾自选集》，上海天马书店 1933 年版。

地揭示出帝国主义经济侵略给中国农民带来的民族灾难；展示了中国商业资本家和官僚阶级由于转嫁危机与农民阶级形成的尖锐矛盾；同时勾勒了两代中国农民不同的思想与行为，预示着他们所走的不同道路。老通宝是受封建旧意识毒害很深的老一代农民形象。他勤劳俭朴，忠厚老实，具有中国农民那种对生活十分执著的韧性和忍受精神。虽然他搞不清是什么力量把他们一家推到水深火热的深渊，但是他仍然对前途抱有希望。这种希望支撑着他在整个养蚕过程中焕发出一个农民虔诚的热情。一直到彻底破产，他仍然不能够理解"世界变了，越变越坏"的原因。他只能凭直觉去仇恨一切带"洋"字的东西，把家庭的衰败归结于封建迷信的因果报应之类。老通宝的悲剧就在于时代变了，而他的思想一点未变，他因循守旧，仍处在一个僵化封闭的封建意识的王国里。他的悲剧正在于中国老一代农民固有的历史惰性。多多头却是一个正在觉醒之中的中国新一代农民的形象。他具有朦胧的阶级意识，对本阶级的农民抱有同情心（从他对荷花的态度上可以看出他与众不同），虽然他还弄不清世界上人与人之间关系的恩恩怨怨的科学规律，但他毕竟对农民的命运开始有所认识："单靠勤俭工作，即使做到背脊骨折断也是不能翻身的。"这个生活哲理使他日后走上了反抗之路。他在勤劳这点上与老一代农民有着共通之处。与老通宝相比，他显得豪爽、热情、乐观，更有独立见解，与父辈冥顽不化的封建意识形成了鲜明的对照。《春蚕》是一幅具有浓郁的江南水乡风土人情味的风俗画，作品中的景物描写自然优美，在工细的笔墨中又有着深刻的象征意蕴。如小火轮通过官河时把农民的赤膊船推入浪巅之中，农民们抓住岸边的茅草等情景描写，活画出了 30 年代帝国主义经济侵略给农民带来的冲击和产生的恐慌，景物描写背后的寓意使人油然而想到 30 年代的特殊时代背景。作者还用极为细腻的笔法描写了养蚕的程序、礼仪等民俗风情，为烘托人物的心境作了殷实的铺垫。相比之下，《秋收》和《残冬》无论在思想上还是艺术上都有所欠缺。

抗战爆发后，至 1938 年底，茅盾创作了中篇小说《第一阶段的故事》，散文集《炮火的洗礼》；主编过《呐喊》周刊和香港《立报》副刊《言林》，以及《文艺阵地》。

1938 年 12 月茅盾携家眷从香港出发，应杜重远之邀赴新疆学院任教，于 1939 年 3 月抵乌鲁木齐。由于新疆督办盛世才反动面目的暴露，在险恶的形势下，茅盾离开新疆。赴内地途中，茅盾在延安鲁迅艺术学院作了短期讲学。1940 年初冬抵达重庆。1941 年"皖南事变"前后，茅盾在重庆以饱满的热情写下了一组歌颂延安精神的著名散文《风景谈》《白杨礼赞》等，随后他按党的指示离开重庆，1942 年 1 月辗转至香港，主编《笔谈》。

《风景谈》是一幅充满着勃勃生机的生活图画，它反映出延安人民革命生活的风貌，讴歌了单命战士的博大的胸怀。它不仅仅是对黄土高原雄伟壮观的景物的抒写，而且是对一种新生活的向往和赞美，是对延安精神的崇高景仰。它是对眼前那种"使得河水也似在笑"的大生产革命热情的讴歌,是对创造着第二自然的"弥漫着生命力的人"的顶礼膜拜。作品要表现的是:"自然是伟大的,人类是伟大的,然而充满了崇高精神的人类活动,乃是伟大中之尤其伟大者!"

《白杨礼赞》也是一篇借景抒情,具有浓郁象征色彩的作品。它蕴藏着诗样的情愫,使一个客观对应物在精湛的艺术描写中赋有人格化了的生命力,洋溢着革命的乐观主义精神。作品将写景、抒情、议论三者融合得浑然一体,以细腻描写白杨树的外形来隐喻革命者的形象,用许多局部的细节描写组成了一组组象征性的意象群,而最后又以"画龙点睛"的笔法"点化"出作品的象征对应物,从而使题意异常鲜明豁亮。

1939 年至 1944 年,茅盾创作了长篇小说《腐蚀》《霜叶红似二月花》,中篇小说《走上岗位》,短篇小说集《委屈》《耶稣之死》,散文集《见闻杂记》《时间的记录》《劫后拾遗》《归途杂拾》等。《腐蚀》旨在暴露国民党法西斯的特务统治的黑暗,作品以 1940 年至 1941 年的重庆为背景,通过主人公赵惠明的生活经历和复杂的心灵历程,抨击了国民党特务组织推行内战,破坏抗日的丑恶行径,同时讴歌了小昭、K 和萍以及以《新华日报》为代表的进步正义力量。

抗战胜利后,茅盾受了朋友们的鼓励,于 1945 年写了剧本《清明前后》。剧本揭露了国民党统治的危机,反映民主运动的高涨。然而这部作品因存在着明显的概念化倾向,艺术上就显得比较粗糙。

新中国成立以后，茅盾担任文化部长。他停止了文学创作，主要文学活动是撰写大量的文学评论，奖掖和扶持文学新人。1979 年 11 月在全国第四次文代会上，茅盾当选为中国文联名誉主席，中国作家协会主席。1981 年 3 月 27 日病逝于北京。

（以上为丁帆选编《茅盾精选集》序言，北京燕山出版社 2006 年版）

江苏作家的艺术风格

就以往的中国现代文学史著述而言，民国文学时期江苏所涌现出来的大家并不引人注目，远不及浙系作家那样占据着绝对的中心位置，似乎也就只出现过叶圣陶、朱自清那样少数的一流作家。当然，这其中尚未算上那些寓居江苏，并且用功书写以江苏为文化历史背景的著名作家，比如张恨水抒写了大量的以南京为背景的小说散文，像《丹凤街》这样具有民国风情画和风俗画的历史长卷足以成为中国现代文学史的亮点，可惜由于过往史家之偏见，将其划入了"鸳鸯蝴蝶派"的另册。由此，我就不得不为一贯受到中国现代文学史歧视的通俗文学说一句公道话。作为晚清与民国相连接的重要文学现象，在西学东渐的文化语境中，为什么苏州这地方会成为"鸳鸯蝴蝶派"的创作重镇？无疑，当年经济发达的沿海地区现代文化媒体的中兴催生了文学的现代化，虽然这种文学流派还带有旧文化的基因，但是其无论从内容还是形式上都是一种文学的现代性蜕变，这些璀璨的作家作品为"五四"新文学奠定了坚实的基础，应该成为新文学的一个有机组成部分。因此，我们没有理由将其排斥在新文学历史之外。从这个意义来说，江苏新文学的起源和作家作品的追溯应该从新旧文学交替时期的通俗文学开始，同理，中国新文学史也应如此。若是以此作为标准，江苏作家在民国时期的历史地位在中国现代文学史上就可能要重新估价了，包天笑、徐枕亚、李涵秋、周瘦鹃、吴双热……这一长串的名单，足以使中国通俗文学史蔚为大观，而我在想的问题却是：是我们近一个世纪的文学史观埋葬了这批江苏作家，还是这批江苏作家本身就适宜"鸳鸯蝴蝶派"的艺术风格？与其说他们生不逢时，还不如说是他们的艺术风格使然，因为这种风格会随着时代的变迁而起起伏伏。

进入 1949 年以后的共和国文学时期，江苏作家作品的艺术风格俨然分成了两种：一种仍然是暗合"鸳鸯蝴蝶派"的通俗文学风格，一种却是为国家民族命运而担忧的严肃文学。被后人归纳为"吴韵汉风"，近七十年来所取得的成就也为其恢宏的文学史书写奠定了坚实的基础。就我个人目力所及（其中必有遗珠之憾），从老一辈的作家陈白尘，到"探求者"中的高晓声、陆文夫、方之、梅汝恺、陈椿年，再到胡石言、艾煊、顾尔镡、章品镇、黎汝清、忆明珠、张弦、庞瑞垠、海笑、宋词、杨旭、滕凤章、沙白、赵恺、丁芒、孙友田、王辽生、黄东成、冯亦同、铁竹伟、徐志耕等一大批活跃在"十七年"和新时期文坛上的老作家，为共和国文学史做出了不可磨灭的贡献。而新时期以来，江苏新一代的作家成了共和国新时期和新世纪文学史中一支最炫目的作家群。三十多年来，他们所取得的艺术成就已然成为文学史一道靓丽的风景线，从"高原"到"高峰"，他们中大多数人的作品获得过全国性的奖项，所经历的道路恰恰是这三十年中国文学发展的最好印证与写照。我们从一长串先后成名的作家名单中就可以见证一部新时期文学史青年作家成长的脉络：赵本夫、范小青、黄蓓佳、朱苏进、周梅森、苏童、叶兆言、储福金、梁晴、夏坚勇、江奇涛、杨守松、周桐淦、顾潇、薛冰、山谷、沈乔生、王明皓、姜利敏、肖元生、赵践……，毕飞宇、韩东、朱文、鲁羊、朱辉、荆歌、叶弥、魏薇、鲁敏、王大进、朱文颖、戴来、罗望子、庞培、庞余亮、黑陶、徐风、姚鄂梅、余一鸣、黄晓阳、刘剑波、曹寇……，子川、胡玄、车前子、小海、于奎潮（马铃薯兄弟）、黄梵……，刘健屏、金曾豪、程玮、祁智、王一梅、王巨成、韩青辰、胡继风……（这其中还不包括那些从江苏走出去的作家，诸如老一辈的张贤亮和新一辈的格非等人），其阵容之强大，或许是其他各省作家队伍无出其右的。因此，我们将这些作家的研究资料进行整合出版，意在为文学史中的作家作品研究提供一个可供参考的第一手史料，同时也为地域文学留下一个历史研究的长镜头。

许多人将江苏作家作品归纳为阴柔的江南士子与仕女风格，显然这是一种误读。殊不知，江苏的地理位置以淮河为界，正好是中国南北的分界线，所以阳刚与阴柔两种截然不同的艺术风格交汇于此。也由于上述的历史缘由，所谓"吴韵汉风"则是最好的艺术风格注释。苏南的阴柔缠绵、苏北的阳刚恢宏交织在这一方土地上，在泾渭分明之中凸显出江苏文学的多元、大气和包容。且不说共和国前三十年的作家作品，就以新时期以来江苏作家作品而论，其北派风格的作家是以赵本夫和周梅森为标志性的领军人物，那么，南派作家除了老一辈的陆文夫和高晓声外，就是以苏童和范小青为标杆和领军人物了。而十分有意思的是，在这两种风格交汇的中间地带，南京和苏中地区的一些作家却是汲取了两种艺术风格的长处，形成了一种南北相间相融的别样而独特的艺术特征，这种风格的领军人物应该是毕飞宇、黄蓓佳、叶兆言了。所有这些，成为江苏作家群引领文学潮头的资本，使其在多元化的风格中立于不败之地。也许这样的分类不一定会得到许多人的认同，但是，我要强调的是，江苏作家作品的风格是多元化的，切不可用一种艺术风格去规范他们。正因为如此，江苏的作家作品才以其绚烂的色彩逐浪于共和国文学史的潮头。就某种程度而言，我们编写这套资料丛书，是为了给江苏作家作品的研究和文学史的写作提供一种艺术评价的参照，以便于研究者们更加准确地把握艺术分析的角度，更好地再次深入挖掘这些作家作品丰富的艺术内涵。

无疑，对江苏作家作品的研究并不是一代研究者所能够穷尽的。随着文学史的不断改写，能够留下来的作家作品不会很多，有许多作家作品是会被文学史这面无情的筛子给筛进历史的垃圾堆的，成为一现的昙花。但是我们坚信江苏作家作品能够留在文学史筛子之上的不会是少数。作为一个评论者，我既希望现在仍然活跃在创作第一线的江苏作家们能够打造出无愧于时代的精品力作，作为一个批评者，我又会无情地指陈江苏作家作品中的不足之处；作为一个文学史研究者，我既希望江苏的作家作品更多地进入共和国文学史，然而，作为一个遴选文学史作家作品的人，我又不得不使劲地摇动这面充满漏洞的筛子，把能够站得住的作家作品留在文学史的星空之中。历史既是克罗齐所说的"一切历史都是当代史"，同时又是客观中性的陈述，所以我们的筛选既有自身价值观的隐含，同时也试图为将来的文学历史留下一幅幅珍贵的底片。

在这套丛书的编写过程中，首先要感谢江苏省委宣传部的提议和倡导，尤其是王燕文部长的关心，为丛书的顺利出版提供了精神和物质上的支持与保障。江苏作家协会的领导也在其中付出了巨大的辛劳，这在江苏文坛上是前所未有的文学举措。因为围绕着这个项目的展开，尚有许多相关的研究资料丛书和文学史著作要陆陆续续纳入出版计划，它将成为一个浩瀚的文学工程。

其次，在编写过程中，我们得到了作家们、作家的家属们，以及研究者的大力支持和帮助，他们为此套丛书提供了许多珍贵的资料，在此表示衷心的感谢。

最后，我们更要感谢的是人民文学出版社，这套丛书在人文社出版，当是江苏作家的荣幸。丛书的出版得到了社长管士光的鼎力支持，编辑室主任陈彦瑾以及其他诸位同仁为编辑丛书也付出了无尽的辛劳，在此一并表示真挚的谢忱！

2016 年 2 月 2 日于南京

（以上为丁帆主编《庞瑞垠研究资料》，

"江苏当代作家研究资料丛书"总序，

人民文学出版社 2016 年版。标题为编辑所加）

建构生动有趣的全民阅读

丁帆　王尧

　　"全民阅读"的前提条件，是引领广大读者进入生动有趣的接受层面，否则难以为继。"大家读大家"丛书便应运而生。

　　"大家读大家"丛书的策划包含着这样两层涵义：邀请当今的人文大家（包括著名作家）深入浅出地解读中外大家的名作；让大家（普通阅读者）来共同分享大家（在某个领域内的专家）的阅读经验。前一个"大家"放下身段，为后一个"大家"做普及与解惑的工作，这种互动交流的目的就是想让两个"大家"来合力推动当下的"全民阅读"，使其朝着一个既生动有趣，又轻松愉悦获得人文核心素养的轨道前行。

　　在我们的记忆中，儿时读《十万个为什么》，在阅读的乐趣中潜移默化地获得了一些科普常识并且萌生了探究世界的好奇心。这是曾经的"大家"读"大家"的历史。我们常与一些作家、批评家同仁闲聊，谈起一些科学家为普及科学知识，绞尽脑汁地为非专业读者和中小学生写书而并不成功的例子，很是感慨。究其缘由，我们猜度，或许是因为长期以来我们培养的科学家缺少的正是人文素养的熏陶和写作技巧的训练，造成其理性思维远远大于感性思维，甚而缺少感性思维以及感性表达方式。在更大的范围看，多年来文学教育的缺失，导致国民整体文学素养的凝滞，从而也造成了全社会人文素质的缺失。这是当下值得注意并亟待改变的文化危机。

于是，我们突发奇想，倘若中国当下杰出的人文学者，首先是一流作家和从事文学研究的专家学者换一种思维方法和言说方式，他们重返文学作品的历史现场，用自身心灵的温度和对文学的独特理解来体贴经典、触摸经典、解读经典，解读出另一种不同凡响的音符；在解读经典的同时，呈现自己读书和创作中汲取古今中外文史哲大家写作营养的切身感受，为最广大的普通作者提供一种阅读的鲜活经验……如此这般，岂不快哉！这既有利于广大普通读者充实人文素养和提高写作水平，更有益于提升民族文化核心素养。

因此，我们试图由文学阅读开始，约请包括文、史、哲、艺四个学科门类术业有专攻的优秀学者，以及创作领域里的著名作家和艺术家分别来撰写他们对古今中外名家名著的独特解读，以期与广大的读者诸君共同携手走进文化的圣殿，去浏览和探究中国和世界瑰丽的文化精神遗产。

现在与大家见面的第一辑文丛，是一批当代著名作家的读书笔记或讲稿的结集。无疑，文学是文化最重要的基石，一个国家和民族可以缺少面包，但是却不能没有文学的滋养。文学作为人们日常精神生活不可或缺的人文营养补给，她是人之生存和持续发展的精神食粮。作为专家的文学教授对古今中外名著的解读固然很重要，但是，在第一线创作的作家们对名著的解读似乎更接地气，更能形象生动地感染普通读者。——这是我们首先推出当代著名作家读大家的文稿的原因。

如今，许多大学的文学院或中文系都相继引进了一批知名作家进入教学科研领域，打破了"中文系不是培养作家的摇篮"的学科魔咒。在大学里的作家并非只是一个学校的"花瓶"，他们进入课堂的功能何在？他们会在什么层面上改变文学教育的现状？他们对于大学人文教育又有什么样的意义？这些都是绕不过去的问题。其实，这是中国现代大学的一个传统，我们熟悉的许多现代文学大家同时也是著名大学的教授。这一传统在新世纪得以赓续。十年前复旦大学中文系聘请王安忆做创作专业教授的时候就开始尝试曾经行之有效的文学教育模式。近些年许多大学聘任驻校作家；北京师范大学成立了由诺贝尔文学奖得主莫言主持的国际写作中心，苏童调入北师大；阎连科、刘震云、王家新等也进入中国人民大学文学院。

在策划这套丛书的过程中，我们做了一个课堂实验，在南京大学请毕飞宇教授开设了一个读书系列讲座，他用自己独特的感受去解读中外名著，效果奇好。毕飞宇的课堂教学意趣盎然、生动入微，看似在娓娓叙述一个作家阅读文本时的独特感知，殊不知，其中却蕴涵了一种从形下到形上的哲思。他开讲的第一篇就是我们几代人都在初中课本里读过学过的名作《促织》，这个被许许多多中学大学教师嚼烂了的课文，却在他独到的讲述中划出了一道独特的绚丽彩虹，讲稿甫一推出，就在腾讯网上广泛传播。仔细想来，这样的文本解读不就是替代了我们大中小学师生们都十分头疼的写作课的功能吗？不就是最好的文学鉴赏课吗？我们的很多专业教师之所以达不到这样的教学效果，最根本的原因就是他们只有生搬硬套的"文学原理"，而没有实践性的创作经验，敏悟的感性不足，空洞的理性有余，这显然是不能打动和说服学生的。反观作为作家的毕飞宇教授的作品分析，更具有形下的感悟与顿悟的细节分析能力，在上升到形上的理论层面时，也不用生硬的理论术语概括，而是用具有毛茸茸质感的生动鲜活的生活语言解剖了经典，在审美愉悦中达到人文素养的教化之目的。这就是我们希望在创作第一线的作家也来操刀"解牛"的缘由。

丛书第一辑的作者，都是文学领域的大家。马原执教于同济大学，他们在课堂上对中外作家经典的解读，几乎是大学文学教育中的经典"案例"，讲稿出版后深受广大读者的欢迎。哈佛荣休教授李欧梵先生，因学术的盛名，而使读者忽视了他的小说家散文家身份。李欧梵教授在文学之外，对电影、音乐艺术均有极高的造诣，其文字表达兼具知性与感性。收录在丛书中的这本书，谈文学与电影，别开生面。张炜从九十年代开始就出版了多种谈中国古典、现代文学，谈外国文学尤其是俄罗斯文学的读书笔记，他融通古今，像融入野地一样融入经典之中，学识与才情兼备。阎连科在当代作家中是个"异数"，他的小说和散文，都以独特的方式创造了另一个"中国"。如果读者听过阎连科的演讲，就知道他是在用生命拥抱经典之作。他对世界文学经典的解读另辟蹊径，尊重而不迷信，常有可圈可点之处。才华横溢的苏童，不仅是小说高手，他对中外小说的解读，细致入微，以文学的方式解读文学，读书笔记如同他的小说散文一样充满了诗性。叶兆言在文坛崭露头角之时，就是公认的学者型作家，即便置于专业人士之中，叶兆言也是饱学之士。叶兆言在解读作家作品时的学养、识见以及始终弥漫着的书卷气令人钦佩。王家新既是著名诗人，亦是研究国外诗歌的著名学者，他用论文和诗歌两种形式解读国外诗人，将学识、情怀与诗性融为一体。——我们这些简单的评点，想必会赢得读者的认同。我们将陆续推出当今著名作家解读中外大作家的系列之作，以弥补文学阅读中理性分析有余而感性分析不足的遗憾，让更多的普通读者也能从删繁就简的阅读引导中走进文学的殿堂。

　　无疑，不少从事文学研究的学者也擅长于生动的语言表达，他们对中外著名作家作品的解读在文学史的定位上更有学术的权威性，这类大家读大家同样是重要的。但我们和广大读者一样，希望看到的是他们脱下学术的外衣，放下学理的身段，用文学的语言来生动地讲解中外文学史上的名人名篇。

　　在解读世界文学名人名篇之时，我们不但约请学有专攻的外国文学的专家学者执牛耳，还将倚重一批著名的翻译大家担当评价和解读名家名作的工作，把他们请进了这个大舞台，无疑是给这套丛书增添了一道亮丽的风景线。新文学百年来翻译的外国作家作品可谓是汗牛充栋，但是，我们的普通阅读者由于对许多历史背景知识的欠缺，很难读懂那些皇皇的世界名著所表达的人文思想内涵，在茫茫译海中，人们究竟从中汲取到了多少人文主义的营养呢？抱着传播世界精神文化遗产之目的，我们在"大家读大家"丛书里将这一模块作为一个重头戏来打造，有一批重量级的学者和翻译大家做后盾，我们对此充满信心。

近几十年来，许多史学专家撰写出了像黄仁宇《万历十五年》那样引起了广大普通读者热切关注的历史著作，用生动的散文笔法来写历史事件，此种文章或著作蔚然成风，博得了读者的喝彩，许多作家也参与到这个行列中来，前有余秋雨的文化大散文《文化苦旅》，后有夏坚勇的历史大散文《湮没的辉煌》和《绍兴十二年》。我们试图在这套丛书中倡导既不失史实的揭示与现实的借镜功能，又笔墨生动和匠心独运的文风，让史学知识普及在趣味阅读中完成全民阅读的使命。这同样有赖于史家和作家们将春秋笔法融入现代性思维，为我们广大的普通读者开启一扇窥探深邃而富有趣味的中外历史的窗口，从中反观历史真相、洞察人性沉浮，在历史长河中汲取人文核心素养。

哲学虽然是一个枯燥的学科，但它又是一个民族人文修养的金字塔，怎么样让这个可望而不可即的灰色理论变成每一片绿叶，开放在每个读者的心头呢？这的确是一个难题，像六七十年前艾思奇那样的普及读本显然已经不能吊起当代读者的胃口了。我们试图约请一些像周国平那样的专家来为这套丛书解读哲学名家名作，找到一条更加有趣味的解读深奥哲学的有趣快乐途径，用平实而易懂的解读方法将广大读者引入中国哲学和西方哲学名人名著的长河中，让国人更加理解哲学与人类文化休戚相关的作用，从而对为什么要汲取人文素养有一个形而上的认知，这恐怕才是核心素养提升的核心内容所在。

艺术本身就是有直观和直觉效果的学科门类，同时也是拥有广大读者群的领域，我们有信心约请一些著名的专家与创作大家共同来完成这一项任务，我们的信心就在于许多作者都是两栖人物——他们既是理论家，又是艺术家，在美术、书法、音乐、舞蹈、戏剧、电影、电视……各个艺术门类里都有深厚的人文学养和丰富的创作经验。

感谢人民文学出版社大力支持这套丛书的出版，相信他们会把这套丛书打造成一流的普及读物。"大家读大家"是一个长期而艰巨的工程，我们将用毕生的精力去打造她，希望她成为我们民族人文核心素养提升的一个大平台，为普及人文精神开辟一条新的航道。

[以上为丁帆、王尧主编"大家读大家"丛书第一辑（王家新、叶兆言、苏童、马原、张炜、毕飞宇、李欧梵）序言，人民文学出版社2017年版]

草木有情　人生有味

"莲花池外少行人，野店苔痕一寸深。浊酒一杯天过午，木香花湿雨沉沉。"这是汪曾祺在《昆明的雨》中写的一首小诗，所谓草木含情大概就是如此了。汪曾祺对于花鸟虫鱼、春秋草木有着颇多的怜爱，而这一草一木也融入了他的人生中，为他的文学创作增添了许多滋味。一直以来，汪曾祺的文章以其独特的风格打动着万千读者，因此也有人好奇，是什么样的环境造就了这样一位作家？他的成长经历是怎样的？就这样，一些学者开始了对汪曾祺本人的研究，陆建华就是其中很有代表性的一位。《草木人生：汪曾祺传》一书是陆建华先生多年来潜心研究的成果，也圆了他为汪曾祺作大传之梦想。

从上个世纪 80 年代开始，陆建华先生就开始对同乡作家汪曾祺进行了跟踪研究，同时也留心收集汪曾祺的所有文史与生活资料，因此其先后编辑出版了多种汪曾祺的资料丛书和研究书籍，也就不足为怪了。大约是汪曾祺的一句"我的家乡在高邮"，便触动了陆先生将其大半生的精力都投注在"这一

个"作家作品的研究之上了。就我目力所至，当下海内外研究
和蒐集汪曾祺资料最齐全的学者应该数陆建华为第一人了，堪
称"汪曾祺研究的活字典"。因此，陆先生不顾年近耄耋之年，
再次重新改写汪曾祺大传，以补充大量的史料为动力，以进一
步完善汪曾祺的生活与创作历史为旨归，为世人还原一个更加
完整、更加立体、更加有趣、更加真实的汪曾祺做出了巨大的
努力。鉴于此，作为一个几十年的文友，同时也作为汪曾祺作
品的热爱者，我当然想借此机会再次表达我对汪曾祺作品的敬
意，以及对这个传统文人性格中种种幽默谐趣的行为表示情有
独钟的欣赏。更当然的是，我对陆建华先生的圆梦执着表示由
衷的敬佩，所以才写了以下文字，以示尊重。

其实，我在汪曾祺家乡高邮的邻县宝应县插队生活过六
年，对那里的湖荡水泊十分熟谙，所以读汪氏的作品倍感亲
切，亦如陆建华先生对其家乡的钟爱一样，它是汪曾祺文学创
作永远取之不尽的宝藏："2000 多年来，大运河用她甜美的乳
汁哺育了两岸无数的田野、村庄、城镇，为辉煌灿烂的中华文
明的繁荣与发展立下了不朽的功勋。单说大运河进入江苏境内
后，清江至扬州段古称邗沟，通称里运河。在长不过 200 公里
的运河两岸，就有良田万顷，名城座座，高邮即为其中之一。"
正是在这样对家乡的深刻眷恋之情里，陆建华从汪曾祺那里找
到了共同构筑文学之梦的交汇坐标，让他们保持了多年的交
往，成就了这部评传的书写。所以，我以为，与其说这是陆建
华先生独著的专著，还不如说这就是汪曾祺自己在扮演着那个

幕后的台词提示者，陆建华遵照提示的台词，记录下来的一部信史度较高的评传著述。

在浩瀚的史料当中，要写的东西很多，如何剪裁，当是每一个作传记者的困顿之处。按照时序的写法应该是传记最简便，也是最符合逻辑条理的写法。在一般情况下，我是不主张用其他方法来撰写长篇传记体文字的。此书当然亦是如此，把汪曾祺的每一个时段"有意味的"历史足迹一一呈现出来，并加以评述，正是陆建华所需要的效果，由此我们可以看出全书清晰的脉络了，这也正好契合了汪曾祺起起伏伏、起承转合的坎坷一生，让人在阅读的快感中获得一种沉入凝思的哲理层面，或许这才是作者要达到的终极目标吧。

全书开始就写家世，这是传记的定法，洋洋洒洒的家庭背景写下来，其实最能打动读者的就是汪曾祺青春萌动期时的文学之梦书写，当然这也是开篇文章之"文眼"："他确立了献身文学的美丽的梦！当他随同祖父、父亲逃往乡下时，仓促之间，除了准备考大学的教科书，他只带上屠格涅夫的《猎人笔记》和《沈从文小说选》。他把这两本书读了又读，使他对文学形成比较稳定的兴趣。多年以后，他十分肯定地说：'说得夸张一点，可以说这两本书定了我的终身。'"由此入壳，看出了汪曾祺一生创作的风格和路数，当为点睛之笔。

作为带有文学色彩的传记，读者的期待视野关注的是人物在大时代中沉浮的命运，而在命运的沉浮中关心的却是人物的性格，而在性格的书写中，又更加关心人物的那些有着传奇色彩的有趣故事。从这个角度来说，陆建华在叙述故事时是用了一番苦心的，许多评断也是十分准确的。如"他天分甚高，但天性散淡；他不乏爱国热情，却懒于过问政治，一心只想做潇洒的才子"。从某种角度来说，一段好的评断，往往能够将事件的叙述提升到一个更高的学理层面，在这一点上，本书不乏亮点。

我一再主张评传的写作应该遵循的是，以史实为基础、以想象还原历史现场的"两原则"，即：评传应该把基本史实作为行文的前提，也就是说，人物、时间、地点和事件的过程是不能有任何虚构的成分；而在事件过程中人物当时的心理活动和表情神态等细节则是可以虚构的，但是一定要符合当时历史的背景和人物所处的情境和语境。就此而言，陆建华在书中是基本上遵循了这一原则的。如在描写汪曾祺恋爱中的情人时，陆建华采用了"外视角"的叙述方法，以汪曾祺的眼光来观察其恋人就是一例："西语系有个女生，性格温和、善良，秀丽的脸上总是挂着亲切的微笑；她长得挺清秀，淡淡的眉毛，细细的眼睛，虽有病，但那副慵慵懒懒的样子，有一种说不出的美，人称'病美人'。"这里的"外视角叙述"是带有文学色彩的描写，像这样能够提升阅读效果的文字比比皆是，虽很简洁，却很摄魂。

顺境中的汪曾祺是"春风得意马蹄疾"，而逆境时的汪曾祺却是难以言表的，此书写汪曾祺的沉沦，最典型的就是其被打成"右派"时期，用陆建华的概括来说就是"在劫难逃"。

人生太顺必招损，"定汪曾祺为一般'右派'，撤销职务，连降三级，下放农村劳动。工资从180多元减到105元。"如果这一段历史的叙述中作者能够发挥文学想象的手段，更加细腻地描写汪曾祺的心理世界，可能会为此书增添更加绚丽的光焰。

大约是因为评传带有强烈的学理色彩，陆建华就较少涉猎汪曾祺生活当中最富有趣味的那一些趣闻轶事。毋庸置疑，陆建华倘若把汪氏的菜肴写得更有滋有味，把一个嗜酒如命的汪曾祺写得更活灵活现，这无疑会给本书更加增光添彩。殊不知，这对于一个一生都离不开杜康的酒徒而言，汪曾祺的生活和创作中的人性与风格都在此中得到了深度的呈现。其实，我以为陆建华是具备丰富的这种文学想象能力的，只是他太追求学术和学理的严肃性和严谨性，所以才没有充分展示其艺术的才华。理性有余而感性不足，乃为憾事也。

无疑，此书中也有囿于价值观介入时越出史家笔法的微瑕之处，有些对当时文化与社会语境的用词尚没能跳出历史的局限。这只是我个人的一孔之见，并不能够代表广大读者的态度，大可不必介意。

是为序。

（以上为陆建华著《草木人生：汪曾祺传》序，
江苏凤凰文艺出版社2019年版）

历史长镜头里的典雅交响诗

朦胧诗后，我就远离了诗歌，几十年来也绝不写诗评文章，原因就在于"后新诗"在大俗大雅两极间腾挪跳跃，让我生畏，于是便徘徊其外。

汪涌豪先生是学贯中西的才子型学者，他寄来了诗集《应如它长逝》，命我作序，这让我惶惶不可终日，自知学力不逮，尤其是对中外诗歌史研究的浅薄，尚不可能完成这部诗集的完美阐释。好在汪涌豪定义的"新诗"，是相对于他所从事的"古典诗歌"的传统形式而言的新诗，也就是指五四白话诗的"新诗"传统风格。从这个意义上来说，他的新诗集正是我喜欢的那种从古今中外诗歌传统中取精用宏的"新诗"，于是冒昧允诺为之作序。

我曾经这样评价过汪涌豪的新诗："我历来认为诗歌是文学中的贵族，她应该是有贵族气质的，在审美的、气度的、修养的、经验的层面上都是有很高造诣的。作为一个有着深厚古典诗词创作经验的当代诗者，涌豪兄走遍世界，进而创造出的现代诗才就有了不同凡响的大气象和大格局！不拘泥于传统思想与形式，又兼具中外文化的深厚底蕴，如此放眼诗界，让中国诗歌有了多维的坐标视角，堪称大家之作。"此言非为虚饰，从这些年的诗歌风景来看，我们的新诗似正缺少这样的视界。

一俟进入汪涌豪新诗的语境，那种满血复活的澎湃激情，那种浪漫不羁的内容叙写，那种典雅雍容的抒情形式，让我一下子就寻觅到了敲开这部诗集大门的密匙。

这些年，我常在微信朋友圈里看到汪涌豪发出的游历各国风景，参观欧洲博物馆的九宫格图片，并配有长长的注文，每每看到这些图文，心中就充满激动。因为我也是西方绘画艺术的爱好者，虽不及他精通，却也懂得一点皮毛，有了觅到知音的欣喜，私下猜度他会不会将这些阅读绘画风景的体验写成散文呢？果不其然，文章来了，却没想到竟然是用"新诗"的文体，描述出了一个多彩的世界。

在游历中思考，在行旅中诵读，在行走中认识宇宙世界，是人生最好的知识积累和情感抒发。从这个意义上说，读万卷书和行万里路被历代文人和现代知识分子视为同等重要，是有其理由的。没有亲眼看到外面的世界，不说是井底之蛙，至少是人生巨大的缺憾。游记可诗可文，而汪涌豪选择了新诗的形式，来表现其所见、所闻与所感。

《应如它长逝》这些貌似歌咏风景的诗篇，让我们在历史和现代的文化语境中来回跳跃；在视觉、听觉和触觉的通感中得到艺术再创造的强烈辐射与感染，获得了人性的释放；同时，也在通古博今的内容表现与典雅的形式外壳的交汇中，走进了"诗与画"和"诗与话"的艺术语境。我们从他关于绘画、雕塑、建筑等的阐释与抒情中，从处处有典的诗句里，充分体验到了其他诗者所不能企及的知识学养，以及宏阔的美学能量的释放。

这不由得让我想起当年自己看到《戴珍珠耳环的少女》时的心情，最初的直觉印象是：作为肖像画，而且是头像特写，这个并不十分漂亮的少女，虽然眼神特别，清纯中带有一丝淡淡的哀愁，头巾蓝调色彩的运用特别跳脱，与拖曳下来的浅黄色头巾形成构图上不对称的和谐，尤其那枚不大不小的耳环，下坠出了懵懂青春的妩媚和豆蔻年华的性感。这样的画留给观者巨大的想象空间，可惜的是，那是一般人看不见的风景蕴含。

但那时，这幅画并没有引起我足够的重视。因为，对我这个油画外行者来说，过往观画都是奔着名人名作而去，并朝着他人解读名画的路子去读画。然而，就是这幅《戴珍珠耳环的少女》的阅读变迁，彻底改变了一个观看者的视界。

疫情期间，我就想写一篇关于此画由油画到叙事再到电影的文章，因为这幅被埋葬了四百多年的画，复活在21世纪，它既有讽刺意味，却又有力地证明了一个伟大的真理——艺术的审美目光是可以穿越时光的隧道，让我们抹去历史尘埃，在现代审美生活中重新拭去历史的尘埃，释放出夺目的光芒，成为新时代肖像画的"LOGO"，这就是艺术重释的力量，它能让这位荷兰画家约翰内斯·维米尔在天堂里放声大笑。然而，关键就在于每一幅画的背后都有一段故事，作为一种文学表达，它的人文和人性的内涵，远远溢出了图像本身的视觉审美，这是历史在现代传媒中涟漪般扩散而形成的审美效应。我想，从某种意义上来说，汪涌豪的《应如它长逝》和《戴珍珠耳环的少女》有异曲同工之妙。他将自己所看到的视觉图像，都凝聚成抒情的诗句，把画里画外的故事、风景和肖像，都放在审美的天平上衡量，从而让人性的内涵得到了充分的释放。所以，我坚信他的诗即使不被同时代人发现，但作为中外文学艺术交流史上的一朵奇葩，其艺术性却是永存的。

20世纪末的1999年，英国女作家特蕾西·雪佛兰将《戴珍珠耳环的少女》演绎成长篇小说出版。小说被翻译成38种文字，全球畅销500多万册。2003年又被导演彼得·韦伯搬上银幕，由斯嘉丽·约翰逊和科林·费斯主演，在美国上映时，曾引起巨大的轰动。当一幅原本静止的画又一次回到活动图像的银幕上，它为什么会深深触动观众的灵魂，就是因原作"画外音"的审美效应穿越了时空。那么，其折射出的历史现场和所发出的历史回声，回荡出怎样的现代意义？它又在呼唤什么？毋庸置疑，那就是从历史深处重新走进画中的新的历史阐释，我以为《应如它长逝》的作者就是这样的阐释者，他诗歌的字里行间洋溢着或奔放或深邃的哲思，一定会给读者带来种读风景、读肖像、读史诗的新体验，乃至会颠覆我们固有的关于"新诗"的创作观和阅读观。

果然，在《戴珍珠耳坠的女孩》一诗中，汪涌豪赞颂了少女的清纯与美丽后，表达了这样的意思："能越洋跨海的 / 是垂垂老者的回忆，/ 不输少年轻狂，/ 疯了似地默循 / 她的兰仪，/ 如她佩环的微颤，/ 但何尝能设想有种 / 漫垂霞巾，/ 绝胜于缓移莲步，/ 下姑山，渡瑶水，/ 灭尽了矜持，/ 只剩柔情。"这与前及小说作者将人性呈现于故事情景不同；与电影编导把叙事文字还原为流动的画面也不同——歌者汪涌豪将再创造的空间凝固在典雅的诗句中，让故事叙事在更加凝练的诗化中，得到空间的无限拓展与延伸，从而凝固在画面中的艺术张力也得到了更充分的释放。这就是另外一首《维米尔墓前的色盘》中所阐释的诗意所在："他们共同的宣示是：/ 蓝色指向天空，/ 正意味着画有无限的深度。/ 它不仅是歌德说的 / 让人振奋 / 又使人平静，其实是更真实地 / 显示着崇高的理性，/ 予人以最自由的生命。"我们在歌者汪涌豪对维米尔蓝调浪漫的抒情中，得到了生命永恒的慰藉。

以此反观汪涌豪这部诗集，我想，作为一个用现代诗歌形式吟唱的歌者，在他的游历年轮中，同时也称职地扮演了史诗"画外音"解说者与审美角色的"导游者"吧。所以，我们看到的是一个站在风景旁的艺术与思想启蒙者：宗教、历史、哲学、文学、神话故事……一切画面构图和艺术审美之间的"桥接"关系，在歌者饱含情感的叙诗里绽放出了人性的光辉。在《应如它长逝》里，无论是一地风景的描写，还是文化博物的抒情，都充盈着哲思的遐想，让人不仅看到歌者与西方文学艺术大师的对接，而且也看到了与中国古代和现代许多作家作品的联系。

我尤其喜欢那些叙事与哲思并存的"复调诗歌"，例如，在《一种灵魂的启蒙之旅——致路易·詹莫特》中的"在基督的见证下，／灵魂以新生婴儿的模样／见证了他诗歌的诞生。／这些诗写满了关于时间的寓言，／从被遗忘与隐匿的过去，／到让贪婪蒙上迷纱的未来。／其间人性之恶／常引人朝向上升的台阶，／每一步／都看似押上了各种许诺，／实际上步步惊心，／充满了意想不到的可怕陷阱。"歌者的"灵魂启蒙"和"艺术启蒙"汇成了一片人类情感奔腾不息的大江大海，这才是诗作者"诗和远方"的停泊地。

无疑，《应如它长逝》是二度还原图像时，作者面对历史语境的抒情性的价值释放。作为一个以古代文化和文学研究为志业的歌者，此时正是一个跨界的文学艺术的实践者，因为他的诗不仅充满了现代知识分子的人文意识，同时与其他诗作者不同的是，将密密匝匝的宗教、神话与历史的典故，弥散在诗的字里行间，充满着古典的气息和韵味。古代诗词的倩影，留照于西洋文艺的风景，构成了穿越时空的奇幻的审美意境。如此令人愉悦的咏叹，没有深厚的古典文学艺术和世界文学艺术的学养和鉴赏力，是无法抵达那高贵典雅的艺术表现的彼岸的——其形式与内容的自然合一，两者融为一体，构成了作者诗歌创作的最高境界。

需要指出的是，这种典雅在汪涌豪并非是知识的吊古与炫耀，而正可弥补我们对西方绘画和、雕塑和建筑艺术的审美缺憾；更进一步说，这是对中国现代诗歌史和艺术阐释史中缺少人文深度的一种主体介入的形式弥补。正如作者在《尼斯醒来的早晨》一诗中表达的那样："所以／我走过每一个地方，／都会留一个仅用以内视的窗口"。这"内视的窗口"，不正是从事诗歌创作者，乃至诗歌批评者所缺少的素养和自觉吗。

在《普尼克斯山上的阿斯帕西娅》中，歌者是这样抒写的："你有些轻狂了，／居然想／寻访痴梦中熟悉的旧时门巷。／你忘记了三唐才子的教训／是春风十里扬州路，／一身骏骨压瘦的绣鞍，／终究与她隔着数尺高墙，／其实是远隔着／好几重蓬山。"在这里，我们会忘却自己所置身的时间和空间，仿佛策马穿梭在古代的驿道，飞跃过时间的隧道，灵魂放飞于自由遐想的梦幻空间。这样的诗，并不是一个只有才气的人就可以创造的。

当然，在《应如它长逝》中，我们也不难发现作者所表现出的那种现代诗特有的奔放激情和跳跃形式，其构成的活泼灵动，成为诗集的华丽外壳，而古诗的格律作为内在旋律，伴随着现代诗的节奏，与之居然混成一种别样的"多声部"，这是受知识学养的局限，许多新诗作者所不能抵达的审美自觉的境界，这也许就是作者丰厚的知识积累和专业熏陶，在自己创作中的"无意后注意"的释放吧。在中国，从古诗向现代诗转换的那一刻起，许多有作为的作者就追求把古诗精髓注入到现代诗的创作，在形变幻中融入古典的阳光。正是这种不经意的投射与照拂，才使得《应如它长逝》的创作有了充足的底蕴。必须实事求是地说，在中国当代的诗歌创作中，歌者缺少的就是汪涌豪所具有的对中外文化和文学艺术的了解与熟谙。

能够在创作题材上，使诗更富有现代气息，更有广阔的视野，更有深邃的思想，更有大写的人性内涵，不但是转圜调性的古典诗者难以企及的领域，也是现代诗歌一百多年来望尘莫及的目标。而一个从事中国古典文学研究的歌者，敢从这样的诗歌抒写中，找回自己的灵魂，找回文学研究者对文学艺术的感觉，甚至找回当代诗歌所缺失的那种大视界和大格局，这是要有勇气的。

把"新诗"变成了油画，变成了电影，在静止的风景画和肖像画的描写中，作者将画面和镜头通过蒙太奇的组接，让古典的夕阳照射在了现代人文的大地上，这是作者苦苦追求的人生答案。在《酒神的救赎》开篇中，歌者的灵魂叩问让我深省："该如何体认／他同时是这样的垂死之神。／他从迈锡尼甚至米诺斯文明时代／就被确认的偶像的黄昏／足以滋养人，并肯定人，／引人在每年的祭祀庆典上／演深挚而深刻的悲剧，／让亚里士多德和尼采有以相信／唯悲剧意识才能焕发生命意志，／引人向最高级的形态。"是的，这就是歌者与我们共同追寻的"悲剧意识"审美至高至上的思想风景线，生命的悲剧意识为什么是"引人向最高级的形态"，而非"偶像的黄昏"可以一言以蔽之，这个人类文化精神之谜，在现代和未来很长一段时间内，仍等待着我们去破解。

所以，当看到《中国皇帝的故事》被置放在西方文化背景中，你或许会觉得很怪异，但如能"在中国的屏风上"找到其精神的源头，就会在"新诗"中寻觅到更多的人文和审美的答案："因为四世纪／马尔塞林对赛里斯国的赞美，／和被希罗多德确认是／文化与智慧的摇篮，／后来利玛窦关于它地大物博／连糖都比欧洲白的夸张／就再不能撼动人心。……／景色美丽，发散着异香，／都是透着神秘的谜。"下面是大段貌似客观描述中国风景的叙事童话，我并不想用歌者的诗歌修辞来解析这首长诗，就想用歌者另外一首诗中的句子来进行对读式注解，在《阿卡迪亚的牧神》里，"那真正诗意的栖居何在，／并它们在阳光下的影子也再难寻觅。""平等、自由与爱无一不是人之所欲，／所以必被生命所祈望的欢欣安在一起，／但人既疏离自然，它们必然脱开，／必难再承人所托庇护他的欲望／所以该承认一切的远遁都是败落而非抽离，／全是这个堕落时代最真实的隐喻。"所有这些，都有助于我们打开歌者为人设置的那扇难以开启的重门，望见来自远方的历史哲思的足迹。

我还十分赞赏汪涌豪能将音乐元素植入"新诗"的表现中，仅仅一首《谁都会沉浸于肖邦诗中的幻境——升 C 小调幻想即兴曲作品 66 号》，就让我们在曲调的优美旋律中不能自已，歌者用他独特的体验，完美地阐释了音乐对于人类生命的重要："虽然是中规中矩的三段体式，／一开始升 c 小调不同的节奏型／急速交合，分解和弦衬托的／快速流动的旋律，／奔放而

富有幻想，／热情到有些焦躁。／然而才在矛盾中忧郁着，／
很快就展开中段／降 D 大调气息宽广的／歌唱性主题。／那
优美如歌的行板属灵，／甜美到能纯美，／是略带忧伤与哀那
种，／似在等宣泄中的救赎，／可以让一种优柔寡断／与无法
释怀／在抒情中沉醉，融化，／在尾声中以低音／轻抚过它的
梦幻与挣扎，／然后继续沉醉，融化，／陷入回忆，／直至整
个世界终止于／和弦上不断维护的／它的主调，／上面有微露
的曙光／和着他的心跳，／虽有些犹豫，／仍给人以希望，／
以致隔再多个世纪／仍相信有可以寄托至情，／尽管它带有／
惆怅和伤感的余音。"

　　是的，一切艺术都应该向音乐靠拢，都应用一种"内在韵
律"表现物的本质，但这不是任何懂音乐的人就可以解说的。
作为音乐"画外音"的诠释者，汪涌豪是在用灵魂谛听人间的
天籁之音。无疑，作为交响乐不可或缺的一个组成部分，听觉
给这部《应如它长逝》的视觉、触觉、味觉和嗅觉增添了浓墨
重彩的一笔。作为这部庞大"复调交响诗"的尾声，那是灵魂
的呼喊，希望它能够唤醒沉睡的人们。

　　　　　　　　2024 年 5 月 4 日初稿于南大和园桂山下
　　　　　　　　7 月 14 日修改于成都—南京航班上

　　　　　　　　　（以上为汪涌豪著《应如它长逝》序言，
　　　　　　　　　　　　上海文艺出版社 2024 年版）

边角料书系

丁帆

审美与
思辨的舞蹈

Collection of
Ding Fan's
Prefaces and Postscripts

序跋集

（下册）

丁 帆 著

团结出版社
UNITY PRESS

目　录

辑四　朝花夕拾

辑三　青出于蓝

每个创作者美学灵魂的定格

当作家这一名称不再神圣时，当"人类灵魂的工程师"被挤出文化权力话语中心时，当纯文学成为被社会所抛弃被人们所嘲讽的对象时，有谁还能热烈虔诚地公开举起文学的大纛呢？南京大学作家班的莘莘学子却在这个文学的悲剧时代里，敢于用自己稚嫩的头颅和青春的热血去叩击文学的死亡之门，可谓壮哉！他们的呼啸和呐喊尽管是微弱缥缈的，在这悲怆的文学氛围里，原本也不奢望它能唤起社会的良知，或是民众的启蒙。但执着于一己的耕耘，构筑人的自我意识的血肉长城，而抵御"外力"的侵袭，保存"中华民族到了最危险的时候"的最后一片净土，便成为其最后也是唯一的目的。当然，这并非是指"人类灵魂的工程师"所独有的那种救赎欲的膨胀，而是特指作为一种人的文化行为的自我保护意识。这种保护意识无形中又成为一种保护民族文化精粹的内驱力，而卓然超群地延续着文学的生命，使其受万劫而不死。

我曾经乐此不疲地嘲讽着末流的诗人和文学家。只因为曾几何时，文坛上呼啦一下冒出了成千上万的诗人和文学家，很能使人联想起"新民歌运动"（"每县要出一个郭沫若"）和"小靳庄诗歌"运动。现在想起来实在觉得汗颜，我是在扼杀用鲜血去抒写人生的一个个鲜活的文学生命！在这寂寞的文场中，难道只有自家才有"两间余一卒，荷戟独彷徨"的伟大孤独感吗？这些青年中，有些抛弃了仕途宦海的诱惑，有的割舍了商海金色辉煌的召唤，有的甚至舍弃了爱情、抛却了尘世的种种悲欢离合，赤条条地带着贫病交加的身躯步入了这暗淡阴晦的文学殿堂。文学并不能给他（她）们带来幸福，相反，他们失去的是更多更多的物质享受和精神愉悦。迎接他们的是地狱里的精神炼狱和肉体磨难。文学——这条通往地狱之门的路，是那样的恐怖。但他们仍然选择了她。难道这是别无选择的选择吗？缪斯的力量竟然有如此魅力吗？寻找孤独、寻找悲怆的文学之徒们能够达到光辉的顶点吗？也许目的不是最高宗旨，大约文学的最高境界就在于在这种寻找的过程中获得最大的美感刺激。

因此，我向那些被我的毒箭无意伤害过的诗人们和作家们表示深深的歉意和诚挚的敬意（但仍不包括那些文坛"阿混"们）！因为在他们的带血头颅上也同样戴着对文学和人生的万般痴情和挚爱的花环。

收在这本集子里的作品虽不能完全代表作家班的水平，然而从中可见作者在参差不齐的创作水准中表现出的不同风格。新时期文学经过了十多年的磨洗，到了九十年代已成多元格局，恐怕没有人会苛求一部作品按照某种既定的创作路数去堆砌。也正是在这种多元格局中，纯文学创作才不至于在各方围剿中迅速消亡。尽管这本集子里的许多作品尚显露出些许稚拙与粗糙，但它们各自所呈现的风格自我却是与整个九十年代文学的足音相合拍的。从体裁上来看，这本集子里囊括了小说、诗歌、散文、戏剧、影视剧本等样式，可谓品种齐全。然而，更为引人注目的是其中所显示出的个人风格追求，这是很值得一书的，因为它是每个创作者美学灵魂的定格。

无可否认，老巴尔扎克式的"本色现实主义"创作方法仍然影响着我们这一代作家，它亦必将在下一世纪的作家中找到自己最合格的接班人。印星林的电影剧本《皇天后土》，周庆洪的小说《虞姬沟》，施振华的小说《豁碗》，孙康宁的小说《梧桐子》，管国颂的《平常的日子》，陈忠祥的《温尔雅》，卢冬红的剧本《擂台宴》与《求救》《招聘》，均以冷峻客观的笔触摹写了人生中林林总总、形形色色的面目，当然这和"新写实小说"的风格并不相同，它们没有遵循以作家主体意识的"情感的零度"的方式行进，而是饱蘸着人生的血和泪去抒写一个作家的"天地良心"。在这类作品中，《皇天后土》《虞姬沟》和《豁碗》所表现出的作家情绪的外露和冲动较为明显，作品试图以一种震撼人心的人格力量去征服读者，以获得悲剧的审美效应（前者是以悲壮的"崇高"美感力量震慑观众；《虞姬沟》以悲怆的人格美感感染读者；后者则是以"同情和怜悯"的美感取悦读者）。同样《梧桐子》亦是在一种悲剧的原始感情中去抒发作者伦理道德的价值判断，表现出的客观描写中的主观成分就多了些。《温尔雅》从人物的行状中又足可窥见"孔乙己"的迂腐和不为世人所理解的病态。叙述苦涩亦略带"鲁迅风"。《平常的日子》和卢冬红的几个小剧本，却表现出了与前者不同的艺术风格，作者在平静的、近乎原生态的静态描写中，把情感隐匿得更深一些，所呈示出的画面动作给人留下些许艺术思考的"飞白"。这两种"本色现实主义"在总体一致的艺术框架中所表现出的略有区别的风格孰优孰劣，却是很难分辨的，这恐怕要取决于接受媒体的美学选择了。值得一提的是章毅的散文化小说《文联四题》，无论在艺术风格上，还是在语言描写上，都表现出作者老到圆熟的艺术技巧。这些文字虽不能说是字字珠玑，但出自一个年轻作家之手，实为难能可贵。在传统的白描笔法中，透露出作者的机灵和智慧（写短篇尤其需要智慧），那种平和冲淡中蕴藏着的人生五味的体察，使人很能联想起周作人、沈从文、汪曾祺的写作路数。当然，这四篇作品的语言再精练一些也不是不可能的。但我以为，这位作家如正常发挥下去，是有前途的。

八十年代对文坛冲击力最大的三位哲人——尼采、弗洛伊德、萨特的美学风范将会深深地影响着中国的几代作家。无可否认的是，九十年代中国文学的大部分创作仍不能逃出这一阴影的笼罩。无疑，它给文学带来的是一片新的灿烂，尽管它们在文学创作中尚存在着许多极端和片面，但它们终究是解救中国文学单一化的良药仙丹，否则，我们的文学幽灵仍在"死胡同"里徘徊游荡。范继平的小说《明眸的呼唤》从心理视角提出了道德和生命内力之间的冲突命题，使其短短的文字更有力度与涵量。类似的作品还有叶黎侬的《情人与抚摸》。祁秀的小说《阴阳故事》如果去掉雕琢的痕迹，则是一篇很有力度的心理加魔幻的好作品，但作者的艺术把握尚欠缺些。沙鸥的《轨迹》却是以一个诗人的视角，把心理的轨迹熔铸在"力比多"的生命流程与"生存的空虚"的空间轨迹中得以淋漓尽致地发挥，虽无显示出大手笔的风范，但在心理与空间的跳荡中展示出了一个不安分的灵魂颤动。作者在诉说着一个现代话语的新故事。张鸿昭的小说《沸腾的镜子》在扑朔迷离的心理和空间的交迭跳跃中，叙述着人的存在的荒诞和奇妙，那个看不见摸不着的"第四者"的幽灵像诗像歌像音乐亦像无可摆脱的魔鬼纠缠着人的灵魂。这是一篇如诗如画的死亡的赞歌，透出了一个现代青年生存观念荒谬和洒脱交织的背反心境，文笔的畅达亦是值得击节的。黄湘宁的《银鸟》以其纤细的感觉，抒写了具有浓郁神秘色彩的人际氛围，文笔清新隽永。

　　我对诗歌没有发言权，但浏览了一下本集的诗歌创作，总体印象是，两种风格和路数的创作各有千秋：一种是基本继承了"五四"人文精神传统的"写实"作品，另一种是吸纳了西方现代派形式技巧的"写意"作品。江熙的《到敌人后方去》以高昂的笔调扫荡了"伪乡土诗人"那种做作的人生与艺术姿态，笔墨酣畅淋漓，锋芒毕现，可谓快哉！他的这组诗歌通达晓畅，令人有长舒郁气之感，我尤为赞赏《血水》一诗，作者用"盛大的血的仪典"扫荡了人间精神的黑暗。黄加美的两首诗，我更欣赏的是《第一片落叶飘临心间》时的那份诗情的灵动和少女纯真的遐想所带来的富有 Romance 的乌托邦境界。可惜，这份情境在《奔向南方》中却随着岁月的磨蚀飘然而逝了，诗人的灵性也就被那充满着俗气的文字堆砌所消融了。二者又明显划出一个"诗"与"非诗"的临界线。吕芳岭的组诗《倾听》使人得以从"通感"的运用中找到诗人的灵气，如果意象的叠加再丰富些，可能诗才更有魅力。程平源的《世纪雨》有交响诗的结构蕴味，气势不凡，但作为抒情诗，似乎在韵律节奏上还须锤炼一番。袁晓庆的组诗《这样的日子》在哲理诗的探索中迈出了一步，但在处理哲理与意象之间的关系时似乎尚缺少一种审美中介的桥梁。纪太年的《江南》组诗和刘同启的"草原赞歌"富有勃勃生机，诗的新绿在此生长，但华丽的词藻尚不能掩饰那种奔放生活的缺失，诗歌亦是如此，澎湃的激情并不能代替生活经历，丰富的想象不能替代现实本身。相比之下，他的《让新春吻上你的脸》就使人感到亲切真实，不会使人觉得矫揉造作。

新时期的散文一向是被冷落的文体，而九十年代却又悄然崛起。作为一种即时性的消费，它也许是人们在视觉的信息时代里，唯一可以驻足审美的文学样式。散文的发展前途是什么呢？恐怕还是小品文式的短章"美文"更能占领接受美学的市场。因此，当我们浏览这本集子中的散文时，便可明晰地看出这一特征。清一色的短札小品给这本集子点缀出一片灿烂的色彩。杨洪江的三篇短章韵味十足，那种对生命的把握和体验熔铸在朴实而又华彩的文字中，读了令人怦然心动。杨菁的五个短札则全无生命的沧桑感，作者喷发出的是那种鲜活的本真的生命意识，我们从平和的文字中读出了生存的绿叶和青春的花枝，勃然而起的是对死的恐惧和生的渴望。刘怡的《雨落中原》从"新历史主义"的视角来审视大汉民族的"文功武治"和"安史之乱"，从历史的废墟中重铸人的生命的本体。立意亦颇新鲜。朱启涛的《美文》和《钗头凤》虽为很平淡的游记，亦无深文大义，但作为一种"文化快餐"与情趣的陶冶也可咀嚼一番。俞海的《微醺春季夜》和《冬夜寄语》以浓浓的热情道出了人生的哲理和艺术的真谛。作者希冀人类的爱与恨，悲与善在这醇醪般的艺术氛围中融化消解。

综观上述各类作品，我们很难说它们已达到了什么样的水准，但我可以毫不夸张地说，从中我们已经看到了具备一个作家灵气的基本素质。亦可隐约触摸到艺术灵感的跳动和理论素养的喷发。南大作家班虽不敢自称是作家的摇篮，但她确实为提高一个作家的素养作出了一定的贡献，可能这种潜在的功能一时尚不能显现，但它对每一个作家来说，将是受益无穷的具有深远影响的艺术准备。

人生苦短，作为跨世纪的一代作家，我们应当共同珍惜这一值得永恒纪念的时光。

是为序。

> 1994 年 9 月 3 日草于紫金山麓下

> （以上为南京大学九三级作家班著
> 《世纪末启航——南京大学九三级作家班作品选》序，
> 南京大学出版社 1994 年版。标题为编辑所加）

林舟与他的作家访谈录

  林舟（陈霖）很勤勉，近几年来，无论世事怎样牵缠，压力多么沉重，他总是能够用心于当代文学的批评与研究，其中之艰难困苦并非一般人所能想象到的。

  记得 1992 年硕士生入学时，在研究生与导师互选中，我相中了林舟。其缘由一半是凭直觉，一半是通过他的履历而定的。就面相来说，他老实沉稳，精干大度；就经历而言，他从事中学教育多年，成熟而机敏。几年的相处，也确实证实了以上的看法。

  在读期间，林舟很快就进入了学术研究的状态之中。我始终认为，有的人搞了一辈子学术研究，其实至死亦未进入真正的学术状态，有的人只要一上手就很快切入了学术领域的内核之中。两者之间的差异如此之大，恐怕就在于研究者的悟性的高下之分。无疑，林舟的悟性力相当强，加之他的理性逻辑思维亦很出色，这就使他能在很短的时间内就抢占了学术前沿的有利形势，流畅地书写属于他自身的学术话语。

在完成了多篇作家作品与创作现象的论文写作之后，林舟为自己的学术路数设定了一个"战地记者"的角色和位置，也就是说，他以自身独特的方式介入文坛——通过与作家的直接沟通，撞击出情感和思维的火花，从而告白文坛当今小说写作和小说接受之间可能形成的差异，和这差异凸显出的艺术张力及其所带来的丰富意味。

起初，林舟与我谈及他的想法时，尚未形成一种十分明确的理念。大约是开篇之作受到了一致好评，大约是作家朱苏进的灵动启迪了他思维的闸门，于是，一个非常清晰的轮廓便展现在他的眼前——将新时期的青年作家都"过滤"一遍，用访谈的方式打开一个艺术的心理世界，它包括作家和代表接受者的两极内心世界。我不知道林舟的这种想法是否受了《世界著名作家访谈录》那样的书籍影响，总之，这种形式在中国文坛是新鲜的，这并非说中国文坛没有作家访谈录的存在，问题就在于，当接受者作为一种公众代表的形象出现在作家面前时，大多是以"新闻采访者"的面目流动在作家创作和生活的表层结构上。而林舟则俨然是以一个艺术的探寻者的面目与作家进行魂灵的对白，进行艺术的对攻。只有在这样的情形下，作家才能遇到知己，才能遇到对手，才能各自找到共同的宣泄口，从而才能演示情感碰撞和灵魂搏杀的精彩场景。

从《精神的自由与美永存——与朱苏进一席谈》开始，林舟陆续在《文学世界》《作家》《东海》《百花洲》《花城》等刊物上发表作家访谈录，其中，最主要的是1995—1997年在《花城》开辟的"访谈录"专栏。就这些形式的"论文"来说，我以为他在与作家的"对话"当中，尽量扮演的是一名不温不火的艺术心理研究者和调查者的形象。譬如在《王安忆——更行更远更深》中，他与齐红对王安忆作品的解读过程，以及王安忆本人对自己作品的阐释所形成的局部反差和落差，就开始显示了两极对撞的意义所在，它将理论界对"三恋"和《岗上的世纪》普泛的定论与王安忆自身的辩解和盘托出，这就可以从不同的视角展开对文本的解读，从而达到深化作品的目的。现代型的阅读告诉我们，作品一旦问世，它就由文本、作家、读者三者构成了对作品进行解读的强有力的艺术对峙，在精彩的艺术对峙中，缺少了任何一方，那都将是一种艺术的遗憾。那么作为一名扮演"读者"的人物，他既要有独特灵性的个性化特征，同时也要兼顾到"大众接受者"的形象和心灵世界。因而，在如何处理好雅和俗的关系上，访谈者必须掌握一个度，这个度一旦失控，就很可能走向另一个极端，要么"曲高和寡"，要么"庸常媚俗"。就我所阅读到的访谈录来看，林舟较好地控制了这个度，这与他朴素地进入谈话和展开谈话的方式不无关系；但另一方面林舟的访谈显然是偏向于学术性的探讨，这有可能失去一些读者，但它们无疑是留下了一份可资借鉴的宝贵资料，这不能不说是当代文学评论和研究界的一件幸事。

"访谈录"照样可以写成一种精彩的文体，它像论文，亦更似随笔散文，你可同样领略到那"史记"的笔法和"离骚"

之风韵。一篇《史铁生——爱的冥思与梦想》，使你堕入感性与理性的双重空间之中，独有一种波谲云诡的艺术享受。不要说访者和被访者之间对人生的参悟是何等的和谐，不要说两者对艺术形式的探讨是那样的契合，就缀于谈话之前的那近千字"题记"本身就是一篇优秀的散文。它把访者的心境以及史铁生作品的意境和当下的生活处境的细节，与自然环境紧密相扣，准确而间接地传导了史铁生作品的人文内涵："它们化解了现实的苦难，传达着绵绵无绝的冥思与梦想，好像缓缓上升的云梯，引我们去看那灵魂的优美歌舞，它凝重而热烈，空灵而直抵人心，它以此追寻着生命存在的意义。"这些看似"饰物"的小品，为整个访谈录平添了一种艺术的氛围和特有的阅读环境。当然，对待不同的作家，访者表现出不同的访谈心境，因而所营造的访谈氛围也是殊异的，像《莫言——心灵的游历与归途》就更有语言的冲击力和心灵的张力，像《刁斗——反抗无奈》就更具有文化的穿透力和艺术的洞察力。凡此种种，可以看出林舟对这种体裁写作的驾轻就熟，乃至形成了自身的一种写作风格。

大约是从1994年起，林舟开始关注"晚生代"小说的创作，除了对陈染、林白的女性经验的写作关注外，他更致力于江苏的一批新锐作家的阅读和评论，如韩东、朱文、鲁羊、吴晨骏等，并与这些作家结下了友谊。我始终认为，作为一种创作现象的出现，"晚生代"应纳入学人的学术视野之内，尽管我对"晚生代"的创作内涵抱有自己的看法，且对他们的文本进行了某些批评，甚至有些过激，但我始终把它作为一种学术和学理的批评范畴内的事情。因此，尽管林舟的观点与我相去甚远，但这并不妨碍他与我在学术和学理层面的平等讨论。我历来不以自己的学术观点强加他人，尤其是自己的学生，反而鼓励他们发出自己的声音。鉴于此，林舟近年来对"晚生代"作家的研究逐渐走向深入，我是抱着欣喜的目光而视之的。也许，哪一天我还将写文章反驳他的观点（他实际上已经否定了我的观点），但这丝毫不能改变我们之间那种挣不断的情谊。我常想，无论是写作，抑或是搞理论批评，都应该有一个学术气度，"费厄泼赖"是应该执行的。

林舟的这本访谈录的出版，是我在 1998 年最为欣慰的一件大事。作为一种永恒的纪念，我祝福他在新的起点上能够再次腾起，冲击新的学术巅峰。

是为序。

丁帆

1998 年 1 月 7 日于紫金山下

（以上为林舟著《生命的摆渡——中国当代作家访谈录》序，海天出版社 1998 年版。标题为编辑所加）

《红颜挽歌》的底蕴

读完《红颜挽歌》，我仿佛走进幽静的历史深处，在那深幽的宫墙内窥见了斑剥的红颜血迹，乃至听到了那发自时间隧道深处的悲号与呐喊。而作者每每在倾注其血泪的抒情笔端，痛陈三千多年来的历史偏见时所表现出的思想张力和艺术激情，始终将我的思绪引领到对现实社会的更深思考之中。或许这就是此书的人文魅力藏于艺术表现之下的缘故罢。

中国的后宫，作为一种政治文化和宫廷文化的象征，它的神秘性便成为三千多年来文学创作的最好题材，然而根深蒂固的封建传统观念对后宫女性的男性化视阈的扫描，难免使后宫的故事抹上了一层坚硬的外壳，也使其中的女性失去了她原来的红颜容貌。正如鲁迅先生所言："历史上亡国败家的原因，每每归咎于女子。糊糊涂涂的代担全体的罪恶，已经三千多年了。"（《坟·我之节烈观》）收在这个集子里的许多篇什都是在作翻案文章，从《祸水之水》到《此恨绵绵》，可谓写尽了作为后宫女性在如磐的历史巨石挤压下的悲悯、愤懑与号哭。亦如鲁迅先生所言："我一向不相信昭君出塞会安汉，木兰从军就可以保隋；也不信妲己亡殷，西施沼吴，杨妃乱唐的那些老话。我以为在男权社会里，女人是决不会有这种大力量的，兴亡的责任，都应该男的负。但向来的男性的作者，大抵将败亡的大罪，推在女性身上，这真是一钱不值的没有出息的男人。"（《且介亭杂文·阿金》）缘此而行，作者思想途径迈入的是"专制制度使'水'成了祸国的'祸水'，使'美'成了祸，可见专制制度祸'美'、祸'人'的本质"（《祸水之水》）。将后宫逸事中的女性主角提升到大写的人的层面进行历史的重新审视，恐怕是作者创作始终的绵绵思绪。将"此恨绵绵"的思绪泅化开去，我们在爱情的挽歌中找到了现代社会思想真谛的另一路径："爱情已经成了现代人类污染和异化最严重的领域之一。"（《此恨绵绵》）我们须得鞭笞的是人类爱情繁衍中的诟病。由此作者诟病扮演杨玉环的女演员的那段话便更耐人寻味了。物化时代给人类心灵的涂炭是何等的触目惊心，现代人的爱情已然退化到连李杨之间的真挚都逍遁的地步，而完全是赤裸裸的利害关系，不得不令人感慨系之。

其实，作者更多的是站在一个非男性非女性的视角——一个完全人性和人道主义的纯粹眼光——来透视这些处于历史夹缝中的人的。开宗明义，在《此情脉脉——说宫怨》和《红颜狰狞——说宫妒》的开篇之作中，作者已经清晰地将后宫女性的悲剧性格的两重性作了辩证的历史分析。这样的思维逻辑同样贯穿于像《无字碑》和《从兰儿到慈禧》这样的优秀篇什中。

武则天的政绩和她的残忍所构成的一个真实的武则天亦如那块"无字碑"一样，书写着中国女性难以诉说的种种隐情："无字碑既是武则天之碑，也可以说是千千万万个古代中国妇女之碑。二十世纪末的今天，如果为武则天作传，无字碑上，我们又能写些什么？"（《无字碑》）同样，作者在分析慈禧的两面性时，是将她放在一个专制体制中去进行人性而非女性的放大剖析，则更能击中那个"积重难返，霉味十足"的大清帝国必将崩溃的要害："封建专制这霉菌孢子真是够厉害的，在它的腐蚀下，兰儿变成了慈禧老佛爷。"（《从兰儿到慈禧》）由此，我们看到的则是国粹的魔力！

正如作者在本书的作结篇《今日后宫》中所言："是否可以这样说，男女潜意识里都有占有更多异性的欲望！那么，真正专一的情感与肉体呢？"也许在这里我们寻觅到了本书的宗旨所在——寻觅真正属于现代人类的情爱和性爱——这是现代社会中的现代人战胜自我的二难命题。

在众声喧哗的女权主义文化理论的热潮中，贾梦玮写这本小书的意义所在是不言而喻的："我既无意于做女权主义者，也无意于做女权运动的支持者，我希望我是一个'人'（男人女人，女人男人）权主义者。对于历史人物，对于历史上的后妃，还她们生命本体的本来面目，揭示遮蔽、压抑女性生命本体和人类爱情婚姻本质的种种因素，是我写作这本小书的始点和终点。"见仁见智，读者诸君是否能读出其中之况味，恐怕尚待时间来检验。

贾梦玮是一个勤勉的青年，在其研究生就读期间就对中国现代散文的创作有着颇具功力的研究。毕业后赴《钟山》做编辑工作之余，亦始终不辍其笔，除了研究文章而外，终于走上了自己动手创作散文随笔的道路，由理论而及创作，这是一个由理性到感性的发展过程，从中，我们可以看出作者思想深邃的一面；同时，我们亦可看出作者在艺术上尚不够圆熟的一面。但我以为，凭着他的灵性和感悟，一定会在散文创作领域内取得令人刮目相看的成就的。

这是我的祈祷，但愿它会成为不久将来的现实。

是为序。

1998 年 9 月 14 日夜

于紫金山下

（以上为贾梦玮著《红颜挽歌》序，岳麓书社 1999 年版）

沉重的历史和大写的人
交织成的风情画卷

　　少数民族文学，尤其是小说创作的发展，在整个汹涌澎湃的中国新时期文学大潮中，相比之下，仍显得较为迟缓而呆板。无论从质还是量上来衡量，都不能使人满意。虽然像张承志和孙健忠那样自称为回族土家族的作家有着颇为令人惊诧的创作成就，但就他们本人的成长历程来说，其叙述话语的方式依然基本汉化，所"思"所"在"的生存哲学方式已经不是那种原民族固有的世界观和认知方式了。所以，寻找那种具有"活化石"意义的民族地域文化特征的文学以及文学叙述话语方式，培养一批具有本民族地域文化特征的作家队伍，可能是少数民族文学刻不容缓的历史使命。

　　读了毕然的长篇小说《今夜火把到我家》，我才真正感到了少数民族作家创作的艰辛。最起码，他们原处的"话语"的两难境地，就使他们在选择表述方式时遇到了空前的难题，一方面是他们那个民族固有的文化形态和认知方式与汉文化的落差与反差，使他们在写作中须得兼顾到最广泛的汉文化"隐含的读者"，必须从汉文化的视角切入到对事件、人物的具体描写之中去，只有这样的总体宏观把握，才有可能取得面向中国文学的资格；另一方面是他们在具体的事物和人物心理描绘中，又必须从本民族的文化心理积淀出发，从本质上来刻画每一个真正有别他族而属于本民族文化心理特征的"这一个"人物，唯此，才可能达到艺术的"真"。这一悖论，可能往往会使诸多少数民族作家陷入一种创作的怪圈：要么滑向全盘汉化；要么形成固文化的阻隔造成的阅读障碍。的确，如何掌握描写的尺度，则是十分不易的事。

《今夜火把到我家》以其恢宏的画面和纤细的人物描摹，以及那具有浓郁地域文化色彩的美学建物，使我看到了生长在这一部落中彝族支系——撒尼人作家毕然在文学进程中的希望，我并非说这部小说是一部所谓"史诗"性的作品，但就小说所描写的时空跨度来看，作者分明是在抒写撒尼人的百年辉煌历史，尤其是这个民族人物心灵的变迁史。虽然小说尚存在明显的不足之处，即本世纪的前半叶构成了小说的主体；而后半叶只是草草交代（我甚至构想，作者应该将主人公九个老婆在本世纪后半叶的艰辛历程另写一部长篇）。但是，小说中所洋溢着的特有的少数民族的地方色彩和浓烈的风俗画、风情画、风景画的特征，就足以令人陶醉。那扑面而来的"阿诗玛"故乡的诗意文化氛围；那充满着爱情意蕴的风土人情；那泉水与美伊花仙子的神话故事境界；那既有原始野性又具有东方民俗色彩的撒尼人的狂欢节；那充满着生命语码的婚俗葬礼中的种种文化仪式……给了我们"美学的餍足"，我以为，小说的风俗人情的描写是其取胜的重要因素，因为在人的至深本能中，对一种奇异陌生生活的追求和向往的宣泄，是必不可少的，一般人是难以走遍天涯海角的，这种"美学的旅行"只有在文学作品中得到，作家只有在有限的描写空间中最大限度地发挥对风土人情的描写张力，才有可能征服读者。我想，毕然是很明白这个美学道理的。

就人物描写来看，作者致力刻画的主人公米斯沃果，是采用了"纪实"的手法，米斯沃果既是一个大土司、一个剥削者、反革命分子，又是一个开明绅士、革命者；既是一个充满原始野性的文明传播者，又是一个十恶不赦的淫棍……，凡此种种，足见他性可靠的多重性。显然，作者不想用政治的定义去图解人物，而着力于对一个本真人的描写，还其历史的原貌。当然，从中亦可看出作者试图在历史的重大事件中描写出人性与兽性格杀的人物心灵历程，我以为作者在把握人物心理，以及释放作家主体意识时，还是能够较为准确而适度地表现其"历史的必然"的。

《今夜火把到我家》乃是一部可读性很强的作品，其可视的画面性，使它必定拥有诸多的读者。但是，就小说的叙述形式而言，尚缺少新颖和变化。而且，那大段大段的民谣山歌的引用，虽然为作品增添了风俗民情的地方色彩，然而，过于冗长，却有画蛇添足之嫌。诚然，作为一部长篇小说来说，这都是可以改进的些微瑕疵。

作者毕然是我系九七级作家班学员，记得第一次见面是《青春》老编辑杨光中带到系里来的，一眼便由他满头卷曲的黑发和那赋有特征的胡须留下了深刻印象。杨光中介绍了他的作品，以及《青春》多年来对他的扶持。以后，在考试录取中，我又仔细看了他的几部中短篇小说，其文化性格内涵便逐渐清晰起来了。以致后来他羞涩地送来了这部三十多万字的长篇，期期艾艾地请我给他的作品提意见，并一再嘱我帮他的第一部长篇小说写个序言，我才进一步认识了这位生长在西南边陲的业余文学青年对文学的执着与钟情。毕然原是干邮电工作的，西南边陲的山山水水、村村寨寨都留下了他坚实的足迹，只这一点，就决定了他是属于那种从生活中汲取养分的写实型作家。再加上他十分注意对本民族，以及周边地区的近代史资料的搜集、整理和发掘，就更增加了他小说丰厚的历史纵深感。更难能可贵的是，作者对本民族的风土人情及诸多的风俗习惯十分熟谙，便直接从中采撷这部小说美学的奇葩来装点修饰自己的作品，则是得天独厚的"先天性"优势。

《今夜火把到我家》从它一降生，就带着浓郁的浪漫主义色彩，这在整个物欲化的文化背景下，显得十分不协调，甚至显得稚气可笑。然而，正是这种带有乌托邦理想色彩的气质，使小说鲜活起来，我们看到的不是一个垂暮老态的叙述者，而是一个具有鲜活生命力的生机蓬勃的叙述者。我想，这也是

"游走"在边缘地带的少数民族生命力的根本所在吧。

　　毕然虽然写过不少小说作品，但是我以为《今夜火把到我家》只能作为毕然创作生涯中的一个新起点，谁也不希望自己的创作陷入一种既定的模式，然而创新又谈何容易？作为一个年轻而又勤奋的小说叙述者，我以为毕然不仅须得在小说叙述学理论上进行"补课"，而且亦得坚持自己那种审视人性的小说叙述操守，完成一次次的自我"蜕变"，方可立足于少数民族文坛和中国文坛，走向更广袤的文学世界和世界文学。

　　是为序。

1997 年 5 月 11 日于南京紫金山下

（以上为毕然著《今夜火把到我家》序，
中国三峡出版社 2000 年版）

学术的飞翔与飞翔的学术

　　学院派的学术圈内似乎有这么一种莫名的约定：所谓学术，就是罗列大量的资料，越多越好，越全越好，可谓旁征博引，才是文章，才堪称学术的正宗，否则就是野狐禅，是应该列为另册的。殊不知，忘却了创造，忽视了作者本人主体思想的介入，一切文章皆是一堆废纸，何况在当今电子信息迅猛发展的时代，要罗列全大量的资料，那是一件易如反掌的事情，轻轻地一按键盘就可以信手拈来，但是，电脑唯一不能替代人脑的就是人类的思考能力和创造能力，所以，作为一个治学的人，在自己的治学过程中如果没有创造性的见解公布于世，那他的学术也是僵死而毫无生命力的。

　　学术需要飞翔，而只有飞翔的学术才有可能成为真正有生命力的学术。

　　贺仲明的《中国心像——20世纪末作家文化心态考察》一书就要出版了，他的这本书是在他的博士学位论文的基础上修改而成的，其学术的含金量是有目共睹的，在其博士论文的答辩会上，吴功正先生的高度评价就足以证明它的学术价值，吴先生说过一句十分中肯的话，大意是：贺仲明的文章不但扎实，而且还有灵气。我以为吴先生的话是不错的，因为，贺仲明的学术文章之所以蛮好，就在于他进入了一个学术飞翔的境界——把不断的知识积累化成一种思想的激素而不断地思考，并和如今的文化生存境遇联系起来，使之成为学以致用的活的学术。

一般人都认为贺仲明是那种做死学问的人，但又有多少人能够知道他是在苦读之中终于寻觅到那条崎岖之路的呢？

那年的高考，面相憨厚而淳朴的贺仲明竟是他们那个地区的文科状元，进入南京大学攻读硕士，最后又以优异的成绩提前进入博士学习阶段。在我与他接触的初始阶段，也以为他是苦读有余而灵气不足，但是，在阅读完他交给我的第一次作业时，我的看法就完全改变了，此人不是等闲之辈，颇有心劲与功力。果然，随着一篇篇论文的问世，随着毕业论文的出世，贺仲明渐渐长出了自己的翅膀，丰满了自己的羽毛，开始了学术的飞翔。

这篇毕业论文是贺仲明攻博期间学术思想的结晶，后又几经修改与补充才付梓，它既体现出了作者严谨的学术风格——在大量的资料搜集基础之上进行可靠的实证研究，同时又逐渐显示出了他那藏而不露的思想锋芒，以及冷不丁冒出来的逼人的才气。或许有的学者对作者的一些理论概括还不能完全苟同，但是，作者的学术胆识和能力却是令人刮目相看的。我以为，要使自己的学术能够得以飞翔，其前提首先应该看作者能否具有建构新的体系的胆量与能力，舍此，其学术的翅膀就是发育不全的，也就不能在学术的领空中展翅翱翔。

将 20 世纪最后 20 年中国作家的文化心态作为研究的对象，本身就蕴涵着作者对这一时段中国作家文化心态的独特认知："作家是社会中心灵最敏感的群体，文学又是社会生活的直接反映，这一时期发生的社会文化嬗变，很自然地要投射到作家的心灵世界和他们所进行的文学创作上。在一定程度上，这一时期的文学创作，如同一面镜子，既反映出时代嬗变的现实景况，也折射出作家真实的内心文化世界。考察这一时期的文学创作和作家心态，是对于社会现实和文化最好的记录和观照，也是对于当代作家们最真切的认识。其中的委婉曲折，波澜激荡，可以深化我们对于社会文化递嬗的认识和思考，也窥探到变革时代人们灵魂的真实跃动；同时，它也有利于我们更深层地思考文学的本质和发展规律问题，使当代文学和当代作家们找到自己的精神病症，突破自己创作的精神瓶颈。——这两个方面既是本研究的目的所在，也客观上赋予了本研究深切的现实文化意义。"（引自此书前言）说实话，一开始我对贺仲明的认知方法是抱有疑问的，因为，如今像他这个年龄段的年轻博士，所选取的认知方式与研究方法，多为时髦的西方文化思潮与方法，而他在方法论上的回溯似乎在理论领域就不占先。更令人耽心的是，当"反映论"已经成为被这个社会文化与文学思潮所抛弃的方法论和理论视角的时候，贺仲明的选择是不是有些不合时宜呢？他平时不也是在大量地阅读外国的文化与文学理论的资料吗？为什么会是这样的选择呢？但是，当你读完全书以后，你就会自然而然地得到圆满回答的。

其实，这个问题我在近几年的阅读当中才找到答案，当西方社会进入后现代语境以后，人与社会，人与自然，人与物质的矛盾凸显出来了，西方的理论家们又不能不重新回到社会学批评的原点上来，对"反映论"进行重新修正和补充，以获得对文化的实证和对人类未来的探究。恰恰在这一点上，贺仲明为中国的文化心态开出良方，找到了一个准确的切入口。就此而言，我才深刻地领悟到了作者当初的选择。

考察作家的文化心态，说穿了就是探察中国知识分子这一群的心路历程，在一个个个案的解剖中，作者把中国作家的内心世界充分地展示给读者，由此而在中国文化的夹缝中寻觅一条精神的出路，这恐怕才是此书作者的初衷。于是，这二十年中的中国作家们的重要创作都几乎被贺仲明一网打尽，其目的，正如作者所言："对于一个作家来说，最真实地反映他的内心世界的，只有他的文学作品。也只有在进行文学创作时，他才是最为真诚、最为可信的。其他如作家对话和各种创作谈，都不如他的作品揭示他的心灵更真实客观。……所以本书的研究，主要不是分析和挖掘作家的生活故事，而主要是立足于他所创作的文学作品，尤其是注重考察作家创作的自我变化，透过作家的直接精神产物去反观其心灵世界。"（引文同上）我以为贺仲明在此书的详尽的阐释当中，已经作出了很大的努力，其达到的引起人们文化思考的效果也是很明显的，这一点是值得我们欣慰的事情。

无疑，贺仲明在其还不算漫长的学术生涯中，已经开始具备了他的学术飞翔的能力，这是因为他有了两个最基本，也是最重要的素质：首先，经过多年的学术积累，他在知识结构上完成了较为合理的布局，古今中外重要作家作品与思潮的知识储备，为他的理论遴选作出了殷实的铺垫；更为重要的是，他在治学思想与方法上都逐渐形成了自己一个较为稳固的体系，有独立的思考与判断能力，而不为时尚所左右。正因为他具备了这两个重要的学术条件，他才有可能振翅高飞。

当然，我并不认为这是唯一前提，因为在学术的道路上不进则退，没有主观上的长期不懈地努力，一切都是妄言。这些年来，我也眼瞅着一些原来很有才华的博士生，由于主观上的种种原因，而在学术上沉沦下去，令我痛心疾首而久久不能释怀。但是，从直觉上来判断，我认为贺仲明不是那种在学术上小有即安的人，相信他只是将此书的出版作为其学术腾飞的一个起点，因为学术的天空是广阔辽远的，我们能够看到其疆域之万一，就很了不起了。

当我看到年轻的一代能够自由地翱翔在学术天空的时候，我才能心如止水。

是为序。

2002 年 3 月 2 日于紫金山下

（以上为贺仲明著

《中国心像——20 世纪末作家文化心态考察》序，

中央编译出版社 2002 年版）

女性文化视阈的自觉追求

李玲是一个勤勉的学人。她在南大做博士后的日子里，可是天天泡在图书馆和资料室里，把全部的精力都投入到了做学问中去了。为此，她的生活尽量简单化，牺牲了许多乐趣。她那种一丝不苟做学问的精神，是常人，尤其是年轻人所难以做到的。但她在不断地阅读与写作中找到了自己的生命乐趣，找到了心安之所。出站的时候，她不仅按照研究计划完成了课题，而且还有许多相关的学术成果问世。

李玲原先是做现代文学中散文那一块的，秉承福建师大的学风，受着闽地文气的浸濡，她以精细的文本分析奠定了自己的学术品格。到了南京大学以后，她试图开拓视野，丰富自身的学术积累和延展自己的学术领域。于是，根据她的研究兴趣和专业所长，我们商量了此书的论域范畴——《中国现代文学的性别意识》。

在中国现代文学研究领域中，女权主义批评的论著也不少，但是一般都只限于女作家创作的研究，并未延伸到系统地对中国现代男作家创作进行梳理、批评上。但是女权主义批评如果不能对男作家创作作出回应，其文化干预力度必然是有限的。就总体而言，中国的女权主义批评，还普遍存在简单地横移西方女权主义批评理论的弊病；女权主义批评者们往往还缺乏那种在浩繁的男性经典作品中寻觅可以作为自己理论靶子的文本意识。这样，就很容易使理论悬于浮泛空洞。说实在话，有些女权主义批评家本身对文本的体验就缺乏一种本能的"女权意识"，而恰恰呈现的是向男权文化视阈趋同的"女奴意识"。其理论阐释的视点完全是站在男性视阈文化对于女性和母爱的讴歌之中。殊不知，这种讴歌本身就包孕了男性文化视阈对第二性自上而下的"同情和怜悯"。这种悲剧意识非但没有被有些女权主义批评家们所觉察，反而成为他们文章的认同视角。这不能不说是女权主义批评的悲剧。根据中国文化的特点，建构起符合中国文学特征的有独立"女权"意识的本土化的女权主义批评新体系，以此来打开单一闭锁的文化视阈，使中国现代文学研究真正呈现出多元的文化视阈，已是当务之急。

本书在中国现代男作家创作和女作家创作两个方面展开对中国现代文学性别意识的探讨，表现出以女权主义立场对中国现代文学传统进行深入反思的自觉意识，呈现出以女性文化视阈打破男性单一义化视阈的自觉追求。本书把性别意识的反思确认为是对中国现代文学研究当代性追求和现代性追求的回应，说明其女权主义立场不仅仅是女性文化的自说自话，而具有一种比较宽阔的文化视野和比较明确的文化使命感。作者对中国现当代文学中普遍存在男性中心意识这一现状，研究界对男作家同情女性苦难遭际、男作家赞美女性中所蕴含的男性中心意识普遍缺少警觉这一现状，有明确的认识，因而认为对中国现代文学的性别意识进行探究和反思，将有利于当代文化的精神建构。同时，也为了回应中国现代文学的现代性追求的重大命题，本书认为反思中国现代文学中的男性中心意识符合恩格斯所说的"历史观点"这一文学批评标准。因为中国现代文学的现代性特质，尽管内涵丰富，也没有统一定论，但中国现代文化理念首先就是建立在激烈批判前现代文化主奴对峙封建等级意识的基础上的，其核心内涵应是人与人之间相互平等的民主意识，应是尊重生命主体意识的自由观念、个性解放观念。男性中心意识，作为一种性别等级观念，把男女关系界定为主奴关系、主从关系，就从根本上违背了现代民主精神、违背了现代人性观念，不应该被看作中国现代文化现代性内质中本来就可以包容的东西。可见，作者对中国文学现代性问题的认识，显然具有明确的中国文化现实感。这说明作者在回应全球共同的现代性问题的讨论中，并没有生搬硬套西方文化理念。确实，虽然在后现代主义理论家那里，如福柯就认为启蒙制造了"进步"的神话，但是仔细想来，则正是欧洲经历过了"启蒙"的文化阶段，而我们恰恰没有这种文化经历，因此，照搬生长在另一个文化语境中的理论，是往往要出问题的，哪怕是大师的话也得打个问号。

此书把正面价值立场定位在男女两性主体性平等，在主体性平等的前提下尊重性别和个体的差异性上。这包含着对封建性别等级文化的批判，也包含着对以平等的名义，用政治化的男性类特性压抑性别差异性、压抑个体生命差异性这一历史的反思，同时也说明这一种性别立场是对男权文化传统的本体性否定，而不是男女轮回式的反叛。

正是为了在借鉴西方女权主义理论的同时，避免生搬硬套的毛病，李玲在系统学习女权主义理论、叙事学理论，确定自己的性别文化立场之后，采用的是归纳式的研究方法。她总是一篇一篇地先写作品阅读笔记，然后归纳出一个个作家的性别立场，最终再归纳出一段文学史创作中的性别意识状况；而不是先搭出一个论述框架，然后到文学史中寻找与自己设定的论述框架相符合的作品。这样做，费力，速度慢，但对文学状况的阐释无疑会更为可靠一些。而且，她把性别意识反思的目光首先盯在巴金、老舍、曹禺，甚至鲁迅这些现代经典作家的经典作品上，无疑是抓住了文学史反思的要害。

由此，我们可以看到，此书在文本阅读中归纳出的结论是可靠而可信的。本书上编通过对女性形象的类型化分析，反思中国现代男性叙事中的男性中心意识。认为中国现代男性叙事中的女性形象大致可以归为天使型、恶女型、正面自主型、落后型四大类。认为现代男作家以启蒙、革命思想为依托，对性别秩序进行重新言说，但由于对现代男性主体缺乏反思，不免再次陷入男性中心立场，从而维护了男性为具有主体性价值的第一性、女性为只有附属性存在价值的第二性这一不平等秩序，从而使得现代新文学在现代男性启蒙、革命的框架内悄悄背离了两性平等的启蒙原则，而在实际上走向了启蒙的背面。性别意识领域，由此也成为中国现代文学现代性最为匮乏的思想领域。本书下编着重从重返社会公共生活领域、母女亲情、童心世界、女性情谊、性爱意识、观照大自然六个方面考察"五四"女作家独特的青春女性情怀及其审美表现，从而探究"五四"女性文学开创中国现代女性文学新传统、初步建构现代女性主体性的思想、艺术价值。本着这样的理论线索，此书对中国现代文学的性别反思问题作出了较为圆满的回答。

在全书的价值体系的建构中，李玲一方面遵循着历史的客观的中性描述与评判；一方面又以颇为"深刻的片面"的主体意识介入历史与文本，用发挥到极致的优美与深邃，获得了本体叙述的解放。本书不仅是对以往作品的重新解读，而且亦提出了从另一种角度重新进行文学史梳理的观念问题。本书既有宏观的理论把握，又有精细的文本分析。就此而言，我以为此书在诸多生搬硬套外国现成理论的所谓女权主义的专著中脱颖而出，具有了非同一般的意义。虽然，由于本书各编各章的写作时间有先后，因而其性别意识反思的理论自觉程度不同，亦是可见的。

我想，李玲以此书为基础，在这个年轻的学术研究领域里是大有作为的。就凭她的那股不拔的韧性，就可自立于此坛之林而扶摇直上。这一点我是坚信不疑的。

是为序。

2002 年 7 月 2 日于紫金山下

（以上为李玲著《中国现代文学的性别意识》序二，
人民文学出版社 2002 年版。标题为编辑所加）

人品与文品的互动

　　樊国宾的博士论文《主体的生成——50 年成长小说研究》就要出版了，他的论文被遴选为今年南京大学中文系的优秀博士论文，又被《当代作家评论》的主编林建法所看中，立即刊发其中的部分章节。足见此文在中国当代文学研究领域内的开拓意义和研究价值。这也是作为导师的莫大欣慰与荣幸。

　　在 1999 级的博士考生中，樊国宾在笔试和口试当中并不是首屈一指的，但是，我在阅读了他在工作期间发表的一些论文以后，立刻就感到了他的哲思潜能与文采爆发力的可观性，于是就毫不犹豫地选择了他，虽然当时我对他的勤奋与刻苦还没有足够的把握和信心。

　　事实上，我的担心是多余的，一个素质好的学生在学业上是自觉向上而毫不懈怠的，只有甘于坐冷板凳的人才有可能成为一个真正的学者。樊国宾在攻博期间所付出的辛劳代价是常人所不能想象的，他默默无闻地读书，也默默无闻地在思考。不事张扬、勤勉矜持、内敛旷达是他与生俱来的禀性，也成为他的整个治学风格。其实，作为导师，我不应该如此褒扬自己的学生，但是，我确实在樊国宾的学术风格中看到了他的人品和人格魅力。只有如此大器的人格，才能在学术上有所造诣，尤其是在这个商业化倾向不断侵袭学术的浮躁时代里，保持一份清净的心境，拥有一种矜持的操守，是十分困难的，尤其对于年轻人来说，需要克服的欲望是太多太多了。

这本论文凝聚着樊国宾多年来对中国当代文学的深沉思考，有些宏观的哲学文化问题，在他攻博以前就在凝神静气地思考了，一俟有了充裕的时间和优良的学术环境，他的思考就有了一个质的飞跃。他很聪明，又擅长思考，这是他学业的根基，也是其立论的基础。尽管他十分喜欢思考探讨思辨的哲学问题，但是他又善于将自己的所思所考落实到具体的专业研究中去，从中观和微观的视角切进具体的文学现象与文本，将它们与宏观的哲学文化问题勾连起来。于是，他预设的一切问题也就明朗清晰起来了，从而思想者便获得了学术上的更大自由与更大空间。从此书"后记"中作者自己的谦辞而言，便可看出作者心境之一斑："深恨自己平素的漫自矜许，以至妄想要以不逮之才力，去破解躲避在文学中的哲学难题，不但于自己是一种欺罔（几近孔子诛杀少正卯时所讥嘲的'言伪而辩'？），恐也妨害了学问向渊懿境界的发展。但如果不结合哲学来谈，又实在无法将问题说清并引向深化。这部论文所关涉的论题中蕴藉的深沉内涵一度使作者心如鹿撞，特别是围绕'主体'的思辨，作者有一段时间在头昏脑胀中恍惚然如对梦寐，几乎将它完全变成了一种相关宗教的思考。"也正是这样近乎迷狂的宗教式的哲学文化问题的思考，才使得樊国宾在不懈地学术攀援过程中有了惊人的思想升华。

"用正作根基，用奇作变创，才能以无厚入有间，以神遇代目视"，这已经成为樊国宾为人为文的标尺，以正为本，作文才能有股正气，才能驱"邪"逐"魔"；以"奇"为创，行文才能有所革故鼎新，才能融入自己的思想。樊国宾由此来做"成长主题"的小说研究，不说是得心应手、融会贯通，也还是游刃有余、左右逢源的。

"成长小说"作为一个理论的概念，本是 18 世纪末和 19 世纪在德国兴起的小说思潮，樊国宾在借用此概念时多次特意加上了"主题"二字，其意不言自明：为了更切合中国近 50 年来文学思潮、现象、文本的特质，也为了更进一步地将"成长小说"的概念深化与扩展，作者在论域的界定上就有了充分的把握，同时也就在具体的论述有了更加自由的自我学术思想表达的广袤空间。我向来不反对借鉴国外的先进理论，问题是看你是否能够在具体运用时化为自己的思想，乃至独成的思维系统。这一点樊国宾做得很好，虽算不上是天衣无缝，但也可说是珠联璧合了。尤其值得称道的是他在理论概念的构架完成后，那种在文本细读过程中所表现出的放达的宏观驾驭能力和睿智独特的微观发现敏悟能力，往往使人在阅读过程中不由得击节赞叹。我不想过多地去陈述这部理论著作的精彩内容，读者诸君与研究专家都是明察秋毫的，他们将是此书最好的发言者和评判者。

在论文的答辩过程中，专家学者们对这部论文的肯定已经说明樊国宾在学术发展上的潜质，我由衷地希望樊国宾在走上新的工作岗位时，千万不可懈怠，不可以工作性质的改变而改变自己半生的学术追求。我冀望看到的是一贯在学术上进步的樊国宾，在学界抒发自己独到识见的樊国宾。

当然，我也很有信心和把握樊国宾无论做什么事情都会出类拔萃的，因为他的人品决定了他的一切行为准则。过去，我一直认为在人品和文品之间是没有一条不可逾越的鸿沟的，但是这些年在物质主义的包围下，我看到了形形色色的人品与文品同时堕落的丑陋嘴脸，于是我在樊国宾这样的年轻学子身上却反而看到了一线希望。

将来的中国，将来的文学，将来的学术，应该是属于像樊国宾这样的年轻一代的！

是为序。

2002 年 9 月 15 日于紫金山下

（以上为樊国宾著《主体的生成——50年成长小说研究》序，中国戏剧出版社2003年版）

文学环境研究的重要性
与格局的创制

　　马永强的这部著作在他的博士论文答辩会上就受到了专家学者的一致好评。除了作者的严谨学风和清晰的逻辑表达外，最能引起大家关注的就是这个选题的新颖视角和作者在文学环境研究中的独特发见。

　　过去，我们只强调新文学发生和发展中的思想层面，也就是接受主体的研究，属于韦勒克说的那种内部研究。近年来从外部研究视角切入的文章和著作逐渐多起来了，但是，像马永强这样用几十万字的篇幅来大规模地论述两者之间看似简单却有千丝万缕内在联系的皇皇论著尚不多见。作为相对独立而平行的学科，新闻传播学和新文学是分属于两个俨然不同的研究领域，它们当然各自有不同的规律可循，可是，它们在同一时空的界面上的相遇和相交，就有了不同凡响的历史意义，就有了更广阔的研究领域。如果以往我们对它们的研究还处于心理学上的无意后注意的层面的话，那么20世纪90年代后期一批学人在这个领域里所做出的努力，已经是进入了有意后注意层面了，马永强的研究也就是上升到了这一层面的成果。作为文学环境的研究，发掘现代传播对新文学发生和发展的影响与内在的互动关系，不仅成为一个新的领域，而且在学科的交叉点上会有更多的学术生长点，乃至成为一个新兴的边缘学科。

把 19 世纪中叶开始的现代传播作为中国现代化过程中的一个"前全球化"阶段，而把 20 世纪末的"全球化"指称为"后全球化"，这不仅仅是行文分期的方便，而是隐含着论者对现代文化和文学发展过程的独到识见。正如作者在《绪论》中所言："为了将两次'全球化'区别开来，这里引入'前全球化'和'后全球化'这样一个说法。前次以大机器生产为特征的资本市场的拓展，对于 20 世纪末开始的以信息技术和互联网为标志的'全球化'，只能算是一次'前全球化'。为什么这样说呢？首先，资本的扩张和世界市场的追求，用殖民战争第一次将整个世界紧密地联系了起来，闭塞的中国也被卷入这一世界变革潮流。其次，比起第一次社会大分工形成的农业文明，以现代化大机器为标志的工业文明具有明显的世界性，不仅生产受世界市场的影响，而且消费也是世界性的，资本的发展无时无刻不伴随着追求世界市场的渴求。这正如阿芒·马特拉认为的那样，从亚当·斯密开始就'将全球视为一个市场、一个工厂、一个车间'，《国富论》中提到的'全球化'、'宇宙化'，就是'通过市场建立一个全球化的共用空间'。第三，这一全球化的进程是与现代传播系统的发展息息相关的，比如，铅字印刷技术和大机器化的采用、普及，电报、电话等现代通讯技术的发明、应用，横跨大西洋的海底通信电缆的成功铺设等等，都为'前全球化'提供了一种技术和信息支持。"在这样的思想背景下，马永强的研究工作就显得十分从容与自信了。而他所需要解决的学术问题也就沿着这个轨迹迎刃而解了。

把研究的焦点集中在 19 世纪中叶以降到 20 世纪"五四"新文学的发生期，这显然是马永强研究阶梯的第一阶段，后面的庞大研究计划当是他终身的学术研究目标。"清末民初现代传媒在中国的兴起，是'前全球化'这一趋势的产物，但它提供了中外文化全面碰撞、对话的可能。本书所要探讨的正是这两种异质文化是如何在对话、碰撞中影响现代中国文学的变革，产生了新文学。现代传媒的萌芽、成长是如何形成并发挥'公共舆论'的作用？传媒和文化'把关人'在整个清末民初文化传播历程中处于怎样的地位？文化人士的互动对文化传播产生了哪些影响？而这些影响又如何辐射到文学变革？所以，研究一方面通过文化传播的发展史探索其对新文学的影响，另一方面在新文学的发生中寻找它的历史渊源"。对于"前全球化"中的这些现象学、发生学的诸多问题，马永强都一一作出了严谨的论证，从中我们足可见出论者的治学态度和写作的风采。从点到面，从微观到宏观，在论者丝丝入扣的论述中，我仿佛看到了马永强孜孜以求、永不倦怠的学术面影。

马永强不是属于那种只凭天分为文的人，他以比常人多几倍的勤奋去读书，去攻克一个又一个学术难题，尤其是这五年多来，他除了吃饭和睡觉，把全部的精力都投入到读书和学术研究上去了。作为一个有血有肉的年轻人，他放弃的东西太多太多了，但是，他在做学问上绝不马虎，对老师提出的意见和建议从来都是一丝不苟地去思考和理解，即便是很细微的问题也从不放过，有时连我都觉得他过于认真了。如今回想起来，也就是凭着这股永不放弃的韧性和毅力，马永强跨越了许多学术上的关隘，真正进入了学术研究的自由王国。

我常常说：有的人没有文学的灵气，搞了一辈子学术研究，但是他至死都没有真正进入文学研究的内核之中；而有的人是有文学的天分的，但是他不肯努力，不肯花大气力去啃硬骨头，也就半途而废了；只有具备了一定的天赋和灵气，又甘于坐冷板凳的人，才有可能去攀援一个又一个学术巅峰，而达到光辉的顶点。我以为马永强是属于后者那种敢于攀登险峰的学子，我也充分地相信他的能力和毅力。

作为马永强的博士生导师，我在他的身上看到了这个物质化世界背后拱起的年轻一代的学术脊梁，在这个浮躁的时代里看到了一线学术的希望！

是为序。

丁帆

2002 年 10 月 4 日午夜于紫金山下

（以上为马永强著《文化传播与现代中国文学》序，
安徽大学出版社 2003 年版）

追问与探询

　　金文兵博士毕业已经两年了，说实话，我以为他对学业上的研究工作已经开始淡化，甚至停顿了，也就没有太在意他最近研究工作的动态。然而，当他将自己的毕业论文的反复修改稿寄给我的时候，我的确是惊讶了一回。

　　这是一个浮躁的时代，就连一贯以清净为本的学术界也难逃其厄运，包括我在内的所谓一大群的"现代"知识分子，都不同程度地染上了这种新世纪的学术时髦病。如何克服做学问上的致命弊病，成为学术界"是生还是死"的大问题。然而，我在过去认为是"垮掉的一代"的金文兵们这里却看到一线希望，他执著的治学精神也就成为我对新一代学人刮目相看的新起点。

　　文兵在校攻博时，曾一度和同门的几个师兄弟痴迷于哲学问题的探讨，他们对黑格尔、尼采、叔本华、阿多诺、海德格尔、马克斯·舍勒、巴赫金、米兰·昆德拉等人提出的哲学与美学问题进行过深入的探讨与辩论，其中所涉及的许多与文学密切相关的问题讨论之深是令人惊叹的，乃至其中一位仁兄居然为了啃透黑格尔而去学习德文、而去购买了全套的德文版《黑格尔全集》），这就使我不得不佩服他们刻苦的思辨精神和坚韧的学术毅力。

比起最初的毕业论文，此稿的修订可以明显地看到文兵随着对此论域问题探讨的进一步深入，其论证的理路愈来愈清晰了，其思考问题的深度与广度也非同日而语了。体系化、理性化、逻辑化的特征亦愈来愈凸显。

从宏观的角度来考察此稿，我感觉到文兵是想将自己多年来的学术成果来一个体系化的重构。将 80 年代到 90 年代转型期的小说创作阈定在价值理念和审美诉求的八个方面，其本身就充满着理论的思辨色彩与挑战性，它是否真正抓住了其本质特征了呢？就我的目力所至，窃以为，起码在大部分的论证结穴上是切中要害的。"论文共由小说的历史与真实、价值颠覆的发生、女性话语的建立逻辑、身体的归属性问题、儿子时代的喜剧性父子伦理关系、人在驯顺命运中所剩下的最后可能性、家园丧失的现代意义以及 1990 年代小说的喜剧性精神品格这八个部分组成"。除了个别问题有内涵与外延的交叉外，这些问题的确是那一历史时段凸显出的带有哲学思辨意味的文学命题。

但是，作为一种整体性的价值判断，怎样才能完成体系性的理论构建呢？于是，文兵就毫不犹豫地选择了"人的三种界定方式"："'陌化之人'从'奋求者'当中界划出来（第一种界划方式）；身体的自我从精神的自我、女性话语从男性话语、儿子从父亲权威中界划出来（第二种界划方式）；自我从家园、自我从规训中界划出来（第三种界划方式）。与此相呼应的是，还对审美认知方式上的两次革命进行了讨论：历史与真实认知的可能，以及严正与喜剧的风格变迁。需要补充说明的是，上述判断并非只建立在对 1980—1990 年代文学现象的孤立性考察上。如何把一些看上去很新的问题，融合进 20 世纪中国文学的大背景中作出应有的追问与探询，也是本文努力的一个方面。这样做的目的，是期望能够获得认识上的与论述上的历史感和完整性。"我对于文兵的这种"人的三种界定方式"还不能全部认同，但是作为对一种问题的言说方式，我以为论者寻觅到了一个很好的切入点，以此来归类、剖析 1980—1990 年代的小说文本，就有了一番别出的新意。

在确定其三种界划模态方式后，最重要的就是论者的价值判断的文化批判精神的体现。因此，以人性为价值定位的坐标，就成为文兵探询问题的隐含价值理念标准。缘此，我以为此书在文化批判的指向上就有了清晰的逻辑理路，其文化哲学批判的锋芒便使其更具有思想的尖锐性。

我以为金文兵在这部专著里也绝非仅仅是迷恋在哲学的迷宫之中而不可自拔，他在大量的典型文本的细读当中，显示出了对文学作品与众不同的独特体悟，虽然它们还带有那种哲理意蕴的经验性痕迹，但是，这种独到的见解往往是一般平庸的评论家们所不能企及的，这种体验的获得是依靠作者长期对其哲学观照的美学对象——文学作品的理性穿透而生成的。

在阅读此书的过程中，我深深地感觉到，文兵对出现在80年代后的作家作品有着一种近乎刻骨铭心的哲理性解剖，尤其是对像张洁、张辛欣、王安忆、陈染、林白等那样的女性作家们的文本；对像贾平凹、莫言、刘震云、张炜等那样的"还乡者"们的文本；对像王朔、余华、朱文等那样的"儿子时代的伦理喜剧"的制造者们的文本；对像王小波等那样的"突破规训命运"的特例者的文本，文兵都作出了精辟而别样的分析。我这里所说的精辟，就是指论者以其哲思的独特视角；所说的别样就是对文本中的许多现象进行了与一般评论者不同的，乃至相异的价值评判，其中许多惊人的价值理念就是通过对文本不同凡响的经验性解读而获得的。就此而言，我看到了另一种由理性到感性，再上升到理性的文本解读方式的可行性与实践价值。

我以为怀疑一切，小心求证的治学理念可能是推动人文学科永远前进的原动力，没有这种学术的精神与胆识，是难成气候的，而表面上文质彬彬的金文兵，骨子里却透着一股犀利的锐气，亦如他在本文最后的论述中而言："文学在本质上是对被给定的规范与秩序的怀疑，严肃地讲述和讨论一个问题是基于对一种肯定判断之后所持的立场——真理的维护；但并不等于它就是惟一的终极的判断，而且它只构成传统的积累形成过程中的一个层面或阶段。"不断否定前人、否定传统、否定一切现成的理论和体系，甚至否定自己，才有可能在学术上有所长进，有所建树。否则，重复前人的东西，只能拿别人的理论当作自己的武器的所谓"学者"，是永远匍匐在别人阴影下的精神侏儒。从这里，我看到了希望，尽管金文兵有的观点还不够成熟，尽管他对前人大师的理论世界还有迷信与迷狂之处，但是，我看到的是一个"成长"着的青年智识者！他们才是学术的未来，他们才是思想的未来。

当然，我也十分欣赏作者在此书最后引用尼采在其《论道德的谱系》中的那段话："我正是在这里看到了人类的巨大危险、人类最精致的迷惑和引诱——人类将被引向何处？走向虚无？我正是在这里看到了末世的来临，看到了停滞、回顾往事的疲倦、反抗生活的意志，看到了关于临终疾病的温柔而忧伤的兆示。这种越来越流行的同情道德甚至传染、弄病了哲学家，我把这种道德理解为我们业已变得可怕的欧洲文化的病兆，一种通向新佛教、通向欧洲人的佛教、通向虚无主义的弯路？"始于忧患，才有可能创新；只有怀疑，才有可能突破！紧迫感才能使学者置之死地而后生。在逶迤的学术道路上，我们应该看好这种学术姿态，看好那种勇于攀登悬崖峭壁的人！

我希望文兵能够永远保持这种旺盛的学术姿态，永不凋谢、永不枯萎。

是为序。

（以上为金文兵著《颠覆的喜剧：20世纪80—90年代中国小说转型研究》序言，中国社会科学出版社2004年版）

刻苦、敏锐、严谨、
执著的学者

作为一部地域文学史的分类史，从小说这一文体来详细地分析西部文学的精神与美学特征，它弥补了我们在《中国西部现代文学史》中无法详尽和完善的遗憾。从这个意义上来说，《中国西部当代小说史论》不仅仅是《中国西部现代文学史》的"子集"，更重要的是，它将粗线条的历时性勾勒进行了更加学理化和学术化的细致分析，使中国西部小说发展的历史线索更加明晰可视。尽管只是1976—2005的三十年的断代史叙述，但李兴阳抓住了西部文学发展的高潮期，足以将西部小说的繁荣书写出来了。

多重文化语境中的西部小说的定位就确定了此书的基调——"在西部文化的历史演进中，游牧文明成为主导文化形态，而农耕文明也在这里播撒种子；前现代文化还没有消退历史的旧痕，现代文化也还没有形成完备的形态，而后现代文化却已超前登临。"（此书"绪论"，下同）这无疑是准确地概括和把握了西部文学的整体特征，有很高的学术意义和价值。我尤其欣赏李兴阳将西部小说放在一个整体文化语境中考察后的结论："西部小说作为'无法与世界雷同'的这'一个'，在20世纪80年代，便已有意识地从对文化中心的遥望和追赶中艰难而缓慢地转过身来，面向西部大地，唤醒沉睡的西部经验，努力重塑新型。西部小说之为西部小说，在西部'流寓'、'乡土'和'先锋'等几个领域，逐渐有了虽是粗粗长成但颇具西部风韵的审美风貌。"正因为有如此高视点的价值定位，作者才能张弛有致地将西部流寓、乡土和先锋等类别的小说分析得头头是道、鞭辟入里。

站在一个文化的制高点上来看西部小说，和只局限于对具体的文本分析而言，其学术视界显然是有着天壤之别的。从这个意义上来说，李兴阳为了使自己不落入文学史的平庸分析的陷阱，便尽量能够从宏观的学理层面入手，再进入中观和微观层面之中。这样，就能够较准确地抓住问题的本质特征。例如他对西部小说新的精神走向的把握就很具有创新性："显然，西部新乡土小说的精神向度与价值选择具有前所未有的多向性。从对城乡不平等关系的追问到对现代城市文明的质疑，从对乡土人生的皈依、亲和到对乡土文明所内含的现代普适性的注目，从对宗教信仰、宗教情感引导现实超越的可能性到对抵御异化的生命神性的崇仰，如此多向度的文化精神开掘，使被异域性文化想象'妖魔化'或'奇异化'的'乡土西部'显露出了亲切可人的凡俗本相，这其实是对'真正的西部'的重新发现。需要提到的是，新进的西部作家对自足的乡土人生的多向性探求，大多是以理想主义的乡土封闭形态为基础的，因而在其理想主义色彩的背后，有着较强的保守主义倾向。"无疑，这一概括是贴切而有前瞻意义的。

同样，在对一个命题进行设置和经验性地总结时，不仅需要一个学人对问题的丰富的想象力，同时，更需要他的人文价值立场作为理论的支撑，在论述中凸显历史描述的主体性，不让价值观念淹没在浩瀚的史料之中。在这一点上，全书都有上佳的表现。比如作者对西部城市小说描写中所呈现出来的特点概括就很有独到的看法："在对中国西部的异域性文化想象中，西部就是原始、荒凉、野性的奇风异俗之地，就是大漠雄风、马背上的厮杀与雪域草原上的生命力的张扬，西部现代城市及其文明则似乎是一个不存在的'空白'，这显然是对西部的又一种'误想'或曰'误读'。'真正的西部'有大漠、戈壁和荒原，也有自己的现代城市。20世纪90年代以来，西部的现代城市随着西部开发带来的现代工业文明的强力推进，正加速自身的现代性转换，城市由此成为西部最为重要的人文景观。"这些看似简约的判断，其实裹挟着作者诸多的对整个世界文明进程的牢固的经验性人文价值判断。所有这些人文主体性的价值理念都渗透在全书的字里行间，力透纸背。

李兴阳是一个十分勤勉的学者，他身上具备了一个学者所应该具备的基本素质——刻苦、敏锐、严谨、执著。

刻苦是一个学人最根本的素质。但是，在这个连学术界都十分浮躁的文化消费时代里，甘愿坐冷板凳的人是越来越少了，但是，李兴阳却是一个整天沉浸在书卷中的学人，在他的日常生活序列里是没有"休闲"这个时尚词汇的，从攻读博士到进博士后流动站，他每时每刻都徜徉在学术的海洋之中而不可自拔。他的这种刻苦的精神常常使我感动，当然也感动着他周围的人。大家都说他工作的效率高，出手之快令人佩服，殊不知，在他刻苦勤勉的背后是长期攻读的大量知识资源的积累，由此而支撑着他那片学术的天空，便凸显出了这游刃有余的表象。几年前，在我主持的"十五"国家社科项目《中国西部现代文学史》的写作过程中，他承担了很大的篇幅，既快且细，不辞劳苦，做出了很大贡献。同时，在地域文学史的写作过程中，大量的原始素材激发了他撰写这本分类史的学术冲动，仅仅用了一年多时间，他就完成了这一并不简约的工程。

敏锐地发现应该是每一个学人具备的先天素养，其实，这种素养往往是与个人开阔的阅读视野以及思维方法的变化有着千丝万缕的关系的。就此而言，李兴阳之所以能够在许多资料上发现问题，从而敷衍成长长短短的文字，靠的是后天的不懈努力，在浩如烟海的史料钩沉和爬梳中，借镜和参照有价值意义的先进方法，使自己的学术进入了一个自由的王国。这种学术的路数将成为李兴阳受用一辈子的资源，在阅读中发现，在发现中思考，在思考中发现，这种看似单调的知识能量的转换，却是学术研究中不可或缺的环链，少了一个环节，学术的价值就会降格。

严谨已经成为这个时代的精神奢侈品了，快节奏的生活已然把我们带入了一个浮躁的学术氛围之中，如果还有人能够在自己的文章中"咬文嚼字"的话，那他将是这个时代的另类，虽则是凤毛麟角，但弥足珍贵。我读过李兴阳的文字不下百万，总体感觉他是一个比较严谨的人，有许多活做得细致而漂亮，是那种令人放心的学人。这当然是与他长期从事基本技能的训练有关，同时，不受文化消费时代的种种诱惑，才是学术严谨的真正定力所在。

执著的学术追求是一个学者必备的修养和终生的信仰，没有这个前提，就不可能在学术的道路上走到底。从这些年和李兴阳的接触当中，我深深感到了一个学者对于学术的敬畏之心。那年，当我在电话里通知他被录取时，那边传来的颤抖的哽咽声并没有引起我足够的惊讶，因为，我以为那里面多少掺杂些许功利的成分。然而，在日后的漫长岁月里，他对时光的尊重，他对学术的景仰，使我改变了初始的印象。多少年来，每每回忆起那一瞬间的感受时，虽不免心中赧然，但更为那年的博士生择优和我们师徒之间的相遇和相知深感欣慰。

李兴阳正值学术发展的黄金时期，能否坚持再坐十年的冷板凳，是他能否在学术星空中划出一道亮丽弧线的关键所在。但愿他能够渐行渐远！

是为序。

2006 年 9 月 8 日于紫金山南麓

［以上为李兴阳著《中国西部当代小说史论
（1976 ～ 2005）》序言，
安徽大学出版社 2006 年版。标题为编辑所加］

学理道路上的艰难跋涉

王文胜的博士论文经过几年的修改和充实，终于面世了。从中我看到的不仅有作者辛勤劳作的面影，还有那种对学术执著追求的坚韧意志。

从博士论文的选题到项目的申请，王文胜都和我进行过反复协商与讨论，直到此选题的最后定夺，她所花费的精力是可想而知的。在整个文章的构架中，王文胜在理路、观点、方法，甚至行文的技巧上都作了精心的安排，尽管在某些观点上我还不能完全同意她的意见，甚至觉得有些地方价值理念的冲击力还不是很大，但是，我以为从学理上来说，只要持之有据、言之有理即可。

"十七年文学"是一个艰难的命题，之所以说它是艰难的，就是因为在它的全部历史过程中存在着许许多多的悖论之处，难的是要在其中清晰地表述出一条属于自身价值取向的逻辑理路来，委实是不太容易。尤其是选择了"现实主义思潮的流变"作为论述的中心，那就不是一个简单的史论的论题了。面对浩如烟海的资料，怎样选择理论进入的切口；面对林林总总的观点，又怎样确立自己的价值体系，这些才是显示作者学术功底之处。

王文胜的机智之处就在于寻找到了一个与众不同的理论切口，而这样的理论切口又为作者表述自身的价值观念提供了充分的依据："我的笔力重在对思潮流变的复杂动因予以分析，对建国初期我国文坛不同的现实主义观进行辨析，在此基础上解读一度百花齐放的文学花园何以突然变为一枝独秀的内因等等。论及'十七年文学'现实主义思潮流变的动因，必然会提及苏联文艺思潮的影响，但我们现当代文学研究界总是笼统地提及这一点，对这种影响的动态分析远不充分，而比较文学界又将研究重心落在了苏联文艺思潮的问题上面。"鉴于此，从源头上来找到"十七年文学"发生与发展的内在动因，就成为解析其根本的有效途径："其实'十七年文学'现实主义思潮的流变中，中苏交往中的顺应和逆反关系非常具体地影响到'十七年文学'现实主义思潮脉络的形成，本书在这一问题上要做许多细致的比较分析工作，特别是本书首次将苏联'解冻文学'作品和大陆'百花文学'作品进行了对读，得出了一些值得注意的结论。"我以为，此书只要有了这一章出彩，就足以为"十七年文学"的研究提供许多令人耳目一新的观念。同时，也正是有它作为全书纲领性的价值取向，才有了纲举目张的效果，并彰显了其他相应章节。

对"十七年文学"中的城市隐匿和非乡土化问题的探讨又

是本书一大理论亮点。这个问题的论述应该说是作者独到的发现，它的提出为解释许多带有普遍性的文学难题提供了路径："笔者认为城市的隐匿使'十七年文学'文本未能展现现代化进程中文化转型的复杂场景，略去的是人的现代生成，并且'十七年文学'中城市隐匿所代表着的一种文化立场在很长时间里都影响着国民性，还间接地造成了我国当今城市文学的不发达。'十七年文学'中作家以乡村生活为主导题材，但这些作品主要承载政治社会的功能，呈现出非乡土化的特征。"作为以此进行论证的对象，王文胜在许多难以解析的异化问题上找到了新的答案。

从唯物主义的观点出发，王文胜在对造成"十七年文学"作品质量普遍低下状况的批判中，又对一些被当时认定为"异化"了的作品进行了特别的梳理："总体来说，我们常会对'十七年文学'有些失望，然而在阅读整个'十七年文学'文本时，我也曾被一些自由的心灵的吟唱深深地感动。虽然它们并不能在当时撼动'十七年文学'思潮的总体流向，但它们却能预表未来，我且将它们视作当时规范性文学的一种异化，也列为本书的一个章节。"就此而言，我以为王文胜在价值评判上所坚持的立场是客观而公正的。在历史重述的过程中，只有持有一种对历史本身尊重的态度，才是严肃的学者风范。

在如今学术普遍贬值、人们崇尚物质的时代里，能够静下心来做大块文章而问鼎学问者是越来越少了，当然，那些明确奔着功利目的而大做文章者是不在其列的。而王文胜用了五年多的时间不断地充实和修改自己的论文，使其日臻完善，的确让人感动，可见其严谨之一斑。

从华东师范大学硕士毕业后进入南大攻读博士，这些年王文胜一直在学术的坎坷道路上疲于奔命，不为家庭琐事拖累，个中的甘苦自有她心知肚明。也许，今后她的学术道路会更加艰苦和崎岖，但我相信她会永远保有那份学术的青春激情与活力，创造出令人惊讶的学术成果。

是为序。

2004 年 2 月 11 日草于紫金山下

（以上为王文胜著《在与思："十七年文学"
现实主义思潮新论》序，
南京师范大学出版社 2006 年版）

对旧文本独具慧眼的新索解

　　这部书稿是在博士论文的基础上扩写成的，它虽然在林林总总的博士论文评选中没有获得全国优秀博士论文，但是，我一直认为它并不比那些已经获得此殊荣的博士论文差，在我心目中，它始终是很优秀的！

　　这是一部与一般女性主义研究不尽相同的学术著作，因为作者不是在生吞活剥西方理论或拾人牙慧的基础上来建立自己的理论体系的，而是从具体的文本分析出发，借鉴和比照已有的中西方理论，根据自己的生存经验、社会体验和阅读经验，来建构一个新的经验世界。

　　这部书稿前后经历了一个漫长的过程，几经修改，可谓披阅六载，终成大器。

　　想当年，王宇在和我讨论这个论题的时候，其规模没有如此宏大而系统，所开掘的理论范畴也没有如此精深而有创造性，但是，她的毕业论文仍然受到了专家学者们的一致好评，连一贯十分挑剔的王彬彬老师也对她独辟蹊径的"十七年文学"文本的分析夸赞不已，将其中一部分收入了《中国当代文学史新稿》。今天，摆在我们面前的这本沉甸甸的学术著作，能够在浩如烟海的学术著述中经得起历史的考验吗？我以为这是毫无疑问的。最起码，这部著作的两大特点和优势是空前的：它的研究方法是具有原创意义的；它的文本分析刷新了旧有思想套路。

所谓研究方法的创新，就在于作者在对 20 世纪后半叶中国大陆这一时空中具有典型意义的文本进行重新清理的时候，并没有被西方变幻不定的新方法所困，尤其是自上一世纪 90 年代以来红极一时的女性主义研究方法风行大陆，许许多多的女性研究者趋之若鹜，就着那半生不熟的西方女性主义理论方法的佐料，对中国现当代文学文本进行回锅炒作，难免生出一些风马牛的事件来。针对这一女性主义文学研究的弊端，王宇试图站在一个超越狭隘的女性主义研究方法的格局中，对 20 世纪后半叶的大陆文学文本进行超越性别的研究，这一点她在"前言"中就开宗明义地指出了："本书所进行的并非女性文学研究，而是以性别为中心分析范畴（但不是唯一范畴）的女性主义的文化研究。本书的研究对象是 20 世纪后半叶具有相当代表性的、产生较大社会反响的叙事文本——既指涉女性文本也指涉男性文本。"本着这样的研究理路，作者的切入点是女性主义视角，最终却是落脚在宏观的文化研究上，这样的研究方显示出一个研究者超越性别的宽阔胸怀。其实，任何方法只不过是"器"，它最终还是为思想的阐释而服务的，因此，作者的终极指涉是十分明晰的："'现代认同'即现代主体（包括民族国家主体与个人主体）身份的建构，这无疑是 20 世纪中国文学最重要的文化诉求。而'性别表述'指文化本文对男性、女性的性别象征意义（性别符码）的编述和解读。那也就是说，本书关注的是关于性别的话语而不是性别本身。本书的目的在于通过讨论 20 世纪后半叶的中国大陆叙事文本（主要是小说，同时也指涉少数戏剧影视文本以及流行文化、生活方式等非文字性文本）对性别的表述，来探究性别的文化意义是如何被纳入现代认同的框架中？换言之，男性、女性的性别符码是如何进入不同时期现代主体意义生产的场域，抑或前者是怎样成为后者的符号资源？"

无疑，一个真正的学者的学术姿态是超越性别的。作者"关注的是关于性别的话语而不是性别本身"，这就与一般的女性主义研究者有了本质性的区别。其区别就在于这样的学术研究的出发点并非建立在一己的经验之中，以研究文本为壳，来浇胸中之块垒；而是从大的历史背景中高屋建瓴地俯视性别文本，从中找出"民族国家的现代认同"的文化意义来。因而，她所得出的结论也是与一般的女性主义研究者不相同的——"前者（女性）是怎样成为后者（男性）的符号资源的"，"探究'女性'这一性别符码是怎样被纳入现代性民族国家的主体认同的"。从技术层面和工具层面的分析切入，从而进入思想领域和学理领域的阐释，不局限在那个狭小的研究格局与偏枯的思想暗隅之中，也许是王宇孜孜以求的学术目标吧。

所谓文本分析突破了旧有的套路，就是说在所有的关于20世纪后半叶的文本分析中，王宇另辟蹊径，从一个被人们忽略了的叙述角度——"民族国家主体的认同"——对女性"他性"的发生与发展过程作出了精辟的论述。同时，对现代性认同的另一个层面个人主体的"男性"性别的剖析同样是令人折服的。于是，在文本的归纳和凝练的概括中，便有了许许多多精彩纷呈的新观点凸显出来："他者的女性化和女性的'他者'化"——辩证地阐释了强国之梦中不可达到的文化语境；"镜像错置"——论证了"娜拉"式的女性解放在中国民族国家认同中的破灭；"历史与现实交叉中的'差异与平等'"——揭示出了在特定的历史背景下女性在民族国家认同下表象与实质的悖离现象；"'厌女情结'与现代性焦虑"——发现了追求女性的"雄强美"是与现代性的民族国家诉求相一致的真谛；"'知识分子改造'叙事将女性的'他性'与知识分子的异质性的重叠编码"——在两者的比照中寻觅到了一种价值确定的新路径；"性别政治与公共政治之间的复杂的权力纠葛"，尤其是"权力的'毛状形态'"——从大量的文本概括和分析中论证了那个时代背景下简单文本背后极其复杂的民族国家意识形态对作品的控制；"新时期文学的个人主体话语与性别政治"——从背景描述中来印证"'寻找男子汉'与寻找女人"的本质主义性别话语的虚妄；"性资源的重新配置及意义"——洞穿了新时期文本中对女性描写的致命伤痕！"从'地母'到'象征之父'"——击中了张贤亮们女性价值观中本质性的弊端！"'外来者'叙述结构"中"性别政治与现代性叙事"的关系——可谓高屋建瓴地将 20 世纪后半叶，尤其是新时期的典型文本进行了总结，"文明与愚昧的冲突实际上是一个世纪性的命题，而这个命题一开始就被置于一个有关空间的寓言……在新时期文学'外来者'的故事框架中，文明与愚昧的冲突被叙述成了男人与女人之间的启蒙与被启蒙、施救与被救的故事，甚至是一次代表着文明与愚昧两种力量的两类男人间对女人的争夺。女人被先在派定在被动的、客体的位置，她们无从成为历史进程中或新或旧的主体，只能是标示着男人在新与旧、文明与愚昧、现代与传统、进步与落后、人与自然等等二元对立秩序中位价的标签。"此外，"寻根文学"的"父子场景"、"男性躯体的修辞与对女性躯体的修辞形成深刻的互动"、"日常生活叙事中的性别政治已然严重侵蚀了叙事主体经由对日常生活的正视和体验、批判和重建来抵达文学现代性的基本命题和精神实质。"等等论述都不乏精辟的论断。凡此种种，可以看出王宇建立在学术和学理层面上的深刻思考和不流俗的"异端"理论，她那内里的一种脱俗和桀骜不驯气质和素养就渗透在字里行间了。用作者自己的话来说，她"更愿意追求一种深刻的片面。"虽然，"一次深刻的'洞见'同时也是一次深刻的'不见'。"但是，我以为学术的发展只有通过一次次"洞见"的积累，才能抵达真理的彼岸。

王宇在此书的副标题中用了一个"索解"作动词，其中的含义自然是不言而喻的：其一，是因为她对自己的研究工作还没有十分的把握，深知学海无涯的历程艰险，所以，此一谦词乃包含着她对学术的严谨态度；其二，是标示出她对自己所做的这种具有空前意义的探索性研究充满了自信，名曰"索解"，实乃对自我研究的一种激赏，这一点我能体会出来，因为没有这个自信，王宇就不是那个充满着强大内驱力的王宇了。

王宇是一个聪慧的女子，这一点我在她进南大攻博的第一学年中并没有发觉，只知道她是一个非常刻苦勤勉的人，及至后来她和我讨论许多选题，拿出她新写的文章时，我才看出了她的睿智和才华，看出了她不同凡响的思考力。世纪交替的年代，我给博士生开了一门"20世纪后半叶中国大陆文学选题"的新课程，这门课旨在开阔博士生们的学术视野，从大的文化背景下来重新审视这一时空中的文学文本。作为一种讨论课，在那热火朝天的辩论中，王宇的发言并不多，但是，我注意到她每次发言都有文字准备，且次次语出惊人。我和她交往并不是很多，然而，我发现她柔弱的外表下潜藏着的是一种坚韧的性格，柔中有刚、绵里藏针，但凡做每一件事情都希望追求完美。正是这样的执着，才可能造就一个不平凡的学者。

王宇今后的学术之路还很长，有这样好的基础，我以为她是能够成为一个有独立思想和自由意志的学者的。

是为序。

丁帆

2006 年 2 月 1 日于月牙湖畔

（以上为王宇著《性别表述与现代认同——
索解 20 世纪后半叶中国的叙事文本》序，
上海三联书店 2006 年版）

都市文学研究的新一支

　　在当前 20 世纪中国都市小说研究之中，我认为还存在着许多的薄弱环节。总体来看，许多概念没有得到及时清理，研究方法相对单一，研究理论预设没有达到预期的效果，而且研究模式也大多没有跳出二元对立的思维方式。尽管城市在发展，大量优秀的都市小说也在不断涌现，但是总体的研究态势并不乐观。

　　管兴平博士在攻读博士学位期间就开始认真思考这些问题，并最终形成理论专著，应该是都市文学研究新的一支吧。作为博士论文，以新感觉派和"身体写作"的比较研究为切入口，所论及的问题是很有学术价值的。此次他寄来修改后的论文，即将交付出版社之际，让我写篇序言，便触发了我的一些思考，作为他的博士生导师，我也有责任说点什么。

　　首先，此专著的视点较新，用 20 世纪两个时段的比较来考察都市小说的现代性衍变，其选题的意义是很重要的。现代性问题的发生和蜕变离不开都市的生活环境，资本的发展也展示了充分的现代性活力。其对现代性理路的延续思考对我们考察今天的中国社会均有诸多益处，也就是说，对照日益资本化的中国社会，西方的理论问题成为观察中国问题方式方法的一个重要参照。将 20 世纪 30 年代和 20 世纪 90 年代进行比较，显示出的是跨越当代与现代之分的理论勇气以及大胆的推理论证。专著中运用了"复现""回归"这样一些字眼，结合作品分析来看，我以为是恰当适合的。

在阅读这本书的过程当中，我感到作者不仅能够从理论的高度来审视文学现象和作家作品；同时，也能够从大量的微观现象中提升出理论的概念，既有宏观的把握，又有微观的分析，显示出较好的研究能力。在对西方经验和东方经验的概括和具体分析当中，结合了大量的作品解读，使得著作具有相当的可读性。在对"身体写作"这一概念的分析之中，作者明确显示出要颠覆传统看法的价值理念，通过现象学分析这一场域，使得"身体研究"成为文化和文学关注的重要现象。

本书的主要理论建构还在于对"现代"的理解以及渗透在各章节当中的分析。管兴平曾经在我的文学讨论课上对启蒙问题做出过自己的阐释和理解，所以我觉得他所分析的"现代"问题是解决启蒙问题的一个延续的思路。面对众多研究者所频频讨论过的"现代"一词，作者显然也投入了许多关注，"现代"在文本之中的游弋使得本书各章显得活跃而充实。我感到，多种"现代"的交织与共生也是作者认识问题的一个关键切入口。

作者当然不止满足于此,他想要建构一种都市文化的研究框架体系。作者用了四个章节作出了阐述。

第一章对于社会学方法的运用给出了说明。"从文学本身的发展之中来看社会的精神气质变化,同时通过这种精神气质变化来剖析文学的内在变化,也即在市场规律之下文学自身所要求自主性、文化上的多样演进,随之而来的是文学空间上的变化乃至具体的文学现象"。对都市环境的分析是结合资本的产生、来源来观察的,俗态的和精神的资本发展是伴随着艺术自律而生成的。在这一章中,文化和都市的分析是亮点,陈序经的观点的引入不是要说明今天要走向他所提出的路途,而是为了更好地说明求变观念的出现以及多样文化出现的可贵。

在第二章中,作者主要解决的问题是现代性的审美体验。作者设问,"文学内容如何和人的生存体验相联系的,现代性作为社会发生变化的一个基本概念,它又是如何将现代内容纳入到文学文本之中,同时,我们通过文学文本又怎样能够看出一些基本的现代性变化"。作者将现代主义和后现代主义的演进纳入文化问题的范围内考察,将审美经验划分为西方经验形态和东方经验形态,是为了进一步说明审美经验的延续和连续性,以及演变的轨迹。对应当前的文化研究之中的热点问题,作者提出了作为中国本位立场的重建的可能。

在接下来的一章,作者对都市人性问题进行了思考,当然也是对人的本身的困境的思考。作者认为,现代的人性观念和表现带有自由与自我意识的内涵，也带有后现代思想的"改变自我"的人性内涵。因此，都市小说之中的关于"现代"的想象，关于都市人的自我的迷失都有具体可见、可触可感的表达细节。在作者的观念里，暗含着都市即现代的意味，这些决定了今天我们对待文学主体的态度。当然，即便如此，作者也认为"此种现代精神和文化精神还是依然不能够解决有关人的生存困境，在当前状况下必须解决的还是要充分的现代，甚至不惜采取更现代的策略"。

最末一章，作者要表明自己的批判的态度。作为作者进行文化批判的载体的新感觉派和"身体写作"，在消费社会到来时所处的是中间状态，如作者所分析的，作者显然不赞成这种状态，因为，"新感觉派和身体写作所呈现出的文化上的调和观念并不能够说明精英和大众之间不存在尖锐的冲突，相反，它们还可能会加大了这种冲突"。由此而造成的文化失序，以及身体成为政治的趋向都是亟待解决的问题。作者所提出的言说群体的出现因此带有了终极探寻的意味。

综上所述，作者以社会为经，以审美为纬，再到以人性为中心以及以文化批判为旨归，初步构成了一个循序渐进的研究体系。作者阅读了大量的文学文本，为此专著的写作打下了坚实的基础；同时，对大量"现代性"的理论著述的阅读和理解，成为此文写作的一个"节点"，作者为此做了大量的阅读和梳理工作。从资料的收集到价值判断的理清，作者是下了功夫的。

管兴平博士毕业一年多了，走上了新的工作岗位，唯愿他在繁忙的教学工作之余坚持学术研究，我相信他的毅力会使自己的学术道路越走越宽阔。

是为序。

（以上为管兴平著《都市里的行走》序，
上海人民出版社2008年版。标题为编辑所加）

"她世纪"与"她叙事"

1992 年一个阳光明媚的春日，齐红携着曲阜师大的保送证明和资料走进了南京大学研究生面试的考场，一轮问题过后，大家给出了一致的答案：该生单纯，但有才气。接下来她就和本届年龄最大的陈霖成为我的开门弟子。

十八年前学界做女性文学的人还不多，我希望他们两个成为这一领域的拓荒者，于是，就给他们各自确定了论域：齐红做"女性视阈下的女性书写（'自塑'）"；陈霖做"男性视阈下的女性书写（'他塑'）"。可是由于种种原因，他们都在不同程度上改变了原先设定的论域。后一论题在十年后被我的一个博士后接过去，终成正果，还在"百家讲坛"上开了两讲。这是我带研究生历史上的一件憾事。十几年来，由于许多主客观的缘由，齐红在学术上的犹豫和彷徨，致使她在学术界一度销声匿迹。好在这几年她奋起直追，重拾旧梦，做出了令人欣喜的学术成绩。此书的出版，正是她这些年的思考结晶。

从此书的结构编排来看，齐红对女性文学的学术思考是有独特性的，她选取的"她世纪"文化语境下的"她叙事"视角，无疑是对近二十年来女性文学研究核心观念的总结性概括。

正如齐红自己所言："'她世纪'究竟意味着什么？对于体现'她世纪'文化的一个重要组成部分——女性写作，这个领域又呈现给我们什么样的图景？这是本书要探讨和描述的核心问题。"围绕着这样一个核心问题，齐红紧紧抓住作家作品的微观分析，以大量的实证经验来证明一个被诸多批评家忽视了的论域盲区。

"在大量阅读相关文章之后，笔者有一个遗憾：即少有文章站在一个超越现象和现实的高度之上，对世纪之交的女性书写进行一次整体的俯瞰。本书试图在这方面作出一些突破，即重在考察世纪之交活跃在文坛上的女作家，她们的个人书写所具备的一种历史意味——这样一种写作，在整个女性写作的历史链条上，究竟占据着什么样的位置，体现了哪方面的历史意义。"就此而言，从微观到中观的作家群研究，再到宏观的文学史意义的探讨，从中我看到了齐红可喜的进步——那种突破通常的女性批评家的研究格局，试图进入文学史大视野的学术眼光。

将 90 年代以来活跃在文坛上的女作家分成 50 年代、60 年代和 70 年代（当然还有 80 年代）三个代际来分析，并非行文的方便，更重要的是她们鲜明的"代沟"成为齐红学术观点的一大特色："我们可以仅仅选用与三个代际的女作家相关的热点批评词汇来领略一下她们为世纪之交的女性书写带来的风暴，如果进行最简洁意义上的剔除，我愿意留下这么三个汉语词汇对应不同的女性写作群体：'性与政治''私人化写作''身体写作'。"我以为齐红对这一女性写作的历史环链的总结概括是有内在的循序渐进的逻辑次序表达的，三个时代女作家写作的不同人文底蕴造就了她们不同的审美风格取向。

的确，女性文学研究是在不断前行中发展演变的，从这个意义上而言，齐红的女性文学研究也刚刚开始："21世纪的第一个十年转眼就要过去，女性写作也在看似平静的表面下悄然发生着一些变化，当主要以网络写手起家的一批'80后'女作家显示人气的时刻，女性写作的语境是否会发生新的改变？这种改变会以什么样的方式进行？这是我个人非常感兴趣的一个话题，我希望自己能够持续对这个话题的追踪与关注。"不错，对新一个代际女作家特征的关注是必不可少的，但是这绝不能是在时间平面上的聚焦，更重要的是将其置于世界文化与文学的语境中，置于文学史的长河中进行多侧面的学术思考，才能在这一领域有突破性的研究。我以为齐红是有这个能力的，也是不会放弃的。拭目以待她日后新成果的不断问世。

是为序。

2009年7月22日紫金山南麓日全食中

（以上为齐红著《世纪之交的女性写作》序言，安徽大学出版社2009年版。标题为编辑所加）

家族小说是中国在 20 世纪
命运的寓言

　　作为类型小说之一，同时也包藏了"现代中国"在"日常生活"中展开进程的"家族小说"，在中国现代文学史中绵延不绝，但是由于内涵界定较为"困难"等问题，长时期未得到重视，直到 21 世纪前后，这个课题才因为对"百年中国"的回眸而渐次升温。近年来做"家族小说"课题的博士和硕士论文是愈来愈多了，就文本分析而言，其中也不乏佼佼者，但就家族小说背后的意义诠释来说，我们可以看出因为诸多学者对问题把握的宏阔视野的欠缺，所以对家族小说延宕波及于政治、文化、宗教、社会、心理等各个层面的内涵发掘不力。

　　刘卫东的这部著作就是试图站在一个更高的视点上——"中国现代性"——来俯察从近代以来的种种家族小说写作的内在机理。以"现代性"为平台的学术研究是近年来人文科学的重要路向，也提供了不少别开生面的研究成果，是值得肯定的，但同时，把舶来的西方"现代性"理论没有消化就生搬硬套的现象也很突出。卫东的著作用了较大的篇幅论证了"中国现代性"这一存在不少争议的"概念"，并以此为基点分析了20世纪的中国家族小说，在多方面具有学术价值和探索意义。

"中国现代性"的理论争论，从 1840 年一直延续到今天，可谓众说纷纭、莫衷一是。想要彻底解决这个问题实际上是不可能的事情，然而，家族小说却又恰恰绕不开这个话题，经过作者对中外诸多理论的爬梳，又经过自己的经验和理解，基本框定了一条清晰的理路。论著在面对这样宏观的问题的时候，"小心求证"，并未因为尚无定论就信马由缰，而是步步深入，逐步将问题引向自己试图讨论的领域，并给与了具有一定深度的阐释。我以为，书中所强调的"文化现代性对个人的诉求"应该是本书的核心价值，虽然有悖论的意味，然而却概括出了"中国现代性"的缺失。对于具体论述中的一些看法，虽然我不能完全赞同，但是，由此而延展开来的"被压抑"问题的探讨却是击中了一个多世纪来"中国现代性"命门的问题。因此，把近代以来的诸多家族小说文本放在这样一个论述框架中来检视，它们就具有了鲜活的意义。

更重要的是，刘卫东关注的问题焦点在于"不是家族小说叙述了什么，而是为什么这样被叙述"。这样，使卫东的研究没有掉进概念的泥淖，而是通过具体的文本阐释丰富了"中国现代性"这一概念，并以此将研究引向更为深入的领域。一些"经典"家族小说在中国现代性的视野中，获得了与以往研究不同的看法，如巴金向"日常伦理"的回归、《红旗谱》中冯贵堂角色的"矛盾"等。就著作来看，卫东并没有拉开架势来夸夸其谈大做文章，在整个结构上也没有使用恢宏的理论篇章结撰整饬，而是抓住一些细节的关键进行鞭辟入里的论证，使得许多问题就变成了可证的"真问题"，而非没有任何创新意义的饶舌的"伪命题"。

为了寻求家族小说的流变"模式"，论著使用了叙事学的方法，在家族小说研究中，也是较为有新意的尝试。用叙述学的方法来分析和概括家族小说应该是有章可循的，借鉴这种方法从形式美学的角度来看，似乎可以解决不少难以归纳概括的问题。论著对叙述学，尤其是俄国形式主义代表人物普罗普研究民间故事的方法以及在他影响下的一些研究进行了借鉴，也针对家族小说的特殊性进行了"改造"，使该方法变得简洁实用，但是可能也隐藏了不少问题，是需要进一步深入探讨的。不过，我以为只要不是生搬硬套，能够从此视角得到对家族小说的新的认识，也未尝不是一条可以接受的分析路径。

家族小说的"发生"的原因探究，也就是从"原型"意义上来厘定它的内涵和外延，成为这部著作哲学命题寻觅的出发点，就此而言，这本论著就多少具有了作者人格化的追求。其实，卫东的这个课题是其博士论文的选题，距今已近十年，当年，他的这一选题做的人还很少，困扰他的问题是切入点和价值理念的确定，当然，还有家族小说的理论界定与文本遴选的历史上下限等诸多问题。面对这些艰难的问题，选择本身就是需要勇气的，显然，这一选题的难度一直延续困扰了他有十年之久，做课题是艰难的，而思考问题则是更艰难的。从论著看，与卫东当年答辩时候的毕业论文，有了很大改动和发展，这说明他对此问题仍在不断思考。

我同意"家族小说可以被视为中国在 20 世纪命运的寓言"的结论，由此来透视中国文学与政治的关系是再恰当不过的了。波谲云诡的动荡的 20 世纪已经谢幕了，但是留给"现代中国"的问题还远未得到及时有效的清理，而这个工作，恐怕是从事当代文学、文化的研究者所不能绕开的，也是需要责无旁贷去担当的。从这个意义上来说，我以为"家族小说"是卫东学术的发端，而 20 世纪文学中的"中国现代性"诸问题是他的方向，此路绵绵无绝期。

卫东是一个相貌忠厚沉稳的学者，做事很有分寸感。但是，一旦有了想法，他是那种一条道走到黑的人，有了这样的品格，不愁他做不出学问来，而时间才是检验学术的最好试金石。我相信卫东会有更多的学术成果问世，不就是一个时间等待的事情嘛。

丁帆

2010 年 1 月 9 日

（以上为刘卫东著《被"家"叙述的"国"——20 世纪中国家族小说研究》序言，中国社会科学出版社 2010 年版。标题为编辑所加）

诗意的审美与哲学的思辨

　　贺昌盛是一个十分勤勉的年轻学者，在整个博士后阶段，他几乎放弃了自己所有的娱乐时间，一心扑在钻研学问上。加之他有着较深厚的学术积累和良好的文化素养，以及对文学作品独到的敏悟能力，所以，在短短的两年多时间里，他就发表了十几篇学术论文。同时，他还参加了我主持的国家社科基金项目《中国现代西部文学史》的部分写作；而这部书稿也是他两年多来的呕心沥血之作。凡此种种，足见昌盛对自己所从事的文学研究事业的痴迷。

　　昌盛从中国现代诗歌研究的重镇武汉大学博士毕业，且师从学术严谨、学养深厚的易竹贤教授，可谓打下了文学研究的坚实基础。我发现，他不仅具备那种对文学的诗性体悟能力，同时又兼有对事物的哲思善辨能力，是一个融感性与理性为一身的学者。因此，在他的文章中，我们既可以充分地享受到诗意的审美体验；同时又可以在滔滔不绝的慷慨论证中体味到酣畅淋漓的思辨快乐。这个博士后出站报告就充分地体现了他的这一行文风格。

作为对现代中国情色叙述的论证，作者所要追寻的终极目的是什么呢？这一点作者在"导论"里说得很清楚："'性'的问题不只限于'性爱'的具体活动，它更包涵着由这一活动所引起的人的心理乃至整体精神的变化，以及这种变化在个体生命及其社会存在中所产生的深刻影响等等。讨论汉语文学中的'情色'文本，事实上也可以理解为从'性'这一既敏感而又处于核心位置的问题出发，来透视中国的'人性'观念的细微变化。考察'情色'叙事，不只是要追问'它说出了什么'或'它是如何说的'，更要追问'这样说意味着什么'。"（见本书"导论"）

无可置疑，人性的折射在文学中得以最大值的表现，已经成为一种共识。但作为人性中重要构成的"性爱"往往被我们的文学研究置于一个十分尴尬的境地，虽然近十几年来已经有些学者作出过努力，也有一些成果问世，然而，将20世纪文学中的典范文本放在一个富有哲学意义的"情色叙事"的整体框架中去进行史的梳理，并且将其从形而下的感官描述中上升到形而上的理性认知与文化批判上，这可能是其他学者尚未顾及和企及的论域。就此而言，我以为这本著作的出版，可以在某些方面弥补"情色叙事"史论研究的不足。

作为文学研究的"情色叙事"论述，作者首先遇到的难题是对它的内涵与外延的界定，这种界定所遇到的麻烦不仅是与交叉学科的学术区分，还得与古今中外的"性学"理论和概念进行比较与修正，以便最终确立论者自身所阈定的"情色叙事"理论内涵与外延。由此而进行旁征博引的史论分析，我们便看到在纲举目张下的论述者那如鱼得水、游刃有余、左右逢源的论证效果了，尤其是作者运用图表方式来表达那种难以倾诉的灰色理论概念，充分展示了论者明晰的逻辑思路和举重若轻的表达方法的直观效果。

我往往在想一个非常愚蠢的问题，那就是，我们做学问的兴趣在哪里？我想，出发点的不同，就决定了其到达的终点的不同。我主张做"活学问"，而非那种仅仅是在不断增加知识积累，而不能为后人与后世提供新的思想与学识的"死学问"。现代学者应该首先是思想制造者，应该像蚕那样去"吐丝"，像西西弗斯那样去滚石。一切研究的愉悦就在于"过程"之中！贺昌盛就是本着这一宗旨来支撑着自己学术研究的一片蓝天的，他认为："从一定意义上讲，'结论'也许往往并不重要，重要的是这样的一个'过程'，即，'情色'叙事正在成为我们'思想'的对象，它有着一种什么样的面貌以及何以会有这样的面貌等等，'知识/观念'组合着我们的思想，我们必须以'言说'的方式将它们'说'出来，这就是唯一的目的。"（见本书"导论"）唯有此，做学问才能进入一个"自由的王国"，成为一个脱离庸俗呆板学术氛围的学人。

昌盛还很年轻，其学术道路也很漫长，我以为，只要他有永不懈怠的毅力，相信他会有所建树的。

是为序。

丁帆

2004 年 9 月 17 日于紫金山下

（以上为贺昌盛著《"性"想象的空间：
汉语情色文本的知识学研究》序，
三晋出版社 2014 年版。标题为编辑所加）

从书话文体研究到
文学史研究的第一学者

　　普光自做硕士论文时，就开始了中国现代书话的研究。当时我就觉得他的选题是中国现代文学所忽略了的一个论域，切入点虽然小，然论述的空间还是十分阔大的。因为硕士论文做得十分扎实，大家都认为此人实乃可塑之材，于是便收入杨洪承先生门下攻博。其博士论文是在硕士论文的基础上更加拓展了其研究的深度和广度，亦开始注意到这个领域中的许许多多的理论问题了。可以看出，普光经过多年的学术训练，逐渐不满足于现有的评论层面的作家作品个案研究的范型，已经开始寻觅新的研究方法与路径了。

　　普光做博士后之前找我长谈了两次，我以为他的阅读量很大，史料搜集翔实，功底已经很扎实了，便建议他在大量的资料中突围出来，站在一个制高点上来重新爬梳史料，将作家作品分类，从中找出各自相应的文学性格，从而将他们放在文学思潮和文学史的大框架中来考察甄别，以期在俯视文体写作中提升思辨的能力，成为从书话文体研究切入文学史研究的第一学者。这几年，普光正是沿着这条路径向前走下去的。

此集开篇之作《文学、启蒙与图书馆阅读推广》就可力证普光的研究层次开始提升，他对五四文学和五四新文化运动的独特理解，不仅充分显示了他扎实的史料功底，同时也可以看出他长期的深刻思考结晶："说起中国现代启蒙运动的开展，自然至少要追溯到二十世纪初的'五四'新文化运动。'五四'新文化运动在发起之初，其确立的思想文化启蒙的方向是可贵而且正确的，那就是立人，通过思想文化的启智普及渐进的方式，提高人的素养和文明程度。这种渐进的普及、启智的开展方式，其实就是运用文化的力量、引导的途径、化育的方式来使得国民公众具有科学、理性的观念和自觉。这里面的所谓的'人'，是新的'人'，非旧的'人'，更多的是指人心、人的精神心灵的状态。它至少包括两个层面：理念的开明和心智的健全。以《新青年》同仁为主力和核心的一批先进知识分子，自觉采用这种涵养、化育的方式来推进新文化运动，推进启蒙的开展。他们相约'二十年不谈政治'，他们采用这种看来过于迂阔的，但却是最根本的路径试图解决人的问题，这也是社会的根本问题，解决人的内在的灵魂心智的问题。应该说，这一方向是正确的，如果坚持下来，我们可以想象，今天的中国人早已非目前这种混乱状况了，或许很多历史的误会和现实的不堪都有可能避免。然而，'五四运动'的爆发，打断了刚刚开始不久的思想文化启蒙运动的进程。历史的发展往往是偶然中转向的，自发的群体性学生事件'五四运动'的开始意味着'五四'新文化运动的流产。在以往的几乎所有的历史教材及其他的现代文学史教科书中都无一例外地将五四运动的历史功绩推崇到无以复加的程度，往往将'五四运动'的影响的评价远远高过新文化运动。特别令人哑然失笑的是，远早于'五四运动'的新文化运动，却因后来发生的'五四运动'而得名——'五四'新文化运动，其实很荒唐的。其实这是一种有意的建构和想象，造成了近一百年的历史误会。"

反思"五四"文学，必先反思"五四"新文化运动，这已经是近年来许多人已经做出的学术选择，但是深入地从历史的细节中找出它的规律与真相来，除了要大量的史料阅读功底以外，还得有从史料中拔地而起的思想冲击力的支持！而此前普光对现代文学功能的批判性总结，也足以见出他的思考进入了一个崭新的层面。尽管我并不完全同意他的观点，甚至有相左之处，但是，我欣喜地看到了普光的思考与研究达到了比一般青年都要深刻的学术境地，这不仅得益于他深厚的阅读积累，更重要的是他对史实的认知有了自己独到的经验、分析与见解。

使我更加感佩的是，普光的勤奋是一般年轻学者所少有的。正因为他"甘坐板凳十年冷"，才有了许多扎实的学术成果，他相继在《文学评论》《文艺研究》等大刊上发表的学术论文受到了学界广泛的关注，《新华文摘》《人大复印资料》等刊物的转载就充分说明了学界对其成果的肯定。然而，面对这些成果，普光没有沾沾自喜，而是在不断反省自己的浅薄中寻找新的研究路径，这也是我所欣赏他的踏实工作、勤勉上进的学术性格的一面，长此以往，必成大器也。

此集的出版，标志着普光对自己学术心路的部分阶段总结，归为三类。检阅所有篇什，也有不尽如人意之处，就是将几篇舍不得丢弃的另类文章也勉强夹杂在其中，这也是我年轻时出集子曾经有过的，这些遗憾只有历经沧桑，回眸再看时，心中才觉出那一点瑕疵而不舒服。

总之，能够在学术道路上一步一个脚印走过这个物欲横流的时代，而少有其他的干扰者，尤其在年轻学者中，已经是凤毛麟角了，我希望赵普光能朝着自己的这一目标坚定不移地走下去，就会在萤雪之路中获得学术的愉悦。

拉杂所言，聊作序也。

甲午年正月初八写于仙林大学城瘦蠹斋

（以上为赵普光著《书窗内外》序，
上海科学技术文献出版社 2014 年版。标题为编辑所加）

新世纪中国文学
应该如何表现"风景"

进入新世纪以来，在消费文化的掣肘下，中国文学创作中的"风景描写"已开始大面积消失。通过对西方人所经历过的文学描写经验来和中国当下文学创作中的文学描写进行比较，找出其中正确的文学描写价值观，可以为当下中国文学创作中"风景描写"的缺失指出一条可行的解决路径："风景"不仅是农业文明社会文学对自然和原始的亲近，同时也是现代和后现代社会人对自然和原始的一种本能的怀想和审美追求。

一、"风景"在文学描写中已成为一个吊诡的文化难题

新世纪文学中的"风景描写"为什么在一天天地消失？也许我们可以在温迪·J.达比的《风景与认同——英国民族与阶级地理》一书中对自然"风景"和文学"风景"所作的有效文化阐释里找到些许答案。毋庸置疑，其中有许多经验性的文化理论是值得我们借鉴的。当然，其中也有许多并不适应中国国

情的社会文化理论，或者是与文学的"风景描写"相去甚远的文化学和人类学理论，这些没有太多的借鉴意义，也是我们完全可以忽略不计的，但是其中许多与文学相关的论述却是对我们当下的中国文学创作有着不可忽视的裨益。此文旨在对照其理论，针对新世纪的中国文学对"风景描写"的状况作出分析，试图引起文学创作界的注意。

之所以要将"风景"一词打上引号，就是要凸显其深刻的文化内涵和不可忽视的文学描写的美学价值。正是因为我们对"风景"背后的文化内涵认知的模糊，逐渐淡化和降低了"风景"描写在文学中的地位，所以，才有必要把这个亟待解决的文学和文化的命题提上议事日程上来。

从上个世纪初至今，对文学中"风景画"的描写持一种什么样的价值立场，是中国现代文学自启蒙运动以来一直没有理清楚的一个充满吊诡的悖论：一方面，对农业文明的深刻的眷恋和对工业文明的无限抗拒与仇恨，使得像沈从文那样的作家成为中国现代文学中一面反现代文化和反现代文明的"风景描写"风格旗帜。人们误以为回到原始、回到自然就是最高的浪漫主义和理想主义文学境界。这种价值理念一直延续至今，遂又与后现代的生态主义文学理念汇合，成为文艺理论的一种时尚。另一方面，工业文明和后工业文明胎生出来的消费文化的种种致命诱惑，又给人们的价值观带来精神的眩惑和审美的疲惫。城市的摩天大楼和钢筋水泥覆盖和遮蔽了广袤无垠的美丽田野和农庄，甚至覆盖和遮蔽了写满原始诗意的蓝天和白云。

这些冲击着农耕文明与游牧文明给予这个社会遗留下来的物质的和非物质的文化风俗遗产，使一个生活在视野狭小的、没有文化传统承传的空间之中的现代人充满着怀旧的"乡愁"。城市和都市里只有机械的时间在流动，只有人工构筑的死寂和物质空间的压迫，这是一个被温迪·J.达比称作没有"风景"的"地方"。因此，人在"风景"里的文化构图也就随之消逝，因为"人"也是"风景"的一个组成部分，而且是一个更重要的画面组成部分。那么，人们不禁要叩问：工业文明与后工业文明给人带来的仅仅是物质上的丰盈吗？它一定须得人类付出昂贵的代价——消弭大自然赐予人类的美丽自然"风景"，消弭民族历史记忆中的文化"风景线"吗？所有这些，谁又能给出一个清晰的答案呢？用达比的观点来说就是：吊诡的是，启蒙运动的进步主义却把进步的对立面鲜明引入知识分子视线：未改善的、落后的、离奇的——这些都是所有古董家、民俗学者、如画风景追随者备感兴趣的东西。启蒙运动所信奉的进化模式由实体与虚体构成，二者相互依存。就风景和农业实践而论，在启蒙计划者看来需要予以改进和现代化的东西，正是另一种人眼里的共同体的堡垒和活文化宝库。中心移向北部山区——英格兰湖区，标志着对进步的英格兰的另一层反抗产生了，美学与情感联合确定了本地风景的连续性和传统。具有家长作风和仁慈之心的土地主精神和道德价值观，与进步的、倡导改良的土地主和农民形成对比。圈地运动与驱逐行为打破了农业共同体历史悠久的互惠关系。

"当然，这种互惠的纽带以前已被破坏过许多次，也许在16世纪全国范围的圈地运动中，这种破坏格外显著。"①毫无疑问，人类文明进步是需要付出代价的。但是，这种代价能否降低到最低程度，却是取决于人们保护"自然风景"和保存这种民族文化记忆中"风景线"的力度。所以，达比引用了特林佩纳的说法："对杨格而言，爱尔兰是新未来的显现之地。在民族主义者看来，爱尔兰是杨格尚能瞥见过去的轮廓的地方；透过现代人眼中所见的表象，依然能够感受到隐匿于风景里的历史传统和情感。这类表象堪称一个民族不断增生的年鉴，负载许多世纪以来人类持续在场的种种印记……当口传和书写的传统遭到强制性的遏止时，民族的风景就变得非常重要，成为另一个选择，它不像历史记录那么容易被毁弃。农业改革会抹去乡村的表象特征，造出一种经济和政治的白板，从而威胁到文化记忆的留存。"②虽然达比忽略了"人"对"自然风景"的保护，而只强调农业文明中"风景"的历史记忆，但这一点也是值得重视的。

从这个角度而言，民族的文化记忆和文学的本土经验是"风景"描写植根在有特色的中国文学之中的最佳助推器。因此，温迪·J. 达比所描绘的虽然是18世纪英格兰的"风景"

---

① ［美］温迪·J. 达比：《风景与认同——英国民族与阶级地理》，张箭飞、赵红英译，译林出版社2011年版，第80页。

② ［美］温迪·J. 达比：《风景与认同——英国民族与阶级地理》，张箭飞、赵红英译，译林出版社2011年版，第80—81页。

状况，但是，这样的"风景"如果消逝在 21 世纪的中国文学描写之中，无疑也是中国作家的失职。然而恰恰不幸的是，这样的事实已经发生和正在发生于新世纪的中国文学创作潮流之中，作家们普遍忽视了"风景"这一描写元素在文学场域中的巨大作用。如何确立正确的"风景"描写的价值观念，已经成为新世纪中国文学创作中一个本不应成为问题的艰难命题。因此，在当下中国遭遇到欧美在现代化过程中同样遭遇的文化和文学难题时，我们将作出怎样的价值选择与审美选择，的确是需要深入思考的民族文化记忆的文学命题，也更是每一个人文知识分子都应该重视的文化命题。

二、"风景"的历史沿革与概念论域的重新界定

显然，在欧洲人文学者的眼里，所有的"风景"都是社会、政治、文化积累与和谐的自然景观互动之下形成的人类关系的总和。因此，温迪·J. 达比才把"风景"定位在这样几种元素之中："风景中古旧或衰老的成分（可能是人物也可能是建筑物），田间颓塌的纪念碑、珍奇之物如古树或'灵石'，以及言语、穿着和举止的传统，逐渐加入这种世界观的生成。"①从这个角度来说，我们可以将它理解为："风景"的美学内涵除了区别于"他地"（也即所谓"异域情调"）所引发的审美冲动以

① ［美］温迪·J. 达比：《风景与认同——英国民族与阶级地理》，张箭飞、赵红英译，译林出版社 2011 年版，第 81 页。

外，还有一个更重要的元素就是它对已经逝去的"风景"的民族历史记忆。除去自然景观外，欧洲的学者更强调的是人文内涵和人文意识赋予自然景观的物象呈现。而将言语习俗和行为举止上升至人的世界观的认知高度，则是对"风景"嵌入人文内涵的深刻见解，更重要的是，他们试图将"风景"的阐释上升到哲学命题的高度。所有这些显然都是与欧洲"风景如画风格"画派阐释"风景"的审美观念相一致的："Picturesquestyle（风景如画风格），18世纪后期19世纪初期以英国为主的一种建筑风尚，是仿哥特式风格的先驱。18世纪初，有一种在形式上拘泥于科学和数学的精确性的倾向，风景如画的风格就是为反对这种倾向而兴起的。讲求比例和柱式的基本建筑原则被推翻，而强调自然感和多样化，反对千篇一律。T.沃特利所著《现代园艺漫谈》（1770）是阐述风景如画风格的早期著作。这种风格通过英国园林设计获得发展。园林，或更一般地说即环境，对风景如画风格的应用起着主要作用。这一时期最引人注目的结果之一是作为环境一部分的建筑，也受到该风格的影响，如英国杰出的建筑师和城市设计家J.纳什（1752—1835）后来创造了第一个'花园城'和一些极典型的作品。他在萨洛普的阿查姆设计了假山（1802），其非对称的轮廓足以说明风景如画风格酷似不规则变化。纳什设计的布莱斯村庄（1811）是新式屋顶'村舍'采用不规则群体布局的样板。J.伦威克在华盛顿（哥伦比亚特区）设计的史密森学会，四周景色优美如画，是风景如画风格的又一典范。"[1] 就"风景如画风格派"而言，强调在自然风景中注入人文元素，则是一个不可忽视的审美标准。"作为一种绘画流派，风景画经历了巨大的转变。起初，它以恢宏的景象激发观看宗教性或准宗教性的体验，后来则转化为更具世俗意味的古典化的田园牧歌。"[2] 由此可见，欧洲油画派所奠定的美学风范和价值理念深深地影响到了后来的诸多文学创作，已然成为欧洲文学艺术约定俗成的共同规范和守则。

与西方人对"风景"的认知有所区别的是，中国的传统学者往往将"风景"看成是与"风俗""风情"对举的一种并列的逻辑关系，而非种属关系，也就是将其划分得更为细致，然而却没有一个更加形而上的宏观的认知。一般来说，中国人往往是把"风景"当作一种纯自然的景观，与人文景观对应，是不将两者合一的："风景：风光，景色。《世说新语·言语》：'过江诸人，每至美日，辄相邀新亭，藉卉饮宴。周侯中坐而叹曰：风景不殊，正自有山河之异。'王勃《滕王阁序》：'俨骖騑于上路，访风景于崇阿。'"所以，在中国人的"风景"观念中，自然景观与人文景观是两种不同的理念与模式，在中国人的审美世界里，"风景"就是自然风光之谓，至多是王维式的

---

① 《不列颠百科全书》第13卷，中国大百科全书出版社1999年版，第273页。

② ［美］温迪·J.达比：《风景与认同——英国民族与阶级地理》，张箭飞、赵红英译，译林出版社2011年版，第14页。

"画中有诗，诗中有画"的"道法自然"意境。

"五四"新文学运动以后，即使将"风景"和人文内涵相呼应，也仅仅是在文学为政治服务的狭隘层面进行勾连而已，而非与大文化以及整个民族文化记忆相契合，更谈不上在"人"的哲学层面作深入思考了。从这个角度来说，"五四"启蒙者们没有深刻地认识到"风景"在文化和文学中更深远宏大的人文意义。也许，没有更深文化根基的美国学者的观念更加能够应和我们对乡土文学中"风景"的理解："显然，艺术的地方色彩是文学的生命力的源泉，是文学一向独具的特点。地方色彩可以比作一个人无穷地、不断地涌现出来的魅力。我们首先对差别发生兴趣，雷同从来不能吸引我们，不能像差别那样有刺激性，那样令人鼓舞。如果文学只是或主要是雷同，文学就要毁灭了。"[1]强调地域色彩的"风景"美感往往成为后来大家对"风景描写"主要元素的参照。从文学局部审美，尤其是对乡土文学题材作品而言，这固然不错，但是，只是强调地方色彩的审美差异性，而忽略对"自然风景"的敬畏之心，忽略它在民族文化记忆中的抵抗物质压迫的人文元素，尤其是无视它必须上升到哲学层面的表达内涵，这样的"风景描写"也只能是一种平面化的"风景"书写。

当然，"五四"时期的先驱者当中也有人注意到了欧洲学

---

① ［美］赫姆林·加兰：《破碎的偶像》，《美国作家论文学》，刘保端等译，北京三联书店1984年版，第89页。

者对"风景"的理解:"风土与住民有密切的关系,大家都是知道的;所以各国文学各有特色,就是一国之中也可以因不同地域显出一种不同的风格。譬如法国的南方普洛凡斯的人文作品,与北法兰西便有不同。在中国这样广大的国土中当然更是如此。"① 在这里,周作人十分强调不同地区文化的差异性和"异域情调",并要求作家"自由地发表那从土里滋长出来的个性","我们所希望的,便是摆脱了一切的束缚,任情地歌唱,……只要是遗传、环境所融合而成的我的真的心搏,……这样的作品,自然的具有他应具的特征,便是国民性、地方性与个性,也即是他的生命"②。至少,在强调地域性的同时,周作人注意到了"风土""国民性""个性"等更大的人文元素与内涵。也正如周作人在 1921 年 8 月翻译英国作家劳斯(W. H. D. Rouee)《希腊岛小说集》译序中所阐述的:"本国的民俗研究也是必要,这虽然是人类学范围内的学问,却与文学有极重要的关系。"将民俗,也就是人类学融入文学表现之中,显然是扩大了"风景"的内涵,但是,这样的理论在中国的启蒙时代没有得到彰显,而是进入了另一种阐释空间之中。

茅盾早期对"风景"的定义也只是与美国学者加兰的观念趋同,他在与李达、李大白所编写的《文学小辞典》中加上

---

① 周作人:《地方与文艺》,《谈龙集》(周作人自编文集),河北教育出版社 2001 年版,第 10—12 页。

② 周作人:《地方与文艺》,《谈龙集》(周作人自编文集),河北教育出版社 2001 年版,第 10—12 页。

了"地方色"的词条:"地方 18 色就是地方底特色。一处的习惯风俗不相同,就一处有一处底特色,一处有一处底性格,即个性。"①

以此来定位乡土文学中的"风景",为日后许多现代作家对"风景"的理解提供了一条较为狭窄的审美通道。我们知道,茅盾最后也将"风景"定位在世界观上,但是,他的定位是一种政治性的诉求:"关于'乡土文学',我以为单有了特殊的风土人情的描写,只不过像看一幅异域图画,虽能引起我们的惊异,然而给我们的,只是好奇心的餍足。因此在特殊的风土人情而外,应当还有普遍性的与我们共同的对于命运的挣扎。一个只具有游历家的眼光的作者,往往只能给我们以前者;必须是一个具有一定的世界观与人生观的作者方能把后者作为主要的一点而给予了我们。"②显然,这一时期的文艺理论家茅盾已经是 1930 年代"左翼文学"的实践者和理论家。他所说的"世界观与人生观"和社会学家温迪·J.达比所说的"世界观"是不尽相同的,一个是定位在"文学为政治服务"的功能上,一个却是定位在"民族的历史记忆"的文化阐释功能上。层次不同,也就显示出文学的审美观念的差异和对待"风景描写"的文化视界的落差。显然,茅盾"修正"了自己前期对"风景"

---

① 《民国日报》副刊《觉悟》,1921 年 5 月 31 日。

② 茅盾:《关于乡土文学》,《茅盾论中国现代作家作品》,北京大学出版社 1980 年版,第 241 页。

的定义，对其中"风土人情"和"异域情调"的美学"餍足"进行了遮蔽与降格，而强调的是"命运的挣扎"。当然，对于这种革命现实主义理念的张扬，在当时是无可厚非的，也是有一定审美意义的。文学界也不应该忘记他对"社会剖析派"乡土小说"风景描写"审美理论的贡献。但是将此作为横贯 20世纪，乃至于渗透于 21 世纪的为即时政治服务的金科玉律却是不足取的。显然，当"风景描写"在不同的历史条件的时空之中，其描写的对象已经物是人非时，旧有的狭隘的"风景描写"和"为政治服务"的"风景描写"就远远不能适应时代的审美需求了。比如在今天，当"风景"的长镜头对准底层生活时，则会出现一个千变万化的民族历史记忆描写场景了，就会出现许许多多吊诡的现象，这是狭隘的理论无法解释的文学现象和审美现象。

因此，当中国社会进入了转型时期时，我们既不能再沿用旧有的理论观念去解释我们文化和文学中的"风景"，却又不得不汲取旧有理论中合理的方法。否则，我们就无法面对我们的民族文化的历史记忆，当然更加愧对大自然恩赐给人类的这份"风景"的遗产。

无疑，在欧洲知识分子和艺术家那里的"风景画"概念定义显然是和我们的理念界定有区别的。源于绘画艺术的"风景"在一切文学艺术表现领域内都应该遵循的法则，就是熔自然属性的"风景画"与人文属性的"风俗画"为一炉的理念："genrepainting（风俗画）自日常生活取材、一般用写实手法描绘普通人工作或娱乐的图画。风俗画与风景画、肖像画、静物画、宗教题材画、历史事件画或者任何传统上理想化题材的画均不相同。风俗画的主题几乎一成不变地是日常生活中习见情景。它排除想象的因素和理想的事物，而把注意力集中于对类型、服饰和背景的机敏观察。这一术语起源于 18 世纪的法国，指专门画一类题材（如花卉、动物或中产阶级生活）的画家，被用作贬义。到 19 世纪下半叶，当批评家 J.伯克哈德所著《荷兰的风俗画》（1874）一书出版后，这一名词增加了褒义，也限定在当前流行的意义上。人们仍然极普遍地使用此词，用来描述 17 世纪一些荷兰和弗兰德斯画家的作品。后来的风俗画大师则包括多方面的艺术家。"① 显然，在欧洲文学艺术家那里，"风景"和"风俗"是融合在一个统一的画面之中的，是一个不可分割的整体性审美经验的结晶。因此，才会由此而形成特殊的文学流派："costumbrismo（风俗主义），西班牙文学作品的一类，着重描写某一特定地点的人民的日常生活和习俗。虽然风俗主义的根源可以追溯到 16、17 世纪的'黄金时代'，然而却是在 19 世纪上半叶才发展为一股主要力量的。最初在诗歌然后在叫作'风俗画'的散文素描中，强调对地区性典型人物和社会行为作细节的描写，往往带有讽刺的或哲学的旨趣。M.J.德·拉腊、R.德·梅索内罗·罗马诺斯、P.A.德·阿拉尔孔均为风俗主义作家，他们对西班牙和拉丁美洲的地方派作家

---

① 《不列颠百科全书》第 7 卷，中国大百科全书出版社 1999 年版，第 61 页。

有一定影响。"① 可见，"风俗画"只是"风景画"中的一个重要元素，是"风景画"种概念下的一个属概念。于是，强调"风景画"中的风俗描写，就是对人文元素的张扬，上升至哲学思考，则是文学艺术大家的手笔，成为欧洲文学艺术家共同追求的"风景描写"的最高境界。

虽然中国 20 世纪后半叶也强调"风景画"的描写，但是将其功能限制在狭隘的为政治服务的领域内。自 20 世纪 30 年代的"左翼文学"至今的"风景描写"之中，一切的"风景"除了服务于狭隘的政治需求外，至多就是止于对人物心境的呼应而已，绝无大视野哲学内涵的思考。就此而言，当下整个"风景描写"的退潮期不仅仅是止于恢复"风景描写"，更为艰巨的使命在于将"风景描写"提升到与欧洲文学艺术家对待"风景描写"的同样高度与深度来认知这个问题。只有这样才能将中国文学发展到一个新的历史高度上，否则，文学将会在"风景"的消逝中更加堕落下去。

在中国文学史上，"风景描写"一直被认为是纯技术性的方法和形式，并没有将它上升到与整个作品的人文、主题、格调，乃至民族文化记忆的层面来认知，这无疑是降低了作品的艺术品位和主题内涵。殊不知，最好的文学作品应该是将"风景"和主题表达结合得天衣无缝、水乳交融的佳构，这样的作品才有可能成为最好的审美选择。从世界文学史的范畴来看，

---

① 《不列颠百科全书》第 7 卷，中国大百科全书出版社 1999 年版，第 512 页。

许多著名作家的名著都出现了这样的特征，像托尔斯泰、屠格涅夫、莫泊桑、哈代、海明威……这样的作家作品中的"风景描写"为今天的中国新世纪的作家作品提供了最好的典范。因为他们作品的艺术生命力之所以永恒，其中最重要的元素就在于他们对"风景"的定格有着不同凡响的见地。

三、在浪漫与现实之间："风景"的双重选择

一般说来，"风景"描写都是与浪漫主义相连，但其绝非平面的"风景"描写，它往往被定义为一种反现代文化与文学的思潮。用温迪·J.达比引用威廉斯的理论就是："一种浪漫的情感结构得以产生：提倡自然、反对工业，提倡诗歌、反对贸易；人类与共同体隔绝进入文化理念之中，反对时代现实的压力。我们可以确切地从布莱克、华兹华斯及雪莱的诗歌中听见其反响。"[①] 反文化制约，缓解和释放现代文明社会的现实压力，成为文学艺术家们青睐"风景描写"的最本质的目的。

"乡村或田园诗歌和雕版风景画确认了如画风景美学，而如画风景又影响了湖畔诗人的早期作品。在被称为'国内人类学'的诗歌中，华兹华斯使我们看见湖区到处都是边缘化的人们：瘸腿的士兵、瞎眼的乞丐、隐居者、疯癫的妇女、吉卜赛人、流浪汉。换言之，到处都是被早期农业和工业革命抛

---

① ［美］温迪·J.达比：《风景与认同——英国民族与阶级地理》，张箭飞、赵红英译，译林出版社 2011 年版，第 87 页。

弃的流离失所的苦命人。"① 就此而言，自"五四"以来，尤其是 1949 年以后，我们的一部分作家和理论家们对"风景描写"也有着较深的曲解，认为"风景"就是纯粹的自然风光的描摹，其画面就是排人物性的，就是"借景抒情"式"风景谈"。从 1940 年代开始的茅盾的"白杨礼赞"式的散文创作模式，一直蔓延至 1960 年代的"雪浪花"抒情模式，几乎是影响了中国几代作家对"风景描写"的认知。当 1990 年代商品化大潮袭来之时，在文学渐渐脱离了为政治服务的羁绊时，遮蔽"风景"和去除"风景"成为文学作品的潜规则。在文学描写的范畴里，就连那种以往止于与人物心境相对应的明朗或灰暗色调的"风景"暗示描写也不复存在了。而在这个关键问题上，达比借着华兹华斯的笔墨阐释出了一个浪漫主义也不可逾越的真谛：那种与"风景"看似毫不相干的"风景"中的人物，同样是构成"风景画面"不可或缺的重要元素！

　　说实话，我对达比作为一个社会学家喋喋不休地唠叨什么湖区改造等社会学内容毫无兴趣，而对他发现知识分子的价值观的位移却更有兴味："一种新型的、史无前例的价值观汇聚到这一空间，其价值由于知识分子和艺术精英的阐发而不断升值，就因为它不同于资本的新集中（在城市）。"② 同样，在中国

---

　　① ［美］温迪·J.达比：《风景与认同——英国民族与阶级地理》，张箭飞、赵红英译，译林出版社 2011 年版，第 89 页。

　　② ［美］温迪·J.达比：《风景与认同——英国民族与阶级地理》，张箭飞、赵红英译，译林出版社 2011 年版，第 92 页。

文学界，也存在着知识分子对"风景中的人"的价值观错位：一方面就是像"五四"一大批乡土小说作家那样，用亚里士多德式的自上而下的"同情和怜悯"悲剧美学观来描写"底层小人物"，而根本忽略了人物所依傍的"风景"。在这一点上，鲁迅先生却与大多数乡土小说作家不同，他注意到了"风景"在小说中所起着的重要作用，即便是"安特莱夫式的阴冷"，也是透着一份哲学深度的表达，这才是鲁迅小说与众多乡土题材作家的殊异之处——不忽视"风景"在整个作品中所起的对人物、情节和主题的定调作用。

另一方面则近乎浪漫主义唯美风格的作家所主张的沉潜于纯自然的"风景"之中，铸造一个童话般美丽的"世外桃源"。从废名到沈从文，再到孙犁的"荷花淀派"，再到1980年代汪曾祺的"散文化"小说创作，以及张承志早期的"草原风景"小说和叶蔚林等人的"风景画"描写，即便是模仿抄袭了俄罗斯作家，但是因其唯美的风格却成为大家公认的上品之作。这种被大家称作"散文化"的纯美写作，几乎是建构了1980年代以后中国本土书写经验中的强大"风景线"，构成了中国式"风景"的固定认知理念。但是，人们却忽略了一个重要的"风景描写"原则——"风景"之中的"人物"才是一切作品，尤其是小说作品中的主体性建构，其对应的"自然风景"并非只是浪漫主义元素的附加物，而是与人物血肉相连、不可分割的作品灵魂的一部分，它们之间是魂与魄的关系。

针对浪漫与现实、形而上与形而下的选择，"风景"在不同的作家和不同的理论家那里，被改造为不同的世界观来进行适合自己审美口味的理论阐释，却从来没有将它们作为一个作品的整体系统来考虑过。其实，无论浪漫主义还是现实主义的创作方法，都不应该离开对"风景"的惠顾。更为重要的是，无论你的作品涉及"风景描写"的多与少，都不能忽略"风景描写"之中、之下或之上的哲学内涵的表达。无论你的表达是浅是深，是直露还是隐晦，是豪放还是婉约，都不该背离"风景描写"的深度表达。

四、"风景描写"的分布地图及其地域特征

随着中国城市化的进程加快，20 世纪以前的那种大一统的文学"风景描写"观念和方法已经开始发生了巨大的分化。很明显，代表着农业文明形态的"风景描写"逐步被挤向边缘，集中在沿海城市的作家成为中国作家队伍的主流。他们在快节奏的工业文明和后工业文明形态的城市生活中扮演着百年前反映工业文明将人异化为机器的默片《摩登时代》里卓别林的角色。他们根本无暇顾及和浏览身边的"风景"，而把描写的焦点集中在情节制造的流水线上，关注在人物命运的构筑上。更有甚者，则是将描写的力点放在活动场面的摹写上，或是热衷于对人物的精神世界进行无止境的重复和杂乱的絮叨上。当然，这些都是某种小说合理性的操作方式，但是，对"风景"的屏蔽，最终带来的却是文学失却其最具美学价值的元素。因此，我们应该特别提醒生活在沿海城市和大城市的中国作家，

不能只见水泥森林式的摩天大厦，而不见蓝天白云、江河湖海和山川草木，不能放弃人物对大自然的本能亲近的渴望。否则，不仅他笔下的人物是僵死的，就连他自己也会成为一个被现代文明异化了的"死魂灵"。正如温迪·J.达比引用阿普尔顿所说的那样："我们渴望文明的舒适和便利，但是如果这意味着彻底摈弃与我们依旧归属的栖居地的视觉象征的联系，那么我们可能变得像笼中狮子一样……只能沦为在笼子里神经质地踱步，以为东西根本错了。"①

　　无疑，在中国辽阔的西部地区，由于现代化的发展进程较为缓慢，其农业文明和游牧文明的文化生态保存得相对较好。所以那里的作家面对的是广袤无垠的大自然和慢节奏的农耕文明生活方式，一时还很难一下子融入现代文化语境之中。亦如1980 年代许多中国作家很难理解和接受西方快节奏下的"文学描写"形式那样，西部的作家基本上还沉迷在"大漠孤烟直，长河落日圆"的古典美学的"风景"意境之中。毫无疑问，这些古典主义的浪漫诗境给远离自然、陷入现代和后现代生活困境中的人带来的是具有"风景描写"的高氧负离子的呼吸快感。它不仅具有"异域情调"的古典美学吸引力，而且还有时代的距离之美。因为高速的资本发展被重重大山和汩汩的河流所阻隔。静态的，甚至是原始的"风景"既成为作家作品描写的资

---

① ［美］温迪·J.达比：《风景与认同——英国民族与阶级地理》，张箭飞、赵红英译，译林出版社 2011 年版，第 220 页。

源和资本，同时也成为人类面对自然进行和谐对话与抒情的桥梁。但是，这种只利用自然资源去直接表达对自然"风景"的礼赞和膜拜却是远远不够的。没有注入作家对"风景"的人文思考或更深的哲学思索，是很难将作品引领到一个更高的审美境界的。所以，面对大量的"风景描写"的丰富资源，我们的西部作家需要的是如何提升自身的人文素养和哲理意识，将静止的"风景"注入活跃的人文因子。这样才有可能使中国的传统"风景"走出古典的斜阳，彻底改变旧有的"风景"美学风范，为中国的新世纪文学闯出一片新的描写领域。"对大自然的美学反应的转变并不是在真空中发生的，崇古主义者对凯尔特的赞颂也非空穴来风。"① 正因为现代和后现代社会给人们的精神世界带来了机器时代的视觉审美疲劳，与大自然的"风景"形成了巨大的视觉反差和落差，所以，亲近"风景"成为一种精神的奢侈享受，一种回归原始的美学追求。

但是，另一种悖论就是人们也同时离不开现代城市和都市给予的种种诱惑。这个悖论就是"从 19 世纪 20 年代起，中产阶级'视宁静的农田为民族身份的代名词'的观点开始出现。这一观点是对日益汹涌的分裂潜流和范围深广的社会动荡的各种表现的反拨。风景再现转向东南地区良田平阔村舍俨然的低地风景。低地风景与如画风景或山区和废墟构成的浪漫高地风

---

① ［美］温迪·J. 达比：《风景与认同——英国民族与阶级地理》，张箭飞、赵红英译，译林出版社 2011 年版，第 98 页。

景形成鲜明的对照，这里尚在乡村黄金时代：各种社会秩序和谐共存，人们怡然自得。乡村英格兰的神话在于一种双重感：乡村是和谐之地，英格兰依然是一个乡村之国——苍翠愉悦之地"。"怀旧之情对非城市化过去的记忆进行过滤，留下一种与农业劳动者严酷的现实严重不符的神话。在神话制造的过程中，农业资本主义的非道德/道德经济的深层的政治特性被遗忘或者遮蔽掉了，而城市化也被完全过滤掉了。""是中产阶级趋合有教养的乡绅价值观的一种尝试，而这一尝试本身就是一种深深弃绝城市的工业文明、希望逃回到更为单纯的恩庇社会的症状。"①

就"风景描写"的文学地理分布来看，最值得我们回味的是中国文学版图中的中原地带。那里的作家作品基本上还沉湎在农业文明与工业文明、后工业文明交叉冲突的夹缝之中。无疑，我们看到的是这样一种"风景"———一方面是在工业文明、后工业文明破坏下颓败的农业文明留下的波动状态，给作家提供了巨大的描写空间，那里的"风景"独异，足以使那里的"风景"成为文学和文化的"活化石"。如果这样的"自然风景"被吞噬的过程没有在 20 世纪 80 年代和 90 年代被沿海的作家们记录下来的话，那么，在新世纪的前二三十年中，作家对这样的"风景"有着不可推卸的描写责任。

---

① ［美］温迪·J.达比：《风景与认同——英国民族与阶级地理》，张箭飞、赵红英译，译林出版社 2011 年版，第 128—129 页。

　　另一方面，已经被工业文明所覆盖的中原文化地带，呈现出的是追求工业文明和后工业文明的机械"风景线"。屏蔽"自然风景"，屏蔽了作家内心世界对"风景"的哲学性认知，在处理"风景"的时空关系上，没有一种自觉的文化意识，才是这部分作家最大的心理障碍："风景中表示时间流逝的元素对如画风景非常重要。废墟和青苔或者常春藤覆盖的建筑是令人忧郁的光阴似箭的提示。山区讲述了一个（新近发现的）久远地质年表，对比之下，人类的生命周期就显得微不足道。黎明和落日（即使透过一片玻璃看过去，它们也显得如此绚丽）包含了个人能够测量出来的时间流逝，而任何一处废墟、任何一座爬满青苔的桥梁、任何一个风烛残年的人、任何一条山脉都会激发人们的想象和感受。往日浮现，追忆过去，这就需要特定的、高度本地化的废墟、桥梁、人物和山脉。注意力转向仔细观察风景，视觉艺术里与描写的特定地方的诗歌同步发生。这类诗歌是个人的地方记忆，是对个人内心疏离或异化的认知，诗人试图通过确定自己在风景中的位置寻求庇护。定位的特性使人对暂时性的感受更加痛切，而这种定位记忆的痛切感说明记忆战胜了视觉。"[1] 怎样留住广袤中原地带的"文化风景"（因为它涵盖着自然、人文、地域等领域内的诸多民族的、本土的文学记忆和文化记忆）。"风景"既是文学描写的庇护，同

---

　　① ［美］温迪·J. 达比：《风景与认同——英国民族与阶级地理》，张箭飞、赵红英译，译林出版社 2011 年版，第 86 页。

时也是作家心灵的庇护，更是人类具有宗教般哲学信仰的共同家园的庇护所。因此，怎样更有深度和广度地描摹出这种"风景"的变化过程，已经是中国作家，尤其是中原地带作家应该认识到的危机。

五、"风景描写"的价值选择与前景展望

毫无疑问，随着中国社会的急剧转型，工业化和后工业化的程度越来越高，农业文明形态下的风景逐渐远离现代人的视野，越来越成为一种渐行渐远的历史记忆。从文化的角度来说，保护这种原生态的风景线，使之成为博物馆性质的"地方"，应该是政府的责任；而在中国文学创作领域，对于作家们在文学转型过程中迎合消费文化的需求而主动放弃"风景描写"的行为，却是值得反思的问题。对于本土化的写作，"风景描写"是乡土经验最好的表现视角。但是，从上个世纪初至今，对文学中"风景画"的描写持一种什么样的价值立场，却是中国现代文学史一直没有理清楚的一个充满吊诡的悖论：对农业文明的深刻的眷恋和对工业文明的无限抗拒与仇恨，使得像沈从文那样的作家成为中国现代文学一面"风景描写"的风格旗帜，人们误以为回到原始、回到自然就是文学的最高的浪漫主义境界；而另一种价值观念则更是激进，以为在中国城市化的进程中，旧日的"田园牧歌"式的农业文明"风景线"都应该排斥在外，现代和后现代的"风景画"风格就是鳞次栉比的高楼大厦和各种物质的再现。它是以删除人类原始文明、游

牧文明和农业文明的历史"风景"记忆为前提和代价的价值体系。"在农业革命和工业革命带来的英格兰空间重构的影响下，湖区一直是没有得到利用的空间或作用消极的空间，在下面的章节中被当作是未曾得到考证的资本主义动态的表现。""尽管一种趋同的英国民族身份的说法围绕湖区展开，将其作为'一种国家财产'，但吊诡的是，竞争随介入风景而起，引起了阶级的文化分化。"[①] 我不想从阶级意识的层面来看待这个问题，但就审美选择的角度来看，"风景描写"已然成为人类文明遗产和文学遗产的一个重要的组成部分。舍弃其在文学描写领域中的有效审美力，肯定是一种错误的行为。

温迪·J.达比在其"导论"部分的《展望／再想象风景》中引用赫斯科的话说："人们在重要而富有象征意义的风景区休闲，以此建构自己的身份——这是人类学中很少涉猎的话题，即使这类活动在西欧、亚洲和美国等富裕国家许多个人的生活中起着日益重要的作用。总体而言，风景问题一直未引起人们的关注。"[②] 可见，这个"风景"的问题是一个世界性的文化命题，同时也是涉及人类诸多精神领域的命题。尽管温迪·J.达比是从人类学的角度提出风景对于人类精神需求的重要性的，但是，它对当代文学领域也同样有着不可忽视的审美

---

① ［美］温迪·J.达比：《风景与认同——英国民族与阶级地理》，张箭飞、赵红英译，译林出版社 2011 年版，第 92 页。

② ［美］温迪·J.达比：《风景与认同——英国民族与阶级地理》，张箭飞、赵红英译，译林出版社 2011 年版，第 1 页。

启迪和借鉴作用。

手头正好有一部对伦勃朗风景画的评论著作，作者论述了一个大艺术家对"风景"的追求，其中便可以见出许多带有哲理性的高论：

你所在的地方是水乡，土地湿润。

你需要画出从没有见过的山脉。

对城市之外的乡村不如城市那么了解。但是有些时候，你会走遍乡村，观察那里的光影变化。这些地方的面貌促使你创作出了风景画。

你从没有画过自己街区的房子，没画过砖砌的墙，精心搭建的山墙和高高的窗户。但你画了一座暴风雨中的小石拱桥，你画了在强烈阳光下闪闪发光的树丛，还有来势汹汹的乌云之下摇摇欲倒的农庄。一个小小的人影，一个农民，因为扛着重重的长镰刀而弯着腰，他正准备通过一座阳光为其镶边的小桥。另一个几乎隐藏在阴影中的人好像要走过去和他碰面。不久，他们将会在桥的中央。他们会打招呼吗？他们会认出彼此吗？或者，他们会一直这样保持互不相干、彼此陌生的状态？

桥洞下面，停着一只船。但，在靠我们更近的地方，一只船刚刚过桥洞，船上有两个人正在弯腰划桨。[①]

---

① ［瑞士］弗朗索瓦·德布吕埃：《风景》，《对话伦勃朗》，麻艳萍译，南京大学出版社 2010 年版，第 144 页。

显然，在追求"风景画"的意境过程中，伦勃朗对人物的处理是紧紧地与"风景"相勾连的，使其产生无限想象的艺术空间，才是一部伟大作品的精妙之处。由此可见，艺术家的审美情趣和造诣在很大程度上是取决于作家自身对"风景"的有效而机智的选取上。展望21世纪的中国文学，我们似乎没有理由拒绝"风景"的再现和表现。因为"当风景与民族、本土、自然相联系，这个词也就具有了'隐喻的意识形态的效力'，这种效力是由于'一个民族文化本质或性格与其栖居地区的本质或性格之间，发展出了一种更恒久的维系'。表达这种永恒的维系的方式之一就是本土语言或母语——这与 natusnasci 的内涵呼应。涉及18世纪凯尔特边界，这种风景 / 语言的联系对于游吟诗民族主义至关重要。到了18世纪末期，风景是'自然的书写，人置身其中最大程度地体验自己在此地此时，而且成为……转向主观时间意识的一个关键概念'。"① 三个世纪过去了，"风景"对于人类的精神世界而言，并不是过时了，恰恰相反，随着现代和后现代文明对人的精神世界压迫的加重，将会越来越凸显其重要性。

同样，在其文学描写的领域内，"风景"也将会越来越显示出其审美的重要性。"风景"不仅仅是农业文明社会文学对自然和原始的亲近，同时也是现代和后现代社会人对自然和原

---

① ［美］温迪·J. 达比：《风景与认同——英国民族与阶级地理》，张箭飞、赵红英译，译林出版社2011年版，第85页。

始的一种本能的怀想和审美追求。同样，在"风景"的文学研究领域内，这也是一个不能绕开的话题，正如温迪·J.达比引用本德尔的话作为章节题序那样："在历史与政治，社会关系与文化感知的交合处发挥作用，风景必然成为……一个摧毁传统的学科疆界的研究领域。"①

但是，我们不得不注意这样一个十分重要的现象——"风景"一旦从文学层面上升到文化层面以后，我们就可以看到多种文明冲突在这个焦点上的歧义。对现代主义浓烈的怀旧"乡愁"情绪，"列维纳认为，作为一种向同的强迫性回归，乡愁代表了一种对异的拒绝——拒绝将异作为真正的异来看待。这种逃避与其说是一种怯懦，不如说是一种需要——强化人们的自我同一的需要。这种需要的背后是感到现在缺少合适的家。已经失落的和正在失落的，是一个完全的、永远有用的、永远可以回来的家。在列维纳看来，如果乡愁代表了一种向同一的回归，这种回归就是向作为自我的出发地的家的回归。同样，如果自我仅仅是自我同一的自我，是排斥异的自我，那么，乡愁往好了说是人类经验的一种被界定的和正在界定的形式，往坏了说则是一种邪恶、利己的倒退。"② 显然，后现代主义对现代主义那种"归家"的怀旧情绪是不满的，将此归咎为一种历

---

① ［美］温迪·J.达比：《风景与认同——英国民族与阶级地理》，张箭飞、赵红英译，译林出版社 2011 年版，第 11 页。

② 王治河：《后现代主义辞典》，中央编译出版社 2004 年版，第 652 页。

史的倒退也不是全无道理的。列维纳们是站在人类发展的角度来进行哲学性思考的，人类只有在"异"的追求过程中才能取得进步。然而，我要强调的是，人类的进步历程并不排斥保留对自然风光和已经失去的人文"风景"的观照。因为只有这两个参照系存在，我们人类才能真正看清楚自我的面目真相和精神的本质，从这个角度来说，我是赞同"人类中心主义"的，因为只有人类才能完成对一切自然和自我文化遗产的保护。

但是，自17、18世纪就产生的"自然文学"的三个核心元素，首先就是其"土地伦理"："放弃以人类为中心的理念，强调人与自然的平等地位，呼唤人们关爱土地并从荒野中寻求精神价值。"[①]这种同样产生于美国的文学流派，从情感和审美的角度，我十分喜爱"以大自然为画布"的艺术主张，以及托马斯·科尔的《论美国风景的散文》和爱默生的《论自然》中的观念，更喜爱梭罗的《瓦尔登湖》那样令人陶醉的崇拜自然的优美文字。"总之，在19世纪，爱默生的《论自然》和科尔的《论美国风景的散文》，率先为美国自然文学的思想和内涵奠定了基础。梭罗和惠特曼以其充满旷野气息的文学作品，显示了美国文学评论家马西森所说的'真实的辉煌'。与此同时，科尔所创办的哈得孙河画派，则以画面的形式再现了爱默生、梭罗和惠特曼等人用文字所表达的思想。'以大自然为画

---

① 赵一凡、张中载、李德恩：《西方文论关键词》，外语教学与研究出版社2006年版，第901—904页。

布'的画家和'旷野作家'携手展示出一道迷人的自然与心灵的风景，形成了一种从旷野出发创新大陆文化的独特时尚和氛围。这种时尚与氛围便是如今盛行于美国文坛的自然文学生长的土壤。"① 这是一种多么诱人的文学啊，但是，他们的"土地伦理"和"旷野精神"是建立在消灭"文学是人学"的理论基础之上的。文学艺术的中心位置要移位给自然，作为主人公的人的意识必须淡化，这种理论行得通吗？即使如梭罗的《瓦尔登湖》这样的所谓纯粹歌颂自然的美文，不仍然时时有着一个作家自我影像在出没吗？作为在旷野中呼号的主体不依然是那个惠特曼的身影吗？不管哪一个作家和理论家如何叫嚣人与自然的分离，以及人类让位于自然的理论，包括"生态革命"后这种理论的扩张，我们都无法排除人类在整个文明世界中的主导地位。"科尔在作品中得出的结论是，美国的联系不是着眼于过去而是现在与未来；如果说欧洲代表着文化，那么美国则代表着自然；生长在自然之国的美国人，应当从自然中寻求文化艺术的源泉。"② 也难怪，毕竟美国的文化和文明，乃至文学的历史还不长，和欧罗巴文明、文化和文学相比，缺少了一些厚重感。因此，对"人"在整个世界的地位的反叛心理，完全是由一种扭曲的资本主义的帝国文化心理所造成。殊不知，一

---

① 赵一凡、张中载、李德恩：《西方文论关键词》，外语教学与研究出版社2006年版，第901—904页。

② 赵一凡、张中载、李德恩：《西方文论关键词》，外语教学与研究出版社2006年版，第901—904页。

旦人类的中心位置被消除，世界的文明、文化和文学也就同时消失了。当然，我倒是很欣赏"自然文学"在其文学形式和审美描写上的艺术贡献。他们将镜头对准自然界时候的那份执着和天真，帮助他们完成了对"风景"的最本真，也是最本质的描写，这些都是值得我们借鉴的。

综上所述，笔者以为，启蒙主义给予人类巨大的进步，同时也在现代主义的积累过程中，给人类带来了新的精神疾病。如何选择先进的价值观来统摄我们的文学，则是一个非常重要的问题。用后现代主义理论去批判现代主义的怀旧的"乡愁"情绪，往往会陷入片面的"求异"中，而忽略了对自然风光和人文"风景"的关注，这是一种文化和文学的虚无主义的表现；而过分强调自然的主体性，忽视人在世界中的地位，甚至消除人在自然界的主体地位，则更是有文学审美诱惑力的理论。但是，这种含有毒素的"罂粟花"必须去其理论的糟粕，留下其美学的外壳和描写"风景"的技术，以及它们对工业文明带来的大自然被破坏弊端的批判。否则，一旦坠入这个"美丽的陷阱"，其价值观就会彻底失衡与颠覆。这就是我们所面临着的两难选择，怎样选择自己的"风景描写"，不仅是作家们所面临的选择，同时也是理论批评家们应该关注的命题。

新世纪文学深深扎根于 20 世纪文学，因此，以上论题与《景象的苦厄》一书关联甚多。自 1999 年底该书著者傅元峰备考我的博士研究生开始，我就嘱他留心这个颇有研究价值的课题。他经过扎实的论证，准备将这一课题作为博士学位论文选题，我也赞同。傅元峰于 2003 年春天顺利通过了博士论文答辩，该文获得了许志英、孔范今、朱晓进、吴功正等诸位先生的认可，入选该年度南京大学优秀博士论文。时隔多年，重读此书，诸种论思仍有浓烈的问题意识与学术价值。相关论证既未过时，也未完结，尚待读者诸君关注与讨论。

丁帆

（以上为傅元峰著《景象的困厄》代序，人民文学出版社 2015 年版）

对 17 年历史剧的重新定位

作为断代的门类文学史研究，无疑，潘亚此书的出版对 17 年历史剧的宏观把握与微观重读都有着十分重要的意义。长期以来，对 17 年历史剧创作的研究多集中在单个作家作品的格局之中，其方法也主要采用政治／艺术二元对立的研究视角。而潘亚的这部专著却从有限的创作中抓住要害进行整体性的分析，发掘出了"20 世纪中国文学史上的一个极为独特的现象"，为文学史的重估做出了应有的贡献。对这些作家作品的重新发掘与评估，乃是 20 世纪历史剧创作发展历史进程中不可或缺的历史环链。潘亚选择话语形态理论为视角，将 17 年历史剧概括为 4 种特征是有充分的理论依据的：

"17 年历史剧是在一种泛政治化创作语境下生成的，它负载着强烈的政治理念和意识形态使命，因而，被打上了深刻的时代烙印。它是在现代话剧特别是历史剧创作传统以及对中国传统戏曲有所借鉴并努力民族化的基础上，在革命文学、左翼戏剧、延安文艺及苏联戏剧的直接启示下生成的。""既认同与归附于权威话语与主流意识形态，又有一定偏离的独特的话语形态体系。"这种对于创作背景的分析大体是准确而客观公允的，17 年历史剧从源头来说是带有"左翼"色彩的。但就具体的作家作品来说，又呈现出不同的美学特征和个性风格。时代与政治，共性与个性，就像形影不离的孪生兄弟一样紧紧附着在 17 年文学之中，其历史剧当然是更为凸显的艺术门类。

"它作为 20 世纪中国文学史进程中的一个独特的现象，是现代剧作家们在建国初，面向现实题材进行创作话语转型失败后，形成的政治无意识升华的一种集体的'社会的象征性行为'。在泛政治化的创作语境下，史剧家们选择历史剧的形式进行话语言说，充分体现出对 17 年中主流意识形态的顺应或反抗，亦即以其符号形式的建构体现出自身独特的意识形态功能，表现出现代剧作家们强烈的现实关怀，即试图通过重新编写历史故事把历史经验复活起来，以达到'古为今用'的目的。"我以为潘亚的这一论点从某种程度上是击中了 17 年历史剧创作中作家主体性的要害，为揭开 17 年历史剧的精神面纱给出了准确的答案！这个答案虽然是常识性的解释，但是，由于多少年来我们习惯了用"左"眼去看戏剧，很难看见它们的本质特征。如今，我们顺着他指引的理论视点看过去，便可透过历史的雾霭，一眼望穿它的真实内涵。"它作为一种历史叙事，史剧家们选择令今人会产生共鸣的历史事件、人物、关系和冲突，在历史的视野中，采用独特的叙事策略和叙事规则，对其重新进行调动和安排，从而再评价他们的得与失、荣与辱，以达到'教育'人民的作用。所以，它在一定程度上还影响了当代中国人的精神构成。"对于17年文学所构成的精神影响，我是向来没有低估的，但是，我始终认为这其中的精华与糟粕却是这个物化时代的人难以廓清的哲学命题。这种潜移默化的"教化"作用是夹杂着可卡因成分的，是需要我们的历史学家和文学批评家做出客观公允的价值判断的艰难命题。

"这25部历史剧深深地凝聚着17年中，特别是1958—1962年间中国社会政治文化所赖以生成的信息基因，流露出特定年代权威话语和主流意识形态的动机，构成了特定社会历史时期的镜像。它既折射出权威话语及时代流行的政治理念和工农兵文学创作模式的规训、制约与影响，又真实地体现出特定年代中国人民的精神生态与价值向度，昭示着史剧家们内心世界潜隐着的种种矛盾的心理与欲望。"无疑，潘亚对此"镜像"式文本的理解是深刻的，是有自己的价值理念统摄的，但是，关键是看他在具体的论证过程中采取的是什么样的立场和方法。围绕着作者设定的4个板块，我以为其论著的主体构架是有理论意义和价值的。纵览其结论，虽然我尚有不完全同意的观点，但是，基本的价值判断是一致的。我最为欣赏的是全书对第二板块的分析，其结论中有着深邃思考：

"在文体形态上，我认为17年历史剧主要有三种不同的'历史'呈现方式，即'尊古写剧'、完全虚构、'失事求似'，但由于历史'现实观'的强烈制约，亦即对'古为今用'的特别重视，使得它尤为强调'失事求似'。而构成历史剧的历史性、当代性、主体性三种文本形成了共渗互动的关系。由于强调'人民创造历史'的观念，使得 17 年的历史悲剧普遍不悲，与表现现实题材的工农兵文学相一致，历史喜剧很少运用'讽刺'和'幽默'的手法，多以大团圆的结局呈示喜剧性，因而在情节开展方式上是忌悲忌喜，正剧统一；在结构模式上，17 年历史剧创作大多采用情节推进式冲突结构，这其实是现实生活中日益强化的阶级冲突、斗争意识在历史剧创作中的折射。由于政治理念的侵蚀，许多史剧在结构上出现了'非整一性'问题，并将历史个体意志间丰富多元的矛盾冲突简化为二元对立的单一结构，普遍采用与颂歌叙事相一致的历史'苦难'叙事模式；在人物形态上，17 年历史剧创作形成了以扁平型为主的人物形象谱系，立体型人物屈指可数，而历史人物之间的关系是好 / 坏、善 / 恶的阵线分明，且均具有各自的代码与功能。男性史剧家们通过'拟代女性写作'方式刻画女性人物形象，以历史女性形象演绎政治理念，回归爱情本体的女性话语是少之又少，女性话语呈现出一种'缺失'状态；在语言系统中，由于对语言风格的探索与追求不会触及权威话语的禁忌，使得 17 年的许多史剧在实现双重超越的基础上，普遍采用'历史 / 现代'形态的语言媒介系统，形成了亦古亦今、化古为今的独特语言风格，以曹禺、老舍为代表一些史剧家还在语言的探索中回归了自我。但在总体上仍是以宣传说教型语言为主，普遍采用政治性的语汇。"这无疑是在给 17 年历史剧"点穴"，通过微观分析所得出的宏观结论完全符合历史的真实与历史的必然，是从历史现场抽绎出来后，经过现代性价值理念的过滤与思考后的结晶。

而对第三板块的分析，我却尚有不完全一致的意见。作者说："我认为17年历史剧在承载强烈的意识形态功能的同时，许多史剧还潜隐着史剧家们对历史与生活的独特思考，即在历史中重建启蒙话语，包括借历史'干预生活'，对人与自我的关注与呼唤和对国民性弱点的揭露与反思；有些史剧家甚至在用生命感受历史，如郭沫若的'蔡文姬就是我'，田汉'长与英雄共魂魄'，师陀在《西门豹》中表现出的孤独而痛苦的灵魂，等等。"如果说在17年文学中尚有个别作家还保有残存的现代"启蒙"自觉意识的话，那么，绝大多数的作家是没有、也不会有"在历史中重建启蒙话语"的主体意识的，启蒙意识更多的是被强大的主流意识形态遮蔽和淹没了，而凸显出来的却是普遍的"奴性意识"。尤其是作者以郭沫若为例，就显得更不合适了。

总之，此书的出版是对17年文学中历史剧的一次重新价值定位和理论爬梳，其文学史意义是大于纯学术意义的，因为，它在学理层面的建构是改变以往不切实际的历史性选择："我选择'17年历史剧创作话语形态论'为题，是为了考察17年历史剧创作话语所遗存的对新时期历史剧乃至话剧的影响，并从中阅读出有益于我们未来文化发展的精神资源。它并不仅仅是出于我个人的兴趣爱好与学术积累，更重要的是适应21世纪中国文学研究学术发展的需要，并立足于新世纪的中国文学建设而作出的理性思考。"从中，我们可以看出作者的学术动机——那种对重新建构文学精神资源的理性思考——这才是真正的学术根基所在。

温潘亚是一个勤勉的学者，他不但勤于思考，而且出手也快。从他的学术成果来看，不仅数量颇多，而且质量也高。三年的博士后经历，使他在学术上更加成熟了，其学术收获颇丰，值得欣慰。但我总以为潘亚如果能坚持在学术的板凳上再坐上个十年八载，一定会出更多的学术成果，取得更高的学术成就，可惜他的行政事务缠身，在很大程度上牵扯和制约了他的学术突飞猛进的发展，但愿他在百忙之中能抽出时间来坐在学术的板凳上保持自己的学术追求。

是为序。

2013 年 12 月 30 日于紫金山南麓

（以上为温潘亚著《象征行为与民族寓言：
十七年历史剧创作话语形态论》序一，
生活·读书·新知三联书店 2015 年版。标题为编辑所加）

"80年代叙事"的多重观照

在整个20世纪的中国历史版图上有着许许多多的年代转折节点，其中80年代俨然是一个说不尽的话题，作为共和国政治文化的晴雨表，文学在那个时代承载了"二次启蒙"的重任，人们至今还留恋着那个时代的文学，就足以证明它的历史地位与分量。将90年代以来以80年代整体形象为叙述对象及以80年代为叙述背景的作品作为研究对象的著述已经很多了，但是，童娣还是在十年前就十分坚定执着地进入这一领域，完成了她的博士学位论文，当时我就说，关键问题是你对80年代的文化背景一定要有一个深刻的认知，并且要在新的史料发现中，立起一个不为他人所注意的历史核心价值理念作为论著的骨架——人性与人道主义的视角，就此而言，这部论著经过数年的修改，已经达到了预期的目标。

正如作者所言，整个80年代并非是一个整体性的历史阶段，其中充满着矛盾与冲突，这个十年在20世纪历史中是意识形态最动荡的时间段之一，在文学内容和形式的表达上都是那个世纪里最有活力和激情的时期，所以，童娣将它归纳为1983、1986 和 1989 三个界点，是有其深刻寓意的，但凡经历过那个时代的人一看就明白。

但是，如何看待 90 年代以降对 80 年代文本的研究，作者却有自己的主张，她将研究对象加以重新地界定，扩大了研究的范畴与视野，我以为，作者的这种界定是与众不同的，其道理就是："就论述对象而言，本书涉及 20 世纪 90 年代以来以80 年代整体形象为叙述对象及以 80 年代为叙述背景的作品，有些作品跨越几个时代，其中涉及 80 年代的部分叙事内容也将纳入本书的考察范围。本书认为，不管作家主观意图上是否有意识地将 80 年代作为问题对象来加以审美把握，作品自身都或多或少地涉及对 80 年代的描述、阐释与评判，因此，一些间接叙述 80 年代的文本也将作为本书的研究对象。……这类作品早在 20 世纪 80 年代的'伤痕''反思''改革''新写实'等小说潮流中就有大量反映。由于这类研究成果已经较为丰硕，所以不作为本书的研究对象，只是本书研究的比较与参照对象。"

作者看似是从"叙事学"的角度介入对 20 世纪 90 年代以来文学反映 80 年代的研究，从文本出发来阐释小说的历史变迁，但不可忽视的是，在文本分析的背后，我们看到的是一种穿越历史文本碎片时的人文价值观念的显现。这就是作者所说的"本书'80 年代叙事'中的'叙事'的功能也是建构性的而非再现性的，是革命性的而非因袭性的"。我以为这种颠覆性的理论结构所隐含的不仅仅是叙事的技术层面，也包含叙述内容的伦理价值，所以作者表明："叙述既指小说的'叙述内容''叙述文'，也指一定的'叙述行为'。"

为了能够对 80 年代有一个更深刻的认识，童娣在几乎所有的资料阅读中，试图建构一种新的认知谱系，她所发现的问题，应该是具有学术眼光的，也是有学理依据的，尽管你可以与之商榷，但是你得承认她论证的是言之有据的、持之有理的："大体而言，关于 20 世纪 90 年代以来小说对 80 年代的叙述的研究还存在这样一些问题：其一，研究界对这一问题尽管稍有触及，但尚缺理论与学术自觉，研究的系统性与整体性严重不足。其二，研究界对这一问题的研究侧重文学分析，缺乏历史、社会学、文学的多重观照视角。其三，研究界表现出将 80 年代本质化的研究倾向，对不同作品中的 80 年代内部的错综复杂性、多面性及其时代变异缺乏清晰把握。"就此三点，足以说明作者独特的眼光和判断所在。

作者采用历史研究与审美研究相结合的研究方法切入 20 世纪 90 年代以来叙述 80 年代的小说，对其作历史、社会学、文学等多重维度观照，主要包括两个层面：一是将 20 世纪 90 年代以来叙述 80 年代的小说置于 20 世纪 90 年代以来的具体社会文化语境以及 20 世纪 90 年代以来文学的总体状况下加以考察，比较 20 世纪 90 年代以来的小说叙述 80 年代与叙述当下的差异，分析 20 世纪 90 年代以来叙述 80 年代的小说的审美特征与文学史意义，进而辐射与透视 20 世纪 90 年代以来整体的文化逻辑与文学的总体特征。二是将 20 世纪 90 年代叙述 80 年代的小说置于近几年"80 年代热"的背景下加以考察与定位，侧重于文学史对 80 年代文学的历史重述与文学创作的"80 年代叙事"之间的共谋与断裂，从而对 20 世纪 90 年代以来叙述 80 年代的小说做出整体反思与总体评判。

"本书试图从社会学、经济学、思想史、文学史等多个交叉层面对'80 年代叙事'作出宏观上的把握。比如本书的个体户也是经济学的考察对象，城乡关系也是社会学的考察对象，80 年代政治也是政治学的考察对象、知识分子问题也是思想史的考察对象。文学叙事与经济学、社会学、政治学、思想史尽管在对象上有一定的交叉，但文学并非仅仅是上述学科的形象演绎，文学与上述学科在叙述视角与价值评判方面呈现出一定的差异，从而构成与上述学科的张力关系。"当然，这些问题的提出不仅仅是完成一种"思想的考古"，更重要的是站在今天的思想高度去反思历史中的文学表现，是需要一种勇气和精神的，就此而言，童娣对文本的穿越性解读还有不够深刻犀利之处，我想，她会在今后的进一步阐释中逐步成熟起来的。这也是我们对她的期望。

但是，我并不认同作者自己在绪论中的谦辞，认为自己的视野受限，而是在于她最后说出的真相，即：在"概括 20 世纪 90 年代叙述 80 年代的小说之内涵与嬗变轨迹及其所凝聚的深层文化动因、时代审美趋向"时，没有渗透更多的哲学层面的批判精神。

作为导师，我期待童娣在形下的文本阐释和分析中得以形上的哲思升华。童娣是一个刻苦读书的学者，我相信她有未来。

是为序。

2015 年 12 月 8 日匆匆写于仙林大学城依云溪谷

（以上为童娣著《20 世纪 90 年代以来小说的"80 年代叙事"》序言，中国社会科学出版社 2016 年版。标题为编辑所加）

"无知无畏"的精神图景与
野蛮生长的批评个性

同彬让我给他的书写序，想想他这些年来对文学批评所下的功夫，真的不容易，因为身处南北交汇的金陵旧都，自民国以来一直就是"京派"文化与"海派"文化的交汇处，既容易吸纳多元文化的营养，又容易被中心文化边缘化。因此，在南京做文学评论也就不易了，好在南京的文学评论群体的力量和氛围给他提供了许多机会，让他能够迅速地成长。

正因为有了一个群体的人文氛围，同彬的人文意识中才有了合拍的人文精神，追求文学中的真善美才成为他评判作家作品的标准，因为一切文学审美活动中，除了技术与形式层面的外壳，最重要的就是作家在内容中所表现出的价值观念的高下优劣了。所以，在这本批评集里围绕着"青年""公共性"和"历史"三个关键词，同彬"以粗犷的线条和锐利的笔锋勾勒出一个青年批评者'无知无畏'的精神图景和野蛮生长的批评个性"。

的确，对于当下"80 后""90 后"的一批批新锐作家、作品的评判，给老一代批评家带来了无边的困惑，如何在一个公共性的平台上去评价他们的作品，同彬的批评观念无疑是中肯的、尖锐的，同时也是有效的。

针对"青年"这一代际问题，他的看法是锋芒毕露的："秩序在收割一切，收割一切可能对秩序造成威胁的各种力量，青年、新人就是这样一种具备某种潜在威胁的虚构性力量，一种正在被秩序改造并重新命名的新的速朽。收割的前提是培育，是拔苗助长，是喷洒农药、清除'毒草'，是告诉你：快到'碗'里来。"青年作家被规训、被同质化、被秩序化的问题应该是一个大问题，而这个大问题却是评论的盲区。如果我们看不到这一点，仅仅将它作为一个受着商品化制约的代沟问题来看，那我们在扫描一切青年作家作品时就少了一层深刻性。

当然，我最激赏的是同彬对青年作家需要警惕的几种行为弊端的揭示：

一是，他认为"对青年写作者和文学新人的滔滔不绝的赞美、期许，广泛持久的扶持、奖赏是制度的代际焦虑的产物"，"它们的共同目的是去锻造青年的皮囊如何与苍老、丑陋的灵魂完美融合"。毋庸置疑，名和利是当前青年们人生观当中首要的核心追求，写作成为谋生手段是无可非议的，但将它作为舍弃一切人文伦理的阶梯却是可鄙的。我们不要单纯强调这是商品时代使然，而应始终努力高扬人文精神的道德底线。

二是，同彬敏锐地指出"文学权力与政治权力强烈的同构性，文学权力显著的区域性、机构性集中，导致青年写作、文学新人在被制度命名和生产的过程中，不可避免地遭遇到源源不断的、难以抗拒的吸纳性、诱惑性、抑制性和同质性的挑战。"几十年来的文学国情已经让我们习惯于在权力的阴影下生存，许多事情已经习焉不察了，这不仅仅是青年的问题，而且是整个作家队伍的"集体无意识"；能够意识到这个问题，并且为将来的文学所考虑，也是一个不容忽视的问题。

三是，"新的文学写作者与前辈写作者（尤其那些掌握更多权力的）及相关机构之间有着一种微妙而暧昧的依存关系，其中涉及权力的承传，涉及互相调情的必要性，涉及一场有关宫廷、庙堂的舞台剧中恰当的角色分配。"同样，这个问题的提出是文坛整体性问题，不过，这在青年作家那里更为突出。如果说那些历经了历史沧桑的作家尚在这一点上还保持着一点矜持的话，那么，某些青年作家的无骨媚态就令人作呕了，其角色处处表现出被阉割后的谄媚和无性。

无疑这些都抓住了青年作家问题的本质，从制度的缺失中来看待青年作家人格的缺失，可谓鞭辟入里、一针见血。同彬所列举的新世纪以来文坛上所出现的那些林林总总的青年文学和文化人物的怪现象，足以让青年警醒，也更令那些文学史家和年老的批评家去深入思考。

这些年来，一个接着一个的"文学事件"和"文化事件"让人目不暇接，这种炒作无疑给文学创作带来的是致命的重击，作家们都指望这个成为自己作品的卖点，也更是青年作家一夜成名的幻想，所以，新闻性的、世俗性的、生产性的"事件"，是简单的、消极的文学致幻剂，是作家创作的"摇头丸"："他们是无聊而热闹的文学'事件化'的受益者和受害者，他们在'事件'的漩涡中丢失自己、重塑自己、成为自己。"所谓丢失，是不准确的，因为他们从来就没有"自己"过，所以也谈不上"重塑"，"成为自己"应为"制造自己"更为准确一些。

同彬注意到的另一个青年作家的弊端也是十分敏锐的，其批判的力度也是十分犀利的，那就是青年作家渴望成为一个"职业作家"，那是进入体制的"红派司"，"职业性成功已经成为青年写作者们重要的，甚至唯一的梦想"。我们无法在这样的语境下评判这种作家体制的优劣，但我所要表达的观点是：无论你处于一个什么样的体制当中，作家自身的小环境，也就是你的创作心态，你的内心对文学创作的本能冲动不能变！唯有此，你的作品才有生命力。否则，你成天想的是如何进入正统的作家体制当中去，去充分享受体制给你的好处，那么，你的创作生命也就到此为止了。当然，现在各省市的作家协会都在以"赎买"的形式把一些出了名的或正在出名的萌动中的作家纳入自己的旗下，至今我尚未见到过一个拒绝者，包括那些身价已经几千万的所谓"网络作家"，也一个个渴求"招安"，以获得"正名"。

也正是如此，现在的一些走红的青年作家在媒体时代的追捧下，在数以几十万众的"粉丝"簇拥下，变成了一种文化的代名词，于是乎，一种文坛领袖和霸主的江湖气油然而生，正如同彬所言："'成功'赋予青年人荣耀、权力，也赋予他们某种老气横秋的、世故性的自大。这一自大在写作中体现为某种不加反省的惯性的、重复性的平庸（反正有人赞赏并随时准备予以褒奖）和以信口开河、话语膨胀（如各种断言、命名或自我标榜的热情）为表征的狂妄、自负乃至自恋；在文学交往中则呈现出某种仪式性、仪态化的模仿，模仿那些成功的前辈和大人物（文学大人物则模仿政治大人物、商业大人物）的腔调、姿态、神情，甚至某些不可告人的癖好。"这就是消费文化带来的恶果，是青年毁了文学呢，还是文学坑害了青年？这是一个两难的文化命题，我以为这是一个互动的哲学关系，相辅相成才是他们成长的培养基。

因此我十分同意同彬的结论："他们的多数书写几乎不涉及政治、道德、美学、形式和文学本质方面的任何特殊性、独特性。当前，最让人沮丧的是，文学新人之间缺少分野，缺少对立，缺少各种形态的冲突，缺少因审美偏执和立场差异导致的'大打出手'，这和前辈们曾经有过的某种革命氛围、野蛮风格大相径庭。就已经发生的矛盾和有限的冲突而言，涉及的基本是和话语权、利益有关的诸种晦暗不明的欲望；除此之外，他们在多数情况下是和睦的、友好的、礼尚往来的、秋毫不犯的、在微信朋友圈随时准备点赞的……"在这里，同彬指出了许多青年作家写作的致命伤——不涉及政治、道德、美学、形式的内涵，漠视文学的特殊性和独特性，所以，其写作容易陷入工厂式的模具化生产，从流水线上出来的是产品，而不是作品。同时，他还注意到了，青年作家与老一代作家的差异性——"革命性"和"野蛮性"。无论如何，作为这两个中性词，它们的确可以概括近百年来文学的某些本质特征。但是，我在这里要强调的是，正是在新世纪这个世纪的交汇点上，同彬看到了在这个文学坟场里的许许多多青年作家，并非鲁迅当年寄予厚望的青年作家，进化论对于今天的时代而言，已经完全不适用了，因为追名逐利的消费时代，鲁迅们是无法预料的。

是为序。

丁帆

（以上为何同彬著《历史是精神的蒙难》代序，北岳文艺出版社 2017 年版。标题为编辑所加）

"边地文化"与"文明等级"

　　这是一个被文学创作界和文学研究界所边缘化的领域，而这个文学的"富矿"被冷落，却是中国当代文学的一种巨大的损失。面对这样的窘境，我们应该承担起责任，我以为，只有首先让文学研究者高度重视起来，指出其文学史的意义和审美意义，才能从根本上解决这一描写领域的难题。所以，我要在这里疾呼：请不要忽略中国文学最具表现力的文学场域——在两万两千公里的边疆区域内，"边地文学"具有强大的生命力和生长的空间，它将成为中国文学书写的沃土，也将成为中国文学与现代文明拉开距离的最佳视点，必将成为中国文学创作的高峰。

　　所谓"边地"，乃边疆之谓也，"边地文化"便隐含着以下几层意涵：首先，它隐含的是国家地理的内涵，在与他国接壤的土地上所产生的文化和文学，必然会带有两种或两种以上的文化冲突，无论是意识形态方面的分歧，还是国别疆土上的分歧，都会对文化和文学带来差异性，造成与内陆的文化和文学的落差，这也正是文学创作最有"异域情调"的富矿所在。其次，它隐含着的是民族文化和文学的多元性元素，这种多元文化之间的冲突，当然，也包括宗教文化的差异性效应，都是在多个民族文化的"差序格局"之中各自形成了多圈的涟漪效应，这些层层叠叠涟漪交合，恰恰又是文学最好的审美场域和描写对象，这也是迥异于内陆文学题材和审美异趣之处。缘于此，只要有比较文化审美视野的作家是一定会将它们作为至宝一样收纳其创作宝库的。再者，其独特的文明语境为文学创作提供了丰饶的创作素材，如果抛开人类文明进程的价值优劣的进化论观念，单单从文明的形态给予文学创作的审美价值来看，窃以为，那种游牧文明和农耕文明给文学审美带来的吸引力则更加巨大和惊艳，因为读者的审美期待视野是建立在"生活在别处"的，异域的"风景画""风俗画"和"风情画"是吸引全世界只要有"求异审美"眼光游历者的文学风景线。鉴于此，我认为这是一个十分有文化和文学意味的选题，但是如何做好这个大题目，却是中国新文学百年来最大的困惑和难题，金春平始终想动这块文学边缘的奶酪，最终还是吞下了，至于消化得如何，还是大有说法的。

《边地文化与中国西部小说研究》一书，截取的时间和空间就决定了它的涵盖面。从 1976 年至 2018 年，这四十二年间所发生的"边地文化"冲突给文学带来了无限的再现和表现空间，我们的文学创作，尤其是小说创作，有无达到一个空前发掘富矿，使之繁荣的境界，我们的文学研究有无达到认知富矿的文学史意义和地位，使之成为一个有较高显示度的研究领域，都是一个有待于解决的难题。用这样的标准来衡量"边地文学"和"西部文学"，我以为是十分欠缺的，金春平的这种系统性的研究作为一种门类的研究，就显得意义重大了。但是，从另一个角度来看，由于论者生活的环境和条件的限制，他无法把中国广阔无垠的边疆都作为自己的研究对象，故而只能选择"西部"这个地理空间来分析其四十二年来的得与失，这不能不说是一个遗憾。

金春平的终极目的是：以边地文化为研究视角，力图从地域自然、宗教文化、苦难生存、现代性焦虑等方面，探讨西部作家对边地文化因素的不同叙事策略，以及这种地域文化的文学书写在新时期以来所呈现出的文学史价值。西部小说的地域特色包含了稳定性和动态性两个方面。地域自然是构成西部小说的背景空间，且在西部小说中具有隐喻化和象征化的叙事主体角色功能，浪漫型自然所隐喻的人格特征，对立型自然所隐喻的人的本质力量，动物形象所隐喻的人性与生命内涵，以及西部生态理念的生成形塑，都体现出西部小说在立足本土文化的基础上所进行的先锋性和人类性的普世化思想美学构建。宗教文化之于西部少数民族文学，不仅是美学符号和审美意象所构筑的审美空间的艺术拓展，还在于宗教文化以其特殊的文化理念和宗教思维赋予西部小说以内在性的指向哲思……都是西部小说的民族性独异于非宗教小说的重要文化表征。西部小说的苦难体验主题，由于西部边地与中东部地区在经济、政治、文化领域发展的差序性而显得异常沉重和普遍，苦难从日常生活、历史记忆和文化生存等方面构成了西部民众的外迫性力量，而超脱苦难境遇的生存姿态以及在消解中所形成的集体民族性格，也构成西部小说拯救苦难的文化理念模式。随着全球化和现代化进程的加快，西部边地进入了前现代、现代和后现代文明同时演绎的历史境遇，面对这一时代性难题，西部作家集体性地陷入了对现代性认知的悖论当中，这种焦虑不仅体现为作家对自我身份认同的分化，表现在对乡村、都市以及乡村都市化和都市返乡化的不同价值判断上，还包括民族作家对现代性与民族性冲突的生存体验差异，造成西部小说本土化叙事的集体困境。论著以中国文学主潮流为评价坐标，总结和反思着西部小说在曲折演进中所呈现出的文学价值和文化启示，包括时代喧嚣中的本土地域坚守、暧昧语境中的艺术立场坚守、消费漩涡中的人性价值坚守、文明等级中的文学民主坚守。

显然，作者的内在逻辑是十分清楚的，这四个向度钩织成的五章十九节的结构篇章就很能说明作者的意图，有些章节阐释分析得十分精彩，是许多"边地文化"的"他者"所没有的文化审美体验的呈现与阐释。但是，他所提出的一个重要的问题却是我们无法解决的文化悖论和难题，这就是"文明等级中的民主"问题。

毋庸置疑，人类"文明等级"的落差造就了我们当下的"现代人"和"后现代人"看待"次文明"或"低等级文明"的异样眼光，作为一个非人类学家和社会学家，我们的文学家是否能够采取另一种眼光去平等的审视你所见到的"文明风景线"呢？这就是审美的、人性的和历史的眼光。在这里，我们需要用更多的非意识形态的理念去观察审美对象，越是异域风情的图景越是艺术世界的，更是世界艺术的。其他的一切内涵都是"次生等级"内涵的表达。如果我们的作家和研究者都是这样去看待和开发"边地文学"和"西部文学"，也许那就是"边地文学"繁荣昌盛到来之时。

金春平于博士后在站期间，往往与我讨论"边地文学"和"西部文学"的种种问题，他写就了一系列的文章，对这些问题进行了创作文本的分析和理论的梳理，在讨论"文明等级"时，我说，在文学家的眼睛里是不应该有这种等级观念的，我甚至为他框定了一个自以为十分有意义的论题：《"边地文学"中的游牧文明研究》。这个论题他一直都在积极的准备当中，我期待着这个论题能够尽早实施成文，以飨读者。

是为序。

2018 年 11 月 29 日
于南京仙林依云溪谷

［以上为金春平著《边地文化与中国西部小说研究（1976—2018）》序言，人民出版社 2018 年版］

君子豹变　哲思为上

去年看到本门群里发来一篇国宾的文言散文，让我大吃一惊，虽然我一直都知道他的笔法十分老辣，但还是被其遣词造句的堂奥精准，其知识结构的博大广袤，其哲学思想的精深通达所震撼了，以至于对自己的随笔写作打上了一个大大的问号：散文写作者如果没有足够的文史哲的学养储备，岂不就是一个跛足的行者？

近现代散文一直遵循"形散神不散"的通例，殊不知，散文也是分三六九等的，窃以为，可分画皮、画肉、画皮及肉三种，后者为上品，而能够超越这三种境界者，那一定是有魂灵的极品，而这绝不是那个形之上的"神"所能概括的，这个"魂灵"就是我们几十年来散文创作最缺少的"哲思"元素。一个散文高手总是把他形而上的哲学思考隐藏在形而下的文学描写之中，遁于无形的字里行间之中，幻影之下，感人肺腑，夺人魂魄，这也许就是散文"活魂灵"的诗学罢。而国宾的散文就是朝着这个方向努力前行的。

想当年，国宾来考博时，我一眼看中的就是他老到的文字，也许是他做编辑的缘故罢，总觉得他的阅读量是常人所不能企及的长处。而在读博期间，他们两届的"四个和尚"却偏离专业，沉迷于哲学，整天在宿舍里争论许多现代和后现代的哲学命题。我一直笃信文史哲不分家对一个学者的学养和开阔视野的养成是有极大益处的，所以从不干涉他们"不务正业"的行径。但我则不知道国宾对历史专业也有着极大的兴趣，其高考时的历史和地理成绩很高，难怪其行文之中历史掌故的运用信手拈来，使我立马想到的是"补白大王郑逸梅"，与掉书袋的郑逸梅不同的是，国宾对历史典故的运用不是一文一事的补阙，而是"天女散花"式的集束阐发，且一定皆是辐射至哲思层面的表达，其格调立判高下。

"君子豹变"是国宾的微名，用作这本书之名，其义亦深，君子豹变语出《易经》，但用国宾的阐释来说则更有意思："豹变，意味着一场从'自在自我'向'自为自我'、'本然之我'向'应然之我'发起反拨的伟大战役。豹变，是因为日常生活和大江大河之间，总存在着某种古老的敌意。"所以"我们必须在重塑法则和欲望的关系中重塑激进的审美传统，在如豹之变的进化争夺中把自己颠倒了的镜像再颠倒回来，恢复身上被生活世界掠夺走了的力量。"这种理想主义的呐喊正是我们这个时代所稀缺的精神。

作为一种"私人阅读笔记"，它记载的是樊国宾这三年来在读书、编辑和写作过程中的思考，从2016年的"泥地里的蝴蝶"到 2017 年的"拒绝内心溺亡",再到 2018 年的"君子豹变",我们在这种几乎是"语录体"的文字的缝隙里看到的作者思想的嬗变过程:在思想火花迸发出的碎片中,在一鳞半爪的历史钩沉中,在极简的人物速写中,我们寻觅到的是一条从潺潺流水的小溪汇入奔腾咆哮大江大海的思想河流。它不是"一句顶一万句"口号,却是可以启迪人生思考的箴言。徜徉在这条思想的河流之中,我们虽然不能抵达理想的彼岸,却也能够从中得到某种人生的启迪和价值的暗示。

收在这本集子里的文字,最长也不过两千字;绝大多数都是在五百至一千字;而最短的《〈庄子〉三句》《〈列子〉三句》《〈孙子兵法〉三句》《〈世说新语〉三句》竟然只有百余字。它们都是高度凝练,且简洁明快地解释清楚了其思想精髓,但绝非一般释文所能及也,因为它代入了作者对当下生活的人生思考。

读国宾的笔记体散文,虽然笔墨极简,却是气象万千,在短促的行文之中,你却能够感受到作者在古今中外、天南海北、海阔天空的叙述中纵横捭阖的扑面气势滚滚而来。时间、空间在这里既是流动的,同时也是凝固的。所谓流动是文字的跳跃性极大,带来的知识信息量也就十分繁杂广博,没有深厚的传统与现代的知识储备者,就很难进入强大的语境叙述的背景之中,也就不能完全读懂其中之深味。所谓时空的凝固,就是把所有的描写都聚焦在"魂灵"的阐释中。

读书能够读出书籍以外的许多东西,那才是读书的上品,一篇读戈斯登《走出黑暗——人类史前史探秘》竟读出的是《北大西门保安爱问的三个问题》，而最终回答的却是三人墓葬中的一个虚构小说素材的"哥德巴赫猜想"。像这种题目与内容极不搭调的篇什甚多，只有最后悟出了文章的"魂灵"所在，你才能会心一笑。仔细回味，许多历史掌故和人物勾画深意盎然，其中可以寻觅到对当下社会与人生的满意答案，这就是2016年读书困惑中的执着追求："即便被踩在泥泞的地上，也要做一只蝴蝶"的读书志向。这也是他在《青年的草履虫化》中的表白："可这个美好时代里青年的集体犬儒化与草履虫化，细想起来，比韦君宜的悔痛，还要惨烈。"所有这些，聚焦在人性的聚光灯下，便让这些文字鲜活起来了："在辽阔的自由里，与生命握手言和；在辽阔的自由里，以生命的光辉沐浴他人。"其全书的要义便凸显出来了。

卒章显志的手法也许是过于老套的散文笔法，但是用于解码这种用典较多的文字而言，却是大有益处的。看上去是很平实活泼的篇名，却是藏着那么多的典故，一般的读者只能从最后的释语中领悟到文章的妙处了。《醉鬼开的车，您敢坐吗？》《当年打开北大考卷》《老实巴交，只会举旗子吹哨子》《我越是爱她就越想伤害她》《原来列宾很蹩脚》《他的思索却被遗忘了》《编辑的水平就是出版社的水平，"社格"因此形成》《智识上的义和团》《又是一个终身未娶的男子》《我人生中的"莫比斯带"》《私下给自己的比喻是"约伯"》《全世界的懒汉们联合起来！》《"冷漠"的精神趣味》《大话很脏》《读书人其实是一种脂肪》《黄依依到底死于谁手？》《白崇禧暗呼"完蛋了"！》《一粒微尘　五类蠢货》……这些文字背后的东西才是我们需要得到的答案：在弄权者、生意人、虚荣者、僵尸学者和工蚁这五类蠢货之中，我们与作者一起反思自己能否是一个"例外"呢？！同样是写钱谦益与柳如是在水边的那个故事，樊国宾用极简的画面与对话留下的是一个小说结构的巨大空间，飞白处留下的不仅是人性的思考，更是一个知识分子人格操守的评判。其手法比我原先写这段历史要高明得多。

国宾虽然是一个出版部门的领导，却是一个澄怀观道的士者，更是一个富有现代人文的理想主义者，我想，以其《如果没有过，真是白活了》最后的一句话作为此书序言结束，应该是不错的："——这情形是我的想象，爱是残缺和无望的才好，那种凄艳的爱，如果没有过，真是白活了。"窃想，这爱恨情仇于个人的遭际如此，于一个时代的命运也因如此，因为我们无可选择地生逢这段历史，于是又不禁想起了狄更斯在《双城记》里的那段名言。

是为序。

> 2019 年 3 月 30 日写于和园
> 3 月 31 日改于旅途机上

> ［以上为樊国宾著《君子豹变：
> 我的读书笔记（2016—2018）》序，
> 作家出版社 2019 年版］

文学与哲学　尼采与张典

　　多年失踪不见的张典终于浮出水面了，并给我寄来了他的又一部新著，并嘱我作序，感慨之余，欣然命笔。

　　1998 年是博士生扩招的年份，那一年招生期间，我正在外面出差，是许志英先生帮我录取的五名清一色的男生。出差回宁后，突然接到武汉大学中文系负责人的电话，说他们的硕士生张典并不十分优秀，没想到南京大学会录取他，虽然都是老朋友，我还是不太客气地回答：我们是按分数录取，你们认为没有培养前途的学生，说不定我们能够帮他上一个学术台阶。从此，我就不断地敲打张典：你能冲出来就是一条龙，冲不出来就是一条虫。何去何从，今后的道路是你自己选择的。

　　说实话，在我的 22 届博士生当中，张典是一个罕见的学习狂，没有什么嗜好，除了吃饭睡觉，他整天都是在读书，读书之多，恐他人无出其右。他们那一届中有四人都迷恋哲学，整天在宿舍里讨论哲学问题，而最终走向哲学深处者却只有张典一人。所以，他又在 2008 年 8 月至 2011 年 6 月去了复旦大学哲学学院攻读了博士后。2013年10月至2014年10月又去了牛津大学哲学系做访问学者。

也许他本科学的是桥梁工程系，工科生的思维特别明显，做学问也是一根筋，似乎要把世界上的书都读完了才能动笔写文章，这种严谨的态度固然十分可爱，但是到了极致，也就让人无语了。在读博的后两年里，我让他赶紧练笔，不可光读不写，述而不作，他总是说正在酝酿，但是酝酿到毕业，动静也不大，我甚至用"龙"和"虫"的选择来威胁他，让他不要辜负了南京大学，最终还是见效不大，他那时还沉醉在黑格尔的哲学迷宫之中不可自拔呢。

毕业以后，他分配在江苏社科院工作，时常来我家汇报工作和生活状况，问及学术进展，他说他正在钻研德语，为的是读黑格尔的原版全集，因为他已经购得了德文版的几十卷《黑格尔全集》，我说，你边读边写吧，哪怕是读书札记也行。他还是沉湎于他的哲学王国之中，几年都没有重磅的文章和著作出来，我十分着急，几近发怒，大有恨铁不成钢之憾，然期望值越高，失望也就越大。

他在2008年就突然消失了，接连辗转了几个单位，问及熟悉他的人，都不太了解他的近况。偶尔看到他在杂志上发表的文章，心中稍感慰藉，直至有一日与他的同学谈起了他的学术成果，才知道他在哲学界已经有了自己的一席领地，著述开始丰盈起来了，心中便窃喜不已。

我不知道他何时喜欢上的尼采。20世纪80年代，我迷恋上了尼采，对他的悲剧观、酒神精神、日神精神和强力意志反复揣摩，《悲剧的诞生》和周国平的《在世纪的转折点上》成为我的枕边书。当我对尼采的热度伴着年龄的增长随风而去时，竟不知道张典却也对老尼如此激赏，这本总计二十一章近 80 万字的皇皇巨著，就是他刻苦钻研的成果。有此书在握，我们基本上可以清晰地找到那条走进尼采哲学小路的门径，丰富的资料和详细的评说，还有那不乏生动的语言，让我为张典脱帽致敬，我终于看到了向哲学彼岸游去的身影。

　　其实，写这本书并不轻巧，张典付出的是他人数倍的辛劳，读原版德文书籍，倘若只是读一般的读物，应该还是比较容易的，但是，其中涉及大量的理论术语和哲学命题，却不是可以一蹴而就的翻译与阐释，他参照了几十本德文和英文的资料，加以总结和甄别，以求达到还原一个真实的尼采，给中国学界显示一个完整的且没有过多变形的尼采哲学原貌。也幸亏他多年来刻苦学习了第二外语——德语，帮助他顺利地理解和阐释了一个真实的弗里德里希·威廉·尼采，用张典的话来说：他参照了"几十本英文的尼采研究与翻译著作。关于尼采生活实录的文献来源，除了上面提到的书籍之外，我主要还参考了尼采自己的德文书信、日记、笔记及发表的作品。尼采很早就开始以不同的传记形式描摹自己的生活，这为了解尼采的生平提供了一个很好的基础。这本书对尼采生平的介绍部分只能算作较为详细的文献汇编，严格来说不能算尼采的传记，我并没有对这些文献进行文学意义上的加工，尽管有自己的一些解释，这些解释不仅借鉴德里达与罗蒂文本互文的解释方式，更多偏向一种符合论的自然主义解释模式。笔者的基本信念是，还原一个真实的尼采还是有希望的，因此在理解尼采生平时主要走一条综合基础主义与融贯论的中间道路：一方面，笔者认为，尼采人格与思想的形成与发展是由他生活于其中的历史语境决定的，这种历史语境和尼采的生活经历是客观的，原则上可以获得证实；另一方面，对这种历史语境与尼采生活经历的解释是主观的，但这种主观解释不是任意的，尽管主观解释是不充分的，完全充分有效的解释也是不可能的，但这些解释可以不断获得进一步校正。另外，对尼采生平文献的理解也存在歌德提出的诗与真的关系问题，完全不受主观影响的真实是不存在的，事实于是都带有诗意的元素，笔者注重的是在真实的诗意与歪曲事实之间做出区分；受到主客观情况的影响，尼采的生平文献都可能存在一些失真情况，通过现有不同文献的相互比照，应该能比较准确还原尼采生活的真实轨迹。总体而言，我对尼采生活的记载与解释还是比较粗略的，做这些工作主要希望为理解尼采的思想与作品提供一些帮助。"虽然张典自己比较谦虚，通过对已经做出的尼采哲学命题的阐释，让我们洞见了一个与以往不同的尼采形象，可是，"笔者注重的是在真实的诗意与歪曲事实之间作出区分"是一个学者学问价值取向中最宝贵的精神所在，大约也应该是黑格尔哲学的最核心的理念吧。

从这本巨著来看，我为自己在学术上的急功近利而羞愧，张典这二十年磨剑的功夫并没有白费，他是一个慢工出细活的人：史料的蒐集不到穷尽誓不休的执着，让他在全局的把控上占了先机；多年思考的结晶而形成的深厚基础，又让他获得了学术上伸展的巨大空间；博览群书的视野，又使其具备了大家的气质和学养。所有这些让我窥见到了张典未来的一线曙光。

他究竟是"龙"还是"虫"？也许再过十年或二十年，历史必将做出公正的回答！

2017 年 11 月 2 日草于依云溪谷

（以上为张典著《尼采评传》序言，
南京大学出版社 2019 年版）

戴着镣铐跳舞

农为平教授读博期间在选题的问题上是纠结了许多时日的，我以为她最终选择了这个题目来做博士论文是正确的，起先，我还是犹豫这个选题的科学性的问题，因为这个概念是近几年才刚刚被一些学者提出来的，虽然 20 世纪 80 年代就有人提出过"西南文学"的概念，但是正式标举"大西南文学"旗帜，并以"文学地理学"的理论将云、贵、川、渝、藏、桂六省（市、区）的文学创作规划为旗下的宣示，应该是 2015 年的第一届"大西南文学论坛"，以及后来成立的大西南文学研究所。我是担心这个论题在学术和学理上还不成熟，做起来的难度较大，所以一直犹豫这个选题能否做出一定的学术贡献来。但是，她的执着和认真刻苦的学习态度感动了我，且考虑到她身处云南边地，更具有"文学地理"的优渥条件，如果不做第一个吃螃蟹的人，似乎太可惜了。作为既是学术"边地"，又是学术前沿的拓荒者，我相信她的执着信念和刻苦精神，我相信她会圆满完成这个博士论文的撰写。今天呈现在我们面前的这部著作，虽然还不能够说是臻于完美的著述，但是，作为一部开山之作，它的学术意义和学术贡献是有目共睹的。

毋庸置疑，这是一部理论性很强的著述，这对于一个善于感性思维的女性学者来说，是富有极大挑战性的。我原先给她的撰写理路是多融入作家作品的具体分析，以此来印证其理论观点的提出，但是，她选择了难啃的骨头，观点对应的是创作思潮和文学现象，当然也涉及作家作品，但并不是我原先设想的那个样子。如今看来，她的选择自有道理，且显示出了她长于理性思考的能力。

她在撰写过程中，阅读参考了大量的中外文论，尤其是西方文论的旁征博引，让其成为支撑本部著述的理论支点，正如作者所说："在当代，社会的进步，思想的发展，为历史祛魅、文学祛魅提供了机遇与资源，让那些原本被遮蔽的、边缘的群体获得认识自我并展示自我的机会：文化多元主义的盛行，使更多的人正视到差异的存在并给予应有的尊重与重视；福柯对权力关系实质的揭示，德里达'解构主义'（deconstructionist）对逻各斯中心主义（logocentrism）的解构性批判；后殖民主义对西方中心观的质疑批判……利奥塔从总体上表述了后现代转向的一个核心：主体和社会领域的非中心化。他认为，不论我们讲的是自我还是政治，都不存在中心，即不存在秩序、连贯性和目的性的统一基础。后现代的特点是在知识的领域摈弃了确定性和所谓的'神眼观点'（God's eye point of view），摈弃了支配社会及文化优越性和道德一元化标准，摈弃中央集权和组织严密的原则，以及不再那么迷信一个一元的和一致的自我。社会思潮的后现代转向，使传统的中心——边缘社会结构和思维模式受到了前所未有的震荡、冲击而显现松动迹象，从中心观思维中解放出来的人们开始将目光更多地投射到那些长期被忽略、被遗忘的非主流群体、文化之上，驱动了思想观念和社会行为的边缘性转型。"由此而来的许许多多理论的支点，让农为平受到了很大的启迪，让她在理论的"镜像"之中找到了"文学地理"空间中的"自我"，从而获得了被改造过的理论上的"第二自然"。

因此，纵观全书从空间视角对文学进行考察，既是当代文学研究的开拓与建构，同时也对传统文学时间性研究构成了某种挑战和解构——尤其是对远离主流圈的边缘空间而言更为明显。

我对这本著作戴着镣铐跳舞的精神十分激赏："一部西南文学史，在其隐秘层面上呈现了西南作为文化他者的心理历程，这种历程可以从两个方面来看：一方面是西南各民族被强大的汉文化所排斥、歧视的苦难史（主要通过神话、史诗、叙事诗、传说等承载着民族历史记忆的民族民间文学反映出来）；另一方面则是在强权意识支配下，主流世界以及西南自身共同参与的对西南的想象与建构（主要体现在文人文学中）。这两方面像沉重的历史疤痕深深刻印在民族文化心理之中，也渗透进了文学创作之中，即使社会再开化进步，也依然会以集体无意识的形式潜在地发生着作用和影响。这是面对西南这样的'他者'文学时必须把握的一个重点。"无疑，受着种种文化制约的"边地文学"往往是在汉文化的夹缝里生长出来的一朵奇葩，如何给它定性和定位，则是考察这一"文学地理"图卷的重要标准。农为平试图在这个方面做出其学术贡献，我以为，在这一方面，她是一个成功者。

正如她自己所说的那样："总之，探究西南文学的地域特性，必然绕不开这一地域在历史上长期的政治他者、文化他者身份，以及因这样的身份而形成并延续下来的集体无意识心理。这种边缘心理，加上高原山地粗放型农耕文化、相对独立又相互渗透的少数民族文化形态，共同构建起西南独一无二的文化镜像，共同滋养也制约着西南文学的发展，使西南文学在当代语境下既becoming努力融入主流大潮，又有意无意地透露出鲜明的地域'身份'基因，以此相区别于其他地域文学。"正是在这样的"文化区分"之中，西南文学才能彰显出它的文化意义和学术意义。虽然对于汉文化浸润和侵袭，"西南自身也不自觉地参与到这种想象之中——即接受预设，并按这种设置去认识自己并界定自己。这实质上是弱势群体在与强势群体遭遇之后，自我主体意识被遮蔽以致丧失的必然结果。"但是，这部著作所要解决的终极问题却是："在空间视域观照下，许多原本为主流话语所遮蔽、排斥的'异质性'边缘书写得以浮出文学地表，显示出因地域环境、历史源流、文化特色等方面的基因而呈现出的个性化差异——而这正是边缘文学最本真的面目与独特价值所在。"我以为，正是在这个意义上，农为平获得了独有个性的理论话语权，让大西南文学在她的理论观照下，显示出了"有意味的形式"。

也许，农为平在总结西南文学研究领域里存在着的弊端，也同样适用于她的研究，"在研究上难免存在偏离纯粹地域文学常轨的倾向，在一些基本问题如西南文学的范围指向、地域特性等诸多方面尚需进一步商榷和深入。另外也有一些零星研究，较为深入地触及西南文学的部分面貌、特性、规范，但惜之缺乏整体性观照，只能'窥斑'而未见'全豹'，这不能不说是西南文学研究的一个遗憾。"这是她提出的问题，同时也是在警醒和鞭策自己不断完善自己理论建构的动力，我希望农为平能够继续下去，让自己的研究领域更加宽阔，使自己的理论更加深刻丰满。

是为序。

2021 年 10 月 18 日匆匆于南大和园

（以上为农为平著《空间与言说：
西南文学的地域镜像》序言，
人民出版社 2021 年版。标题为编辑所加）

新世纪乡土小说与中国农村变革

　　中国乡土小说是新文学中成就最为辉煌的，同时也是生命力最为顽强的文体类型。20世纪90年代，中国学界和文学界曾有过乡土小说在中国是否会逐渐消亡的论争。有一种观点认为，随着中国城市化的快速推进，乡土小说必将成为一种消失的文体。我不否认在遥远的未来会有这种可能，但我始终坚持认为乡土小说在中国还有继续存在和发展的历史空间，我的这个判断与我对中国经济与文化发展独特性的认识有关。我曾经提出，在中国这块幅员辽阔的土地上，农耕文明和游牧文明、工业文明和后工业文明等都共生于20世纪90年代以后的中国文化地理版图之上，亦即前现代、现代与后现代这三种文化模态同时存在，并在相互冲突中按照各自的文化逻辑发展，而这个历史过程将是比较漫长的。在这样一种交错复杂的社会文明形态共存中，乡土小说就有其继续存在和发展的现实依据与历史因由。20世纪90年代以来中国乡土小说的新发展及其新的创作成就，已然证实了我的判断。

　　毋庸置疑，多文化模态的交错共存，不仅使中国乡村的现实发展极不平衡，其未来也变得扑朔迷离，而且使乡土小说作家难以确立自身的文化批判价值体系。20 世纪 90 年代以来的中国乡土小说，由此发生了诸多不同于过去的巨大变化。如何认识中国乡土小说的新现象新变化，如何重新厘定中国乡土小说的外延和内涵，如何辨析中国乡土小说变异后的审美形态，这些都是中国乡土小说研究亟待解决的问题。李兴阳的新著《新世纪乡土小说与中国农村变革》对这些问题做了系统而深入的探索，其不少研究结论新人耳目，颇有特色。

　　新世纪乡土小说研究的首要问题就是明确研究对象的时间上限。这个问题，看似简单实则不易，争议颇多。李兴阳的《新世纪乡土小说与中国农村变革》把新世纪乡土小说的时间上限推到上个世纪的 90 年代初期，而不是 21 世纪初年，其着眼点不在于历史纪年的自然时序交替，而是乡土小说在中国社会现代转型的多重文化语境中的再度新变及其生发的时间。这种考察维度与切入角度的选择，是基于中国乡土小说百年发展历史的整体认识以及对新现象新变化的敏锐观察，因而是很有历史意识与学术眼光的。中国乡土小说的世纪转型，与其赖以生长的中国社会的现代转型一样，并非在 21 世纪初年的短短一年间就能够一蹴而就的。其实，从上个世纪 90 年代初期开始，随着改革开放的再度开启，市场经济大潮开始强劲地冲刷中国城市与乡村，资本下乡，农民进城甚至出国，中国城乡社会生活的各个层面随处可见消费文化的魅影，中国文学由此开始了结构性的变化，中国乡土小说受到的冲击尤其巨大，叙事视域扩大了，涨破了传统乡土叙事的阈限；乡土小说文体的传统审美形态亦随之发生变异，"三画四彩"开始此消彼长。也就是说，从上个世纪 90 年代初开始，时代变革大潮裹挟下的中国乡土小说从题材到文体都开启了转型变异之旅。因此，将新世纪乡土小说的时间上限推到上个世纪 90 年代初期，有其历史的、现实的与学理的内在依据。"文变染乎世情，兴废系乎时序"，刘勰之言是不虚的。

新世纪乡土小说是中国乡土小说发展的新阶段，其转型变异不是完全断裂式的，与中国乡土小说叙事传统有着千丝万缕的联系。李兴阳的《新世纪乡土小说与中国农村变革》对中国乡土小说中的鲁迅乡土小说、茅盾乡土小说、沈从文乡土小说、赵树理乡土小说等为代表的乡土叙事传统进行了系统的历史梳理，阐明了这些乡土叙事传统各自不同的文学主张、历史观念、社会意识、审美追求和艺术特点，以及代际承传之间非常复杂的影响关系。鲁迅是中国乡土小说的开创者，鲁迅乡土小说所开启的现代乡土启蒙叙事传统，代有承传，影响深远，即使是在消费文化甚嚣尘上的新世纪，我们也能在阎连科、杨争光、李佩甫乃至更年轻一些的东西、鬼子、谭文峰等作家的部分乡土小说中，看到"启蒙乡土叙事"的批判理性之光，譬如我曾专文评析过的阎连科的《黑猪毛 白猪毛》、鬼子的《瓦城上空的麦田》等乡土小说都在荒诞不经的乡土现实故事讲述中批判顽劣的国民根性与人性异化，"再现了现代知识分子的启蒙传统，用黑色幽默的笔触又一次掀起了'鲁迅风'"。茅盾乡土小说是左翼乡土小说的代表，因其与意识形态话语的复杂牵绊，对中国乡土叙事的影响，虽然代有所变，但也是非常深远的。沈从文乡土小说是京派乡土小说的代表，其"田园牧歌"式的乡土叙事，对后世的影响不仅时隐时显，而且也是代有所变。赵树理的乡土小说创作，跨越两个时代，其"问题小说"曾名动一时，影响到"山药蛋派"诸多作家，后遭贬抑，至上个世纪八九十年代再度受到人们的重视。李兴阳的这部新著对中国乡土小说叙事传统的历史梳理，其创新之处不在于对历史流变轨迹的清晰描述，而在于对新世纪乡土小说继承或变异叙事传统的发现与分析。譬如，在分析沈从文乡土叙事传统时有这样的表述："沈从文乡土叙事传统经过八十多年的迁衍流变，在与各种不同思潮、不同流派的碰撞交锋中，既保留了最为核心的文化价值理念与乡土小说的艺术形态，又在后继者基于个人文化素养、生活经历、审美趣味和时代要求的创新中，增加新的质素，发生新的变化。在城市化、工业化和全球化的时代大潮中，'田园牧歌'正在变成农耕文明的历史挽歌。"基于这样的发现与分析，李兴阳提出："新世纪中国乡土小说在承续这四大乡土叙事传统的同时，又使其产生了泛化和杂糅现象，有的则逐渐疏离了自己所承续的乡土叙事传统，转向了'相反的方向'或'另一个方向'，一些新的乡土叙事形态正在这样的复杂变化中萌生"这些论述是很有创见的。

新世纪乡土小说对中国乡土叙事传统的承续与变异，是流不是源，其与中国农村变革的互动关系，才是发展变化的原动力。二者之间的互动关系是非常复杂的，其传递影响的媒介与中间环节很多，缠绕二者的相关因素也很多，不是简单直接的决定与被决定、反映与被反映关系。如何认识、分析和评价二者之间的复杂互动关系，有多样的研究路径与方法。李兴阳的《新世纪乡土小说与中国农村变革》将分析研究的焦点对准新世纪乡土叙事主体自身的文化批判价值体系，以及与之互动的中国农村变革的文化特性问题，应该说是抓住了问题的关键。中国农村变革的核心问题或曰变革的历史方向，就是推动中国乡村从传统向现代转型，乡土叙事主体的价值取向、叙事选择、文体创造与叙事对象的现实变革并不都在相同的历史共振点上，二者间的呼应共振与隔膜错位都是存在的，这需要研究者广泛阅读"乡土小说"与"乡村"两个大文本，进行双向比较研究分析。切合这种研究路径的需要，李兴阳的这部新著不是按照历时态的阶段论或共时态的题材、流派、风格与文体等常态的研究模式设计，而是按照"乡土小说"与"乡村"两个大文本的共同构成要素即"农民""农村""农业"展开的。中国农村变革中的"三农"问题，进入新世纪乡土叙事的艺术世界，就转换成为"农民形象""农村文化形态""农村经济生活"等主要构成要素。两个大文本中的构成要素，即"农民"与"农民形象"、"农村"与"农村文化形态"、"农业"与"农村经济生活"，分别属于叙事艺术范畴与现实生活和历史范畴，不同范畴之间的双向比较分析，可以揭示出二者之间潜隐的

"远近"与"真伪"关系，由此可以显露新世纪乡土叙事主体价值取向的激进与保守、文体创造的守旧与创新。

毫无疑问，新世纪乡土小说与中国农村两个大文本中的构成主体是"农民"，农民从传统向现代的转型是中国农村现代转型的关键。换言之，没有农民的现代化，就不可能有中国农村的现代化。鲁迅乡土叙事的总主题就是现代启蒙，而包括农民在内的国民现代启蒙至今并未完成，还在艰难前行的路上。李兴阳的《新世纪乡土小说与中国农村变革》特别关注并予以深入分析的就是"农民的现代性获得"问题，这是中国农民从传统走向现代的关键。在包括农村在内的中国社会变革大潮中，受到巨大冲击的首先就是农民。数以亿计的农民，特别是青壮农民离开乡村，奔向远离家乡的城市和工矿企业，置身于现代城市文明与现代工业和商业服务体系中，他们在改变中国城市社会的结构和生产关系的同时，也无奈地被迫改变自己。自20世纪90年代开始，这些被命名为"农民工""打工者"的离土又离乡的农民，亦即李兴阳在这部新著中所指称的"流动农民"，成为乡土叙事的热点对象，对其生存现实与精神震荡的抒写，造就了风行一时的中国城市的"新移民文学"，一种乡土文学的新的变种。那些离土不离乡或既不离土也不离乡的农民，亦即李兴阳这部新著所指称的"在乡农民"，在时代变革大潮中，其生存现实的改变与精神灵魂的震荡，虽与前者不尽相同，但同样是非常激烈的。他们有的顺势前行，不断改变自己；有的固守传统，成为"阿Q的子孙"；有的则成为极端的变异者。那些生活在乡村的教师、村医、农技人员等乡村知识分子，也遭遇了前所未有的生存与精神的困境。以"在乡农民"和乡村知识分子为叙事对象的乡土小说，似应具有传统乡土小说的特点，实则也发生了不同于以往的诸多新变化。在这部新著中，李兴阳对新世纪乡土小说中各类农民形象的分析，侧重于考察他们由生存现实推动的内在精神变化问题，亦即在现代性获得过程中的文化人格裂变问题，最突出的问题有现代意识、身份认同与文化困惑等。新世纪乡土小说与中国农村两个大文本中的农民，虽然都处在从传统向现代的历史蝉蜕之中，但也有向后逆向转型的，农民文化人格的裂变与精神结构的改变，比任何历史时期都要激烈而复杂。李兴阳所做的这些分析，鞭辟入里，抓住了重点与痛点。

新世纪乡土小说与中国农村两个大文本中的"农村"，与上个世纪中国乡土小说中的"农村"相较，发生了前所未有的变化，经济发达地区的乡村以及城郊乡村，大都有很明显的"去乡村化"特点，这是农耕文明与工业文明、乡村文化与城市文化激烈冲突而前者弱势于后者并转向后者的结果。李兴阳的《新世纪乡土小说与中国农村变革》将"农村"视为相对于城市的文化实体，并将其构成解析为可见的乡村人文地理文化形态、乡村社会及其组织、民俗风习、乡村伦理道德与宗教等。乡村人文地理文化形态以村庄为代表，在城镇化的乡村改造以及城市文化和工商文明的冲击中，一些村庄变成了"空心村"，一些村庄日渐破败乃至消失，一些村庄失去了原有的面貌与妆容，一些村庄则干脆变成了城市。乡村社会结构也发生了新的变化，贫富分化与阶层分化越来越严重；乡村政治文化生态总体堪忧，虽然一些乡村初步建立起了民选制度，其政治文化生态出现优化的发展趋势，但更多的乡村出现权力腐败，使乡村治理危机加剧，政治文化生态日渐恶化。乡村社会的伦理道德发生了更为复杂的变化，既有触目惊心的伦理道德失范，也有对传统伦理道德的承传，还有一些乡村伦理道德在承传过程中出现了新变化，具有了现代新伦理道德的蕴涵。乡村佛教、伊斯兰教、基督教、萨满教等宗教在原本信教的地方复活，并有快速传播的趋势；民间鬼神信仰、算命打卦、阴阳风水等由暗转明大行其道。乡村宗教与民间神秘文化的复活与盛行，对农民的精神信仰、人生观念、人伦道德乃至乡村政治文化、经济发展等都产生了积极的与消极的双重影响。乡村民俗文化的变化也是非常显著的，既有传统优良习俗的承续，又有新的民俗在政治经济的推动下逐渐形成，但也有一些丑陋的恶俗沉渣泛起。新世纪乡土小说通过"风景画""风俗画"与"风情画"的描绘所揭示的中国农村现代转型的艰难与复杂，以及"三画"描绘自身的艺术得失，在李兴阳的这部新著中得到了系统而集中的分析，以及基于现代价值立场的评价。

新世纪乡土小说与中国农村两个大文本中的"农业"，也处在从传统向现代的历史演进过程中，而这个过程同样是既变化巨大又缓慢而艰难。这个过程涉及的各种现实问题很多，如土地问题、乡镇企业问题、扶贫问题、生态环境问题、农业现代化和农村经济发展等。对这些现实问题，新世纪乡土小说进行了及时性的跟踪观察、叙述和描写。李兴阳的《新世纪乡土小说与中国农村变革》将与"农业现代化"有关的乡土叙事现象，颇有创意地概括为"土地叙事""乡镇企业叙事""扶贫叙事""乡土生态叙事"等，对这些具有鲜明时代特色的叙述农村经济生活的叙事现象进行了分门别类的梳理和细致分析，对新世纪乡土叙事主体有关农业现代化问题的观察、叙述与描写进行了分析与评价。其中，对新世纪乡土叙事有关土地制度变革与农业现代化关系的叙述和描写的分析思考尤为深入，能发人之所未见。

新世纪乡土小说以处在从传统向现代艰难转型中的"农民""农村"与"农业"为叙事对象，必然会带来自身叙事形式与审美形态的变化。我曾将乡土小说的边界阈定为不能离乡离土的地域特色鲜明的农村题材作品，其地域范围至多扩大到县一级的小城镇，但后来我发现以"农民工"为题材的小说，追随这些业已成为"城市里的异乡人"和"大地上的游走者"的漂泊踪迹，已将都市文化景观纳入小说中，突破了传统的乡土叙事边界，使我们所熟悉的乡土小说的"三画四彩"发生了变异。因此，我以为乡土小说概念的内涵与外延都需要进行重新修正与厘定，其叙事形式与文体形态也需要进行新的分析研究与理论总结。李兴阳的《新世纪乡土小说与中国农村变革》在这一点上也下了很大的功夫，对新世纪乡土小说的叙事形式、文体实验及"技术主义"现象等进行了比较全面的分析研究。新世纪乡土小说的叙事形式适应表现农村变革现实的需要，在叙事话语、叙事时空、叙事模式等方面都发生了一些新的变化，而变化最大走得更远的是"怪诞主义""荒诞叙述""灵异叙述"和"神性叙述"等非常态的叙事形式。李兴阳认为，新世纪乡土小说的文体实验，由于乡土作家的文体意识、乡土经验、价值观念、叙事动机不同，有的向乡土叙事传统回归，修复乡土小说的审美形态；有的向各种时尚靠拢，与乡土小说渐行渐远；有的则表现出较强的"技术主义"倾向。李兴阳对这些文体实验的态度是不同的，对"技术主义"倾向的批判尤为明确，认为"部分新世纪乡土作家在小说创作中将'技术'当作'主义'，即在小说创作中热衷文体实验，探索各种小说叙事技巧，甚至干脆就是故弄玄虚地'玩弄技巧'，对小说文体形式方面的热衷压倒了对中国农村现实问题的关注和表达，没有尽到或者干脆放弃一个作家应尽的社会责任。这样的'技术主义'是不可取的"。我对这样的批判是特别赞同的。

新世纪乡土小说与中国农村变革的互动关系是一个宏大的课题，既要从一个高远的宏观角度来俯瞰大变革激荡下的乡土社会变迁给中国乡土小说转型带来的影响，又要从千头万绪的琐碎文本分析中超越出来，看清乡土叙事表象背后的深刻社会历史内涵。李兴阳的《新世纪乡土小说与中国农村变革》正是这样做的。这是一部以现代启蒙精神为价值取向，理论站位高、研究视野宏阔、分析深透的学术专著，其对新世纪乡土小说与中国农村变革的互动关系由表及里的系统论述，具有美学的与历史的双重认识意义与理论价值，值得学界充分重视。

李兴阳请我为《新世纪乡土小说与中国农村变革》这部新著作序，我看到书稿时的第一反应是惊讶。李兴阳近些年的学术研究，精力主要放在戏剧影视研究领域，撰写了《新世纪电视剧与民族国家想象》《启蒙理性的回旋与起伏》等著述，还撰写并出版了《江苏新文学史·戏剧影视编》第 1 卷《戏剧戏曲》和第 4 卷《电视剧》等著作。李兴阳也没有完全放下中国现当代文学方面的研究，撰写并出版了《中国现当代文学中的乡贤文化研究》等。当我再看到《新世纪乡土小说与中国农村变革》这部新书稿时，我不由得感叹李兴阳的勤奋与对学术那种信仰般的虔敬。在我的博士群里，李兴阳是比较年长的，已年过甲子，却还不知疲倦地徜徉在学术研究的海洋里。我在感叹之余，还是期望李兴阳在学术道路上放慢脚步，从容淡定地走向学术研究与人生共同的新境界。

2023 年 3 月 7 日于南大和园

（以上为李兴阳著
《新世纪乡土小说与中国农村变革》序言，
山东大学出版社 2023 年版。标题为编辑所加）

辑四　朝花夕拾

江南士子的悲歌

收在这本集子里的三个系列五十一篇文章，是我近两年来写就的随笔。有人谓之"大散文"，我以为只不过是一些平常的随笔而已。"借古喻今"也罢，"发思古之幽情"也罢，反正在这断断续续的文字中，想借点资料来说点什么，余下也就是有人说过的"吊书袋"而已。

写这些随笔实属偶然，起先写的是"秦淮风月"系列，因着对秦淮文化的某种断想，我写了"秦淮八艳"，试图在历史的钩沉中，寻找到艳俗后面的一点深沉的东西。文章陆续在《岭南文化时报》《书屋》等报刊发出后，有了一些反响；便有了进一步探索南明至民国后的江南士子的心态的想法。于是便铺衍成了三十篇的《江南士子悲歌录》系列。这些文章陆续在《随笔》等刊物上登出后，竟然也受到了许多人的关爱，尤其是《随笔》杂志主编杜渐坤和编辑麦婵用较大篇幅连载，更促成了我一路写下去的决心。人民文学出版社的瞿勃同志带来了一位老者的致意，更使我感动不已。而《百花洲》的副主编洪亮先生一次就要去二万多字，真使我有点惶恐了。《钟山》编辑部也在"学者随笔"栏目中刊登此系列文章。《十月》《山西文学》《江南》《时代文学》等刊物亦相继登出了这些散文。亦感激《新华文摘》的编辑们选中了其中的篇幅，予以选载。这都是我须得一一感谢的。

在写《江南士子悲歌录》的同时，我感到有些素材按人物来写不太适宜，便又萌生了以名胜来"抒情"的写法，所以就连缀成了后来的"金陵古意寻踪"的十篇文章。

多年来一直搞理论批评，笔端艰涩，缺乏才气。而有些朋友在看了这些文章后，称赞我的文笔，这倒使我受宠若惊了，这可能亦是我之所以能够硬着头皮写下去的重要因素吧，否则我连一点自信都没有。

去年秋，湖南长沙的友人余开伟来宁，谈及拙文，有意向湖南出版界推荐，几经辗转，被周实先生和岳麓书社的社长夏剑钦先生和副社长吴泽顺先生所相中，很快便纳入出版计划，感谢这些朋友们的关心，亦感谢岳麓书社的厚爱。

须得说明的是，《江南士子悲歌录》中有四篇论及现代作家的，其中郭沫若和胡风虽不为"江南士子"，亦无在江南工作的经历，但他们的许多行为和气质却和江南士子中的某些人很相似，尚且，如果现代文学不涉及此二人，似乎就有些寡味了。当然，原计划中还有像郁达夫、徐志摩、胡适、陈独秀、梁实秋等作家要写，只因时间关系，留待今后再续吧。即便是"江南士子"当中，像徐文长，像唐伯虎、祝枝山，像郑板桥一类的"扬州八怪",像魏源……都是在可圈可点之列的人物,亦只能慢慢道来了。

这些文章的写就,除却查阅一些资料外,还依赖平时读书的积累,目的不在考据,而在于史实之外的一些感触,所谓"借题发挥"是也。然而,由于本人才疏学浅,记忆力也日渐不济,因此文中难免有疏漏和差池,只要不是恶意中伤,恳望读者诸君批评指正。譬如江苏朱新华先生指出《秦淮风月鉴人心》中的误植,在此一并表示谢忱。

这些偷闲而写的文章,且亦叫作散文吧,若能表现我的心迹一二,或能给读者诸君有点启迪,当是不枉写此书的我的最大心愿。

感谢我的老师南京大学文学院院长董健先生在百忙中为此书作序,些微成绩亦是他和我的许多先辈老师多年教诲的结果,这也是我该终生铭记的。

感谢余开伟、刘茁松先生为本书付出的辛劳。亦感谢责编为此书付出的辛劳。

是为跋。

1998 年 2 月 11 日

于金陵紫金山麓

（以上为丁帆著《江南悲歌》后记,岳麓书社 1999 年版。标题为编辑所加）

民国文人笔下的旧金陵

南京作为一个上朝故都，她留给人们的是一段永远诉说不完的历史故事，尤其是南明小朝廷给南京留下的那段历史的创痛和江南士子的风流韵事，以及"秦淮文化"所缔造的千古名妓的神话，每每给后来的文人骚客们吟咏金陵播下了无限的情种。于是便繁衍铺陈出了许多文人名人笔下风流倜傥的金陵风貌。而本书只是撷取一个历史的断面——民国时期文人名人笔下的旧金陵，以此为编选的先决条件，那么许多优秀的文章只能是遗珠之憾了。

根据出版社的要求，我在编选过程中，尽量按照"一要历史价值，二要文化价值，三要欣赏价值"的标准去遴选篇目。但是，由于资料、目力、水平的局限，可能尚有人为的遗漏，这只有将来重版时再作弥补了，还望读者诸君能为之提供线索。

本书中所收集的有些文章极符合"三要"标准，但是作者的简历不详，有些则是因为所用笔名难以查找，亦只能暂作阙如了。

　　本书所选文章凡未能找到联系线索者，恳望原作者或家属速与北京出版社联系，以便奉补稿酬及赠书。

　　本书在编选过程中得到了南大中文系资料室"三十年代特藏书库"任书琴、李乃京同志的支持，以及南京图书馆陶晓燕同志及龙蟠里藏书库同志的支持，在此一并表示谢忱。

　　北京出版社的同志为此书付出了艰辛的劳作，这亦是十分令人感佩的。

1998 年 9 月 16 日

于紫金山下

（以上为丁帆选编

《江城子——名人笔下的老南京》编后记，

北京出版社 1999 年版。标题为编辑所加）

夕阳帆影

20世纪的最后一抹夕阳就要逝去，回眸渐渐远去的文化帆影，不禁有种怅然若失的悲情从中而来。

90年代以来，鉴于中国世纪末文化风景线的驳杂与斑斓，在每每深有感触的一瞬间，我便激动地写下了一些被人叫作随笔和杂文的东西，将就着把它归为大散文的概念之中。

这些不成文的东西漫溢着一种"古典"的情愫，往往与一些"现代"与"后现代"的时尚思想不合拍，被人指为"文化保守主义"的思潮，书一出版，说不定还会背上个"遗老遗少"的恶谥。若是，我亦终生不悔，因为这的的确确是我的文化心迹之一斑。

收在这个集子里的文章可分为四类，与另一本《枕石观云》对照起来看，大致可窥见我近十年来的生活经历与思想轨迹。

其一是从"插队故事"系列开始的狭义散文。这类回忆性的散文，大抵是以记人、记事、抒情的旧式写作方法铺就的，希冀带有那个时代的原始写作印记，窃以为，这样似乎更能使走过那个时代的读者进入一种特定的沉湎境界。我想写出一些亲情、友情和乡情来，当然，由于自身笔力不逮，很难达到预设的效果。

其二是游记与日常"休闲"的篇什，包括我对南京这座城池的感喟描写，是前些年出版的随笔集《江南悲歌》的续写。此中文章有雕琢之嫌，有硬做的痕迹，恐怕是批评者的职业习惯使然，总想将一种宏观事物纳入自身的人文视野中来，不经意间就露出文章的"拙"和"怯"来，如果读者诸君不挑剔的话，就将这"杂拌儿"（形象与逻辑思维交叉混合）一块嚼了罢。

其三是评论文章。其中既有宏观的思潮评论，又有微观的作家作品评论；既有文化评论，又有文学评论。这本是我吃饭的行当，理应写得更好些。可这些不算"学术"的边角料铺陈的短文，的确激情多于学理，在学院派的殿堂里，似是不能登大雅之堂的，方家们只能将就着看个大概齐吧。

最后一类是序跋。严格说来，这些序跋也是一种评论，之所以将其分开，其中最重要的原因，就是我很珍视这些文章，因为从中可以体察到一种师生之情、朋友之情和同道之情。这也是我将此书的原名"孤帆远影"改为"夕阳帆影"的缘故，因为我深深地感到，我并非是一个孤独的话语者，"两间余一卒，荷戟独彷徨"的时代毕竟过去七八十年了，吾辈应当比鲁迅更幸运，同道者是我奋起的原动力之一。

风帆已经远去，留下这些拙稚文字的痕迹，也算是一种心灵的慰藉吧，倘使读者诸君能从中获得些许感触，当是著者之万幸。

感谢许许多多的晚报和杂志鞭策我写下了这么多拉拉杂杂的文字，也感谢知识出版社的领导为此书的出版所尽到的最大努力。当然，更应该感谢的还是我心中的"上帝"——读者诸君，还望你们能给予此书批评与指正。

谨以此书献给我挚爱的朋友们。

> 2000 年 12 月 9 日凌晨 3 时
> 于南京紫金山麓夜雨中

（以上为丁帆著《夕阳帆影》自序，知识出版社 2001 年版。标题为编辑所加）

枕石观云

90年代以降，中国在经济基础和意识形态领域内发生了惊人的变化，这些变化业已渗透到了每一个中国人的精神基因之中，各种文化思潮和文学思潮犹如"两面狐"一样展示出它们的两重性。人们生活在一个"二律悖反"两难语境之中：一方面是物质文明带来的巨大诱惑；另一方面是精神文明的沉沦。鉴于此，每一个有良知的知识分子应该进行无情的文化批判"言说"，否则，知识分子的应有功能就无法实现。

基于此，我不揣简陋，不惮浅薄，用业余时间断断续续地写了一些肤浅的文字，这些文字在报刊上发表以后，引起了一点反响，亦招致了一些不同的非议。我以为，作为学术上的争论是无可非议的，只要不是恶意中伤，我都愿意倾听。沧海桑田，世纪交替，物非人非，世事难料，但是，我仍以十二分的热诚去关注文化和文学现状的变化，坚守一个知识分子的文化底线，向人类文化的倒行逆施现象作不疲倦的抗争，尽管有人说我是"文化保守主义者"（当然，也有人说我是"文化激进主义者")。

感谢我的挚友钟桂松先生的撮合，也感谢经济日报出版社的同仁们的友情帮助，没有他们的努力，此书是不能如此迅速面世的。

当然，更应感谢的是广大读者诸君，没有他们，此书也就失去了"言说"的对象。

这些文化与文学随笔只是 90 年代以来的一部分，另一部分将收入《夕阳帆影》之中，还望读者诸君能不吝赐教。须得说明的是，在文学随笔里，为了方便读者看出我的评论思想的连贯性，收入了《文学的玄览》集中的个别篇目，其中的用心，明眼的读者是一目了然的。

此书之所以命名为《枕石观云》，其意为背靠这座六朝古都的石头城，我试图从历史和现实变幻的风云之中，悟出一点点做人的道理来。

是为序。

2000 年 8 月 16 日于紫金山下

（以上为丁帆著《枕石观云》自序，经济日报出版社 2002 年版。标题为编辑所加）

寻觅民国文化风景线

　　我的出生地是原苏南公署所在地的苏州，可就在我出生半年以后，适逢苏南公署与苏北公署以及南京市合并成为江苏省，于是我很快便随父母迁徙到省会南京。除了上山下乡插队和客居扬州的十几年外，我在这方土地上生活了四十余年。我喜爱这座城池，不仅因她有十朝古都的沧桑感和深厚的文化底蕴，更重要的是，她朴实敦厚、大气宽容的城市性格与博大的襟怀养育了多少代文人墨客、布衣市民、达官商贾和帝王贵胄。十朝建都于此，尽管在这个城池里演绎了无数的历史悲喜剧和风流人物故事，一切皆为过眼烟云；尽管她尚有许许多多不尽人意之处，但是，能让南京人引以为荣的却是她那始终不随波逐流的坚韧文化性格。这也是我长于斯、读于斯、写于斯、学于斯、教于斯，乃至死于斯的理由。

　　中华民国乃是在南京建都的最后一个朝代，从1912年到1949年，虽然只有三十七年的历史，中间还夹杂着八年抗战，但是作为中国社会走向现代的不可或缺的历史环节，作为民国首都，她扮演的政治角色自然无须赘言，"金陵王气黯然收"成为历代文人对南京政治文化的千古咏叹。而我关心的，却是她的原始真容和各色人等彼时的生存境况，以及这个城市宽厚的文化性格。因而，这就成为我编选这本文人墨客书写民国时期金陵旧颜的初衷。民国文人怎么看南京固然可以有不同的价值理念，但这并不重要，关键是能够在他们各自抒写的故都容颜旧貌、生活气息和人物行状中窥见那一幅幅历史的长镜头，从这历史的"活化石"中体悟到现实的文化意义。如此这般，则是我最感欣慰的事情了。于是，寻觅民国文化风景线的核心内涵才是我们对现实的回答。

金陵的文化风味在哪里？她不仅存在于其半城半山水的风景之中，也不仅流淌在大街小巷的书肆、茶楼、饭馆、青楼等活色生香的食色风俗里，更不仅是无处不在的方言俚语的喧嚣中，而是漫漶在那慢悠悠的市井生活和散淡的文人心态里。唯有此状态——把生活作为一种人生的自然旅程，才能养育出一批批恃才傲物、独立特行的文人。或许，南京的大气也就在于此罢。

金陵文化的风骨在哪里？我曾经在那本《江南悲歌》的随笔集里说得十分清楚了：文人的才气固然很重要，但是，如果他是一个缺钙的士子，没有"独立之思想，自由之意志"，遑论学问之风骨？而没有风骨的文人，则如行尸走肉耳。于是，读者诸君亦可在此书中读出一些民国时期文人性格的况味来，那也是另一种读书的乐趣。

　　文人热爱南京是有缘由的，正如陈西滢在《南京》开头就说的那样："要是有一天我可以自由地到一个地方去读我想读而没有工夫读的书，做我想做而没有工夫做的事，我也许选择南京作长住的地方，虽然北京和杭州我也舍不得抛弃。"或许南京没有"京派文化"的那种皇城根下的官气和傲气，也没有"海派文化"的那种商气和洋气，然而，她却是读书人的最好去处。这也许就是我有两次与"京派"和"海派"生存环境结缘却毫不犹豫舍弃的原因吧。

　　我爱这方热土，不仅仅是一种故园的眷恋，更是因为在这山水城林之中埋藏着我一生的读书梦和生活梦。

（以上为丁帆编《金陵旧颜》序言，
南京出版社 2014 年版。标题为编辑所加）

江南士子的风骨

　　翻开一篇篇旧文，当年那一幅幅社会景象又浮现在眼前，从上一世纪的九十年代至今近二十年过去了，但曾经的江南士子的诸多丑行沿袭至今仍未见改观，甚而越发见出现代知识分子的委琐与卑微了。仔细想来，犬儒主义的盛行和消费文化的漫延已足以销蚀了现代知识分子的风骨。每每对照江南士子在历史进程中的言行举止，所谓节操与耻感已在这个充满着后现代的语境下荡然无存了，更何谈铁肩担道义之社会责任。于是，像钱谦益、方孝孺这两种截然不同的人生选择，便有了现实意义，更何况还有像东林党那样的楷模作镜，古今知识分子的人格便立判高下。

　　所以，当有人提出重版此书时，我就想用此旧文来影射当下之时弊，让逝去的古人为当今的知识分子推开一扇节操的大门，亦为后世的读书人留下一些弥足珍贵的遗产。殊不知，读书人之所以能为社会做出一点贡献，实乃守持的一点锋芒而已，少了这一点批判的精神，他也就没有存在的价值和意义了。作为一个阶层的知识分子虽历来都被御用，但只要具备了独立的思想和自由的意志，亦可抵抗一切诱惑与压力。向生而死，向死而生，是我心屈服于生活，还是生活屈服于我心，乃当今知识分子的哈姆雷特式生死选择，似乎已无它项之选择矣，哀哉悲哉，全在自身心中也。

感谢安徽教育出版社何客先生的大力支持，没有他无私的帮助，此书的再版则是遥遥无期的。也要感谢我的博士生臧晴、刘阳扬、姜肖为此书的校改付出的辛劳。作为作者，我最大的愿望就是能够让读者诸君读出旧文背后的意味，如是，吾当三生有幸矣。

丁帆，甲午初冬

［以上为丁帆著《江南悲歌》（再版）序，安徽教育出版社 2016 年版。标题为编辑所加］

我看风景，风景看我

风景会说话吗？

你看风景，风景会看你吗？

风景乃分自然风景与人文风景，两种不同的风景在每一个人的眼睛里都会呈现出不同的色彩和情绪。前者似乎是客观的，其中也隐藏着不为人所觉察的主观，而后者则是纯主观的，但是其中却有各种各样观景的视角。

风景的自然属性也是有着两种形态的：其一是客观的、不加任何人工修饰的、原生态的自然风貌，这就是如今活在后现代文明生活环境中被"机械化"了的人，为了摆脱文化的困扰而寻觅追求的那种情景和情境。其二是人类为了攫取、褫夺、利用大自然而对其进行的改造、破坏或美化过的风景。当一个旅游者的目光分不清这两种形态之美丑的根本区别时，也就是人类对自然的掠夺已然失去了他们的歉疚感，在麻木，甚至理所当然地在风景欣赏快感中获得大自然给予的"馈赠"。大自然风景之痛，人类能够倾听得到吗？即使能够听到她的哭泣，你会触摸到她的痛感吗？你会"像山那样思考吗"？诸如张家界、九寨沟那样原来是无人惊扰的自然生态风光，现如今已然成为被亿万人视觉肆虐和奸污过了的处女地，人类不是以她为邻为情侣，而是将她作为侵害取乐的对象，而非像两百多年前的梭罗那样把瓦尔登湖当作自己的情人那样去呵护。从某种意义上来说，当一个人身处喧嚣的都市水泥森林之中，失去了与大自然的亲和力后，生存的意义就少了一种原始的野性，这大概就是梭罗所要寻觅的自然野性吧。

当然，另一种声音此刻就会强烈地抗议：难道大自然的美景不就是为人类服务的吗？我虽然不是一个纯粹的生态主义者，但是，我反对那种无节制地糟蹋自然资源与风景的人类卑鄙行径，我们要倾听自然的哭泣，擦拭山湖的泪珠，抚慰她们的心灵创伤。这也许就是一个人类与自然无法解决的悖论，但是不知道这个悖论的存在，或者处于麻木的状态，无疑就是人类的悲哀，因为我们的耳朵已经听不到上帝的哭泣和呐喊声了。

任何自然的风景背后，都离不开那个"观者"的"内在的眼睛"的解读，我们将用什么样目光去看风景就显得十分重要了。

风景的社会属性同样是有着多种多样的形态。同样的景物，在不同的人群之中，她会呈现出不同的感觉，这种差别之大，或许是与各人的审美欣赏习惯有关，或许就是与各人的世界观和生存观休戚相关。我看作优美的风景，你看出的则是丑陋，他看出的却又是一个可利用的物体。殊不知，看风景是要怀有一颗对大自然的敬畏之心的，离开这个原则，你就没有资格去欣赏自然赐予你的美景，你对自然美景的占有应该只是精神层面和哲学层面的，而非物理性的践踏与侵害。

另外，同样的风景，在一个人处于不同的时空环境中的时候，他对自然风景的理解往往会呈现出截然不同的心境，这种主观因素的介入性，是取决于人在七情六欲中的变化，同时也往往取决于一个人的审美境界的提升，这就是"看山是山，看山不是山，看山还是山"的道理。当然，欣赏风景也并非完全是有阶级性的，我在代跋文章《风景：人与艺术的战争》中已经表述得很清楚了，这里不再赘叙。

"我看风景，风景看我"，亦如"我注六经，六经注我"。在每一个人与大自然的对话生涯中都有着各个时期不同的理论解释，它是伴随着人的成长和人性的成长而变化的，它既是以人的意志而转移的，却又不局限于以人的意志而转移，其原因就是大自然的美景也在人类的屠戮和不可抗拒的天体灾害中发生着变化，有些变化甚至是毁灭性的。

这本小书记载着的是我对自然风景的赏析，除了代跋的《风景：人与艺术的战争》为学术随笔外，其他均属于散文随笔的文体，虽然有些早期的文章还十分浅薄，但是，它真实地记录下了我对风景人间和人间风景的观念历史，如今不揣谫陋、妄提拙见，尚须方家不吝赐教，以及读者诸君予以指谬。

是为序。

2017 年 4 月 13 日写于南京至香港飞机上

（以上为丁帆著《人间风景》序言，
译林出版社 2017 年版。标题为编辑所加）

风景：人与艺术的战争

　　作为自然的风景，历来就被不同的艺术理论家分为两种不同的解释：一种是坚持风景在人的眼睛中呈现出的意识形态内涵；一种是坚持其风景的原始感官视觉的享受，亦即人文与自然的审美冲突。这的确是个艺术的生与死的两难选择的悖论问题。然而，这显然是一个陈旧的美学命题，如 W.J.T. 米切尔所言："风景研究在本世纪已经经历了两次大的转变：第一次（与现代主义有关）试图主要以风景绘画的历史为基础阅读风景的历史，并把该历史描述成一次走向视觉领域净化的循序渐进的运动；第二次（与后现代主义有关）倾向于把绘画和纯粹的'形式视觉性'的作用去中心化，转向一种符号学和阐释学的办法，把风景看成是心理或者意识形态主题的一个寓言。"需要强调的是，米切尔强调的是，所谓第二次与后现代有关的理论是后殖民主义浪潮中的美学理论，并非是对旧日有关风景的形式主义理论的回归，它同样也是带有更强烈的意识形态话语色彩。

"把'风景'从名词变为动词。"当 W.J.T. 米切尔在《风景与权力》的导论里写下这第一句话的时候，我就意识到他论述风景的基本价值立场了："自然的景物，比如树木、石头、水、动物，以及栖居地，都可以被看成是宗教、心理，或者政治比喻中的符号；典型的结构和形态（拔高或封闭的景色、一天之中不同的时段、观者的定位、人物形象的类型）都可以同各种类属和叙述类型联系起来，比如牧歌（the pastoral）、田园（the georgic）、异域（the exotic）、崇高（the sublime），以及如画（the picturesque）。"也就是说，任何自然的风景背后，都离不开那个"观者"的"内在的眼睛"的解读，这就是为什么人类总喜欢将寺庙与教堂紧邻风景区的缘故吧。在这里，米切尔强调的是一切的"如画"的风景，在每一个人的眼睛里所折射出来的自然风景都是自身意识形态的显现。

无疑，风景本是与人类的美学感知相对应的不变的自然画面，往往是带着原始浪漫色彩图景的显现。于是，游牧文明和农业文明中自然景观与人文景观融为一体的诗情画意，就成了文学艺术追逐的对象。且不说唐诗宋词里的山水画派成为中国诗歌的正宗，就是宋元山水画也成为中国画的正统流派，就足以见农耕文明在"见山是山，见山不是山，见山还是山"的审美循环中所倡导的是自然与人文相结合须得天衣无缝、不露痕迹的最高审美境界。因此，米切尔在《帝国的风景》这一章里就写道："中国风景画是史前的，早于'因其本身而被欣赏'的自然的出现。'另一方面，在中国，风景画的发展……与对自然力量的神秘崇拜结合在一起'。"大约这就是米切尔在此书当中对中国风景画的唯一的一次，也是最高的评价吧，因为米切尔最强调的审美理论就是把风景融入包括宗教在内的意识形态之中来进行符号学和文化学的阐释。

而西方的风景画派的崛起，造就了一批主张意识形态的风景画派理论家，他们明显讲求画家在表现自然景物的时候必须注入自身人文意识形态。米切尔引述的肯尼思·克拉克在1949年发表的《风景进入艺术》一文中的一段精彩的话语，对我们理解自然与艺术之间的人文关系提供了一把钥匙："我们置身于事物中——它们不是我们的创造，有着不同于我们的生命和结构：树木、花朵、青草、河流、山丘和云朵。几个世纪以来，它们一直激发着我们的好奇和敬畏。它们是愉悦的对象。我们在想象再造它们来反映我们的情绪。我们渐渐认为，是它们促成了我们所称的'自然'观念的形成。风景画记录了我们认识自然的阶段。自中世纪以来，人类一次次试图与环境建立和谐关系，风景画的兴起和发展则成为其中一环。"无疑，这样的理论尚未走向意识形态的极端，因为他强调的是人与自然的和谐，亦即感官与意识两者之间相辅相成的共生关系。

为什么欧洲文艺复兴时期会诞生风景画派，其重要的元素就在于：在强调大写的人的同时，启蒙主义更注意用自然的风景来表达人的理念，据说第一幅风景画就是达·芬奇所创。但是，随着资本主义时代的到来，十七世纪所出现的职业风景画家，就充分体现出了将带有现代文明气息的人文建筑物融入对大自然背景的描摹之中，荷兰风景画的早期代表作家扬·凡·戈延的《河上要塞》《埃廷附近的莱茵河》就是把景和物融为一体的范本画例，而并非米切尔们那样在过度阐释后的单一的意识形态呈现。倒是维米尔的《台夫特的风景》作为十七世纪风景画的代表作品，他突出的却是苍穹下鳞次栉比的建筑物，人文意识还是占据了画面中心的。也许，像鲁本斯的《有彩虹的风景》那样的具有划时代意义的作品应该是风景画的一个高峰，但是，你仔细观察，就会发现人物、动物、桥梁、房屋，究竟是作为自然的映衬，还是作为自然的主宰，抑或是互为和谐的存在呢？也许，这在不同的人眼里看出的是不同的答案，也非米切尔们所简单归纳的那种纯粹的意识形态的表达。

当然，在米切尔的这本集子里，我们也能听到两种并不相同的声音。

克拉克以为："在所有的历史书中，彼特拉克都以第一个现代人的身份出现……从都市的骚乱中逃离到乡村的平静里，而这正是风景画赖以生存的情感。"因此，米切尔就会认为："欣赏风景是在'现代意识'之后才出现。彼特拉克追随田园风而逃离都市，不只是为了享受乡村的舒适；他找出自然的不适之处。'众所周知，他是第一个出于对大山的兴趣而去爬山的人，并且在山顶享受了美景'。"也许，当我们正沉浸在彼特拉克一览众山小的"如画"风景审美情境中的时候，克拉克已然转向了另一个极端。但是，更有甚者的是持"后马"观念的安·伯明翰，他更加强调了意识形态的主导性，虽然他们的观点从表面上看是对立的。

因为克拉克的论断"从不思考这事的人们，倾向于假定欣赏自然美和绘画风景是一种普通而持久的人类精神活动。但事实上，在人类精神最光芒四射的时代，因为风景本身而作画的举动似乎并不存在，而且不可想象"，才有了米切尔的断言："马克思主义的艺术史家将这一'真相'复制到了英国风景美学这一更为狭窄的领域中，以意识形态观替代了克拉克的'精神活动'。"所以，安·伯明翰提出："存在一种风景的意识形态。在十八世纪到十九世纪，风景的阶级观念体现了一套由社会、并最终由经济决定的价值。画出来的图像对此赋予了文化性的表达。"窃以为，任何现代绘画都不是一种艺术对现实生活的简单"摹仿"，它是一定要赋予文化和人文内涵的，意识形态无疑是风景表达的一个不可或缺的重要元素，但是，它也绝不是那种单一的或者是简单的阶级性的意识形态表达。显然，在克拉克与伯明翰之间的论争中，米切尔所采取的价值立场则是："伯明翰把风景看成一种有意识形态的'阶级的观看'，而'画出的图像'为它赋予'文化的表达'。克拉克说，'欣赏自然美和风景画是一种历史上独一无二的现象'。这两位作者忽略了'看'与'画'、感觉与表达之间的区别——伯明翰把绘画看成是一种'观看'的'表达'，而克拉克则靠单数'is'将自然与用绘画再现自然混为一体。"从表面上来看，米切尔似乎是站在客观公允的辩证唯物主义的立场上来同时指出两种不同观点的局限性，然而，他自己却也同样陷入了一个

"二律背反"的困境之中:"作为一个被崇拜的商品,风景是马克思所说的'社会的象形文字',是它所隐匿的社会关系的象征。在支配了特殊价格的同时,风景自己又'超越价格',表现为一种纯粹的、无尽的精神价值的源泉。爱默生说,'风景没有所有者',纯粹的观景被经济考虑毁掉了:'如果劳动者在附近艰难地挖地,你无法自在地欣赏到崇高的景色。'雷蒙·威廉斯说:'一个劳作的乡村几乎从来就不是风景。'"所以才有人把英国那些隐藏在风景后面的劳动者看作风景画的"黑暗面"。

我们并不否认风景中可以阅读出来的"社会的象形文字"里的阶级性的意识形态内涵,但这仅仅是一部分"内在的眼睛"在看风景时的感受而已,而不能替代其他人的眼睛中折射出来的另一种艺术的表达。亦如鲁迅先生所言:"一部《红楼梦》,道学家看到了淫,经学家看到了易,才子佳人看到了缠绵,革命家看到了排满,流言家看到了宫闱秘事。"显然,作为艺术家那种自上而下的"同情与怜悯"(亚里士多德的悲剧审美观)有可能渗透在自己的画面中,也有可能绘画的当时压根就没有意识到这样的意识形态问题。而一切看风景的人都会在这原本是一幅大自然的"如画"风景中陶醉,当然,由于农人辛劳的场景破坏了看者的审美心境,就引发了艺术家人道主义同情心,从而放弃了对艺术的进一步描摹和再现的欲望,似乎是风景描写者难以自圆其说的借口。由此我想到的是列宾的那幅传世之作《伏尔加河的纤夫》,同样也是风景画,列宾既描写了民族河流苍茫美的风景，同时又表达出对劳动者的礼赞，那背纤者的每一块肌肉的抒写都是与自然风景相对应的力之美的表现，这样的美学道理其实并不复杂，但是被后殖民理论家们过度的符号学和阐释学的解析，反而让我们坠入了云里雾里。所谓的"去黑暗面"，并非风景画（无论是文学还是艺术）的归途。我不同意把风景作为一种帝国主义的文化符号，后殖民主义的文化理论，包括它的美学观念，在很大程度上并非马克思主义的唯物辩证法，它在夸大"帝国的风景"时，忽略的却是艺术审美的本质特征。这个历史的经验教训在我国五十多年前的"文革""样板戏"和"样板画"中就演绎过。

近五十年前，我在农村插队的时候，的确亲自体味到了农人在艰苦劳作时无暇风景和无视风景的经验。但是，这并不代表我在闲暇时就没有欣赏风景的能力，因为即便是一个文化程度很低的农人，他在美丽的自然风景面前，也没有闭上那双欣赏风景的"内在的眼睛"。这就是鲁迅先生所说的"一要温饱，二要发展"的道理。

席勒说过："当人仅仅是感受自然时，他是自然的奴隶。"当然，我知道席勒这里所说的"自然"主要是在哲学层面上特指人的动物性，但是我宁愿将它借用在物理的"自然"论述层面，用反拈连的修辞手法补充一句："当人仅仅是感受文化时，他是文化的奴隶。"

在米切尔所编撰的这本书里，我最感兴趣的是安·简森·亚当斯所写的第二章《"欧洲大沼泽"中的竞争共同体：身份认同与十七世纪荷兰风景画》。无疑，十七世纪的荷兰风景画已经被艺术史定格在"自然主义风景画"的框架之中，但是，亚当斯却执意要改变它的本质特征。对于十七世纪荷兰风景画的研究者的两点评论："第一，荷兰画家描绘那些可辨识的建筑古迹时，会随意地把它们移至自己的家乡附近，有时甚至加以改造，或者将几个合并成一个虚构的建筑。""第二，荷兰画家常常夸大古迹所在的地形。"我实在是弄不明白，他们为什么要追求风景画建筑的真实性呢？移植和虚构是艺术的本能，包括自然主义也不例外。于是，亚当斯是一面认同这种评论，又一面说出了另一个看起来独立特行的观点："然而，通常人们欣赏那些看上去如实地再现了荷兰风景形构，却并没有明显的文学和文本所指的风景画，仅仅只是为了视觉愉悦，一种由画者演绎给观者的视觉愉悦。用艺术理论家杰拉德·德·雷瑞斯的话说，十七世纪的观者欣赏风景画无疑是为了'消遣和愉悦眼睛'。"殊不知，视觉艺术只有首先通过感官的第一冲击力之后，才能产生丰富的联想波动，而亚当斯们过于强调画面形构的人文性和宗教性，以及对艺术直觉的否定，显然是欠妥当的，尤其是对自然主义风景画中的"意象回应和'归化'"这一集体认同的疑义，是令人失望的。我们不能因为"在1651年的一场暴风雨中，霍特维尔市的圣安东尼斯堤坝决口事件。谢林克斯、罗夫曼、诺尔普、科林、埃塞伦斯和扬·凡·戈延等画家纷纷对这一事件做了描绘"，就判定一个画家在主题先行的预设中就可以达到对风景画描绘的艺术高峰，恰恰相反，他们的这次集体绘画行为倒真的是一次行为艺术，因为这个重大题材的创作均不是他们的代表作。当亚当斯在分析荷兰风景画大师扬·凡·戈延的《河景与乌特勒支的贝勒库森门，以及哥特式唱诗班圣坛》（1643，画板。76cm×107cm）时，认为"凡·戈延在这部作品中更想评论的恰是当时颇具争议的教堂与国家之间的关系问题，一个在十七世纪四十年代的紧张时期显得太为迫切的主题"。退一万步来说，即便作家有这样的意图，但是一旦画作面世，每一个看者都有权利用自己的"内在的眼睛"去解读画面，绝不能定于一尊。所以，亚当斯自己对这一点也是没有底气的："本文的假设是，观察一个形象（这里是一处风景），能够通过它所引发的各种联系给观者创造一种与他者相连或相异的感觉，一种与各种共同持有的身份相关的个体身份。就像本身为动态并且在许多层面同时演化的社会关系，荷兰风景画同时演绎了多重价值和主题。除非能幸运地找到日记与书信，否则我们永远无法知晓这些主题对任何一位个体的观者而言意味着什么。更重要的是，这些荷兰风景画揭示了一些社会地点和社会问题，围绕着它们，身份认同得以建立。"我丝毫没有贬低画家和评论家们所要表达的社会问题的动机，问题就在于艺术作品，尤其是风景画的描摹，首先必须是用技术层面的视觉冲击力的艺术感染力去吸引观者的眼球，从而激发起感官的共鸣，而后才能进一步去完成对其人文性的解读。否则，一味地强调主题先行的阐释，则是对艺术作品的戕害。

因此，我在观赏十七世纪荷兰风景画的时候，首先是被画家表现自然的艺术力量所征服，而后才能从自然风景线（包括那些建筑物）中，找到那个时代的人文密码和意识形态的内涵。也许，在每一个不同的看者"内在的眼睛"中读出的却是并不相同的人文内涵，这恰恰就是每一个读者的再创造功能。好的艺术是需要留下给人思考的空间的。

刊于《文艺报》2016年9月30日

（以上为丁帆著《人间风景》代跋，
译林出版社2017年版）

吃的背后

民以食为天，这是人类生存之铁律。至于什么是美食？各个国家和民族，各个阶层的人群都有自己的标准，所谓富有富的吃法，穷有穷的吃法，美食也是随着人的不同生活语境的转换而变化的。

以我个人的饮食经验来说，在不同生存环境中，同样的食物，可以吃出不同样的口味，除了原料受到环境影响外，那多半是因为生活水平在不断提高，美食与人造美食泛滥，人的味蕾感觉就逐渐迟钝和乏力了。从人类取火烧烤食物开始，烹调技艺就在不断发展，如果狩猎的原始社会的烹饪技艺只是停留在去除茹毛饮血的饮食习惯的话，那么，农耕文明带来的却是对食物美味的追求，尤其是盐的运用，使得食物的口味发生了革命性的变化，人类在多种作料的发掘当中，大大丰富和提升了食物口味的层次感和审美感。当人类社会进入了现代社会以后，新的烹饪技艺和新工具的发明，让简单的食物变得繁复，多样性的烹饪技艺让人类的胃窦大开。而随着后现代电子时代的到来，互联网让人类打破了食物的地域性封闭状态，同时也打破了烹饪技艺保守秘制的禁忌，人们可以从互联网上了解世界各地的美食，以及基本的制作方法。所有这一切都在摧毁着传统的烹饪技艺与美食封闭空间。这种充满着悖论的美食历史进程究竟是好是坏？我们是难以找到一个准确的答案的，你可以看到许多新新人类者踏上了寻找原始美食的路途，回归茹毛饮血的饮食文化之中。

我并不想去探讨人类的饮食文明发展史，也不想对饮食文明作出哲学性的理论判断，只想用感性的方式记录下我这几十年来对各种饮食的直觉。当然，我也不能说自己是一个什么美食家，只把自己定位于一个饕餮者，一个好吃的人，用现代的网络语言来说，就是一个不折不扣的"吃货"而已。吃于我而言，是锻炼和调试自己味觉的一块试金石，对食物的眷恋，不仅仅停留在饕餮的过程快感之中，更重要的是在吃的背后，我对文化和文化语境的关注。

在中国，像我们这把年纪的人，应该是经历了三个饮食文化变迁的见证人，从农耕文明的简单烧制，到现代文明的复杂烹饪，再到后现代文明的饮食文化的大交流。我们跨越了三个时代对食物不同的尝试和理解，很难想象，如果脱离了饮食文化的具体环境，我们能否深刻地理解美食背后的所指与能指。

我之所以敢于不揣谫陋将自己几十年来断断续续在飞机与火车上胡涂乱抹的东西拿出来展示给大家，就是想在这一鳞半爪的饮食文化记忆中寻觅到人对食物的欲望和感觉，乃至窥见美食空间背后的人文元素，从有趣中获得饮食文化的教益。

收在这个集子当中的文章，除了美食而外，尚有部分是写酒文化的，酒是否也能归入美食的范畴呢？答案是肯定的。因为酒是粮食酿造的，它的酿造过程就等同于食物的烹饪过程，再说酒与美食是一对难解难分的连体胞胎，它在中国传统饮食文化中所占的比重是毋庸置疑的，饮与食是不可分离的。所以将它们收纳其中就理所当然了。但得酒中趣，唯有饮者留其名。

但愿这些有点趣味的文字能够引发读者诸君一笑，如是这般，我就感到极大的欣慰了。

是为序。

2017 年 4 月 17 日写于香港至南京的飞机上

（以上为丁帆著《天下美食》序言，
译林出版社 2017 年版。标题为编辑所加）

玄思窗外风景

取名为《玄思窗外风景》是有寓意的。

年轻时一直在做小说创作的梦，直到 1978 年那一篇叫作《英子》的小说二审通过，却最终被一个著名杂志主编退稿后，我才悻悻地"改邪归正"，老老实实地回到自己从事的中国现当代文学专业中去刻苦攻读了。自 1979 年我在《文学评论》上发表了第一篇论文后，就一发不可收，用标准规范的"古典"阐释学方法炮制一篇又一篇学术论文，无疑，我沉浸在理性思维的狂欢之中，整天沉湎于理论的检索与援引之中，自以为痛并快乐着。

曾几何时，我开始厌倦起了这种单调枯燥的程式化写作，认为它束缚了我的感性思维，严重地阻遏了我的文学想象力和创造力，以为那种青春期血脉偾张的文学创作激情在冷静地解剖他人作品时变成了匠人手中的技术活。我不甘心一个从事文学教育、文学史编撰、文学理论探索和文学批评书写的人，就这样放弃了文学的本质与滥觞，做一个无法进行"再创造"的简单的文学阐释者，于是，我便试着改变自己的文风，重拾形象思维的旧梦。因此，我从两个向度来采取文章的变体。

　　首先就是在文学批评和作家作品评论上抛弃那种墨守成规的"标准化"的文本阐释，从"学院派"的藩篱中突围出来，让评论文章更有鲜活的文学色彩。你必须从语言表达和文体形式上获得有趣耐读的效应，不要借用大量伟大理论家的话语来恐吓读者，也无须拉开架势用高头讲章迫使自己进入"三一律"式的理论盘桓之中，这种"苦闷的象征"束缚了"自我本能"对文学的兴趣，同时又把"苦闷的象征"的理论枷锁套在文学作者和读者的脖子上，显然，那是一种"盲人骑瞎马"式的文学自戕。反思我多年来的批评思维与方法，都是按照这样的文学逻辑进行的，这让我惊出一身冷汗。所以，这些年来，我一直在摸索一条改变"学院派"阐释弊端的行文方法，如果不想让有趣的阅读淹没在大量注释之中，就必须用自身的生活经验和人性价值观，阐发出对作品的鲜活体验，从灵魂出窍的语言深处寻觅自己的感受，而不被外在的一切道德、社会意识形态以及文体的潜意识闸门遮挡住视线。

　　让文学批评和文学评论从文学的本质出发，才更为有效，否则，我们就是一个拿着手术刀解剖尸体示范给实习医生看的外科医生而已。不融入形象思维和感性思维的文学批评和文学评论是一个脱离了文学趣味的文本阐释，而非对文学本质的阐释。所以，我想在自己的文学批评和文学评论中介入具象的文学体验，穿插感性的思维活动。虽然这只是一种尝试性的介入，但我愿意一直走下去，即便碰得头破血流也在所不辞，因为我首先喜欢的是文学，批评和评论难道不是与创作同属一个母亲吗？虽不是孪生兄妹，却也是一奶同胞，我们没有理由离开母乳的哺育。

把学术文章当作散文随笔来写，既是一种文体的尝试，又是一种对文学本身的尊敬。尽管我并不认为这种被称为"学术随笔"的东西就是完美的批评和评论文体，但是能够得到一些读者的认可就足矣。

其次，我时常在考虑的问题是，我们的文学教育往往把文学创作和文学史、文学理论、文学批评、文学评论判为两个远隔千山万水的学科门类，在高等教育的学科序列中，文学创作是一个无法安放的门类，它似乎只能归于术科之列。殊不知，这种轻忽给文学造成的伤害是巨大的，一句"中文系不是培养作家的"，就无情地扼杀了文学创作进入文学教育的可能性。大学里虽然有"写作"课程，但是至今已经萎缩到了"公文写作"的工具课的地步；虽然这十几年有些学校开始引进大量的作家，成为高校文学教育的一道亮丽的风景线，但是，囿于教学体制的束缚，也不可能从根本上改变学生的自由选择；尽管教育部也开了文学创作"专业硕士"的口子，但那毕竟只是一种点缀，真正有创作才能的作者会因种种偏科原因无法进入这个序列，反倒成为许多走终南捷径者的渠道。凡此种种，我想到的问题是，我们从小学、中学的应试教育中就缺乏对文学创作欲望的培养，因为它对高考是无效的，学生的作文都是程式化的，他们缺少的正是那种创作的原始冲动。

因此，不能让自己失去这种宝贵的欲望，为了让残留的文学基因得以放大与膨胀，从 20 世纪 90 年代起，我一直坚持着散文随笔的创作。虽然这些散文随笔获得了一些专攻散文学者的认同，虽然得到了许多散文作家和编辑家的赞许，虽然也得到了诸如"朱自清散文奖"的鼓励，但是，我对自己的文学创作仍然不满意，因为我知道自己的文字还不够散淡、清通、老到、优美，但我愿意一直努力创作下去。

收在这个集子里的文章是我近年来的部分学术随笔和部分散文随笔，之所以起了这样一个书名，那是想它有点寓意——玄思，乃远思，虽然有些不切实际，然尚存一种文学与文化的幻想；窗外，由近及远，由窄而宽，都是长镜头，我们不能只读圣贤书；风景，乃多种多样，就看"看风景的人"如何在书楼的窗口上看它了，它不是待嫁小姐在绣楼窗口观察相亲的对象，而是世界风云。风景既有过往历史的，又有现在进行时的，还有预示着未来的，全在读者"内在的眼睛"中了。

感谢商务印书馆的青睐，感谢编辑为此书付出的辛劳。

尚需说明的是，有几篇旧文曾收入其他文集中，为呼应同一卞题而选入；又有两篇文章是在 U 盘里寻觅到的尚未发表的旧文断章，倘若发出，定会引起书画界的波澜，现一并收入，博读者诸君一笑。特此说明。

是为序。

2021 年 5 月 13 日 10—13 时草于南大和园

（以上为丁帆著《玄思窗外风景》序言，商务印书馆 2021 年版。标题为编辑所加）

酒事江湖　别样人生

　　各个饮者走入酒事的第一回，想必都有一段动人的故事，而一个饮者一生所经历的饮酒故事就数不胜数了，尽管故事会以各种喜怒哀乐的不同形式登场，然而，毕竟都是一场场人生中最真切的人性释放话剧。人生如酒，酒如人生，记录下人生中最有灵魂感触的这一刻，也许就是饮者对世界一个最好的交代。这个想法立刻得到了《中华读书报》的认同，于是我约了一帮饮者朋友进入这个"酒事江湖"栏目，专写自己经历过的各种酒事，无论是写自己还是写他人，无论是写喜剧还是悲剧，甚而抑或是闹剧，都是有意味的江湖人生中的别样酒事。

　　苏东坡说"诗酒趁年华"，这大抵是有点道理的。我们这一代少年男孩饮酒多数是幼稚的英雄主义作祟的结果。小时候除了被正统的英雄主义教育熏陶外，更多的是在阅读侠客小说和聆听评书中获得冲动的，江湖上那些义薄云天的侠客精神在我们的灵魂中打下了深深的烙印。一看到和听到大侠们豪饮的场景，便热血沸腾、肃然起敬，尤其是在《水浒传》中看到了那些草莽英雄大碗喝酒、大块吃肉和痛杀奸人的英雄壮举，便心潮澎湃，武松十八碗过景阳冈打虎和醉打蒋门神的故事情节，花和尚鲁智深和黑旋风李逵痛饮黄龙的壮举，让一颗少年之心激动不已。不知道那"酒壮英雄胆"的东西究竟是个什么滋味，于是，十一岁那年便几口喝下了四两金奖白兰地，没有醉意，只有激动，少不更事的我，从此便偷偷地爱上了这酒后藐视群雄的逞强催发剂。

十六岁下乡插队后，除了囊中羞涩的时日外，便有了不受任何约束饮酒的自由，有酒的日子就是节日。十九岁那年便有了第一次与人拼酒称雄的壮观场面：一口喝一小瓶二两五的宝应荷花牌大曲，连喝两瓶，叫作连掼两个"手榴弹"，从此酒名远播乡里。第二次拼酒却没有什么好运了，一斤乙种白酒在十口之内喝完，我只用了九口便干了一大茶缸，嘴一抹，略有微醺地吆喝弟兄们去打四十分了，让围观者们啧啧称奇，满足了一个少年饮者自尊自信的英雄情结，哪知子夜时分却迎来了一场惊心动魄的胃出血，一连一个星期闻到酒味就想吐。

也是那一年，我偷偷地读了"黄色书籍"《红楼梦》，便领悟到了酒事原也是浪漫主义精神的滥觞，情窦初开的青少年便也从中领悟到了酒与情的关系，一个酒令让人陷入无边的遐想和沉思："滴不尽相思血泪抛红豆，开不完春柳春花满画楼，睡不稳纱窗风雨黄昏后，忘不了新愁与旧愁，咽不下玉粒金莼噎满喉，照不见菱花镜里形容瘦。展不开的眉头，捱不明的更漏。呀！恰便似遮不住的青山隐隐，流不断的绿水悠悠。雨打梨花深闭门。"从此便知酒也是需要慢慢品尝的情事橄榄，因为那里面是有人生的另一番况味和景象的。

那年月我有一个切磋唐诗宋词的知青朋友，我们时常模仿着套写创作许多幼稚的古诗词，在那个读书无用和没有书读的时代，这是一种奢侈的精神生活，其中也让我寻觅到了古人对酒事江湖的别样人生解读。一切人生的喜怒哀乐、悲欢离合尽在酒事的表达之中，这让我度过了一人一户独居水乡、日夜艰辛劳作的悲愁岁月。

我喜欢韩愈的"今日到君家，呼酒持劝君"的诗句，他让我沉浸在盼望着"朋友来了有好酒"的日子里，朋友相聚，谈诗论道，大有陶渊明"故人赏我趣，挈酒相与至""悠悠迷所留，酒中有深味"的快活。因为那个时候知青中最喜欢的是"海内存知己，天涯若比邻"的诗句，来了朋友，尤其是可以对饮的朋友，便是喜不自禁的快事，所以，白居易的"何处难忘酒，天涯话旧情"则是最好的友情注释了。虽然那些岁月里白脸曹操"对酒当歌，人生几何"的诗句是在《红灯记》反面人物日本宪兵队长鸠山口中说出来的，却是我们私下喝酒的座右铭。

那时的我们喜欢关心国家大事，最喜欢打听各路的小道消息，这种饮酒时的"下酒菜"皆是文人士大夫留下来的家国情怀，终生挥之不去。那陆游"家祭无忘告乃翁"的情结深深地植入了一代饮者的灵魂深处，于是老陆的"方我汲酒时，江山入胸中"便成为一种隐喻。宋人陈与义有诗曰："醉中今古兴衰事，诗里江湖摇落时。两手尚堪杯酒用，寸心唯是鬓毛知。"正是这种心态的写照。

年轻时轻狂，读了古诗，便怀才不遇，饮酒之后，冥冥之中，觉得自己的人生一定会有"远大前程"，所以总是沉湎于李太白的放荡不羁的诗意人生之中，但是，一年又一年的蹉跎岁月，让我们陷入了"抽刀断水水更流"的酒后失意之中，却不能一销万古愁。

再后来，渐入中年后，饱尝世间冷暖和学术道路的艰辛，也看淡了仕途之中的种种险恶，便深知古代文人归隐的真伪，就在陶诗中觅得酒后顿悟人生之真谛，亦如金朝庞铸所诗："我爱陶渊明，爱酒不爱官。弹琴但寓意，把酒聊开颜。自得酒中趣，岂问头上冠。谁作漉酒图，清风起笔端。"在中国文化语境当中，选择归隐才是酒者文人的最高境界，否则便会自掘大坑，落入无边的烦恼之中，还会陷入污泥之中难以自拔。亦如元好问所诗："紫芝虽吾友，痛饮真吾师。一饮三百杯，谈笑成歌诗。"还是做学问、写随笔更是饮者最好的归属。哈哈，"惟有饮者留其名"，其文名酒名尽在其中也。这也是苏东坡被贬之后的心境吧，"日啖荔枝三百颗，不辞长作岭南人"不如改成"日饮刘伶三十杯，不辞长做贬谪人"更有人生归隐之快意也。正所谓："有道难行不如醉，有口难言不如睡。先生醉卧此石间，万古无人知此意。"或许，只有明智的饮者才解其中味。

说实话，我喜欢黄庭坚的理由不仅是他的诗和书法有个性，更是他看待人生的一种姿态，"桃李春风一杯酒，江湖夜雨十年灯"和"黄菊枝头生晓寒，人生莫放酒杯干"曾经被我抄录后悬挂于书房的墙上，以此来悟出饮者人生的色空境界。当然，晏殊的"劝君莫作独醒人，烂醉花间应有期"也是一种人生境界，但却不是吾辈力所能及的况味也，即便知晓"红酥手"的寓意，也难为人生。于是苏舜钦的"读书百事人不知，地下刘伶吾与归"就可以解释闲适饮酒的郁闷和取道的无奈了。

书生饮酒多数不是逞口舌之快，更是用这种方式来消除胸中的块垒。向往"李白斗酒诗百篇"成为一种精神的炫技，而"天子呼来不上船，自称臣是酒中仙"才是文人追求做得意臣子的最高境界，所以官至左拾遗的杜甫的"白日放歌须纵酒，青春作伴好还乡"与"潦倒新停浊酒杯"才是文人向往仕途的一种下意识的精神归属的正反写照；李白只有在得意的时候才能唱出"人生得意须尽欢，莫使金樽空对月"的诗句来；苏轼只有在迷茫的时候才会"把酒问青天"，问苍天、问苍生、问鬼神成为一种人生的追问，天上人间两重天，唯有饮者反躬自问心灵中的那一片净土，不过也只能把一切美好的希望寄托于天上的人间。

到了老年，参透了人生百态，便将饮酒导入了无境之境之中，所以白居易的"小酌酒巡销永夜，大开口笑送残年"的诗句便成为饮者的最高境界，无欲之饮，无求之饮，随心所欲，皆成酒局。一人独饮也好，二人对饮也好，高朋满堂欢饮也好，都褪去了少年时的豪气，抹去了中年时的沉着。无论晴也罢、雨也罢，月也罢、阳也罢，雷也罢、雪也罢，心如止水的慢饮细啜成为饮者的饮酒方式，更是一种饮酒心态的表现。那种来源于民间的单纯追求饮酒的口舌之快的本能欲望平静显露，正是饮者"见山是山，见山不是山，见山还是山"的升华过程。于是，老白的"绿蚁新醅酒，红泥小火炉。晚来天欲雪，能饮一杯无"则是一种最最平淡的饮酒原始冲动。我虽不相信那种"天人合一"的神神道道的说法，但是，我却相信在寒冷的雪天之中，酒后一定是看见了人间所看不见的"只应天上有"的最奇葩美景。

"酒干倘卖无"是一段十分凄美的人生故事，它让我每每在饮酒时就想起了这一句发自人性灵魂里的吆喝。喝完了一瓶酒以后，我望着那空空的酒瓶，反反复复地思考着：这一瓶酒里还剩下了什么样的人生味道呢？巷口有无那一声"酒干倘卖无"的灵魂呼喊的吆喝声传递过来呢？

李白的酒诗中最让我沉思的句子却是："但得酒中趣，勿为醒者传。"我则希望各位酒友握笔写下最为精彩的那一段关于酒的别样人生故事。这才是"酒事江湖"约稿的初衷。

（以上为丁帆、舒晋瑜主编《酒事江湖》代序，
作家出版社 2022 年版）

父爱与母爱

父是天，母是地，

在苍茫的天地之间，只有他们才是

倦鸟归巢的枝头，躲避暴风雨的港湾。

父母在，才有家；有家在，方知福。

孔子曰：惟孝顺父母，可以解忧。

一个人的一生会有许许多多的遗憾与悔恨，但是最遗憾与悔恨的事情莫过于在父母走后才觉悟与忏悔尽孝不够。

父母活着的时候，我们似乎与其有着永无止境的怨怼与烦恼；当他们离我们而去的时候，我们才有痛失的顿悟。这是任何教育都无法解决的人生的悖论与困境。于是我们才有了许许多多的缅怀，许许多多蘸血的抒写，成为人世间感天动地的歌哭。只有在此时此刻，你才是一个完整的人，一个大写的人！

人们常说父爱如山，把父亲比喻成山，那是对他家庭责任感的礼赞，高大而巍峨，无言而深沉，沉默而凝重，铸就了父亲的伟岸形象；有人将父爱比喻成大海和草原，那是对他奉献精神的颂扬，广阔而辽远，无私而深邃，严酷而宽厚，那是男人胸前簇拥着的鲜花。

我以为，达·芬奇对父爱的评价是最高贵的："父爱可以牺牲自己的一切，包括自己的生命。"这并非意味着母爱就没有这样的奉献精神，为了自己的子女，母亲一样是可以献身的，只不过是说，父亲更加勇于担当，因为这是责任与职守使然。

但是，父爱是无言的，它往往是以一种行为方式予以呈现的，正如冰心所言："父爱是沉默的，如果你感觉到了那就不是父爱了。"在中国传统的旧式家庭教育中，父爱有时是严酷的，甚至是冷酷的，所谓"棒打出孝子"，便是一种扭曲的爱，"恨铁不成钢"和"望子成龙"是"拳脚相加"的注释，然而，一旦你成人后，尤其是你取得了些许成绩时，父亲就会从骨头里发出笑声，他们往往是皮肉不笑骨子里笑的典型人物。

狄更斯的名言"父亲，应该是一个气度宽大的朋友"正应验了中国的一句古谚："多年的父子成兄弟。"这应该是父亲和子女关系和睦的最高境界吧。

母爱如水，这是用来形容慈母的一句最恰当的词语，或许"柔情似水"并不是每一个母亲的性格特征，然而，每一个母亲的血脉里都流淌着慈祥的爱，即便是表现得十分变态或病态，她们仍然会在心底里疼爱着自己的骨肉，舐犊之情是一切动物的本性，更是母性动物的特性，何况人乎？亦如邓肯所说："母爱是多么强烈、自私、狂热地占据我们整个心灵的感情。"倘使我们能够在那种病态的行为举止当中，窥见背后人性的真相和母性的爱意，那么一切家庭中的恩怨都会化为乌有。

"世界上有一种最美丽的声音，那便是母亲的呼唤。"但丁的这句话道出了世间人们对母亲的尊崇，但愿苟活在这人世间的每一个人都能够听到这句天籁之声。

母亲的伟大并不是她的庄严与伟岸，恰恰是她的柔弱与纤细，呵护和弥合着人类在情感挫折后的心灵创伤，所以郑振铎才深有体会地说："成功的时候，谁都是朋友，但只有母亲——她是失败时的伴侣。"当你在人生逆境之中时，母亲的胸怀才是灵魂抚慰的栖居地。

"慈母手中线，游子身上衣。"这应该是把母亲与子女之间的关系准确表达出来的诗句，孩子走得再远，风筝飞得再高，都有一根牵动着他（它）灵魂之线的线束，否则一切将魂飞魄散。母亲永远都是护佑人类灵魂的图腾。

我们精选百年来名人书写父亲和母亲的文章，编定成书，一是想让那些失去父母的人在缅怀亲人的时候，更加坚强起来，在今后的岁月里，用自己的人格品行为子女做出表率，在人生的归途中留卜可敬可爱的精神遗迹；二是想让那些父亲和母亲尚健在的人们，趁着这阳光灿烂的日子，为自己的父母双亲大人多尽孝道，不要待到亲人阴阳两隔之时，把终身的遗憾与悔恨带到天堂之中。

尽孝解忧乃养浩然之气之古训，亦是当今现代人寻觅幸福之事。

是为序。

（丁帆编《父亲》《母亲》编者序，

"百年名家散文经典"，

译林出版社 2023 年版。标题为编辑所加）